Las Grandes Novelas de Aventuras

JONATHAN SWIFT

VIAJES DE GULLIVER

EDICIONES ORBIS, S.A.

Título original: *Gulliver's Travels*
Traducción: A. Fuentes

ISBN: 84-7530-783-3
D.L.B. 12.939-1986

Fotocomposición: Anglofort, S.A.
Rosellón, 33, 1.º, 08029 Barcelona

Impreso y encuadernado por
Gráficas Ramón Sopena, S. A.
Provenza, 95 - 08029 Barcelona

Printed in Spain

Aviso de los editores

La breve reseña biográfica y literaria sobre Jonhathan Swift que precede a esta nueva traducción, es debida a la pluma de Walter Scott y está extractada de un extenso trabajo que este ilustre escritor ha publicado bajo el título «Memorias sobre Jonathan Swift», en el cual se encuentran reunidas, junto a la concienzuda erudición del historiador y los claros juicios del crítico, una especial apreciación de los «Viajes de Gulliver» como no podía menos de esperarse del más eminente novelista del siglo pasado. Las investigaciones a que se ha dedicado el autor de «Anticuario» acerca de las fuentes de donde Swift tomó sus ingeniosas ficciones, de las alusiones políticas que estas ficciones encierran, de los sistemas filosóficos, que en ellas quedan reducidos a su justo valor, de los prejuicios humanos, que ataca, ridiculizándolos; todo este conjunto de investigaciones, claramente expuesto, hace aparecer la realidad a través del velo de la alegoría.

Apuntes biográficos y literarios sobre Jonathan Swift

La vida de Swift es un argumento lleno de interés y enseñanzas para todos aquellos a quienes gusta meditar acerca de las vicisitudes que el destino reserva a los hombres célebres por su talento y su reputación.

Desprovisto de todo recurso en su nacimiento, criado y educado por la fría y descuidada caridad de dos tíos, privado de honores universitarios, reducido, durante muchos años, a la ineficaz protección de sir William Temple, las primeras páginas de la vida de Swift ofrecen el cuadro del genio humillado y burlado en sus esperanzas; pero, a pesar de todos estos obstáculos, llegó a ser el asesor de un ministerio inglés, el más hábil defensor de su sistema de administración y el más íntimo amigo de todos los hombres eminentes por su nobleza o su talento, en el clásico reinado de la reina Ana.

Los acontecimientos de sus últimos años ofrecen un contraste no menos asombroso. Envuelto en la desgracia de sus protectores, fue perseguido, tuvo que huir de Inglaterra, se vio separado de sus amigos y, más adelante, repentinamente, adquirió tal grado de popularidad, que se convirtió en el ídolo de Irlanda y en el terror de los que gobernaban este reino.

Su vida privada no es menos extraordinaria. Amó a dos de las mujeres más bellas y más interesantes de su época y se vio tiernamente correspondido, pero era su destino no poder llevar a cabo, con ninguna de ellas, una unión feliz y apacible, y así, las vio descender sucesivamente a la tumba, con la convicción de que la enfermedad que las arrancaba de su lado tenía su origen en el dolor de sus esperanzas burladas, y en un afecto mal recompensado.

El talento de Swift, fuente de su fama y de su orgullo, cuya grandeza asombró y subyugó al mundo durante largo tiempo, se vio oscurecido por la enfermedad y pervertido de las pasiones a medida que se aproximó al fin de la vida de Jonathan y, antes de que éste pudiese advertirlo, llegó a un nivel inferior al de los hombres más ordinarios.

La vida de Swift es, así, una lección muy importante para los hombres célebres; ella les enseña que si el espíritu no debe sucumbir ante la desgracia, la fama, por grande que ella sea, no debe estimular la presunción. Leyendo la vida de este hombre ilustre, aquellos a quienes la suerte ha privado de las brillantes cualidades de que Swift estaba dotado, o a quienes ha faltado la ocasión para desarrollarlas, se convencerán de que la felicidad no depende, ni de la influencia política, ni de una gran reputación.

I

Johathan Swift, doctor en teología y deán de San Patricio, en Dublín, descendía de una rama secundaria de la familia de los Swift, del condado de York, que estaba establecida en esta provincia desde hacía largos años.

Su padre era el sexto o séptimo de los hijos del reverendo Tomás Swift, vicario de Goodrich (el gran número de descendientes de este clérigo y la modicidad de su fortuna, no han permitido señalar con más exactitud el orden de su descendencia), y el deán mismo nos cuenta que su padre obtuvo algunas comisiones y empleos en Irlanda.

Jonathan nació en Dublín, en una pequeña casa de la *Cour de Hoeys* que aún muestran los habitantes de ese barrio. Su infancia se distinguió, como la de su padre, por una circunstancia singular: su cuna no fue señalada por los soldados, sino la de Thomas Swift, así que fue éste el levado, porque su nodriza, que era de Whitehaven, fue llamada a su pueblo natal por un moribundo pariente de quien esperaba un legado y, encariñada con el niño que habían confiado a sus cuidados, se lo llevó con ella sin avisar a la señora Swift. Durante tres años, Jonathan permaneció en Whitehaven, pues su madre, temerosa por su delicado estado de salud, no quiso exponerlo a un segundo viaje, dejándolo, así, con la mujer que había dado tal prueba de amor por su hijo. La buena nodriza tuvo tan buen cuidado de la educación del niño, que cuando lo llevó de nuevo a Dublín ya sabía deletrear y a los cinco años, leía en la Biblia.

Swift participó de la indulgencia de su madre, a la que amaba tiernamente, y contó con la protección de su tío Godwin. Esta dependencia pareció causar, desde la infancia, una profunda impresión sobre su carácter altanero; en esa época comenzó a mostrarse en él la misantropía que no perdió ya ni aun con el empleo de sus facultades morales. Hijo póstumo, criado de caridad, se acostumbró bien pronto a mirar el día de su nacimiento como un día desgraciado, y en el aniversario de este día no dejaba nunca de leer en la Biblia el pasaje donde Job deplora y execra el día en que anunciaron en la casa de su padre «que nacería un hijo varón».

A los seis años, fue enviado a la escuela de Kilkenny, fundada y sostenida por la familia Ormond, en la que aún se enseña a los visitantes el pupitre de Swift, en el cual grabó su nombre con una navaja.

De Kilkenny, Swift pasó, a los catorce años, al colegio de la Trinidad, en Dublín. Por los registros del colegio, parece ser que fue admitido como interno el 24 de abril de 1682 y tuvo por maestro a Saint-George Ashe; pero como por aquella época fue admitido también su primo Thomas Swift, y en los registros figuran solamente los apellidos, sin los nombres de pila, son confusos algunos pormenores de la biografía del deán.

Cuando Swift fue admitido en la Universidad, se le exigió que emplease algún tiempo en los estudios corrientes de aquella época, pero él sólo se dedicó a los que convenían a su espíritu. Se le recomendó, en vano, que estudiase lógica, reputada entonces como la ciencia por excelencia natural por los sofismas de Smiglecius, de Keckermannus, de Burgersdicius y otros graves doctores que apenas son conocidos actualmente. Lo único que pudo obtener su maestro fue que leyese tres páginas de estos sabios acabados en *us* cuando le fue indispensable tener una ligera idea de los comentadores de Aristóteles para poder examinarse. Del mismo modo, soslayaba los estudios que no le agradaban, porque leía menos por instruirse que por diversión o para alejar de sí tristes reflexiones, y sus lecturas habían de ser, necesariamente, variadas. En aquella época, sus lecturas debían de haber sido muy exactas, pues había escrito ya el plan del «Cuento del Tonel», que enseñó a Mr. Waring. ¿Qué debemos deducir de esto? Que un estudiante perezoso del siglo XVII podía, leyendo por pasar el rato en sus horas de asueto, adquirir conocimientos que asombrarían a un estudiante aprovechado de nuestro tiempo.

Aunque no se cuenta con datos para juzgar con certeza la extensión de los conocimientos de Swift, sí se puede afirmar que, si bien éstos no eran muy profundos, ciertamente eran muy diversos. Por sus escritos se advierte que la historia y la poesía, tanto la antigua como la moderna, le eran familiares, pues nunca se le ve apurado para citar, en apoyo del tema que trate, el pasaje de los clásicos más apropiado para explicarlo. Aunque él no tenía una gran idea de sus conocimientos y se culpaba de haber perdido un «grado universitario por su pereza e ignorancia, y censuraba con vehemencia a los que concedían el título de sabio a un hombre que no hubiese consagrado la mayor parte de su vida al estudio, siempre fue un estudiante que sólo tuvo aplicación.

Swift, que seguía sus estudios sin asiduidad y según su capricho, se hubiese visto obligado a interrumpirlos si, a la muerte de su tío Godwin, que puso de manifiesto el derrumbamiento de sus negocios, no hubiese encontrado el apoyo de su tío Dryden William Swift. Éste acudió en socorro de su sobrino y, al parecer, puso en ello más interés y benevolencia que su hermano Godwin, si bien su fortuna, no muy considerable, le impidió ser más liberal que su hermano. Swift siempre honró su memoria y frecuentemente hablaba de él como del mejor de sus parientes y muchas veces relataba una coincidencia ocurrida durante su estancia en el colegio, de la que Willoughby Swift, su primo, hijo de Dryden William, fue el héroe:

Estando sentado un día en su habitación, sin tener ni un penique, vio en el patio a un marinero que, al parecer, preguntaba por la habitación de uno de los estudiantes y se le ocurrió la idea de que aquel hombre bien podría ser un mensajero de su primo Willoughby, que a la sazón estaba establecido en Lisboa. Apenas había pasado por su imaginación tal idea, cuando la puerta de su habitación se abrió para dar paso al marinero que, acercándose a él, sacó de un bolsillo una gran bolsa de cuero llena de dinero, que dejó ante Swift, como un obsequio de su primo Willoughby. Swift, sorprendido, ofreció al mensajero una parte de aquel tesoro, pero el marino se negó a aceptarla.

Desde ese momento, Swift, que había conocido las miserias de la indigencia, resolvió administrar su modesta renta de manera que no se viese de nuevo reducido a tan extremada pobreza; y ordenó tan cuidadosamente su vida, que, según las anotaciones que se conservan, es evidente que podía decir sus gastos de cada año, hasta el último penique, desde los tiempos en que estuvo en el colegio hasta el momento en que perdió sus facultades morales.

Cuando, en 1688, estalló la guerra en Irlanda, Swift tenía veinte años. Escaso de dinero si no de instrucción, con la tacha de turbulento e insubordinado por su carácter, sin un solo amigo que lo protegiese, acogiera y mantuviese, dejó el colegio de Dublín. Guiado, según él, más por el afecto que por la esperanza, se dirigió a Inglaterra, a casa de su madre, que habitaba entonces con el conde de Leicester. La señora Swift se encontraba en una situación muy precaria, y aconsejó a su hijo que solicitase la protección de sir William Temple, cuya esposa tenía parentesco con ella y conocía a la familia Swift, puesto que el primo de Jonathan, Thomas Swift, había sido capellán de sir William.

Se hizo la petición, que fue bien acogida, pero, durante algún tiempo, no recibió de sir William Temple ninguna prueba de confianza ni afecto, pues, íntegro hombre de Estado y culto literato, probablemente no quedó muy satisfecho del carácter irritable y de los imperfectos conocimientos de su nuevo comensal. Pero las prevenciones de sir William se debilitaron paulatinamente, porque el espíritu observador de Swift le dio los medios de hacerse agradable, acrecentando sus conocimientos por un estudio asiduo, al que consagraba ocho horas diarias. Este bien empleado tiempo convirtió a un hombre de las nativas cualidades de Swift en un tesoro inapreciable para un protector como Temple, en cuya casa vivió diez años.

La mala salud de Swift le forzó a interrumpir sus estudios. Una indigestión que le enfrió el estómago, le tuvo sujeto a vértigos que lo pusieron a dos dedos de la muerte, y aunque curó, toda su vida se resintió de sus efectos. Durante algún tiempo, se encontró tan enfermo, que regresó a Irlanda con la esperanza de que el aire de su país natal podría curarlo, pero en cuanto experimentó alguna mejoría, volvió a Moor-Park, dedicándose de nuevo al estudio en los intervalos de calma que le dejaba esa especie de enfermedad.

Por entonces fue cuando sir William le dio una gran prueba de confianza permitiéndole asistir a las entrevistas confidenciales con el rey Guillermo cuando este monarca acudía a Moor-Park, distinción que Temple debía a la intimidad que había existido entre ellos en Holanda, y que recibió con respetuosa libertad, agradeciéndola con atinados consejos constitucionales.

Cuando la gota retenía en el lecho a sir William, Swift se encargaba de acompañar al rey; todos los biógrafos del poeta repiten que Guillermo le ofreció una compañía de caballería y que Swift aprendió de él a cortar los espárragos a la manera holandesa, y no sería justo callar el beneficio que le reportó aprender, del propio rey, a comer esta legumbre a la holandesa, es decir, a comer el espárrago entero, cabeza y cola. También fueron ofrecidas a su ambición ventajas más sólidas, haciéndosele esperar grandes progresos en el estado eclesiástico, al cual se dedicó por gusto, ante la perspectiva que se le ofrecía. La gran confianza que tenía de sí mismo justificaba estas esperanzas. Sir William Temple le encargó de exponer ante el rey Guillermo las razones que debían determinarlo a aceptar el proyecto de trianualidad del parlamento, y Swift confirmó la opinión de Temple con buen número de argumentos entresacados de la historia de Inglaterra; pero el rey perseveró en su opinión y el proyecto fue rechazado por la influencia de la Corona en la Cámara de los Comunes. Ésta fue la primera relación que Swift tuvo con la Corte, y frecuentemente decía a sus amigos que este asunto había servido para curarlo de su vanidad; probablemente, Swift había descontado, por anticipado, el éxito de su negociación, y le mortificó el fracaso.

Cuando Swift regresó a Irlanda, para desempeñar una plaza dotada con cien libras esterlinas, los obispos a los cuales se dirigió para ser ordenado, le exigieron un certificado de su buena conducta durante su estancia en casa de sir William Temple; condición muy desagradable, puesto que, para obtener ese certificado, debía antes someterse y hacer su petición. No menos de cinco meses tardó Swift en decidirse; al fin, envió una carta de excusa y la investigación fue acordada. Esta carta de Swift fue, verdaderamente, el primer paso de su reconciliación con su protector; en menos de doce días recibió el certificado que deseaba, pues el decreto ordenándolo como diácono es de fecha 18 de octubre de 1694, y el de presbiterado, de 13 de enero de 1695. Es probable que sir Temple añadiese al certificado pedido alguna recomendación para lord Capel, entonces virrey de Irlanda, pues casi inmediatamente que Swift recibió las órdenes sacerdotales, fue nombrado para la prebenda de Kilroot, en la diócesis de Connor, con un estipendio de alrededor de cien libras esterlinas anuales, retirándose a su destino y viviendo como un cura de aldea.

La vida que llevaba en Kilroot, tan diferente de la de Moor-Park, en la que había disfrutado de la sociedad de todo lo que había de insigne por la inteligencia o el nacimiento, bien pronto le resultó insípida. Entretanto, desde que se viera privado de Swift, Temple lamentaba su pérdida y le testimonió el deseo que tenía de verlo nuevamente en Moor-Park, y mientras Swift vacilaba entre renunciar al género de vida que había escogido y volver al que había abandonado, una circunstancia que pinta bien lo caritativo de su carácter, pareció fijar su determinación.

En una de sus excursiones, encontró un sacerdote con el que comenzó a hablar, pues le pareció muy instruido, modesto y moral. Este buen clérigo era padre de ocho hijos, y su curato le reportaba cuarenta libras esterlinas. Swift, que no poseía cabalgadura, le pidió prestado su asno negro y, sin comunicarle sus propósitos, se fue a Dublín, dimitió de su prebenda de Kilroot y obtuvo que le sucediese su amigo. Cuando el viejo sacerdote recibió el nombramiento, su rostro expresó la alegría que experimentaba al verse nombrado para tal beneficio, pero cuando se enteró de que era el de su bienhechor, que había dimitido en su favor, la alegría del viejo se trocó en tal sorpresa y agradecimiento, que Swift, profundamente emocionado, dijo que jamás, en su vida, había sentido tanto placer como aquel día. Cuando Swift partió, el buen clérigo le rogó que aceptase el jumento negro, que Swift no rehusó por temor a disgustarlo. Por primera vez, Swift montó en una cabalgadura de su propiedad, y con veinte libras esterlinas en el bolsillo, se dirigió a Inglaterra para ocupar, en Moor-Park, la plaza de secretario particular de sir William Temple.

II

Mientras Swift se dedicaba a su afición por la literatura y esta ilustre amistad parecía prometerle un porvenir agradable, se preparaba, sin advertirlo, una serie de desgracias que le acompañarían toda su vida. Durante la segunda estancia en Moor-Park fue cuando conoció a Esther Johnson, más conocida por el poético nombre de Stella.

Confiando en su temperamento frío y en su inconstante carácter, para no tomar un imprudente afecto, Swift había resuelto no pensar en el matrimonio sino cuando hubiese asegurado su existencia, pero en aquella época era tan difícil de contentar, que muy bien hubiera podido diferir el asunto hasta su muerte. El aparente afecto, en el que sus amigos creen descubrir síntomas pasionales, no es sino el efecto de un temperamento activo e inquieto que tiene necesidad de alimento; Swift asió la primera ocasión de divertimiento que se le ofreció y hasta, frecuentemente, la buscó en una galantería insignificante: tal fue su propósito con la persona que nos ocupa. «Es una costumbre —dice— a la que renunciaría sin esfuerzo si tomase esta resolución y que dejaría a la puerta del sacerdocio sin ningún temor.»

A esta especie de afecto sucedió otro más serio: Jane Waryng, hermana de su compañero de colegio Waryng, a la que, por afectación poética bastante fría, Swift llama Varina, y que atrajo su atención mientras estuvo en Irlanda, cuando dejó la casa de sir William.

En una carta que le dirige cuatro años después, su tono es muy diferente: Varina ha desaparecido; es a *miss* Jane Waryng a quien Swift escribe; en ese intervalo de cuatro años, pudieron pasar muchas cosas desconocidas para nosotros, y no sería justo juzgar severamente la conducta de Swift, que la tenaz resistencia de Varina no había preparado para una repentina oferta de reconciliación.

La muerte de William Temple puso término a la apacible y feliz vida de que había disfrutado Swift, durante cuatro años, en Moor-Park. Sir William apreció la generosa amistad de Swift dejándole un legado en dinero y sus manuscritos, que Swift estimaba mucho.

Poco tiempo después, Jonathan Swift se fue a Irlanda con lord Berkeley, al que dejó casi inmmediatamente por algunas discusiones habidas con su señor, obteniendo el beneficio de Saracor; pero no tardó mucho tiempo en dedicarse a la política.

En 1710 regresó a Inglaterra, y pronto comenzaron sus hostilidades con los *whigs*[1] y su alianza con Harley y la administración.

Su nombramiento para el deanato de San Patricio fue firmado el 25 de febrero de 1713, y Swift partió en los primeros días de junio para tomar posesión de un cargo que él consideraba, no como un galardón, sino, según decía frecuentemente, como un honorable destierro. En efecto, no se comprende cómo el favor que había disfrutado con los gobernantes le condujo a un simple beneficio en Irlanda, alejándolo de esos mismos ministros por los cuales había sido consultado, que habían empleado su inteligencia en defender su causa y que se habían solazado con las delicias de su sociedad. Sin duda, Jonathan quedó más disgustado que sorprendido, pues, en algún tiempo, sus servicios se consideraron tan esenciales por la administración, que rehusaron nombrarlo obispo de Irlanda.

Mistress Johnson había abandonado su patria y expuesto su reputación para compartir la suerte de Swift en la época en que el porvenir de Jonathan no ofrecía ninguna brillante perspectiva, y los lazos que obligaban a Swift a indemnizar tales sacrificios eran, para él, tan sagrados como una promesa solemne, y es que realmente no había entre ellos una formal promesa de matrimonio. Swift encargó al reverendo Saint-George Ashe, obispo de Clogher y su viejo maestro y amigo, que procurase averiguar la causa de la melancolía de Stella, y la respuesta fue la misma que su conciencia podía haberle adelantado: que sólo había un medio para convencerla de su amor y ponerla, al mismo tiempo, al abrigo de toda calumnia. Pero la contestación de Swift fue decir que había tomado dos resoluciones referentes a su matrimonio: la primera, que se casaría cuando fuese suficientemente rico; la segunda, que se casaría a una edad razo-

[1] Actualmente partido liberal inglés, pero se aplicó por primera vez en política cuando, en 1648, los presbiterianos escoceses se alzaron en armas para atacar a los partidarios del rey Carlos I, cuando este monarca fue prisionero del Parlamento; los partidarios del rey aplicaron a los presbiterianos esta palabra escocesa que significa fanático, miserable, hombre despreciable, porque, en su mayor parte, eran gente plebeya y carreteros. (N. del T.)

nable para poder ver a sus hijos ya colocados. Pero su independencia aún no era completa, pues tenía deudas, y había pasado ya de la edad más allá de la cual había decidido no casarse. No obstante, él estaba dispuesto a casarse con Stella a condición de que el matrimonio fuese secreto y que siguiesen viviendo separados y con la misma circunspección que hasta entonces. Stella suscribió tan duras condiciones, pues con ellas desaparecían todos sus escrúpulos y se calmaban sus celos, al hacer imposible la unión de Swift con su rival. Jonathan y Stella se casaron en el jardín del deanato, ante el obispo de Clogher, en 1716.

Inmediatamente después de la ceremonia, Swift quedó, al parecer, sumido en una agitación espiritual espantosa. Obligado Delany a dar su opinión acerca de tan extraño matrimonio, dice que, por la época en que se celebró, Swift se mostraba muy sombrío y extremadamente agitado, hasta el punto de que fue a ver al arzobispo King para darle a conocer sus temores, y al entrar Delany en la biblioteca, vio que Swift salía precipitadamente, con aire extraviado, pasando junto a él sin hablarle siquiera, y cuando después entró a ver al arzobispo, encontró a éste llorando; al preguntarle la razón de su llanto, le contestó: «Acaba usted de encontrarse con el hombre más desgraciado de la tierra, pero no me pregunte jamás la causa de sus desgracias.»

A propósito de esto, Delany saca la consecuencia de que Swift, después de su matrimonio con Stella, debió de descubrir que los dos eran parientes en grado prohibido y que había ido a confiárselo al arzobispo, pero las manifestaciones del prelado no indican nada semejante, si bien tampoco hay pruebas de que no existiese ese parentesco.

Durante algunos días, Swift no quiso ver a nadie y cuando salió de su retraimiento, sus conversaciones con *mistress* Dingley y con Stella continuaron con la misma circunspección, a fin de evitar toda sospecha de intimidad, como si esta intimidad no fuese, después de su matrimonio, legítima y honesta. Stella, pues, continuó siendo la amiga querida e íntima de Swift y siguió teniendo su casa y haciendo los honores de su mesa, aunque pareciese no ser más que una invitada. Fue su compañera fiel, cuidándolo cuando estaba enfermo, pero no fue su esposa más que de nombre, e incluso su matrimonio permaneció secreto para todo el mundo.

Los asuntos de su catedral, embrollados por la resistencia del capítulo y por la intervención del arzobispo King, ocupaban gran parte de su tiempo, pero las dificultades se allanaron insensiblemente, porque adquirieron el convencimiento de la rectitud de intenciones del deán y de su desinteresado celo por los derechos e intereses de la iglesia. Poco a poco llegó a tener tal ascendiente sobre el capítulo, que rara vez fueron discutidos sus proyectos.

El arreglo de los arrendamientos y de las renovaciones de contratos absorbía también parte de su tiempo; sin embargo, durante estos cinco o seis años no abandonó los estudios. De esta época son sus juicios sobre Herodoto, Filóstrato y Aulu Gelle, lo que hace presumir que se dedicaba principalmente a estos autores. En cada una de las ediciones, intercalaba hojas blancas entre las páginas, escribiendo en ellas sus juicios mientras leía. Así mismo, es de suponer que no olvidaba a los clásicos, sabiéndose que «Lucrecia» fue su lectura favorita durante su estancia en Gaulstown. Además, el catálogo de los libros que componían su biblioteca es la más auténtica prueba de sus aficiones literarias.

Estos estudios no bastaban a un hombre que había tomado tan activa parte en la política durante su estancia en Inglaterra, y se cree, como muy probable, que fue en esta época cuando Swift concibió el plan de los «Viajes de Gulliver». El germen de esta famosa obra se encuentra en los viajes de Martinus Scriblerus, que fueron, probablemente, proyectados antes de que las proscripciones dispersasen el club literario. El aspecto bajo el cual veía el deán los asuntos públicos después de la muerte de la reina Ana, se compadece con una gran parte de los rasgos satíricos de los «Viajes». Además, una carta de Vanessa hace alusión a la aventura de Gulliver con el mono de Brobdingnag, y en la misma correspondencia se dice que, en 1722, Swift leía muchas relaciones de viajes, y es de presumir que los «Viajes de Gulliver» fueron esquematizados en la época de que hablamos, aunque ellos traten de la política de una época posterior.

Swift abandonó sus ocupaciones y distracciones en el año 1720 para aparecer en la escena política, no como el abogado y panegirista de un ministerio, sino como el intrépido y tenaz defensor de un pueblo oprimido. Jamás ninguna nación se vio tan necesitada de un defensor de esa naturaleza; la prosperidad de que pudo enorgullecerse Irlanda bajo los príncipes de la casa Estuardo había sido interrumpida por una guerra civil que obligó a expatriarse a lo más escogido de su nobleza y de sus militares, y la población católica de este reino excitaba la desconfianza y se distinguía por una absoluta incapacidad.

El parlamento de Inglaterra se había arrogado la facultad de hacer leyes para Irlanda y la ejercitaba de manera que encadenaba lo más posible al comercio de este reino, subordinándolo al inglés y teniéndolo bajo su dependencia. Los estatutos del décimo y undécimo año del reinado de Guillermo III prohibían la exportación de manufacturas de lana, excepto en Inglaterra y el principado de Gales, viéndose así privadas las manufacturas irlandesas de una renta evaluada en un millón de libras esterlinas.

Ni una voz se elevó en la Cámara de los Comunes contra estas máximas tan impolíticas como tiránicas, más propias de una asociación de comerciantes pueblerinos que del prestigioso Parlamento de un pueblo libre. Obrando de acuerdo con estos principios, se acumulaba injusticia tras injusticia, llegando incluso al insulto, con la ventaja, para los agresores, de que podían intimidar impunemente al oprimido pueblo irlandés y reducirlo al silencio tildándolo de rebelde y jacobita[1]. Swift, de carácter naturalmente opuesto a toda tiranía, veía estas injusticias lleno de indignación, y entonces publicó sus «Cartas de un pañero», pletóricas de razonamientos, chispeantes de intención y superiores por el acierto con que presenta sus razonamientos y lo ajustado de sus frases. La popularidad de Swift fue la de todos los hombres que, en una época decisiva y crítica, tienen la suerte de prestar un gran servicio a su patria. Fuera de su casa, le acompañaban las bendiciones de las gentes; si visitaba algún pueblo, se le dispensaba una acogida propia de un príncipe y, al primer aviso del «deán» (como se le conocía generalmente), todos acudían en su defensa.

Una vez, Walpole pensó arrestarlo, y un prudente amigo le preguntó si disponía de diez mil soldados para que escoltasen al representante del Estado encargado de ejecutar la orden.

Aunque las debilidades de Swift eran propias para atraer la malicia del vulgo, las juzgaba éste con el piadoso respeto propio del amor filial, y todos los virreyes de Irlanda, desde el amable Cartenet hasta el altanero Dorset, se vieron obligados a respetar la influencia de Jonathan Swift y aun a rendirse a su celo, aunque les disgustase su política y tal vez su persona.

[1] Nombre que se dio a los partidarios de Jacobo II en la revolución de 1688. (N. del T.)

La declinación de las facultades morales de Swift llenó de duelo a Irlanda. El dolor de su pueblo le acompañó hasta la tumba, y son pocos los autores irlandeses que no han rendido a su memoria el tributo de gratitud que tan justamente se mereció.

III

Después del regreso de Swift a Irlanda, aparecieron los «Viajes de Gulliver» con el secreto que puso siempre su autor en la publicación de sus obras.

Jonathan salió de Inglaterra en agosto y por entonces el librero Motte recibió el manuscrito, que fue arrojado a su tienda desde un coche.

«Gulliver» fue publicado en el mes de noviembre siguiente con las variaciones y retoques que introdujo en él la timidez del impresor, de las que Swift se lamentó en una carta dirigida a su primo Sympson, que encabezó las ediciones siguientes de esta obra[1]. Pero el público no advirtió ninguna timidez en esta extraordinaria novela alegórica, que causó universal sensación y fue leída por todas las clases sociales, desde los ministros a las niñeras.

Deseándose conocer con certeza al autor, Pope, Gay y Arbuthnot, amigos de Swift, le escribieron dando a entender que abrigaban dudas respecto a este punto, pero aunque se expresaron en forma que ha inducido a error a varios biógrafos, que han creído realmente en esa duda, es seguro que los amigos de Jonathan conocían más o menos la obra antes de su publicación y se supone que su reserva tenía por objeto el prestarse a la fantasía de Swift o, tal vez, en el caso de que hubiesen sido interceptadas sus cartas, para no verse llamados a deponer contra él si el ministro le perseguía por la publicación de la obra.

Acaso ningún libro haya sido jamás tan solicitado por todas las clases sociales del mundo entero, porque los lectores de la alta sociedad encuentran en él la sátira personal y política; las clases bajas, aventuras de su agrado; los amigos de lo fantástico, maravillas; los jóvenes, ingenio; los hombres graves, lecciones de moral y de política; la vejez abandonada y la ambición frustrada, máximas de una misantropía penosa y amarga.

El plan de la sátira varía en sus diferentes partes. El viaje a Liliput es una alusión a la corte y la política inglesas; sir Robert Walpole está retratado en la persona del primer ministro Flimnap[2], lo que no perdonó nunca a Swift, oponiéndose constantemente, además, a todo proyecto que pudiera llevar a Inglaterra al deán.

Los partidos de los *tories*[3] y los *whigs* están representados por los «tacones bajos» y los «tacones altos»; los «estrecho-extremistas» y los «ancho-extremistas» son los papistas y los protestantes. El príncipe de Gales, que trata-

[1] Véase la «Carta a Sympson» que sigue a estos datos biográficos y literarios.

[2] La caída del tesorero de Liliput, que cae de la cuerda sobre la cual danzaba, rompiéndose una pierna al chocar con uno de los cojines del rey, hace alusión a la dimisión de Walpole, en 1717, que no fue aceptada por la intervención en su favor de la duquesa de Kendal. El ridículo en que pone a las órdenes de caballería al presentar a los nobles liliputienses saltando por encima de un bastón para obtener un hilo azul, rojo o verde, es un tiro lanzado contra Walpole, que, para multiplicar los honores y recompensas, restableció la orden del Baño como un primer grado de la orden de la Jarretiera.

[3] Nombre que se dio en Inglaterra a los partidarios de Carlos II y luego, por extensión, se aplicó a los conservadores y partidarios de las prerrogativas reales y por oposición a los whigs. (N. del T.)

ba con equidad a los *tories* y a los *whigs,* se reía alegremente del presunto heredero, que llevaba un tacón alto y otro bajo. Blefescu, a donde la ingratitud de la corte liliputiense obliga a Gulliver a buscar asilo para evitar que le saquen los ojos, representa a Francia, donde se refugiaron el duque de Ormond y lord Bolingbroke huyendo de la corte inglesa, y quienes conozcan la historia secreta del reinado de Jorge I, encontrarán fácilmente otras alusiones.

El escándalo que origina Gulliver con su modo de extinguir el incendio del palacio imperial de Liliput encubre cómo el autor incurrió en desgracia ante la reina Ana por haber escrito su «Cuento del Tonel», del que se le acusó como de un crimen, olvidando el inmenso servicio que esta obra prestó al alto clero.

También debemos hacer resaltar que ofrece como modelo la constitución y el plan de instrucción pública del imperio de Liliput y que la corrupción cortesana databa de los tres reinados anteriores. Ésta es la opinión de Swift acerca de la constitución inglesa.

En el «Viaje a Brobdingnag» la sátira es de una aplicación más general, no siendo, por lo tanto, difícil de advertir que se refiere a acontecimientos políticos y a los ministros de aquella época. Trata de la opinión que merecían las acciones y sentimientos del hombre en seres de un carácter frío, reflexivo, filosófico y dotados de una fuerza inmensa.

El rey de aquellos hijos de Anack es la personificación de un rey patriota, indiferente a toda curiosidad, apático para todo lo bello y refractario a lo que no afectase al interés público o fuera de utilidad general. Para este príncipe, las intrigas y escándalos de una corte europea son tan odiosos en sus resultados como menospreciables en sus causas.

El contraste que ofrece la llegada de Gulliver desde Liliput, donde era un gigante, a un país en el que resultaba un pigmeo comparado con sus habitantes, es de un feliz efecto. Las mismas ideas se repiten necesariamente; pero como varían del punto de vista por el distinto papel que desempeña el narrador, es más bien una ampliación de esas ideas que una repetición.

Algunos pasajes sobre la corte de Brobdingnag se supone que tienen aplicación a las damas de honor de la corte inglesa, por las que Swift, según Delany, no sentía gran respeto.

El sabio Arbuthnot no aprobaba en modo alguno el «Viaje a Laputa», pues probablemente advertía el ridículo en que se ponía a la realeza. También se cree encierra algunas alusiones a los filósofos más notables de entonces e incluso se pretende que dirige un dardo contra Isaac Newton; Swift, ardiente patriota, no olvidó la opinión del filósofo en favor de la moneda de cobre de Wood.

Con el sastre que, después de haber calculado la estatura de Gulliver con un semicírculo y tomado sus medidas con una figura matemática, le entrega unos trajes muy mal hechos y defectuosos de medidas, se supone que alude al error de un impresor que, al añadir un guarismo a un cálculo astronómico de Newton acerca de la distancia que separa el Sol de la Tierra, la aumentó en un grado incalculable.

También creen los amigos de Swift que la idea del golpeador (Flapper)[1] le fue sugerida por la habitual distracción de Newton. El deán decía a Dryden Swift que «sir Isaac era el compañero más desagradable del mundo y que cuando se le dirigía una pregunta, la daba vueltas y más vueltas en su mente antes

[1] El que estaba encargado de mantener despiertas las ideas de los grandes de Laputa.

de poder contestar»[1]. (Al decir esto, Swift trazaba con la mano dos o tres circunferencias sobre su frente.)

Pero aunque Swift trate, tal vez, con irreverencia al más grande filósofo de su tiempo y en la mayor parte de sus escritos parezca hacer poco caso de los matemáticos, la sátira de Gulliver está dirigida más bien contra el abuso de la ciencia misma. Presenta a los proyectistas de la academia de Laputa como hombres que, poseyendo un ligero barniz de las matemáticas, pretenden perfeccionar sus planos mecánicos por simple fantasía o por extravagancias de su mente.

En la época en que vivió Swift, abundaba la gente de esta clase, que abusaban de la credulidad de los ignorantes, arruinándolos, retrasando, con su actitud, el progreso de la verdadera ciencia. Ridiculizando a todos estos proyectistas, Swift, que les tenía aversión desde que habían sido los causantes de la ruina de su tío Godwin, ofreció datos, si no la idea general, del capítulo XXIII del libro V de Rabelais, en el que Pantagruel estudia las ocupaciones de los cortesanos de Quinta esencia, en el reino de la Entelequia.

También se mofa Swift de los profesores de ciencias especulativas, que se ocupaban de lo que entonces se llamaba magia psíquica y matemática, estudio que no estaba basado en ningún principio sólido ni comprobado por la experiencia, pero que flotaba entre la ciencia y el misticismo: tales eran la alquimia y la construcción de figuras parlantes de bronce; de pájaros voladores de madera; de polvos simpáticos, de bálsamos que se aplicaban, no sobre la herida, sino sobre el arma que la había causado; frascos de esencia con las cuales se podían estercolar varios acres[2] de tierra, y otras maravillas semejantes cuya virtud era encomiada por los impostores, que encontraban, desgraciadamente, víctimas para sus encargos.

La máquina del buen profesor de Lagado para abreviar los progresos de las ciencias especulativas y componer libros que tratasen de todos los asuntos sin intervención de la inteligencia ni del saber, ridiculiza el arte inventado por Ramón Lull y perfeccionado por sus sabios comentadores, o el procedimiento mecánico por el cual, según Cornelio Agrippa, uno de los discípulos de Lull, «todo hombre podría discutir acerca de cualquier tema, y empleando cierto número de elevadas palabras, nombres y verbos, desarrollar una tesis con gran pomposidad y sutileza sustentando los dos aspectos de la cuestión».

El lector podría creerse trasladado al seno de la gran Academia de Laputa leyendo *el breve y gran Arte de la invención y la demostración,* que consistía en aplicar círculos fijos y movibles al sujeto a quien se debía tratar. El círculo principal de esta máquina era fijo y en él se leían los nombres de las substancias de todas las cosas que podía suministrar un sujeto, dispuestas en orden general: *Dios, Ángel, Tierra, Cielo, Hombre, Animal,* etc., etc. Sobre este círculo fijo había otro movible, en el cual estaban escritos lo que los logistas llaman accidentes, tales como: *Cantidad, Cualidad, Relación,* etc., etc. Por último, en otros círculos figuraban los atributos absolutos y relativos y las fórmulas de las preguntas.

[1] El deán contaba también de Newton que, habiéndole dicho una vez su criado que la comida estaba servida, después de esperarlo largo rato, volvió y encontró a su amo subido en una escalera que estaba apoyada contra uno de los estantes de la biblioteca, con un libro en la mano izquierda y la cabeza reclinada en la derecha, tan absorto en sus meditaciones, que el criado se vio obligado, después de llamarlo tres veces, a sacudirlo para distraerlo de su meditación. Tal era el oficio del golpeador.

[2] Medida agraria que equivale de 40 a 46 áreas, según los distintos países que la usan. (N. del T.)

Haciendo girar los círculos de manera que los diversos atributos desfilasen ante la pregunta propuesta, resultaba una especie de lógica mecánica que Swift debió de tener presente, indiscutiblemente, al describir la famosa máquina de componer libros.

Se ha tratado muchas veces de llevar al último grado de perfección el *Arte de las Artes,* como se le llamaba, por su manera de componer y razonar. Kircher, que enseñaba cien artes diferentes, remozó y perfeccionó la máquina de Lull; el jesuita Knittchel compuso con el mismo fin *El camino real de todas las ciencias y las artes;* Brunus inventó el arte de la lógica basado en el mismo plan, y Kulliman hizo erizar los cabellos cuando anunció la intervención de una máquina que contendría, «no solamente el arte de todos los conocimientos universales, o sistema general de todas las ciencias, sino el arte de saber todas las lenguas, de comentar, de criticar, de saber la historia sagrada y profana, de conocer biografías de toda clase, sin contar la *Biblioteca de las Bibliotecas,* conteniendo la esencia de todos los libros impresos hasta la fecha».

Si un sabio podía anunciar gravemente, en latín aceptable, que era posible adquirir todos estos conocimientos con la ayuda de una máquina, que más bien parecía un juguete para criaturas, ya era tiempo de que la sátira hiciese justicia a estas quimeras, y Swift procuró hacer caer en el ridículo estos estudios quiméricos, a los cuales, algunas veces, se les dieron el nombre de ciencia, pero nunca trató de mofarse de las verdaderas ciencias.

En la caricatura que hace de los proyectistas políticos, Swift deja adivinar sus ideas de *tory*, y leyendo la triste historia de los *Struldbruggs* nos sentimos transportados a los tiempos en que el autor sentía por la muerte una indiferencia que, en los últimos años de su vida, debió experimentar con más motivo[1].

El «Viaje al país de los *Houyhnhnms»* es una diatriba contra la naturaleza humana; pues no ha podido ser inspirado más que por la indignación que, como reconoce Swift en su «epitafio», había roído su corazón durante largo tiempo.

Viviendo en un país en el que los hombres estaban divididos en tiranos y esclavos oprimidos y siendo un fanático de la libertad y de la independencia, que veía vejadas cada día, no pudiendo contener la enegía de sus sentimientos, le hizo llegar a sentir repugnancia por una raza capaz de cometer y sufrir tantas y tales iniquidades. También se ha de tener en cuenta el estado de su salud, que declinaba día tras día; su felicidad doméstica destruida por la pérdida de la mujer amada; el entristecedor espectáculo que ofrecía el peligro que amenazaba los días de otra mujer que le era muy querida; sus propios días marchitos desde su otoño; la certeza de acabar su vida en un país al que odiaba, sin poder vivir en el país por el que había concebido tan halagüeñas esperanzas y en el que vivían todos sus amigos; así la reunión de todas estas circunstancias adversas, pueden hacer que se le perdone esa misantropía general, que no cerró nunca su corazón a la caridad.

Todo este cúmulo de consideraciones, no se limita sólo a la persona del autor, sino que son también como una apología de su obra. A pesar del odio que

[1] Durante muchos años, Swift se despedía de sus amigos diciéndoles: «Adiós; ¡que el Cielo os proteja! Confío en que no nos veremos más.» Un día que otro eclesiástico y él acababan de pasar bajo un gran espejo muy pesado, las cuerdas que lo sostenían se rompieron de pronto y cayó con gran estrépito. El acompañante de Swift hizo resaltar lo afortunados que habían sido escapando sin daño para sus personas y Swift contestó: «Si hubiese ido solo, lamentaría el haber cambiado de sitio».

la preside, el carácter de los *yahus*[1] ofrece una lección moral, pues no quiere representar con ellos al hombre iluminado por la religión o que no tiene más que las luces naturales; no, Swift se refiere al hombre degradado por la esclavitud voluntaria de sus facultades intelectuales y de sus instintos, al que se encuentra, desgraciadamente, en las últimas clases sociales, cuando se le deja abandonado a la ignorancia y a los vicios que ésta origina. Desde este punto de vista, la repulsión que inspira este cuadro no puede menos que ser útil a la moral, porque el hombre que se entrega en brazos de la sensualidad brutal, de la crueldad, de la avaricia, se acerca a los *yahus*.

Claro que con esto no tratamos de decir que ese fin moral justifique la crudeza con que Swift pinta al hombre en ese estado de degradación que le acerca a los animales, pues los moralistas deben imitar a los romanos, que infligían públicos castigos por crímenes cuya atrocidad sublevaba, pero que punían secretamente los atentados contra el pudor.

A pesar de estas inverosimilitudes, fundadas en la razón o en los prejuicios, los «Viajes de Gulliver» despertarán siempre el interés universal, muy merecidamente, por su novedad y valor intrínseco.

Luciano, Rabelais, More, Bergerac, Allez y otros muchos escritores habían intentado ya hacer relatar por viajeros lo que habían observado ellos en las regiones ideales, pero todas las utopías conocidas estaban fundadas sobre ficciones puerilles o servían de marco a un sistema de leyes inaplicables. A Swift le estaba reservado el animar la moral de su obra con el humorismo; el hacer desaparecer lo absurdo por una sátira punzante y dar a los hechos más inverosímiles cierto aspecto de verdad por el carácter y estilo del narrador.

El carácter del viajero imaginario es, exactamente, el de Dampier o el de cualquiera otro de los navegantes infatigables de aquel tiempo, dotado de audacia y sentido común, que recorrían lejanos mares con sus prejuicios ingleses, que todo lo comparaban con Portsmouth o Plymouth, y relataban grave y simplemente, a su regreso, lo que habían visto y oído en los países extranjeros. Este carácter es tan exclusivamente inglés, que difícilmente pueden apreciarlo los extranjeros. Las observaciones de Gulliver son más finas o más profundas que las de un capitán de barco mecante o de un cirujano londinense que hubiese realizado un largo viaje, y Robinsón Crusoe, al relatar hechos más cercanos a la realidad, no es superior a Gulliver por la sensatez y verosimilitud de sus aventuras.

Tan realmente está descrita la persona de Gulliver, que un marinero afirmaba haber conocido al capitán Gulliver, si bien estaba domiciliado en Wapping y no en Rotherhithe. Y este contraste de la facilidad natural y la simplicidad de estilo con las maravillas relatadas, constituye uno de los principales atractivos de esta célebre sátira de las imperfecciones, locuras y vicios de la especie humana.

Los exactos cálculos que aparecen en las dos primeras partes de la obra, contribuyen a que la fábula adquiera ciertos visos de verdad. Se dice que cuando están bien observadas las proporciones en la descripción de un objeto normal, lo fantástico, por muy gigantesco o empequeñecido que sea, es menos sensible al ojo del espectador. En efecto, generalmente, la proporción es un atributo esencial de la verdad, y, por consecuencia, de la verosimilitud; así, una vez el

[1] Pronunciación figurada de la palabra hayoo, que significa «persona dominada por las pasiones bestiales». (N. del T.)

lector admite la existencia de los seres que el viajero dice haber visto, le será difícil encontrar ninguna contradicción en el relato. Al contrario, le parece que Gulliver y los hombres que ve se conducen, precisamente, como debían hacerlo en las circunstancias imaginadas por el autor. Desde este punto de vista, el mayor elogio que se puede hacer de los «Viajes de Gulliver» es la crítica que hizo un docto prelado irlandés, diciendo que «había cosas que jamás le podrían hacer creer». También hay un gran arte en cómo nos muestra a Gulliver perdiendo gradualmente, por la influencia de los objetos que le rodeaban, sus ideas sobre las proporciones de la altura a su llegada a Liliput y a Brobdingnag, asimilando las de los gigantes y pigmeos entre los cuales vivió.

Para no prolongar estas reflexiones, solamente induciré al lector a comprobar el sumo arte con que las acciones humanas están divididas entre estas dos razas de seres imaginarios, para hacer más patente la sátira. Las intrigas y enredos políticos, que son la principal ocupación de los cortesanos de Europa, trasladadas a Liliput, a una corte de pequeñas criaturas de seis pulgadas de altura, se convierten en algo ridículo, en tanto que la ligereza de las mujeres y las locuras de las cortes europeas, que el autor presta a las damas de Brobdingnag, se convierten en desagradables monstruosidades en un país cuyos habitantes son de una estatura imponente. Por estos y otros mil medios, en los cuales se encuentra siempre la pincelada de un gran maestro, y cuyos efectos se advierten, aunque para hallar la causa sea menester proceder a un largo análisis, el genio de Swift ha hecho de un cuento de magia una novela con la que no puede compararse ninguna otra, por lo artístico de su relato y por su verdadero sentido de la sátira más fina.

Bien pronto se extendió por toda Europa la fama de los «Viajes de Gulliver». Voltaire, que a la sazón estaba en Inglaterra, la ensalzó ante sus amigos de Francia, recomendándoles que la hiciesen traducir.

El abate Desfontaines emprendió esta traducción y sus dudas, sus temores, sus apologías están consignadas en una curiosa introducción, muy apropiada para dar una idea del espíritu y opiniones de un literato francés de aquella época.

Este traductor admite que comprende que hiere todas las reglas, y ruega le disculpen por las extravagantes farsas que trata de adaptar al francés, confesando que, al escribir ciertos pasajes, la pluma le caía de las manos por el horror y el asombro que le causaba el ver todas las conveniencias sociales tan audazmente violadas por la sátira inglesa; y temeroso de que muchos de los dardos lanzados por Swift pudiesen aplicarse a la corte de Versalles, afirma, con muchos circunloquios, que se trata de un asunto entre los *loritz* y *wigts (tories* y *whigs),* partidos del reino de Inglaterra. Termina asegurando a sus lectores que, no solamente ha cambiado muchos incidentes, a fin de adaptarlos al gusto de sus compatriotas, sino que ha suprimido todos los datos náuticos y muchas otras particularidades del original, tan minuciosas como detestables; pero a pesar de esta afectación de gusto y delicadeza, la traducción es aceptable. Verdad es que el abate Desfontaines se indemnizó publicando una continuación de los «Viajes» en un estilo tan diferente del original, como no se concibe fácilmente[1].

[1] Esta continuación se tituló «El nuevo Gulliver», y en ella se relata los «Viajes» de John Gulliver, hijo del capitán Samuel. No tienen más relación con el original de la que tiene el «Telémaco», de Fénelon, con la «Odisea». El abate Desfontaines evita en ella las ficciones atrevidas e irregulares, las moralejas severas y satíricas, el relato simple y detallado de Swift. John Gulliver es un viajero imaginario que no despierta ningún interés, que viaja por un país donde son las mujeres las que gobiernan; por otro, donde los

También se publicó en Inglaterra una continuación de los «Viajes de Gulliver» (un pretendido tercer volumen). Es la más descarada historia de piratas y falsedades que jamás se haya permitido en el mundo literario. En tanto se afirmaba que esta continuación estaba escrita por el autor del verdadero Gulliver, se descubrió que era obra de un imitador, que había copiado una obra francesa poco conocida, titulada: «Historia de los Severambos»[1].

Independientemente de estas continuaciones, era muy natural que una obra que había alcanzado tan grande éxito diese la idea de imitarla, de parodiarla, que inspirase a algunos poetas; que valiese a su autor elogios y sátiras, en fin, que fuese seguida de lo que ordinariamente acompaña a un triunfo popular, sin omitir el tributo a los envidiosos, cuyas injurias groseras hacen recordar al autor triunfante que sigue siendo hombre.

Los «Viajes de Gulliver» no pudieron menos que aumentar el favor de que el autor gozaba en la corte del príncipe de Gales. Se le dirigieron cartas muy corteses, muy afectuosas y gran número de alabanzas sobre «Gulliver», los *yahus* y los liliputienses.

Al dejar Inglaterra, Swift pidió a la princesa y a la señora Howard un pequeño regalo como recuerdo de la distinción que parecían establecer entre él y un eclesiástico vulgar. Swift había fijado un valor de diez libras esterlinas al regalo de la princesa y una guinea al de la señora Howard. La princesa prometió regalarle unas medallas que no llegó a enviarle jamás; la señora Howard, más fiel a su palabra, remitió a Swift una sortija, avisándoselo mediante una carta, a la que él contestó en nombre de Gulliver. A esta carta, Swift añadió una pequeña corona de oro que representaba la diadema de Liliput. La princesa se dignó aceptar una pieza de seda de manufactura irlandesa, con la que se hizo confeccionar un vestido.

En su correspondencia, Swift se refiere a este regalo quizá con demasiada frecuencia, y todo parecía indicar que, en el caso de que el príncipe subiese al trono, Gulliver, sirviéndose de la expresión de lord Peterborough, «no tenía que hacer más que darse greda en sus zapatos y aprender a danzar sobre la cuerda para llegar a obispo».

IV

Swift era alto, robusto y bien constituido; sus ojos eran azules; su tez, morena; las cejas, negras y espesas; la nariz, un poco aquilina, y en sus facciones se adivinaba la altivez e intrepidez de su carácter.

habitantes no viven más que un día; por un tercero, donde la fealdad inspira el deseo y la admiración. Aunque la obra de Desfontaines esté muy lejos de tener la picante originalidad de la que le sirvió la pauta, no deja de haber en ella imaginación y talento. El abate escribió a Swift refiriéndose a su traducción, pero éste no aceptó sus excusas por los cercenamientos y cambios introducidos en su obra para adaptarla al gusto francés.

[1] A principios de 1727 apareció el tercer volumen de los «Viajes de Gulliver», sin el nombre del impresor y con el mismo formato que los «Viajes». El autor hace que Gulliver emprenda un segundo viaje a Brobdingnag, pero bien pronto, fatigado de tener que inventar, aunque no había hecho hasta entonces gran derroche de ingenio, llena el resto del volumen copiando un «Viaje imaginario» escrito en francés y titulado «Historia de los Severambos», que las «Misceláneas sacadas de una gran biblioteca» atribuyen a M. Alletz. Esta obra había sido prohibida en Francia y otros países católicos por las ideas deístas que tenía y como era un libro muy raro, el plagiario creyó que no correría ningún riesgo publicándola como obra original.

En su juventud pasó por ser hombre guapo y en su vejez su figura era noble e imponente, aunque severa. Hablaba en público con calor y facilidad y su talento para la réplica era tan propio para los debates políticos, que los ministros de la reina Ana lamentaron durante mucho tiempo no haberlo sentado en el banco de los obispos en la Cámara de los Pares.

El gobierno de Irlanda temía su elocuencia tanto como su pluma.

En sociedad, sus maneras eran sencillas y afables, aunque no sin algún tinte de originalidad, y sabía plegarse tan bien a las circunstancias, que su trato era universalmente buscado. Cuando la edad y las enfermedades habían ya alterado la flexibilidad de su espíritu y la igualdad de su carácter, se apreciaba todavía su conversación. No sólo se le consideraba interesante por el conocimiento que tenía del mundo y sus costumbres, sino también por el «humor» satírico con que sazonaba sus observaciones y anéctodas. Según Orrery, ésta fue la última de sus facultades que perdió; pero el deán mismo se percataba de que, a medida que su memoria se debilitaba, repetía con harta frecuencia sus historias. Su conversación, sus salidas, sus réplicas picantes, siempre eran consideradas como inmejorables, si bien, como todos los que están acostumbrados a dominar despóticamente la conversación, una resistencia inesperada le imponía silencio algunas veces.

Le gustaban los juegos de palabras; uno de los mejores que se hayan podido hacer jamás, es, sin duda, la aplicación del verso de Virgilio *Mantua, væ! miseræ nimium vicina Cremonæ* a una dama que había tirado al suelo un violón de Cremona con su mantelete.

El juego de palabras con que consoló a un hombre que había perdido sus anteojos, es más grotesco: *Nocte pluit tote redeunt spectacula mane* («Si continúa lloviendo toda la noche, dijo, los encontrará mañana, a primera hora».) (En inglés la palabra *spectacles* significa también anteojos).

Su superioridad en este género está comprobada por numerosas anécdotas. Un hombre distinguido cuya conducta no era muy regular, había tomado como divisa la frase: *Eques haud male notus,* y Swift tradujo así tales palabras: «Tanto se le conoce, que no es de fiar.»

Swift tenía un don especial para improvisar proverbios. Un día se paseaba por el jardín de un conocido, acompañado de otras personas, y al advertir que el dueño de la casa no pensaba en ofrecerles ninguna fruta, Swift dijo que uno de los refranes de su abuela era:

Always pull a peach
When it is in your reach [1]

y al mismo tiempo que pronunciaba estas palabras, dio el ejemplo a los que le acompañaban.

En otra ocasión, un hombre con el que paseaba a caballo, cayó en una charca:

The more dirt
The less hurt [2]

le dijo Swift, y el hombre se levantó casi consolado de su caída: era un gran aficionado a los refranes y quedó asombrado de no conocer el que el deán acababa de explicarle tan felizmente

Jonathan Swift se divertía componiendo adagios; su diario de Stella demues-

[1] Cuando esté a tu alcance, coge siempre un melocotón.
[2] Cuanto mayor es el fango, menor es el daño.

tra con qué facilidad rimaba los más simples sujetos, y sus poesías denotan una fecundidad inagotable.

También amaba la limpieza extraordinariamente, llegando hasta el escrúpulo; así mismo le agradaba hacer ejercicio, y particularmente andar. Nuestros «marchadores» reirían de la apuesta que hizo de ir a Chester a pie, caminando diez millas diarias (hay alrededor de doscientas millas); pero no es menos cierto que se opinaba que Swift hacía demasiado ejercicio y que su salud se resentía de ello. Era bastante buen jinete, le agradaba montar a caballo y los conocía tan bien, que escogió este noble animal para convertirlo en el emblema del mérito moral, con el nombre de *huyhnhnm*.

Swift obligaba a sus amigos, y particularmente a Stella y Vanessa, a hacer ejercicio, convirtiéndolo casi en un deber.

Son pocas las cartas en que no terminaba refiriéndose a la salud, que la sordera y los vértigos hacían muy precaria. Era de naturaleza escrofulosa, lo que tal vez precipitó el desarreglo de su espíritu. La verdadera causa, sin embargo, fue un derrame seroso en el cerebro, como se comprobó cuando se abrió su cuerpo.

La beneficiencia del deán se elevaba por encima de la caridad ordinaria. Aunque siempre llevaba consigo cierta cantidad de dinero en monedas de distinto valor para distribuirlas entre los que le parecían estar necesitados de socorro, su principal deseo era el de socorrer a los verdaderamente necesitados, sin exponerse a ser engañado por la holgazanería, y acerca de esto escribió muchos tratados.

En todas partes recibían a Swift con demostraciones del más profundo respeto; solía decirse que debería abrirse una suscripción para proveerle de sombreros, porque los suyos se volvían viejos en un instante sólo con devolver los saludos que se le dirigían.

He aquí una prueba, bastante cómica, por cierto, de la fe con que el pueblo acogía sus palabras: una vez, estaba rodeado de buen número de habitantes del deanato que esperaban ver un eclipse. Importunado Swift por el ruido que hacían, dispuso que el pertiguero les anunciase que, por orden del deán de San Patricio, se había aplazado el eclipse, acogiendo el pueblo tan extraordinario aviso con mucha seriedad y dispersándose al instante.

Como escritor, el carácter de Swift presenta tres particularidades muy marcadas. La primera cualidad que le distingue, y que raramente otorgan a un autor sus contemporáneos, es la originalidad, que no niegan a Swift las críticas más severas. El mismo Johnson dice que tal vez sea el único autor que no ha tomado nada de otros y que tenga tanto derecho a ser considerado como original. Hasta la fecha en que él escribió, no se había publicado nada que pudiese servirle de modelo y las pocas ideas que tomó se convirtieron en suyas por el sello propio que supo imprimirles.

La segunda particularidad, a la que ya nos hemos referido anteriormente, es su absoluta indiferencia por la fama literaria. Swift se servía de su pluma como un obrero manual se sirve de los instrumentos de su oficio: sin darle ninguna importancia. Swift se preocupaba por el éxito de sus razonamientos; le disgustaban las contradicciones, se encolarizaba con los adversarios que combatían sus principios y querían impedirle alcanzar su propósito, pero siempre, en todas ocasiones, mostraba por el éxito de sus obras una despreocupación que tenía todas las características de la sinceridad. La indiferencia con que lanzaba sus obras al mercado, ocultándose siempre en el anónimo, y la dejación que hacía de los beneficios que pudiera obtener, demuestran que desdeñaba el ser autor profesional.

La tercera cualidad distintiva del carácter literario de Swift es que, exceptuando la historia, ha sobresalido siempre en todos los estilos de composición en que escribió. Desde luego, no me refiero a algunos ensayos pindáricos ni a sus versos latinos, que son poco importantes para tenerlos en cuenta, y hasta es posible encontrar algunos que denotan lo frívola y vulgarmente que empleaba a veces su talento; pero sus versos anglolatinos, sus enigmas, sus poco delicadas descripciones, sus violentas sátiras políticas, son tan perfectas en su género, que se apoderan del sujeto y no dejan más que un sentimiento: el de no ver empleada en asuntos más nobles tan esclarecida inteligencia.

En la ficción poseía en grado sumo el arte de la verosimilitud, o, como hemos dicho al hablar de los «Viajes de Gulliver», el arte de poder desarrollar un carácter ficticio en todas las circunstancias.

Una gran parte de este secreto consiste en la exactitud de los pormenores y pequeñeces que forman el conjunto de una historia relatada por un testigo ocular. Tales son las cosas que parecen no interesar más que al narrador; es la bala que silba en los oídos del soldado y que le impresiona más que el fragor incesante de la artillería durante la batalla, pero que para un espectador lejano tiene el carácter de un detalle que se pierde en el curso general de los acontecimientos.

Es preciso poseer el discernimiento de Swift o de De Foe, autor de *Robinsón Crusoe* y de las *Memorias de un caballero*, para recoger esos detalles minuciosos que deben sorprender al espectador que, por el alcance de su espíritu y su educación, no está acostumbrado a generalizar sus observaciones.

El ingenioso autor de la *Historia de la Ficción*[1] me da hecho el parangón que me proponía hacer entre el relato de «Gulliver» y el de «Robinsón Crusoe». Me valdré de sus mismas palabras, que interpretan perfectamente mis propias ideas.

Después de desarrollar su proposición, para demostrar cómo Robinsón Crusoe convierte en verosímil su relato de la tempestad, dice: «Estos detalles tan minuciosos nos inducen a creer toda la historia, porque no puede menos de pensarse que no los habría mencionado si no fuesen ciertos. Estos mismos detalles circunstanciales resaltan en los «Viajes de Gulliver» y nos obligan a creer en parte los más improbables relatos.»

Jamás ha puesto nadie en duda el genio de De Foe, pero el caudal de sus conocimientos no era muy extenso y el resultado de esto fue que no pudo crear más allá de uno o dos héroes: Un marino vulgar, como Robinsón Crusoe, un tosco soldado, como su Caballero, y fulleros de baja estofa, como algunos de sus otros personajes ficticios, únicos caracteres que podía desarrollar por lo menguado de sus conocimientos. Foe se encuentra precisamente en el caso del hechicero de un cuento indio, cuyo poder mágico se limitaba a tomar la forma de dos o tres animales. Por el contrario, Swift es el derviche persa que puede hacer pasar su alma al cuerpo de quien quiere y ver con sus ojos, utilizar todos sus miembros y sentidos, asimilarse hasta sus juicios. Samuel Gulliver, el viajero; Isaac Bickerstaff, el astrólogo; el francés que relata el nuevo viaje a París; *mistress* Harris; María, la cocinera; el hombre que, para socorrer a los pobres, propone que se coman a sus hijos, son personajes tan distintos unos de otros,

[1] Dunlop.

como lo son, a su vez, del deán de San Patricio. Cada uno de ellos conserva su carácter, se mueve en su propia esfera; siempre se admiran de circunstancias que, por su posición social o su manera de ver los hechos, les parecen más interesantes como individuos.

La consideración hecha anteriormente por mí acerca de su arte para convertir en verosímil un relato imaginario, tiene aplicación también en cuanto a sus personajes. Los detalles minuciosos que asombran al narrador, ocupan una porción considerable de su relato, en tanto que datos mucho más importantes por sí mismos no atraen su atención más que parcialmente; en otros términos, en sus relatos, como en los cuadros, hay primeros y segundos términos; y la escala de los objetos decrece necesariamente a medida que están más alejados del que los cuenta.

En este aspecto, el arte de Swift es no menos notable. Gulliver relata de una manera más vaga lo que sabe de oídas que lo que observa por sí mismo; así, estos viajes no son como los demás al país de la Utopía; esto es, un cuadro completo del gobierno y leyes de aquellos países, sino una noción general de lo que un viajero curioso puede llegar a saber de un país extranjero durante una estancia de algunos meses.

En fin, el narrador es el centro y la clave de la historia y no cuenta más que aquellas cosas que adquirieron importancia ante sus ojos, porque le afectaron personalmente.

Advertencia de los editores de esta nueva traducción

Los lectores que comprueben el texto inglés con la traducción que ofrecemos hoy al público, encontrarán en ésta, sin ningún género de duda, un mérito que estamos siempre dispuestos a asegurarles: el de su fidelidad escrupulosa, a que un escritor tan eminente tenía incontestable derecho y que hasta ahora había sido violada por las más increíbles alteraciones.

Se comprende que la censura de aquella época, asustada por los atrevimientos filosóficos del deán de San Patricio, exigiera numerosas y graves supresiones; pero lo que no puede justificarse de ninguna manera es que otros se hubieran creído con derecho a interpolar frases y páginas enteras que desnaturalizaban el espíritu y el tono de la obra.

Asimismo advertimos al lector que cuantos comentarios y sugerencias se hacen en la novela, son debidos a la fina ironía del autor, que trató de corregir algunos de los vicios de su época, ridiculizándolos y aun exagerándolos, principalmente en cuanto se refiere a política y administración pública.

El editor al lector[1]

Samuel Gulliver, autor de estos viajes, es íntimo y antiguo amigo mío, y hasta algo pariente por línea materna. Hará unos tres años, Gulliver, cansado de la afluencia de curiosos que acudían a su casa de Redriff, compró unas tierrecitas y una cómoda casa cerca de Newark, en el condado de Nottingham, su provincia natal, y en ella llevó una vida muy retirada, pero estimado, sin embargo, por todos sus vecinos.

[1] Nota del primer editor inglés.

Si bien Gulliver nació en el condado de Nottingham, donde vivía su padre, he oído decir que su familia procedía del condado de Oxford, y, en efecto, en el cementerio de Bannury, que pertenece a este departamento, he encontrado muchas tumbas y monumentos de los Gulliver.

Antes de salir de Redriff, Gulliver me entregó los manuscritos que siguen, autorizándome para disponer de ellos como juzgase conveniente. El estilo de ellos es claro y sencillo; sólo un defecto he encontrado en ellos, común, por lo demás, a todos los viajeros: el de entrar en detalles demasiado minuciosos; pero se respira un aire de verdad en el conjunto de la obra. En efecto, el autor se distingue por su veracidad, de tal modo, que entre los habitantes de Redriff, cuando se quiere afirmar alguna cosa, dicen ordinariamente: «Esto es tan cierto, como si Mr. Gulliver lo hubiese dicho.»

De acuerdo con numerosas personas, a las cuales, con permiso del autor, he leído esos manuscritos, me arriesgo hoy a hacerlos públicos, esperando que, durante algún tiempo, al menos, sean un pasatiempo más agradable para nuestra juventud que las rapsodias de los escritores de partido.

Este tomo habría tenido, por lo menos, doble número de páginas, si no me hubiese permitido suprimir buen número de párrafos referentes a vientos y mareas, así como las demás observaciones meteorológicas de los diferentes viajes y a la descripción, en lenguaje marino, de las maniobras de los buques durante las tempestades. Igual he hecho con las coordenadas. Me temo que Mr. Gulliver no quede muy satisfecho de estas supresiones, mas yo estaba dispuesto a poner esta obra al alcance del mayor número posible de lectores. Por lo tanto, si mi ignorancia de las cosas del mar me ha hecho incurrir en algunos errores, yo soy el único responsable; por otra parte, si los amantes de relatos de viajes tuviesen el deseo de ver el texto original en toda su extensión, tal como salió de manos del autor, estoy dispuesto a complacerles.

Respecto a las particularidades concernientes al autor, el lector las encontrará en las primeras páginas del libro.

Richard Sympson

Carta del capitán Gulliver a su primo Richard Sympson

Espero que no os negaréis en modo alguno a declarar públicamente, cuantas veces se os presente la ocasión, que sólo ante vuestros reiterados ruegos he permitido publicar un deslavazado e incorrecto relato de mis viajes después de haberos ordenado que empleaseis algunos jóvenes de ambos sexos, graduados en nuestras universidades, para ordenar los manuscritos y corregir el estilo, como ha hecho mi primo Dampier con su libro titulado «Viaje alrededor del mundo», siguiendo mis consejos. Pero si recuerdo bien, no os he autorizado para hacer supresiones y, mucho menos aún, para adicionar nada; así, declaro que desautorizo todo lo que no es mío, especialmente un párrafo acerca de Su Majestad la reina Ana, de gloriosa y piadosa memoria. Y aunque yo haya estimado y reverenciado a esta reina más que todos los humanos, debierais haberos informado antes, vos o el colaborador vuestro que se haya permitido interpolar este párrafo, de que no entra en mis costumbres adular a mis semejantes, además de que hubiese sido incorrecto alabar a un ser de mi especie ante mi amo el *huyhnhnm*. Por otra parte, este hecho es absolutamente falso, pues por haber estado en Inglaterra durante parte del reinado de Su Majestad, sé que esta princesa ha gobernado siempre por medio de su primer ministro; primero, lord Godolphin; luego, lord Oxford; de modo que me habéis hecho decir cosas que no son ciertas.

También, en la parte relativa a la academia de proyectistas y en algunos pasajes de mis conversaciones con mi amo, el *huyhnhnm*, habéis omitido circunstancias esenciales, o las habéis atenuado o alterado de tal modo, que me es difícil reconocer mi propia obra. Cuando os insinué algo de esto en una de mis cartas, me respondisteis que temíais ofender al Poder, siempre vigilante en los libros e inclinado, no solamente a interpretar, sino a castigar todo lo que tuviera la apariencia de «alusión»; éstos creo que eran los términos que empleabais. Pero, por favor, ¿cómo lo que he dicho hace buen número de años, a cinco mil leguas de distancia, en un país extranjero, puede aplicarse a ninguno de los *yahus* que gobiernan ahora, según se dice, nuestro rebaño, sobre todo teniendo en cuenta que las dije en un tiempo en el que no podía temer encontrarme otra vez bajo su imperio? ¿No tengo motivos muy fundados para afligirme cuando veo a estos mismos *yahus* llevados en sus coches por los *huyhnhnms,* como si estos últimos fuesen los brutos y los primeros los seres racionales? ¡Si, principalmente, para escapar a tan monstruoso y detestable espectáculo me he retirado aquí!

Esto es lo que creo mi deber deciros por lo que se refiere a la tarea que os confié.

En segundo lugar, me reprocho por haber demostrado tan poco juicio al ceder a las instancias y falsos razonamientos empleados por vos y algunos otros para decidirme, en contra de mi propia opinión, a dejar publicar mis viajes. Recordad, por favor, cuántas veces os he rogado, cuando me hablabais del bien público para vencer mi repugnancia, cuántas veces, repito, os he rogado que tuvierais en cuenta que los *yahus* eran animales absolutamente incapaces de corregirse por medio de lecciones o ejemplos. Los hechos han confirmado mis aserciones, porque, en lugar de conseguir la desaparición de los abusos y de la corrupción, al menos en esta pequeña isla, como era mi deseo, bien veis que mi libro, después de seis meses de haberse publicado, no ha producido uno solo de los efectos que yo intentaba que produjese. Os rogué que me informaseis por carta cuando hubiesen desaparecido los partidos; cuando los jueces fueran ecuánimes e íntegros, y los litigantes honrados y moderados y no del todo desprovistos de buen sentido; que me avisaseis cuando la llanura de Smithfield estuviese iluminada por el incendio de pirámides de libros de jurisprudencia; cuando los médicos estuviesen desterrados y las mujeres *yahus*, abundantemente ornadas de virtudes, honor, sinceridad y sensatez; cuando las antecámaras y audiencias ministeriales se viesen purgadas de todas sus inmundicias y el mérito y la ciencia fuesen recompensados; cuando los que son la vergüenza de la prensa, ya escribiendo en prosa, ya en verso, fuesen condenados a comer sus papeles por todo alimento y a beberse la tinta por única bebida. Estaba seguro de estas reformas y de otras mil por el estilo, de acuerdo con vuestros estímulos, y en efecto, claramente estaban indicadas en mi libro. Creo que siete meses eran más que suficientes para corregir todos los vicios, todas las debilidades a que tan sujetos están los *yahus,* si su naturaleza hubiese podido admitir el menor grado de prudencia o de virtud, pero, lejos de contestar a mi demanda, cada uno de vuestros correos me ha traído en vuestras cartas una serie de «libelos», de «reflexiones» y de «segundas partes», en las cuales se me acusaba de calumniar a los hombres de Estado, de envilecer la especie humana (porque aun tienen la impudicia de darse este nombre) y de ultrajar al sexo femenino.

Bien pronto he advertido que los autores de esta agitación no se entienden ni entre ellos; pues unos no quieren reconocer que yo sea el autor de mis viajes, y otros me atribuyen escritos de los cuales soy totalmente ajeno.

Debo advertiros también que vuestro impresor ha puesto muchas inexactitudes en las fechas de algunos de mis viajes y regresos y no ha dado con precisión, ni el año, ni el mes, ni el día; y como he oído decir que el manuscrito original había sido destruido después de la publicación de mi obra y no me queda de él ninguna copia, os envío algunas correcciones que podréis hacer si editáis una segunda edición. Sin embargo, no las garantizo en modo alguno y dejo a los lectores juiciosos y sencillos el cuidado de restablecer las cosas tal como deben ser.

Se me ha dicho que nuestros *yahus* marinos encontraban mi lenguaje marino anticuado en ciertos pasajes. Este inconveniente era inevitable. En mis primeros viajes, cuando aún era muy joven, fui enseñado por marinos muy viejos y aprendí a hablar como ellos. Además, he advertido que los *yahus* de mar se sienten tan inclinados a adoptar palabras nuevas como los de tierra, que casi cambian de lenguaje todos los años, de tal modo, que cada vez que regresaba a mi país encontraba el dialecto tan cambiado, que difícilmente lo comprendía; lo mismo que cuando recibo la visita de algunos curiosos de Londres no podemos entendernos recíprocamente, porque empleamos términos diferentes para expresar nuestras ideas.

Si las críticas de los *yahus* pudieran afectarme en lo más mínimo, tendría motivos para lamentarme de muchos de ellos, que han tenido la impudicia de anticipar que mi libro de viajes es una pura ficción sacada de mi cerebro; en su audacia, han llegado a decir que había tantos *huyhnhnms* y *yahus* como habitantes de Utopía.

Sin embargo, reconozco que, con respecto a los pueblos de Liliput, Broddingrag (este nombre debe ser escrito así y no Broddingnag, como lo han escrito por error) y de Laputa, ninguno de nuestros *yahus* ha sido lo bastante osado para abrigar la menor duda respecto a los hechos relativos a estos pueblos, porque acerca de tales puntos es tan contundente la verdad, que lleva en sí misma la convicción. Y pregunto: ¿acaso es menos verosímil mi relato de los *huyhnhnms* y los *yahus*? ¿No vemos, en nuestro mismo país, millares de estos últimos, que sólo se diferencian de sus hermanos brutos del país de los *hyuhnhnms* en que hablan una especie de jerga y no van desnudos? Yo he escrito para obtener su mejoramiento, no su aprobación. Reunidas todas las alabanzas de su raza entera, serían menos estimables a mis ojos que los relinchos de dos *huyhnhnms* degenerados que tengo en mis cuadras; porque, a pesar de su degradación, aún advierto en ellos algunas manifestaciones de virtud, sin mezcla de vicio.

¿Osarían estos desgraciados animales suponerme tan degradado como para condescender en defender mi veracidad?

A pesar de ser *yahu,* es bien sabido que por las enseñanzas y ejemplos de mi amo, pude, en el transcurso de dos años (aunque debo reconocer que no fue sin dificultades), perder la infernal costumbre de mentir, fanfarronear y engañar que tan profundamente están arraigadas en nuestra especie, sobre todo en Europa.

Muchas otras quejas podría daros acerca de tan lastimoso asunto, pero no quiero ni fatigarme ni fatigaros por más tiempo. Confieso que, después de haberos escrito mi última carta, ha revivido en mí algún mal germen de mi naturaleza de *yahu* por las conversaciones que he tenido con un reducido número de individuos de vuestra especie, particularmente con mis familiares, con los que no he podido evitar las relaciones; de no ser así, probablemente no hubiese concebido jamás un proyecto tan absurdo como el de intentar reformar la raza de los *yahus* de este reino. Pero ahora ya he renunciado para siempre a tales fantasías.

2 de abril de 1727.

PRIMERA PARTE

VIAJE A LILIPUT

CAPÍTULO PRIMERO

El autor da sucinta cuenta de su nacimiento, de su familia y de las causas que le impulsaron a viajar. – Naufraga y se salva a nado arribando al país de Liliput. – Se le encadena y se le conduce así al interior del territorio.

Mi padre tenía una pequeña hacienda en Nottingham; yo era el tercero de sus cinco hijos y cuando cumplí catorce años me envió al colegio de Emmanuel, en Cambridge, en el que estuve tres años, durante los cuales estudié asiduamente. Pero, a pesar del precio módico de mi pensión, el gasto que representaba mi estancia en el colegio aún era excesivo para mi padre, por lo que decidió que entrase de aprendiz, en Londres, en casa de Mr. Jacob Bates, célebre cirujano, a cuyas órdenes estuve durante cuatro años. De vez èn cuando, mi padre me enviaba pequeñas sumas, que yo dedicaba a facilitarme los medios para estudiar navegación y las ciencias matemáticas necesarias a los que se proponen viajar por mar, lo que preveía yo que, más pronto o más tarde, sería mi destino. Cuando abandoné la casa de Jacob Bates, regresé a la de mi padre, y entre éste, mi tío John y algunos otros parientes, logré reunir la suma de cuarenta libras esterlinas y que me prometiesen enviarme otras treinta libras anuales para costearme mi estancia en Leyde. Allí estudié medicina durante dos años y siete meses, convencido de que me sería muy útil su conocimiento en viajes de larga duración.

Poco después de mi regreso de Leyde, y gracias a la recomendación de mi antiguo maestro Jacob Bates, obtuve el empleo de cirujano en la «Golondrina», en la que navegué tres años y medio, a las órdenes del capitán Abraham Panell, recorriendo, durante este tiempo, el Oriente y otros lugares.

A mi vuelta, resolví establecerme en Londres. En esta decisión mía influyó grandemente Mr. Bates, que me presentó a algunos de sus enfermos. Alquilé, así, un piso en una pequeña casa del barrio de Old-Jewry y poco después me casé con la señorita Maria Burton, hija segunda de Edward Burton, sombrerero y vendedor de géneros de punto de la calle de Newgate, la cual me aportó, como dote, cuatrocientas libras esterlinas.

Pero mi buen maestro, Mr. Bates, murió dos años después y como yo tenía entonces un corto número de relaciones, mi clientela comenzó a disminuir, porque mi conciencia no me permitió recurrir a los reprobables medios que empleaban la mayor parte de mis colegas. Así, después de consultarlo con mi esposa y algunos amigos, tomé la resolución de volver a embarcarme. Sucesivamente, fui cirujano de dos barcos, y varios viajes que hice a las Indias orientales y occidentales en el transcurso de unos seis años, me permitieron aumentar ligeramente mi pequeña fortuna.

En mis ratos de ocio, me dediqué a leer los mejores autores antiguos y modernos, y siempre llevaba conmigo buen número de libros; y cuando desembarcaba, observaba las costumbres y hábitos de los pueblos, aprendiendo al mismo tiempo el idioma del país que visitaba, lo que no me costaba gran esfuerzo, gracias a mi buena memoria.

Como el último viaje no fue muy afortunado, sentí disgusto por el mar y acordé quedarme en casa con mi mujer y mis hijos. Me trasladé desde Old-

Jewry a Fetter-Lane, y más tarde, me fui a Wapping esperando encontrar clientela entre los marineros, pero no me salieron bien las cuentas. Después de esperar vanamente, durante tres años, que mejorase el estado de mis negocios, acepté una ventajosa oferta del capitán William Prichard, para embarcarme en el «Antílope», y partir con dirección a los mares del Sur. Emprendimos el viaje desde Bristol, el día 4 de mayo de 1699, y al principio, el viaje fue bueno.

Resultaría inútil y enojoso para el lector, narrar detalladamente nuestras aventuras en esos mares; sólo haré saber que, en la travesía por las Indias orientales, nos cogió una violenta tempestad que nos arrojó al Noroeste de la tierra de Van Diemen, encontrándonos a 30° y 2' de latitud meridional. Doce de nuestros hombres habían muerto por la fatiga y la mala alimentación; los demás estaban en un estado de completo agotamiento. El 5 de noviembre, fecha en que comenzaba el verano en aquel país, el cielo estaba cerrado; de pronto, los marineros divisaron una roca que estaría a medio cable de nuestro barco, pero el viento era tan fuerte, que nos arrojó contra ella, averiando gravemente el barco. Seis hombres de la dotación, entre los cuales me contaba, lanzamos al agua la chalupa, encontrando así el medio de desembarazarnos del barco y de los escollos. Navegamos a remo alrededor de unas tres leguas, pero al fin el cansancio nos impidió remar. Completamente agotados, nos dejamos llevar por las olas; una media hora después, una ráfaga de viento Norte hizo volcar la chalupa.

Ignoro la suerte que correrían mis compañeros, tanto los que se quedaron en el barco, como los que se embarcaron en la chalupa; supongo que se ahogarían. En cuanto a mí, nadé a la ventura, empujado por el viento y la marea hacia tierra. De vez en cuando, tanteaba con los pies, mas sin encontrar fondo; pero al fin pude ponerme en pie, cuando ya estaba a punto de perder las fuerzas y la tempestad comenzaba a atenuar su violencia.

Como la pendiente era casi insensible, aún tuve que andar una milla antes de salir a la playa; serían entonces, según mis cálculos, las ocho y media de la noche. Ya en tierra, anduve media milla sin descubrir ninguna casa ni huellas de habitantes, aunque tal vez estuviese tan extenuado, que no las viera. La fatiga, el calor y media pinta de aguardiente que había bebido antes de abandonar el barco, hicieron que el sueño fuese apoderándose de mí; así, me acosté sobre la hierba, que era muy fina y suave, y poco después quedé sumido en el más profundo sueño que jamás hubiese dormido; así estuve nueve horas, pues desperté con el día. Traté de levantarme, pero todo fue en vano. Estaba echado sobre la espalda y advertí que tenía las manos y las piernas atadas a ambos lados del terreno, y mis cabellos, largos y espesos, atados de la misma manera. También sentí muchas cuerdas finísimas que rodeaban mi cuerpo, desde las axilas a los muslos.

No podía mirar más que hacia el cielo y como el sol comenzaba a calentar demasiado, su resplandor me fatigaba los ojos. Oía gran ruido a mi alrededor, pero, debido a la postura en que estaba, repito, no podía mirar más que al cielo. Poco después sentí que algo se movía sobre mi pierna derecha, y ese algo avanzó lentamente por mi pecho hasta llegar al mentón. Esforzándome cuanto pude, dirigí mi mirada hacia él y vi que era un ser humano, de unas seis pulgadas de altura, que llevaba en la mano un arco y una flecha, y un carcaj terciado a la espalda. Al mismo tiempo vi que le seguían unas cuarenta criaturas semejantes a él. Sorprendido, lancé tales gritos, que todos aquellos seres se retiraron asustados; después supe que algunos habían resultado gravemente heridos por las caídas, al precipitarse a tierra. Sin embargo, bien pronto volvieron, y uno de ellos, que tuvo el arrojo de adelantarse para ver mi rostro, levantó las manos y los ojos asombrado, gritando con voz chillona, pero clara:

—*Hekinah degui.*

Sus compañeros repitieron muchas veces las mismas palabras, de las que no pude comprender el sentido.

Como el lector supondrá, yo estaba en una posición muy molesta. Al fin, con mis esfuerzos para soltarme, pude romper las ligaduras y arrancar las estaquillas que sujetaban a tierra mi brazo izquierdo y alzándolo un poco, descubrí lo que me tenía cautivo. Al mismo tiempo, con una sacudida violenta que me causó un dolor vivísimo, logré aflojar ligeramente los cordones que sujetaban la parte derecha de mis cabellos, de suerte que pude ya volver un poco la cabeza. Entonces, aquellos insectos humanos huyeron antes de que pudiese tocarlos, y comenzaron a lanzar gritos agudísimos. Al cesar el vocerío, pude entender uno de esos gritos: *Tolgo phonac* y en seguida, sentí mi mano izquierda aguijoneada por más de cien flechas que me pinchaban como otras tantas agujas; luego, hicieron otra descarga al aire, como hacemos en Europa cuando dispara la artillería por elevación.. Muchas de las flechas creo que caerían sobre mi cuerpo, pues no las sentí, pero otras fueron a dar sobre mi cara, que trataba de cubrir con mi mano. Cuando esta granizada de flechas hubo pasado, me esforcé aún más por libertarme, pero me hicieron entonces una descarga aún más nutrida que la primera y hasta algunos trataron de clavarme sus lanzas, lo que no consiguieron, afortunadamente, porque yo vestía un coleto de piel de búfalo, que no pudieron atravesar. Por lo tanto, decidí permanecer inmóvil hasta que llegase la noche; entonces, teniendo ya libre mi mano izquierda, podría desatarme en seguida. Con respecto a los habitantes, si todos eran de la misma talla que los que había visto hasta entonces, fundadamente me creía en igualdad de fuerzas con el más poderoso ejército que pudiesen poner en pie de guerra para atacarme; pero la fortuna me tenía reservada otra suerte.

Cuando aquellas gentes advirtieron que permanecía tranquilo, cesaron de disparar flechas, pero un rumor creciente me hizo comprender que su número había aumentado de un modo considerable; durante más de una hora, a unas cuatro yardas de mi oreja derecha, oí un ruido como de gente que trabajaba. Al fin, volviedon ligeramente la cabeza hacia ese lado, tanto como me lo permitían las cuerdas que ataban al suelo mis cabellos, vi un tablado que se elevaba como un pie y medio sobre la tierra, en el que podrían colocarse cuatro de aquellos hombrecillos, con dos o tres escalas apoyadas en él para subir. Uno de ellos, que me pareció ser persona principal, me dirigió un discurso bastante largo, del que no comprendí ni una palabra. Antes de comenzar a hablar, aquel hombre gritó tres veces: *langro dehul san.* (Estas palabras me fueron repetidas y explicadas más adelante, así como las anteriores.) Inmediatamente, cincuenta hombres avanzaron y cortaron las cuerdas que sujetaban la parte izquierda de mi cabeza, lo que me permitió moverla libremente y observar la figura y ademanes del que me hablaba. Me pareció de mediana edad y algo más alto que los otros tres que le acompañaban, de los cuales, uno, que tenía aspecto de paje y era un poco más alto que mi dedo, sujetaba la cola de su vestido; los otros dos, uno a cada lado, en pie, le servían como de escolta. Desempeñaba con desenvoltura su papel de orador y creí adivinar a través de su discurso amenazas y promesas, así como ademanes de compasión y afabilidad. Yo contesté en pocas palabras, pero en un tono sumiso, levantando la mano izquierda y los ojos hacia el cielo, como para ponerlo por testigo de que desfallecía de hambre, pues no había comido nada desde hacía largo tiempo.

En efecto, mi apetito era tan apremiante, que no pude evitar hacer ver mi impaciencia (acaso de un modo algo insociable) llevando mi dedo a la boca repetidamente, para hacer ver que necesitaba alimentos. El *hurgo* (después supe que así llamaban a los grandes señores) me comprendió muy bien. Bajó del tablado y ordenó que apoyasen contra mis costados muchas escalas, por las cuales ascendió bien pronto un centenar de hombres que se dirigieron hacia mi boca, cargados con cestos llenos de carne, reunidos y enviados por orden del soberano en cuanto tuvo noticias de mi arribada. Observé que había carnes de diferentes animales, aunque no pude distinguirlos por el gusto; había patas, lomos y brazuelos cortados como los de carnero, muy bien condimentados, pero más pequeños que las alas de una alondra. De un bocado me comí dos o tres y tres panes tan grandes como balas de fusil. Me proveían de alimentos, dando patentes pruebas de asombro y admiración por mi corpulencia y extraordinario apetito.

Hice otra señal para indicarles que deseaba beber, y por el modo como me habían visto comer, conjeturaron que no sería suficiente para mitigarla una pequeña cantidad de bebida, mas como eran muy ingeniosos, con gran destreza pusieron en pie uno de los grandes toneles de vino que utilizaban y haciéndolo rodar hasta mi mano, lo desfondaron, me lo bebí de un sorbo lo que no me fue difícil, porque no contenía más de media pinta. Este vino tenía un gusto parecido al borgoña, aunque más agradable. Me acercaron un segundo tonel, que bebí igualmente, e indiqué que me trajesen más, pero como no los había, no pudieron dármelos.

Luego de haberme visto hacer todos estos prodigios, lanzaron gritos de júbilo y se pusieron a danzar sobre mi pecho repitiendo varias veces, como habían hecho al principio: *hekinah degui.* Por signos me indicaron que lanzase a tierra los dos barriles, avisando primero a los asistentes de que se alejasen, gritando *borach mevolah*, y cuando vieron los dos toneles por el aire, lanzaron un hurra general.

Muchas veces estuve tentado, mientras iban y venían sobre mi cuerpo, de coger a cuarenta o cincuenta de los primeros que se encontraban a mi alcance para arrojarlos a tierra, pero el recuerdo de lo que ya había sufrido, que acaso no fuese lo peor que me podían infligir, y la promesa que les había hecho de no emplear mi fuerza contra ellos, fueron causa de que alejase tales pensamientos de mi espíritu. Además, me consideraba ligado por las leyes de la hospitalidad para con aquel pueblo que acababa de tratarme con tanta magnificencia. Sin embargo, no podía menos de admirar la valentía de aquellos pequeños seres que se aventuraban a subir y pasearse por mi cuerpo teniendo libre una de mis manos.

Cuando advirtieron que no les pedía más comida, condujeron ante mí una persona de gran alcurnia enviada por Su Majestad. Su Excelencia subió por mi tobillo y avanzó hasta llegar a mi rostro, acompañado por una docena de los que formaban su séquito. Al llegar allí, me presentó sus cartas credenciales, selladas con el sello real, que desplegó ante mis ojos, y pronunció un discurso, que duró unos diez minutos, con tono tranquilo, pero resuelto, mostrando, de vez en cuando, el lado del horizonte que se extendía frente a nosotros. Tal era la dirección en que se encontraba la capital, aproximadamente a una milla de distancia, y el rey había decidido en consejo que me trasladasen a ella. Contesté con breves palabras, y como no me entedían, recurrí a las señas. Pasando mi mano libre por encima de la cabeza de Su Excelencia y de su séquito, la apoyé sobre mi otra mano y mi cabeza. El señor comprendió que deseaba ser desatado, pero me hizo comprender que debía ser transportado en el estado en que me hallaba. No obstante, también por señas me aseguró que se me daría todo cuanto necesitase.

De nuevo sentí el deseo de romper mis ligaduras, pero cuando sentí la punta de sus flechas en mis manos, ya cubiertas de ampollas, y sobre mi cara, pues muchos de aquellos pequeños dardos aún estaban clavados en mi carne, y advirtiendo que el número de mis enemigos aumentaba incesantemente, mostré mi deseo de someterme a todo lo que quisieran hacer de mí. Entonces, el *hurgo* y su séquito se retiraron entre grandes demostraciones de cortesía y satisfacción.

Casi inmediatamente oí un vocerío general, en el que se repetían frecuentemente las palabras *peplum selan,* y vi que, a mi izquierda, un numeroso grupo de personas aflojaban las cuerdas de tal modo, que me fue posible volverme a la derecha. Anteriormente, me habían frotado la cara y las manos, caritativamente, con una especie de ungüento de olor muy agradable y que en muy poco tiempo me curó las picaduras de las flechas. Este alivio, junto con los refrescos que había recibido y la solidez de los alimentos que había tomado, me incitaron al sueño. Dormí unas ocho horas, pues, según supe más tarde, los médicos, por orden del emperador, habían mezclado con el vino una poción soporífera.

Al parecer, cuando me descubrieron dormido sobre la costa donde había tomado tierra, enviaron un correo para dar cuenta de mi llegada al emperador y éste decidió en consejo que fuese atado de la manera que acabo de referir, lo que se ejecutó por la noche, durante mi sueño; que me enviasen comida y bebida, y que se construyese una máquina para trasladarme a la capital de sus estados.

Esta resolución parecerá, tal vez, temeraria y peligrosa, y creo que no existe en Europa un solo príncipe capaz de proceder así en un caso semejante; sin embargo, a mi modo de ver, esa medida era tan prudente como generosa, porque si se hubiese intentado matarme durante mi sueño, seguramente hubiera despertado a la primera sensación dolorosa, y la cólera podía haber duplicado mis fuerzas permitiéndome romper probablemente mis ligaduras; en ese caso mis asaltantes no hubiesen podido esperar ninguna gracia de mí.

Aquellas gentes eran muy expertas en matemáticas y mecánica, ciencias particularmente protegidas por Su Majestad. Este príncipe poseía muy ingeniosas máquinas de transporte capaces de trasladar barcos de guerra, algunos de nueve pies de largo, desde los bosques donde eran construidos hasta el mar.

Quinientos ingenieros o carpinteros fueron encargados de construir una de aquellas máquinas de la dimensión necesaria para transportarme; era un carromato de siete pies de largo por cuatro de ancho, colocado sobre veintidós ruedas a pie y medio del suelo. El ruido que yo había oído provenía de aquella máquina, que fue colocada paralela a mi cuerpo. La principal dificultad fue meterme en el carromato; a este efecto, clavaron en el suelo ochenta postes; ataron fuertes cuerdas del grueso de un cordel de embalar a las bandas que habían pasado alrededor de mi cuerpo, brazos, piernas y cuello. Entonces, novecientos hombres robustos tiraron de ellas mediante unas poleas fijas en los postes y fui elevado hasta quedar sobre el carromato, sólidamente atado. Todo esto me fue contado más tarde, porque, mientras duró la operación, dormía yo profundamente. Mil quinientos vigorosos caballos me arrastraron hasta la capital, que estaba a una milla de distancia aproximadamente.

Haría cuatro horas que se había emprendido la marcha, cuando fui despertado por un incidente bastante ridículo. En tanto los conductores se habían detenido para arreglar algo del carromato, cuatro o cinco lugareños, deseosos de ver la traza que yo tenía durmiendo, subieron a la plataforma y avanzaron suavemente hasta mi cara. Uno de ellos, oficial de guardias, metió la punta de su pica bien dentro de la ventanilla izquierda de mi nariz, y el cosquilleo me hizo estornudar tres veces; descendieron sin ser descubiertos, y sólo tres semanas después descubrí la causa que me había despertado tan súbitamente.

Durante aquel día hicimos un largo camino y por la noche acampamos con quinientos soldados a mi alrededor; la mitad con antorchas y la otra mitad con arcos y flechas dispuestos a herirme si hubiese intentado moverme. Al día siguiente, a la salida del sol, continuamos nuestro viaje y hacia el mediodía llegamos a doscientas yardas de las puertas de la ciudad. El emperador y su corte salieron a recibirnos, pero los altos funcionarios no permitieron que Su Majestad expusiese su persona subiendo sobre mi cuerpo.

En el lugar en que se detuvo el carromato había un antiguo templo, que se consideraba como el mayor del reino, el cual, por haber sido mancillado algunos años antes por un crimen, era, según la religión de aquel pueblo, considerado como profano, por cuya causa se destinaba a diversos usos y había sido despojado de todos sus ornamentos. Así, se resolvió que yo sería el huésped de aquel vasto edificio. La puerta principal, orientada al Norte, tenía cuatro pies de alto y casi dos de ancho, y a cada lado de ella había una pequeña ventana de seis pulgadas. En la de la izquierda, los cerrajeros del rey fijaron noventa y una cadenas semejantes a las que utilizan en Europa las señoras para sus relojes y casi tan grandes, y el otro extremo de ellas fue fijado a mi pierna izquierda, con treinta y seis candados. Frente al templo, al otro lado del camino, y a unos veinte pies de distancia, había una torre de unos cinco pies de altura; a ella debía subir el rey con los principales señores de su corte para poder mirarme sin que yo los viese, según me dijero. Al parecer, habían salido de la ciudad más de cien mil habitantes atraídos por la curiosidad, y, a pesar de los soldados, creo que no menos de diez mil hombres hubiesen subido por mi cuerpo con escalas, en diferentes veces, si no se hubiese promulgado un decreto que lo prohibía bajo pena de muerte.

Cuando los obreros juzgaron que me era imposible romper mis cadenas, cortaron todas las cuerdas que me retenían; entonces, me levanté, pero con un sentimiento de tristeza tal como jamás había experimentado.

Es imposible imaginarse el asombro y el griterío de las gentes cuando me vieron en pie y andando. Las cadenas que sujetaban mi pierna izquierda tenían una longitud de unos seis pies, por lo que, no solamente me dejaban en libertad de ir y venir, en semicírculo, sino que, además, por estar fijas a cuatro pulgadas de la puerta, me permitían entrar arrastrándome y tenderme a lo largo en el suelo del templo.

CAPÍTULO SEGUNDO

El emperador de Liliput, acompañado de muchos de sus gentileshombres, acude a visitar al autor en su prisión. – Descripción de la persona y del traje de

Su Majestad. – Se nombran sabios para enseñar al autor la lengua del país. – Obtiene el favor general por la dulzura de su carácter. – Le registran los bolsillos y le quitan la espada y las pistolas.

Cuando me vi en pie, miré alrededor de mí y debo confesar que jamás había contemplado una escena más agradable. La tierra que me rodeaba me pareció una serie de jardines, y los campos, cerrados con muros, la mayor parte de cuarenta pies cuadrados, me hicieron el efecto de arriates de un jardín. Entremezclados con estos campos, había bosques de una extensión aproximada a una pértiga y cuyos árboles más corpulentos me parecieron de una altura de siete pies. Hacia la izquierda, divisé la ciudad, semejante a la pintura en perspectiva de una ciudad de decoración de teatro.

Desde hacía algunas horas, ciertas necesidades naturales me apremiaban imperiosamente, pues el estado de cautividad en que me encontraba desde hacía dos días, me había impedido satisfacerlas. Entre el apremio de mi situación y el bochorno de evacuar el vientre de una manera tan vergonzosa, me encontraba en el mayor apuro. El mejor expediente que pude encontrar, fue deslizarme en mi casa, cerrar la puerta tras de mí, y, avanzando tanto como me permitía la cadena, hacia el fondo de la pieza, resignarme a cometer un acto de suciedad, pero afortunadamente, no me vi obligado a hacerlo más que esta sola vez. Espero que el lector hará la justicia de excusarme, vistos el apuro en que me encontraba y la imposibilidad de salir de él por medios más convenientes. En lo sucesivo, todas las mañanas, al levantarme, adquirí el hábito de cumplir con esta necesidad al aire libre, alejándome todo lo que me permitía la cadena, y tenían el cuidado de llevarse lo que podría ofender la vista o el olfato de las personas que venían a verme, antes de la hora en que habitualmente recibía a mis visitantes. Dos criados con una carretilla, se cuidaban de este cometido.

No me hubiese detenido sobre este punto, que a primera vista puede parecer poco importante, si no hubiese tenido la intención de justificarme desde el punto de vista de la delicadeza, pero he recordado que los murmuradores me han acusado de caer en falta, no sólo en esta ocasión, sino en otras muchas.

Acabado este asunto, me apresuré a salir para respirar aire puro, y vi venir hacia mí al emperador, seguido de toda su corte. Su Majestad venía a caballo, lo que pudo costarle caro; porque su montura, a pesar de estar perfectamente dirigida, se encabritó al verme, creyendo que una montaña se movía ante sus ojos; pero el príncipe, que era un jinete excelente, se mantuvo firme sobre los estribos hasta que acudieron a sujetar el caballo por la brida. Después de echar pie a tierra, Su Majestad me miró por todos los lados con gran admiración, si bien, por precaución, se mantuvo fuera del alcance de mi cadena. Ordenó que sus cocineros y bodegueros, que estaban ya preparados para recibir esta orden, me sirviesen comida y vino, lo que hicieron poniendo los víveres sobre cochecitos que empujaban hasta mí; yo cogí estos cochecitos y los vacié rápidamente. Me trajeron veinte coches con comida y diez con bebida; cada uno de los primeros, me procuró dos o tres bocados, y el líquido de diez vasos de tierra, luego de vaciarlo en uno de los coches, me lo bebí de un solo trago, y así sucesivamente.

La emperatriz y los príncipes y princesas de la sangre, acompañados de gran número de damas, se sentaron a cierta distancia en sillones, pero cuando ocurrió el incidente del emperador, se levantaron y acercaron a su real persona, que pasaré a describir. Su estatura sobrepasaba en la altura de mi uña a todos los cortesanos, lo que le daba un aspecto imponente; sus facciones eran grandes y varoniles; sus labios, austríacos y la nariz, aquilina; el color de su tez era aceitunado; su porte, majestuoso, y lo bien proporcionado de sus miembros le daban cierta gracia y dignidad en sus movimientos. Había pasado ya de la flor de su juventud, pues tendría alrededor de veintiocho años y tres cuartos, de los que había reinado unos siete felizmente, entre victorias. Para contemplarlo con más comodidad, me eché de costado, de modo que mi persona y la suya quedaron paralelas, aunque manteniéndose alejado unas tres yardas de mí. Más adelante, llegué a tenerlo en mi mano muchas veces, por lo que no me equivoco en el retrato que hago de él. Su traje era liso y sencillo, y de corte semiasiático y semieuropeo, y sobre su cabeza llevaba un ligero casco de oro, adornado con piedras preciosas y un plumero. Para defenderse en el caso de que rompiera mis cadenas, llevaba la espada desnuda en la mano; esta espada tenía tres pulgadas de longitud y la guarnición y la vaina eran de oro, con diamantes incrustados. Su voz era aguda, pero clara y distinta, hasta el punto de que podía oírla perfectamente aun cuando estuviese en pie. Las damas y los cortesanos vestían con magnificencia, de suerte que el lugar que ocupaba toda la corte, se aparecía a mis ojos como un llamativo manto extendido en el suelo con figuras bordadas en oro y plata. Su Majestad imperial me hizo el honor de hablarme frecuentemente y yo le contestaba siempre, si bien no nos entendíamos ni uno ni otro. Cerca de él había obispos y jurisconsultos (por lo menos así me lo hicieron conjeturar sus vestiduras) a los que ordenó me dirigiesen la palabra, y yo les contesté en todos los idiomas que conocía, tales como alto y bajo holandés, latín, francés, español, italiano y la lengua franca, pero todo fue inútil.

Al cabo de dos horas, la corte se retiró, no sin dejar una fuerte guardia para evitar la indiscreción y acaso la malicia del populacho, que estaba impaciente por abalanzarse a mi alrededor para verme de cerca. Mientras estaba tendido a la puerta de mi casa, algunos de ellos tuvieron la osadía de lanzarme flechas, una de las cuales estuvo a punto de saltarme el ojo izquierdo, pero el coronel hizo arrestar a seis de los instigadores y, no encontrando castigo proporcionado a su delito, ordenó me los entregasen atados, lo que llevaron a cabo sus soldados, empujándolos hacia mí con la punta de sus lanzas. Entonces, los cogí con mi mano derecha y me metí a cinco de ellos en el bolsillo de mi casaca, y con el sexto hice el ademán de querer comérmelo vivo. El pobre hombrecillo comenzó a gritar horriblemente, y el coronel, así como los oficiales, se mostraron muy apenados, sobre todo cuando vieron que sacaba mi cortaplumas. Pero pronto hice cesar su pavor, porque, mirándolo bondadosamente, corté en seguida sus ligaduras y lo dejé con todo cuidado en el suelo; el hombrecillo, al verse libre, emprendió la huida. Así mismo traté a los demás, sacándolos del bolsillo uno tras otro, y advertí bien pronto que los soldados y el pueblo se impresionaron por mi clemencia, relatando luego el hecho en la corte de un modo muy ventajoso para mí.

Por las noches entraba en la casa, no sin trabajo, y durante muchas de ellas tuve que acostarme en el suelo, en espera del lecho que el emperador había mandado construir para mí. Ciento cincuenta de sus colchones, cosidos unos a otros, fueron necesarios para cubrir mi largo y ancho, y colocaron cuatro filas, una sobre otra; a pesar de ello, el lecho no resultaba muy muelle, pero después de tantas fatigas como había pasado, hasta me pareció muy blando.

La noticia de mi llegada, que se había difundido por todo el reino, atrajo un número infinito de gentes ociosas y curiosos. Las ciudades fueron casi abandonadas y se hubiese resentido el cultivo de los campos, si Su Majestad imperial no hubiese evitado este peligro por medio de edictos. En ellos ordenó que regresasen a sus casas los que ya me hubiesen visto y que nadie se acercase a mi residencia sin un permiso especial a una distancia inferior a cincuenta yardas. Esta medida produjo sumas considerables en beneficio de los secretarios de Estado.

Mientras tanto, el emperador celebró frecuentemente consejos para acordar las medidas que debían tomarse con respecto a mí; más adelante, supe por un íntimo amigo que ocupaba un elevado cargo que le permitía saber los secretos de Estado, que la corte había estado muy preocupada. Temían, por una parte, que rompiese mis cadenas, y, por otra, que mi alimentación originase un gasto excesivo e incluso una carestía general. Unos proponían que se me dejase morir de hambre; otros, que se disparasen contra mí flechas envenenadas, pero les detuvo en sus propósitos el temor de que la descomposición de un cuerpo tan grande como el mío atrajese la peste en la capital y todo el reino.

Mientras se deliberaba así, llegaron a la puerta de la Cámara donde se celebraba el consejo muchos oficiales del ejército, y dos de entre ellos, que habían sido introducidos en ella, dieron cuenta de mi conducta con los seis criminales de que ya he hablado; este relato influyó tan favorablemente sobre Su Majestad y su Consejo, que se envió en seguida una comisión imperial para obligar a todos los pueblos que se encontrasen en un radio de novecientas yardas de la capital, a que todas las mañanas enviasen seis bueyes, cuarenta carneros y otros víveres suficientes para mi subsistencia, así como una cantidad proporcional de pan, vino y otras bebidas. Para el pago de estos víveres, Su Majestad dio órdenes de pago contra su tesoro, pues este príncipe no tenía otros ingresos que los de su fortuna personal, y sólo en ocasiones importantes establecía impuestos entre sus vasallos, que estaban obligados a compartir con él los gastos en tiempo de guerra.

Para servirme, fueron nombrados seiscientas personas, a las cuales se les asignaron dietas para su alimentación y se les construyeron tiendas muy cómodas a cada lado de la puerta de mi casa. También ordenó que trescientos sastres me confeccionaran un traje a la usanza del país, que seis de los profesores más sabios del imperio se encargaran de enseñame el idioma, y, por último, que los caballos del emperador y de sus nobles, así como las compañías de sus guardias, hicieran frecuentemente el ejercicio ante mí, para acostumbrarlos a mi presencia.

Todas estas órdenes, fueron puntualmente cumplidas, así que, en tres semanas, hice grandes progresos en el conocimiento de su idioma. Durante este tiempo, el emperador me honró con frecuentes visitas, y se complacía en ayudar a mis maestros en sus deberes instructivos.

Las primeras palabras que aprendí, fueron para hacerles saber mi deseo de que me dejaran en libertad, lo que todos los días repetía yo poniéndome de rodillas. Como me temía, su respuesta fue que debía esperar; que ésta era una cuestión sobre la cual él no podía tomar ninguna determinación sin oír antes a su consejo, y que, antes de esto, sería necesario que yo prometiese observar una paz inviolable con él y sus súbditos; pero que, entretanto, sería tratado con todos los miramientos posibles. También me aconsejó que con mi paciencia y buena conducta procurase ganar su estimación y la de su pueblo. Luego me preguntó si tomaría a mal que diese la orden de que me registrasen algunos funcionarios, porque verosímilmente yo debía llevar algunas armas contrarias a la seguridad del Estado si eran proporcionadas a mi talla. Dije a Su Majestad que satisfaría sus deseos y que estaba dispuesto a quitarme mis vestidos y vaciar todos mis bolsillos en su presencia. Todo esto lo expresé mitad por palabras y mitad por señas, pero él me contestó que, de acuerdo con las leyes del imperio, serían dos comisarios los encargados de ese menester; que sabía muy bien que esto no se podía llevar a cabo sin mi consentimiento ni mi concurso, pero que tenía tan buena opinión de mi generosidad y justicia, que no dudaba en confiar a mis manos las personas de sus funcionarios; y que todo lo que se me tomase, me lo devolverían cuando abandonase el país o me lo pagarían, de acuerdo con la valoración que yo mismo hiciese.

Cuando los dos comisarios vinieron para registrarme, los cogí en mis manos y los puse, primero, en los bolsillos de mi coleto, y a continuación en los demás, excepto en los dos de la pretina del pantalón y otro bolsillo secreto que no dejé que inspeccionasen y que contenían ciertos objetos de mi uso particular, que no podían interesar a nadie más. En uno de los bolsillos del coleto guardaba un reloj de plata y en el otro, una bolsa con algunas monedas de oro.

Los oficiales del príncipe, que venían provistos de plumas, tinta y papel, hicieron un inventario muy exacto de todo lo que vieron, y cuando hubieron concluido, me rogaron que los bajase al suelo, para que pudieran dar cuenta de su visita al emperador.

Este inventario, que más tarde traduje al inglés, palabra por palabra, estaba concebido en los términos siguientes:

«Primeramente, en el bolsillo derecho del coleto del gran hombre-montaña (así traduzco las palabras *quingus flestrin*), después de un minucioso examen, encontramos un pedazo de tela ordinaria, demasiado grande para servir de alfombra en el gran salón de Vuestra Majestad. En el bolsillo izquierdo, vimos un gran cofre de plata con una cubierta del mismo metal, que nosotros, comisarios, no pudimos levantar. Rogamos al hombre-montaña que la abriese, y uno de nosotros, que entró dentro, se encontró metido hasta la rodilla en un polvo de granos gruesos que nos saltó a la cara, haciéndonos estornudar durante algún tiempo. En el bolsillo derecho de su casaca, había un enorme paquete de sustancias blancas y delgadas, dobladas una sobre otra, del grueso aproximado al de tres hombres, y atadas con un fuerte cable, marcadas con grandes figuras negras que hemos tomado por una escritura de la que cada letra sería más grande que la mitad de la palma de nuestra mano. En el bolsillo izquierdo tenía una máquina armada de veintidós dientes muy largos, semejantes a la empalizada que cierra el patio de Vuestra Majestad; suponemos que el hombre-montaña se sirve de ella para peinarse, pues no hemos insistido en preguntárselo viendo la dificultad que experimentaba para comprendernos. En el gran bolsillo del lado derecho de su "cubre-medio" (así traduzco la palabra *ranfulo,* con la cual querían referirse a mis pantalones), hemos visto una columna de hierro, hueca, del tamaño aproximado de un hombre, sujeta a una gran pieza de madera más larga que la columna; a un lado de esta columna, hay otras piezas de hierro en relieve, de formas singulares; ignoramos qué pueda ser esto. En el bolsillo izquierdo había otra máquina de la misma especie. En un bolsillo más pequeño del lado derecho, había numerosas piezas redondas y planas de metal rojo y blanco, y de diferentes tamaños; algunas de estas piezas blancas, que nos han parecido de plata, eran tan gruesas y pesadas, que apenas podíamos levantarlas entre mi compañero y yo. No hemos podido examinar dos bolsillos, que él llama bolsillos de la pretina, y que son dos aberturas cortadas en lo alto de su "cubre-medio", porque la presión de su vientre los mantenía cerrados. Por fuera del bolsillo derecho, colgaba una gran cadena de plata, con una máquina muy maravillosa en su otro extremo. Le pedimos que sacase del bolsillo lo que tuviese unido a esta cadena, y nos ha parecido ser un globo del que una mitad es de plata y la otra, de un metal transparente. Sobre este último lado, vimos ciertas figuras extrañas trazadas circularmente; creímos que podríamos tocarlas, pero nuestros dedos fueron detenidos por esa sustancia diáfana. Cuando acercamos el globo a nuestros oídos, percibimos un ruido continuo, semejante al de un molino de agua, y conjeturamos que se trata de un animal desconocido o de la divinidad que él adora; pero nos inclinamos más bien por esta última suposición, porque nos ha asegurado (si es que le hemos entendido bien, ya que se expresa muy imperfectamente) que rara vez hace nada sin haberlo consultado; el hombre-montaña lo llama su oráculo y dice que marca el tiempo para cada uno de los actos de su vida. Del bolsillo izquierdo sacó una red tan larga, que podría servir a un pescador, pero que se abría y cerraba como una bolsa; dentro de ella vimos numerosas piezas macizas de un metal amarillo; si son de oro verdaderamente, deben de tener un valor inmenso.

»Habiendo así, obedeciendo las órdenes de Vuestra Majestad, registrado minuciosamente todos sus bolsillos, observamos luego que llevaba alrededor de su cuerpo un cinturón hecho de la piel de algún animal monstruoso, de cuyo lado izquierdo pendía una espada del largo de cinco hombres, y del lado derecho una bolsa o bolsillo dividido en dos compartimientos capaces de contener, cada uno, tres súbditos de Vuestra Majestad. En uno de esos departamentos había muchos globos o bolas de un metal muy pesado, de un grueso aproximado al de nuestra cabeza y que exigían una mano muy fuerte para levantarlas; el otro departamento contenía un montón de granos negros, pero muy finos y bastante ligeros, ya que podíamos tener unos cincuenta en la palma de la mano.

»Tal es el inventario exacto de todo lo que hemos encontrado en el cuerpo del hombre-montaña, que nos ha recibido amablemente y con todos los miramientos debidos a una comisión de Vuestra Majestad. Firmado y sellado en el cuarto día de la octogesimonovena luna del feliz reinado de Vuestra Majestad.

»HESSEN FRELOCH
»MARSI FRELOCH».

Cuando este inventario fue leído en presencia del emperador, me ordenó en términos corteses que le entregase todas estas cosas. Primero me pidió el sable, que me quité, y, aunque de momento no me percaté de ello, por mirar fijamente a Su Majestad, luego advertí que éste había dado orden a tres mil hombres escogidos entre sus tropas de que me rodeasen a alguna distancia, con arcos y flechas preparados para tirar sobre mí; después me rogó que desenvainase el sable, el cual, aunque algo oxidado por el agua del mar, estaba lo suficientemente reluciente para asustar a las tropas, que lanzaron grandes gritos. Entonces me pidió el monarca que lo envainase otra vez y que lo dejase en tierra tan dulcemente como pudiese y a una distancia de unos seis pies de mi cadena; la segunda cosa que me pidió fue una de las columnas huecas de hierro, nombre que daban a mis pistolas; se las enseñé, y por orden suya le expliqué su uso tan buenamente como pude; luego las cargué con pólvora sola y, después de advertirle que no se asustase, disparé al aire. En esta ocasión, el asombro fue aún mayor que el que les causó mi sable; todos cayeron a tierra como heridos por el rayo, y hasta el mismo emperador, que se mostraba siempre muy valiente, se sobrecogió durante unos momentos. Del mismo modo como les había entregado el sable, les entregué las dos pistolas, las balas y el saquito de pólvora, advirtiéndoles, al propio tiempo, que no acercasen el saquito al fuego si no querían ver saltar por los aires el palacio imperial. También le enseñé el reloj, pues tenía gran curiosidad por verlo, y ordenó a dos de sus guardias más altos que lo llevasen sobre los hombros, suspendido de un fuerte madero, como hacen en Inglaterra los carreteros de las fábricas de cerveza para transportar los barriles. Lo que más le asombraba de mi reloj era el continuo ruido que hacía, así como el movimiento del minutero, que podía seguir fácilmente con la mirada, puesto que la vista de aquellas gentes era mucho más aguda que la nuestra, y pidió acerca de este punto la opinión de sus sabios, que fueron muy diferentes como fácilmente podrá imaginarse el lector, aunque por el imperfecto conocimiento de su idioma, no puedo dar cuenta de ellas. En seguida entregué las monedas de plata y de cobre, mi bolsa, que contenía nueve grandes monedas de oro y algunas más pequeñas, mi peine, mi tabaquera de plata, mi pañuelo y mi diario. El sable, las pistolas y los saquitos de pólvora y balas fueron trasladados al arsenal de Su Majestad; en cuanto al resto, todo me fue devuelto.

Tenía yo un bolsillo secreto, que no me registraron, y en el cual guardaba unos lentes que hacía servir a veces a causa de la debilidad de mis ojos, un anteojo y muchas otras bagatelas que creí de poco interés para el emperador y que, por lo tanto, oculté su existencia a los comisarios, temeroso de que se estropeasen o perdiesen si me veía obligado a entregarlas.

CAPÍTULO TERCERO

El autor divierte al emperador y a los grandes de uno y otro sexo. – Descripción de las diversiones de la corte de Liliput. – El autor es puesto en libertad bajo ciertas condiciones.

Mi afabilidad y buena conducta habían influido de tal manera en el ánimo del emperador y de sus cortesanos, y hasta en el del pueblo y del ejército, que esperaba obtener sin tardanza la libertad, pero por mi parte, y en tal sentido, no cejaba de procurar mantener mi popularidad. Paulatinamente, se iban familiarizando conmigo los liliputienses, hasta el punto de llegar a tenderme para que grupos de jóvenes bailasen sobre mí o jugasen al escondite entre mis cabellos. Por entonces, ya había hecho grandes progresos en su idioma, tanto para entenderlo como para hablarlo. Para corresponder conmigo, el emperador me obsequió a su vez con el espectáculo de ciertos juegos en los cuales aquel pueblo sobrepasaba a todos los que he visto. Yo admiré, sobre todo, una danza ejecutada sobre un hilo muy fino y de unos tres pies y medio de largo. Permitidme que dé algunos pormenores acerca de este juego singular.

Los que hacían este ejercicio eran los aspirantes a los altos cargos y al favor del monarca. Para ello, se les adiestraba desde su juventud en tan noble juego y cuando había vacante algún alto cargo, sea por la muerte del que lo desempeñaba, sea por haber caído en desgracia (lo que ocurría frecuentemente), cinco o seis pretendientes rogaban a Su Majestad que les permitiera divertirlo, a él y su corte, haciendo ejercicios sobre la cuerda, y el que saltaba más alto sin caer al suelo, obtenía el cargo. Flimnap, gran tesorero del imperio, pasaba por ser tan diestro, que podía dar una cabriola sobre la cuerda, una pulgada más alta, por lo menos, que cualquier otro señor del imperio. Muchas veces, lo vi dar un salto mortal sobre una pequeña plancha de madera puesta sobre una cuerda que no era más gruesa que un hilo corriente. Mi amigo Reldresal, primer secretario del consejo privado, ocupaba el segundo lugar, si es que mi amistad por él no me induce a ser parcial en mis juicios; en cuanto a los demás, estaban a igual altura, poco más o menos.

Frecuentemente, estas divesiones iban seguidas de accidentes funestos, cuya mayor parte eran registrados en los archivos imperiales. Yo mismo vi cómo dos o tres pretendientes se rompían alguna cosa; pero el peligro era mucho mayor cuando los mismo ministros recibían orden de hacer patente su destreza, porque realizaban esfuerzos extraordinarios para superarse a sí mismos y vencer a los demás, lo que era causa casi siempre de peligrosas caídas. Me aseguraron que antes de mi llegada, Flimnap se hubiese fracturado la cabeza inevitablemente al caer, de no haber sido porque uno de los cojines del rey estaba casualmente en el suelo, lo que le preservó del golpe.

Había también otra diversión reservada exclusivamente para el emperador, la emperatriz y el primer ministro. El emperador colocaba sobre una mesa tres hilos de seda muy delgados y de seis pulgadas de largo; uno era carmesí, el segundo, amarillo y el tercero, blanco. Estos hilos eran entregados como premio a quienes el emperador deseaba distinguir de un modo especial con su favor. La ceremonia se celebraba en la gran sala de audiencia de Su Majestad, en la que los concursantes estaban obligados a dar tales pruebas de su habilidad, que no se habían visto semejantes en ningún otro país del viejo y nuevo mundo. El emperador tendía un bastón horizontalmente y los concursantes avanzaban por turno, saltando por encima del bastón, o bien deslizándose por debajo, según la altura a que aquél fuera mantenido; algunas veces, el soberano sostenía uno de los extremos del bastón y su primer ministro el otro, y también era frecuente que el primer ministro sujetase ambos extremos. El saltador más ágil recibía como recompensa el cordón carmesí; el amarillo, el segundo y el blanco, el tercero, y llevaban estos hilos como bandas. En la corte de Liliput, eran pocos los personajes que no lucían tales distintivos.

Los caballos de las tropas y los de las cuadras imperiales, lúego de haber hecho ejercicio ante mí diariamente, ya no se asustaban por mi presencia. Se les hacía saltar por encima de mi mano, puesta en tierra, y hasta uno de los picadores saltó una vez por encima de mi pie, esfuerzo realmente prodigioso. En otra ocasión, procuré una diversión que obtuvo gran éxito. Había rogado al emperador que me proporcionase algunas varas de dos pies de alto y del grueso de una caña corriente, y Su Majestad ordenó al encargado de sus bosques que me facilitase lo que yo pedía. Al día siguiente, seis leñadores, que conducían un número igual de coches arrastrados por ocho caballos, llegaron con los palos que había pedido. Tomé nueve de ellos y los clavé en tierra de modo que formasen un cuadrado de dos pies y medio por lado; luego, extendí mi pañuelo sobre los palos hasta que estuvo tan tirante como el parche de un tambor, y puse en cada esquina un palo que sobrepasaba cinco pulgadas sobre el pañuelo, formando una especie de parapeto. Cuando terminé mi trabajo, invité al emperador a que hiciese maniobrar sobre esta plataforma a veinticuatro de sus mejores jinetes; el príncipe aceptó mi proposición y yo cogí a los soldados y sus oficiales, montados y armados, y los coloqué, uno por uno, sobre el pañuelo. Allí los hombres simularon un combate con una precisión y un conjunto de movimientos admirables. Al emperador le agradó este espectáculo y dispuso que se repitiera varias veces; incluso él mismo quiso subir a la plataforma y mandar las evoluciones y también convenció a la emperatriz de que me permitiese tenerla con su silla de manos a dos pies de distancia de la plataforma, a lo que la princesa accedió, aunque no sin temor, para ver aquel simulacro de guerra. Afortunadamente, no ocurrió ningún accidente de gravedad. Solamente el caballo de un capitán hizo un agujero en el pañuelo al patear y cayó por él con su jinete. Levanté en seguida a los dos y tapando el agujero con una mano, bajé con la otra a los caballeros. El caballo que se cayó sufrió sólo una torcedura, pero su jinete no se hizo el menor daño; no obstante, no quise arriesgarme a que se repitiera este juego.

Durante uno de estos ejercicios, llegó un correo para anunciar al emperador un singular descubrimiento hecho en el lugar donde yo había tomado tierra. Habían encontrado un gran objeto negro, cuyos bordes se extendían circularmente cubriendo una extensión como la cámara real, y cuyo centro se elevaba en forma de pirámide truncada hasta la altura de dos hombres. No se creía que este objeto estuviese vivo, porque varias personas que se habían subido sobre las espaldas de otros, pudieron llegar hasta la cima plana de este cilindro y habían descubierto, golpeando sobre ella con los pies, que el interior estaba hueco. Habían supuesto que tal máquina podía pertenecer al hombre-montaña y proponían, si se creía necesario, que fuese transportada a la capital. En seguida comprendí que se trataba de mi sombrero y supliqué a Su Majestad que me fuese entregado lo más pronto posible. En seguida dio la orden y mi sombrero llegó al día siguiente, aunque no en tan buen estado como hubiera deseado, pero menos deteriorado de lo que habría podido esperarse. Le habían hecho dos agujeros en los bordes y por ellos habían pasado dos ganchos unidos a una larga cuerda, que ataron a la collera del primero de cinco vigorosos caballos, y arrastraron mi sombrero durante un trayecto de media milla aproximadamente. Por fortuna, el piso era liso y blando, pues de lo contrario, mi cubrecabeza no habría resistido semejante viaje.

Dos días después de esto, Su Majestad tuvo la más peregrina ocurrencia que se pueda tener: ordenó a las tropas que se reuniesen en los alrededores de la capital, para pasarles revista, y me rogó que me mantuviese en la postura del coloso de Rodas, con los pies separados tanto como me fuese posible; en seguida ordenó a su general, viejo militar muy aguerrido, que formase sus fuerzas en línea de batalla, para desfilar por entre mis piernas; la infantería desfiló en líneas de veinticuatro hombres y la caballería de dieciséis, a tambor batiente, con banderas desplegadas y las picas enhiestas. Este cuerpo de ejército estaba formado por tres mil hombres de infantería y mil de caballería. Si bien Su Majestad había ordenado, bajo pena de muerte, que todos los soldados observasen durante el desfile la más perfecta decencia para conmigo, tal orden no impidió que algunos de los más jóvenes oficiales alzasen sus ojos al pasar bajo mí, y debo confesar que el precario estado de mis pantalones debió darles motivo para reír.

Tantos memoriales y ruegos había enviado a Su Majestad para que me pusiesen en libertad, que al fin decidió someter este asunto, primeramente al despacho de su consejo y después al consejo de Estado, donde no encontró más oposición que la del ministro Skyresh Bolgolam, que, sin ningún motivo, se declaró en contra mía; pero los demás consejeros me defendieron y también el emperador se puso de mi parte. Este ministro, que era *galbet*, es decir, gran almirante, había merecido la confianza de su señor por su habilidad en los negocios de Estado, pero era un espíritu agrio y antojadizo, así es que obtuvo le encargasen a él de redactar las condiciones bajo las cuales sería yo puesto en libertad. Tales artículos me los llevó el propio Skyresh Bolgolam, acompañado por dos subsecretarios y gran número de personas distinguidas. Me dijo que debía prometer observarlas bajo juramento; primero, según la costumbre de mi país y después, como disponían sus leyes, que consistía en coger el pulgar del pie derecho con la mano izquierda, poner el dedo medio de la mano derecha sobre la coronilla y el pulgar en el extremo de la oreja derecha.

Como el lector podría tener la curiosidad de conocer el estilo de esa corte y los artículos que regularon mi liberación, he hecho la traducción del acta entera, palabra por palabra:

GOLBASTO MOMAREN EULAMÉ GURDILO SHEFIN MULLY ULLY GUÉ, muy poderoso emperador de Liliput, delicia y terror del Universo, cuyos estados se extienden a cinco mil *blustrugs* (es decir, en un circuito de unas seis leguas) hacia el confín del globo, soberano de todos los soberanos, el más alto de los hijos de los hombres, cuyos pies oprimen la tierra hasta su centro, cuya cabeza toca el sol, cuyo gesto hace temblar las rodillas de los poderosos, agradable como la primavera, brillante como el verano, abundante como el otoño, terrible como el invierno; a todos nuestros súbditos amados y fieles, salud.

»Su Muy Alta Majestad propone al hombre-montaña los artículos siguientes, los cuales, previamente, estará obligado a ratificar por juramento solemne.

»I.—El hombre-montaña no saldrá nunca de los Estados sin nuestro permiso sellado con nuestro gran sello.

»II.—No se tomará la libertad de entrar en nuestra capital sin nuestra orden expresa, a fin de que los habitantes sean avisados con dos horas de antelación para que se encierren en sus casas.

»III.—El citado hombre-montaña limitará sus paseos a nuestras principales carreteras, y se guardará de pasear o acostarse en los prados o sembrados.

»IV.—Cuando se pasee por los citados caminos, cuidará lo más posible de no pisar a ninguno de nuestros fieles súbditos, ni a sus caballos o carruajes; tampoco cogerá en sus manos a ninguno de nuestros susodichos súbditos sin el previo consentimiento de éstos.

»V.—Si fuese necesario que un correo de gabinete hiciese un recorrido extraordinario, el hombre-montaña estará obligado a llevar en sus bolsillos a dicho correo durante seis jornadas, una vez cada luna, y de conducir de nuevo dicho correo (si para ello se le requiriese) sano y salvo a nuestra presencia imperial.

»VI.—Será nuestro aliado contra nuestros enemigos de la isla de Blefescu, y hará todo lo posible para destruir la flota que arman actualmente para desembarcar en nuestras tierras.

»VII.—El citado hombre-montaña, en sus horas de ocio, prestará su ayuda a nuestros obreros, ayudándoles a levantar ciertas grandes piedras para acabar las murallas de nuestro gran parque y de nuestros edificios imperiales.

»VIII.—Después de haber jurado solemnemente los artículos arriba enunciados, el mencionado hombre-montaña tendrá derecho a una provisión diaria de comida y bebida suficiente para alimentar a mil ochocientos setenta y cuatro de nuestros súbditos, y tendrá libre acceso cerca de nuestra persona imperial, y a otras pruebas de nuestro favor.

»Dado en nuestro palacio, en Belsaborac, el duodécimo día de la nonagesimoprimera luna de nuestro reinado.»

Presté el juramento y firmé todos los artículos con gran alegría, aunque algunos de ellos no fuesen tan honorables como habría deseado, pero eso fue por la maliciosa influencia del gran almirante Skyresh Bolgolam. Me quitaron las cadenas y fui puesto en libertad; el emperador me concedió el honor de estar presente a la ceremonia de mi liberación, y yo le di muy humildemente las gracias, prosternándome a sus pies, pero él me mandó levantar, en términos muy corteses.

El lector habrá podido observar que en el último artículo del acta de mi liberación, el emperador convenía en entregarme una cantidad de comida y bebida suficiente para la alimentación de mil ochocientos setenta y cuatro liliputienses; algún tiempo después, pregunté a un cortesano, amigo particular mío, por qué se había fijado esta cantidad y me contestó que los matemáticos de Su Majestad habían tomado la medida de mi cuerpo por medio de un cuadrante y suponiendo mi grosor, hallaron la proporción de mil ochocientos setenta y cuatro es a uno y habían inferido por «similaridad» con su cuerpo que yo debía tener un apetito mil ochocientas setenta y cuatro veces mayor que el suyo; de donde el lector podrá juzgar del ingenio de este pueblo, así como de la prudente y sabia economía del emperador.

CAPÍTULO CUARTO

Descripción de Mildendo, capital de Liliput, y del palacio imperial. – Conversación entre el autor y un secretario de Estado respecto a los asuntos del imperio. – Ofrecimiento que hace el autor de servir al emperador en sus guerras.

La primera petición que hice después de obtener la libertad, fue que me permitiesen visitar Mildendo, capital del imperio, a lo que accedió el emperador, si bien recomendándome que no hiciese ningún mal a sus habitantes, ni deteriorase sus casas. Por medio de proclamas, se avisó al pueblo de mi deseo de visitar la ciudad. La muralla que circundaba a ésta, tenía una altura de dos pies y medio y un espesor de once pulgadas, de suerte que un carruaje podía pasear por encima de la puerta occidental, y anduve muy lentamente de costado por las dos calles principales, vestido sólo con el coleto, por miedo a deteriorar los tejados y aleros con los faldones de mi cacasa. También caminaba con el mayor cuidado, temeroso de pisar a los que hubiesen podido quedarse en las calles, no obstante las órdenes terminantes que habían sido dadas para que todos permaneciesen en sus casas. Los balcones y ventanas de los primeros, segundos, terceros y cuartos pisos, y hasta los graneros o buhardillas y aun los aleros, estaban llenos de tan gran número de espectadores, que conjeturé que debía estar muy poblada la ciudad. Ésta formaba un cuadrado exacto, y cada lado de la muralla medía quinientos pies de longitud. Las dos calles principales, que se cruzaban, la dividían en cuatro cuadrados iguales, y tenían cinco pies de anchura; las calles más pequeñas medían de doce a dieciocho pulgadas de anchura, por lo que no pude entrar en ellas. Me pareció que la población de la capital debía ascender a quinientas mil almas. Las casas eran todas de tres o cuatro pisos y las tiendas y mercados estaban bien aprovisionados. Antiguamente, hubo buena ópera y buena comedia, pero dada la escasez de autores subvencionados por el príncipe, a la sazón no había nada extraordinario en esos géneros.

El palacio del emperador, situado en el centro de la ciudad, donde se cruzaban las dos calles principales, estaba rodeado por una muralla de veintitrés pulgadas de alto y separada de los edificios por una distancia de veinte pies. Su Majestad me permitió saltar por encima de la muralla para que viese su palacio por todos sus lados. El patio exterior era un cuadrado de cuarenta pies y comprendía otros dos. En el más resguardado de éstos estaban las habitaciones de Su Majestad, que tenía yo gran deseo de ver, pero era muy difícil, porque las puertas no tenían más que dieciocho pulgadas de altura por siete de anchura; además, los edificios del patio exterior eran de cinco pies y me impedían saltar por encima de ellos sin correr el riesgo de romper el empizarrado de los tejados, aunque los muros estaban sólidamente edificados con piedras talladas, de cuatro pulgadas de espesor. No menos deseos tenía Su Majestad de que admirase la magnificencia de su palacio, pero hasta tres días más tarde no pude hacerlo; en ellos corté con mi navaja algunos de los árboles más gruesos del parque imperial, que estaba a unas cien yardas de la ciudad. Con estos árboles me construí dos taburetes de tres pies de altura cada uno y lo suficientemente fuertes para resistir mi peso. Advertido el pueblo de mi visita por segunda vez, atravesé la ciudad y me dirigí al palacio llevando los dos taburetes en las manos. Cuando llegé a un extremo del patio exterior, me subí en uno de los taburetes y pasé el otro por encima del tejado dejándolo, luego, suavemente, en tierra, en el espacio comprendido entre el primero y el segundo patio, que tenía ocho pies de ancho. A continuación, pasé por encima de los dos edificios apoyándome en los taburetes, y cuando estuve dentro, con un gancho cogí el que había quedado fuera. Por este medio pude entrar hasta el patio interior, y, echándome sobre un costado y mirando por las ventanas del primer piso, que habían sido abiertas expresamente, vi las más magníficas habitaciones que pueda uno imaginarse. También vi a la emperatriz y las princesas en sus habitaciones, rodeadas de su séquito. Queriendo honrarme Su Majestad Imperial, me sonrió amablemente dándome a besar su mano a través de una ventana.

No haré un relato minucioso de las curiosidades encerradas en el palacio; lo reservo para una extensa obra, actualmente casi acabada, que contiene una descripción general de este imperio desde su fundación; la historia de sus emperadores desde hace muchos siglos; diversas observaciones acerca de sus guerras, su política, sus leyes, su literatura y su religión; la fauna y flora que contiene; los trajes y costumbres de sus habitantes, y muchas otras materias extrañamente curiosas y sumamente útiles. Mi deseo es relatar lo que vi durante una estancia de nueve meses en este maravilloso imperio.

Quince días después de haber obtenido la libertad, Reidresal, secretario de Estado encargado del departamento de Asuntos Privados, vino a mi casa acompañado de un criado. Ordenó que su carruaje le esperase a alguna distancia y me rogó que le concediese una entrevista de una hora. Le ofrecí acostarme en el suelo para que nuestros rostros estuviesen al mismo nivel, pero prefirió que lo tuviese en mi mano durante la conversación. Comenzó por cumplimentarme por mi libertad y me dijo que podía envanecerse de haber contribuido no poco para conseguirla. Luego añadió que, de no haber sido por el interés que se tomó la corte, no la hubiese obtenido tan pronto, «porque —dijo— por muy floreciente que parezca nuestro Estado a los extranjeros, tenemos dos grandes males que combatir: un poderoso partido en el interior, y en el exterior, la amenaza de vernos invadidos por un enemigo formidable. En cuanto al primero, debéis de saber que desde hace más de setenta lunas hay dos partidos opuestos en el imperio, que se conocen con los nombres de *tramecksan* y *slamecksan,* llamados así por los *tacones altos* y *tacones bajos* de sus calzados, que es lo que les distingue.

»Pretenden, y así es, en efecto, que los *tacones altos* son los que mejor observan nuestra antigua constitución; pero, sea como fuere, Su Majestad ha resuelto no servirse más que de los *tacones bajos* en la administración del gobierno y en todos los cargos que están a disposición de la corona. Vos mismo podréis comprobar que los tacones de Su Majestad Imperial son al menos un *drurr* más bajos que los tacones de los cortesanos. (El *drurr* es, aproximadamente, la catorceava parte de una pulgada.)

»El odio que se tienen ambos partidos —continuó— ha llegado a tal extremo, que ni comen ni beben juntos, ni tampoco se hablan. Nosotros reconocemos que los *tramecksans* o *tacones altos* nos sobrepasan en número, pero el poder está en nuestras manos. Desgraciadamente tememos que Su Alteza Imperial, presunto heredero de la corona, tenga cierta simpatía por los *tacones altos;* por lo menos, se ve fácilmente que uno de sus tacones es más alto que el otro, lo que le hace cojear un poco cuando anda. Además de estas luchas intestinas, por si no fuera bastante, estamos amenazados de una invasión por los habitantes de la isla de Blefescu, que es el imperio que comparte con nosotros el dominio del universo, pues es casi tan extenso y poderoso como Liliput, porque, hablando francamente, nuestros filósofos dudan de que existan en el mundo los Estados de que nos habéis hablado, en los que habitan seres humanos tan grandes y fornidos como vos; ellos se inclinan más bien a creer que habéis caído de la Luna o de alguna estrella, pues tienen la seguridad de que un centenar de hombres como vos consumirían en poco tiempo todos los frutos y animales de los estados de Su Majestad. Por otra parte, nuestros historiadores, desde hace seis mil lunas, no mencionan ninguna otra región que no sean los dos grandes imperios de Liliput y Blefescu.

»Estas dos formidables potencias, como ya os he dicho, mantienen una guerra encarnizada desde hace treinta y seis lunas, por motivos que ahora explicaré.

»Todo el mundo sabe que la manera primitiva de cascar los huevos para comerlos es romperlos por su extremo más redondeado o ancho; pero el abuelo de Su Majestad reinante, cuando era niño, tuvo la desgracia de cortarse un dedo al cascar un huevo de acuerdo con estas reglas; y ésta fue la causa de que el emperador, su padre, ordenase a todos sus súbditos, bajo penas severísimas, que cascasen los huevos por su extremo más puntiagudo o estrecho. El pueblo protestó contra esta ley, y cuentan nuestros historiadores que por este motivo hubo seis revoluciones, en las que un emperador perdió la vida y otro la corona.

»Estas disensiones intestinas fueron siempre fomentadas por los soberanos de Blefescu, y cuando los levantamientos quedaban reprimidos, los culpables se refugiaban en aquel imperio. Se calcula en once mil el número de hombres que han preferido morir en distintas épocas antes que someterse a la ley que ordena cascar los huevos por su extremo más estrecho. Centenares de volúmenes se han escrito y publicado acerca de esta materia, pero los libros de los ancho-extremistas (partidarios de cascarlo por su extremidad redondeada) han sido prohibidos desde hace tiempo, y todo su partido declarado por las leyes incapaz de desempeñar cargos. Durante la continuada serie de revueltas, los emperadores de Blefescu nos han dirigido frecuentes amonestaciones por medio de sus embajadores, acusándonos de cometer un crimen al violar el precepto fundamental de nuestro gran profeta Lustrogg, del capítulo quincuagesimocuarto del Blundecrai (que es el Corán de los liliputienses).

»Sin embargo, se trata, simplemente, de una distinta interpretación del texto, pues dice así: "Que todos los fieles casquen los huevos por el extremo más cómodo." Se debe, en mi opinión, admitir que la conciencia de cada uno decida cuál es el extremo más cómodo, o por lo menos, que sea el soberano el que pueda decidir. Por otra parte, los ancho-extremistas desterrados han encontrado siempre tanto apoyo en la corte del emperador de Blefescu, y tanto socorro y apoyo en nuestro mismo país, que desde hace treinta y seis lunas reina entre los dos imperios una guerra sangrienta, sin que la victoria se haya inclinado por ninguno de los dos países. En esta guerra hemos perdido ya cuarenta buques de línea y un número mucho mayor de pequeños navíos, y treinta mil de nuestros mejores marinos y soldados; bien es verdad que las pérdidas de nuestros enemigos no son menos considerables. Pero, no obstante, actualmente están armando una flota muy poderosa y se proponen hacer un desembarco en nuestras costas. Por eso, Su Majestad Imperial, confiando en vuestro valor, y habiendo formado una excelente opinión de vuestras fuerzas, me ha encargado que os dé estos pormenores acerca de sus asuntos para saber cuál es vuestra disposición para con ellos.»

Contesté al secretario que ofreciese al emperador mis más humildes respetos y que le hiciese saber que estaba pronto a sacrificar mi vida para defender su sagrada persona y su imperio contra todos los intentos e invasiones de sus enemigos, y el secretario se marchó muy satisfecho de mi respuesta.

CAPÍTULO QUINTO

El autor, con una extraoridnaria estratagema, se opone a una invasión de los enemigos. – El emperador le hace grande de primera clase. – Llegan embajadores del emperador de Blefescu para pedir la paz. – El autor contribuye grandemente a extinguir un incendio.

El imperio de Blefescu era una isla situada al nordeste de Liliput, del que estaba separado por un canal de ochocientas yardas de ancho. Aún no había visto este canal, y ante las noticias de un próximo desembarco, me guardé bien de acercarme a la costa, para que no advirtiesen mi presencia desde un barco enemigo, pues en Blefescu ignoraban mi llegada, ya que desde hacía largo tiempo estaban interrumpidas las comunicaciones entre ambos países.

Di cuenta a Su Majestad de un proyecto que había formado, para poder apoderarme de toda la flota de los enemigos, que, según el informe de los que habíamos enviado a la descubierta, estaba en el puerto, preparada para hacerse a la vela con el primer viento favorable.

Pregunté a los más expertos marinos para enterarme de la profundidad del canal y me dijeron que en el centro, con marea alta, la profundidad era de setenta *glumglufs* (es decir, alrededor de seis pies europeos), y en los demás sitios, de cincuenta *glumglufs* a lo sumo.

Secretamente, me dirigí hacia la costa nordeste, frente a Blefescu, y, ocultándome tras una colina, saqué el anteojo y vi la flota enemiga, que constaba de cincuenta barcos de guerra y gran número de transporte. Después de mi examen, di orden de que fabricasen una gran cantidad de cables, lo más fuertes que pudiesen, con barras de hierro. Estos cables eran del grueso de un bramante doble y del largo de una aguja de hacer media, así es que los entrelacé de tres en tres para hacerlos más consistentes, y, por la misma razón, retorcí juntas tres barras de hierro, haciendo un gancho con cada una de ellas. Regresé entonces a la costa nordeste y, quitándome la casaca, los zapatos y las medias, me adentré en el mar, por el que anduve, primero, y luego, al llegar al centro del canal, nadé unas treinta yardas, hasta que hice pie otra vez, llegando, en menos de media hora, frente a la flota enemiga. Tan asombrados quedaron los contrarios, que, como ranas, saltaron todos de los barcos, dirigiéndose seguidamente a tierra; me pareció que no habría menos de treinta mil hombres.

Entonces cogí los cables y, enganchando cada uno a la proa de un barco, los pasé todos por los ganchos. Mientras trabajaba, el enemigo descargó sobre mí muchos millares de flechas, de las que gran número fueron a herirme en la cara y manos y que, además del dolor que me causaban, entorpecían mucho mi trabajo. Mi mayor cuidado era que no me diesen en los ojos, que habría perdido indefectiblemente de no habérseme ocurrido una idea que puse en práctica en seguida: fijé sobre mi nariz tan fuertemente como pude un par de lentes que guardaba en uno de los bolsillos de la pretina. Defendido de este modo, proseguí mi trabajo a pesar de la lluvia de flechas que caía sobre mí. Cuando terminé de enganchar todos los buques, comencé a tirar, pero fue inútil mi tentativa, porque todos estaban anclados. Entonces, con mi cuchillo, corté los cables que sujetaban sus anclas; esto me llevó poco tiempo, y a continuación tiré suavemente, arrastrando tras de mí cincuenta grandes barcos de la flota de Blefescu.

Los blefescudenses, que no se habían imaginado mi proyecto, quedaron al pronto sorprendidos y confusos. Ellos me habían visto cortar los cables, pero supusieron que mi deseo era dejar los barcos a la deriva para que el viento y la marea los lanzasen unos sobre otros, haciéndolos chocar, pero cuando vieron que me llevaba toda su flota de una vez, lanzaron gritos de rabia y desesperación.

Después de andar un rato, cuando estuve lejos del alcance de sus flechas, me detuve unos momentos para arrancarme todas las que llevaba clavadas en la cara y en las manos; luego, arrastrando mi presa, continué el regreso al puerto imperial de Liliput.

El emperador, con toda su corte, estaba a la orilla del mar, esperando el resultado de tan gran empresa. Desde la orilla veía avanzar una flota describiendo la forma de un creciente, pero como el agua me cubría hasta el cuello, no se percataba de que era yo quien la conducía. Por consiguiente, el emperador creyó que yo había parecido y que la flota enemiga se aproximaba para efectuar un desembarco. Pero bien pronto quedaron disipados sus temores; porque al hacer pie otra vez, me vieron al frente de todos los navíos y hasta me oyeron gritar con voz potente: ¡Viva el muy poderoso emperador de Liliput! A mi llegada a tierra, este príncipe me felicitó y lisonjeó efusivamente y allí mismo me nombró *nardac,* el más alto título honorífico del país.

Entonces, Su Majestad me rogó que tomase las medidas pertinentes para apoderarme de los demás barcos del enemigo que hubiese en los diferentes puertos. Las ambiciosas pretensiones de este príncipe le indujeron a desear hacerse dueño de todo el imperio de Blefescu, convirtiéndolo en una provincia de su imperio; a enviar un virrey para que la gobernase; a aniquilar cuantos ancho-extremistas desterrados hubiese en el país; a obligar, en fin, a todos sus habitantes a que cascasen los huevos por su extremo más estrecho, lo que le convertiría en monarca universal; pero yo me encargué de hacerle desistir de su propósito con gran número de fundados razonamientos sobre política y justicia, y le aseguré formalmente que nunca serviría de instrumento para oprimir a un pueblo libre, noble y valeroso, y cuando este asunto fue sometido a consejo, la parte más sana de sus componentes fue de mi misma opinión.

Esta clara y firme declaración mía era tan opuesta a los proyectos y a la política de Su Majestad Imperial, que nunca pudo perdonármela y habló de ella en consejo de un modo muy artificioso; en seguida me dijeron que muchos de los más sabios consejeros testimoniaron con su silencio que estaban de mi parte, pero otros, que secretamente eran mis enemigos, dejaron escapar ciertas expresiones que me perjudicaban indirectamente. A partir de ese momento, se formó una especie de liga entre Su Majestad y una junta de ministros, la cual estalló contra mí dos meses después, amenazando con causar mi pérdida. ¡Verdaderamente, los servicios más importantes prestados a los soberanos tienen un peso muy ligero cuando se les contrapesa con una negativa a servir ciegamente sus pasiones!

Unas tres semanas después de mi asombrosa expedición, llegó una embajada de Blefescu con proposiciones de paz, y en poco tiempo se concertó un tratado en condiciones muy ventajosas para el emperador. La embajada estaba compuesta por seis señores acompañados de un séquito de quinientas personas y se les recibió como correspondía a la alcurnia de su soberano y a la importancia de su misión.

Después de la conclusión del tratado, en el que influí no poco, Sus Excelencias, que secretamente habían sido informadas de los buenos servicios que habían prestado a su nación, me hicieron una ceremonio sa visita; comenzaron por dirigirme muchos cumplimientos por mi valor y generosidad, y me rogaron que les diese algunas pruebas de mi prodigioso vigor, acerca del cual les habían contado tantas maravillas. Accedí a lo que me pedían, y parecieron quedar satisfechos; luego les rogué que presentasen mis humildes respetos a Su Majestad blefescudense, cuyas preclaras virtudes se conocían en todo el universo, y que le dijesen tenía deseos de visitarlo antes de regresar a mi país.

Pocos días después, solicité autorización del emperador para visitar al gran rey de Blefescu; Su Majestad me contestó fríamente que le parecía muy bien mi deseo, pero un amigo me avisó en secreto de que el emperador había considerado como una deslealtad mi conversación con los embajadores. Esto me disgustó, y comencé a comprender lo que son las cortes y sus ministros.

Olvidaba decir que los embajadores habían hablado conmigo por medio de intérprete, pues los idiomas de los dos imperios eran muy diferentes entre sí, y ambas naciones se envanecían de la antigüedad, belleza y vigor de su idioma, menospreciando al otro. No obstante, el emperador, confiado en la ventaja que tenía sobre los blefescudenses por la toma de su flota, obligó a que los embajadores presentasen sus cartas credenciales y pronunciasen los discursos en idioma liliputiense. También es de advertir que debido al tráfico y comercio que existía entre los dos países, al recíproco trasiego de desterrados y a la costumbre que tenían los liliputienses de la nobleza de enviar a Blefescu a sus hijos para educarlos y que se habituaran a las costumbres del gran mundo, había pocas personas distinguidas en Liliput, y menos aún entre los comerciantes y marineros en las ciudades marítimas, que no hablasen los dos idiomas. Esto fue una suerte para mí, pues de lo contrario, no habría podido vencer las dificultades que me suscitaron mis enemigos durante mi estancia en Blefescu.

Recordará el lector ciertos artículos del tratado que precedió a mi liberación y que sólo la necesidad me hizo aceptar, a pesar de su servilismo. Ahora, mi nueva dignidad me dispensaba de prestar servicios semejantes, pero el emperador, debo hacerle justicia en esto, jamás me había hablado de ellos. Sin embargo, tuve ocasión de prestar un señalado servicio a Su Majestad Imperial.

Estando durmiendo, a medianoche, me despertaron los gritos de la multitud, que llamaba a mi puerta. Entre los gritos pude oír que repetían muchas veces la palabra *burgum.* Algunos cortesanos se abrieron paso por entre la muchedumbre y al llegar a mí me rogaron que acudiese en seguida a palacio, pues se habían incendiado las habitaciones de la emperatriz por un descuido de una de sus damas de honor, que se había quedado dormida leyendo una novela blefescudense. Me levanté en seguida, y no sin trabajo me trasladé al palacio imperial, porque temía pisar a algún liliputiense. Cuando llegué, vi que habían apoyado escalas en los muros del edificio y que estaban bien provistos de cubos, pero el agua estaba demasiado lejos y como estos cubos eran del tamaño de un dedal, aunque los pobres liliputienses los transportaban con toda la rapidez que podían, las llamas no disminuían en intensidad. Con mi casaca podría haber apagado el fuego, pero desgraciadamente me la había dejado en mi casa por la precipitación con que salí de ella. Tan magnífico palacio hubiera quedado reducido a cenizas si por mi extraordinaria serenidad no se me hubiese ocurrido un procedimiento para extinguir el fuego.

La tarde anterior había bebido gran cantidad de un vino blanco llamado *glimigrim,* procedente de una provincia de Blefescu y que era muy diurético. Me puse, pues, a orinar en tan grande abundancia, que en tres minutos quedó apagado el incendio, salvándose así el resto de un tan magnífico edificio, que había costado sumas inmensas.

Al ser de día regresé a mi casa, sin esperar a que me felicitase el emperador, porque, a pesar del importante servicio que le había prestado, ignoraba cómo interpretaría el medio que yo había empleado, ya que las leyes constitucionales del país castigaban con la pena capital la realización de semejante acto en el recinto de palacio, por muy elevada posición que ocupase el culpable. Pero bien pronto me sacó de dudas, a este respecto, un mensajero de Su Majestad, quien me dijo que había dado orden de que me expidiesen una carta de gracias. No obstante, también me advirtieron que la emperatriz, horrorizada, se había refugiado en el otro extremo del palacio, decidida a no penetrar jamás en unas habitaciones que habían sido mancilladas con un acto tan deshonesto e insolente, y que ante sus más íntimos confidentes había jurado vengarse de mí.

CAPÍTULO SEXTO

Costumbres de los habitantes de liliput. – Su literatura. – Sus leyes. – Sus usos y su método educativo.

Aunque mi intención es dejar la descripción de este imperio para un tratado particular, creo es mi deber, sin embargo, dar aquí al lector una idea general de él.

La estatura media de sus habitantes era algo inferior a las seis pulgadas, y todos los animales, así como las plantas y árboles, guardaban con ellos la misma proporción que entre nosotros. Por ejemplo, los caballos y bueyes más altos medían de cuatro a cinco pulgadas; los carneros, pulgada y media, aproximadamente; los gansos venían a ser del tamaño de un gorrión, y así, hasta llegar a los insectos, que eran casi invisibles para mí, si bien la naturaleza había dotado a los liliputienses de una vista apropiada a los objetos que les rodeaban, o sea, que tenían una vista aguda, pero de corto alcance. Como prueba de la agudeza de su vista, sólo diré que una vez vi cómo un cocinero pelaba una alondra que no sería mayor que una mosca corriente, y en otra ocasión, vi a una muchacha que enhebraba una aguja invisible para mí con seda también invisible. Los árboles tenían siete pies de altura, y los demás vegetales eran proporcionados a ellos.

Poca cosa puedo decir de las ciencias, que este pueblo cultivaba desde hacía muchos siglos en todas sus ramas; sólo me referiré a su singular escritura. No escribían de izquierda a derecha, como los europeos, ni de derecha a izquierda, como los árabes, ni de abajo a arriba, como los chinos, sino oblicuamente, de uno a otro ángulo del papel, como hacen las damas en Inglaterra.

A sus muertos los enterraban con la cabeza hacia abajo, porque creían que trancurridas once mil lunas resucitarían todos los hombres y como entonces la tierra (a la que creían plana) se volvería de modo que lo de abajo quedase arriba y lo de arriba abajo, en el momento de la resurrección, todos se encontrarían de pie. Los sabios reconocían lo absurdo de tal creencia, pero la costumbre subsistía por su antigüedad y porque estaba apoyada en los prejuicios del pueblo.

Tenían leyes y costumbres muy extraordinarias, que yo tal vez trataría de justificar si no fuesen tan opuestas a las de mi querida patria. La primera que mencionaré se refiere a los delatores. Todos los crímenes contra el Estado eran castigados con el máximo rigor, pero si el acusado lograba demostrar su inocencia, el acusador era condenado a una muerte ignominiosa inmediatamente y todos sus bienes se confiscaban en provecho del inocente. Si estos bienes eran insuficientes, el Tesoro los suplía, y hasta el mismo soberano añadía alguna prueba de su favor a la indemnización pecuniaria y hacía proclamar por todo el país la inocencia del hombre falsamente inculpado.

El fraude estaba considerado como un crimen más grande que el robo, pues siempre se castigaba con la muerte, porque tenían por principio que el cuidado y la vigilancia podían defender los bienes de una persona contra los ladrones, pero que la probidad no tenía ninguna defensa contra el engaño y la mala fe de los negocios. Una vez supliqué gracia al emperador para con un criminal que se había quedado una cantidad de dinero que su patrón le había enviado a cobrar; yo dije a Su Majestad que la falta era un simple abuso de confianza, pero al monarca le pareció monstruoso que tratase de justificar la falta con lo que era, en realidad, una agravante del delito; a esto sólo pude contestar con el lugar común de que cada país tenía sus costumbres, pero íntimamente estaba avergonzado.

Aunque consideremos nosotros los castigos y recompensas como columnas que sustentan al gobierno, no puedo menos que decir que la máxima de castigar y recompensar no se observa en Europa con la misma sapiencia que en el imperio de Liliput. Allí, cualquiera que presentase pruebas suficientes de haber observado las leyes del país durante setenta y tres lunas, tenía derecho a solicitar determinados privilegios, según su clase y estado, además de cierta suma de dinero con cargo a un fondo destinado para este menester; obtenía el título de *snill pall* o de *legítimo,* el cual se añadía a su nombre, pero este título no era hereditario. Estos pueblos consideraban como un extraordinario defecto político que todas nuestras leyes fueran punitivas, cuya infracción era seguida del castigo inmediato, en tanto que su cumplimiento no obtenía ninguna recompensa; por esto, ellos representaban a la justicia con seis ojos, dos delante, dos detrás y uno a cada lado, un saco de oro en la mano derecha y una espada envainada a su costado izquierdo, como indicando que estaba más dispuesta a recompensar que a castigar.

En la selección de los individuos para ocupar los empleos, se atendía más a la probidad que a la inteligencia, porque consideraban que siendo necesaria al género humano la administración, la Providencia no pudo desear jamás que la administración de los asuntos públicos fuese una ciencia difícil y misteriosa que no pudiera ser dominada nada más que por un corto número de espíritus raros y despiertos, tales como los que sólo nacían dos o tres en cada siglo; en tanto que la verdad, la justicia, la templanza y otras virtudes estaban al alcance de todo el mundo, y que la práctica de estas virtudes, acompañada de un poco de experiencia y buena intención, convertía a todo hombre sensato en apto para el servicio de su país. También estaban persuadidos de que la ausencia de tales virtudes no podía suplirse con la amplitud de conocimientos, sino que, por el contrario, las personas que poseyesen estos conocimientos, y no fuesen de buenas costumbres ni tuviesen buena fe, serían mucho más peligrosas en los empleos de lo que podría serlo un ministro ignorante y de limitada inteligencia, pero íntegro. Así mismo creían que los errores de un hombre honesto no podían ser tan funestos para el bien público como las prácticas tenebrosas de un ministro cuyos fines fuesen criminales, pues encontraría en los recursos de su inteligencia el modo de hacer mal impunemente.

Entre los liliputienses, a todo el que no creía en la existencia de una Providencia divina, se le declaraba incapaz para desempeñar ningún cargo público. Como los reyes pretendían ser justamente representantes de la Providencia, los liliputienses hubiesen creído absurda e inconsecuente la conducta de un príncipe que se valiera de gentes sin religión y que negaran la autoridad divina de que se decían depositarios, y de la que dimanaba la suya.

Debo hacer observar que aquí me refiero a las leyes fundamentales de los liliputienses y no a las instituciones modernas introducidas por la corrupción inherente a la especie humana, tales como, por ejemplo, la vergonzosa manera de obtener los grandes cargos danzando sobre una cuerda, y las condecoraciones, saltando por encima de un bastón. Esta indigna costumbre fue establecida por el padre del emperador reinante.

La ingratitud estaba considerada como un crimen horrendo en Liliput, del mismo modo que se consideraba antiguamente en algunas naciones virtuosas, según puede leerse en la historia, pues decían que un hombre capaz de perjudicar a su bienhechor, necesariamente había de ser enemigo de todos los hombres y, por consiguiente, indigno de vivir.

Sus ideas respecto a los deberes de los padres eran muy distintas a las nuestras. Pensaban que la unión del hombre y la mujer estaba basada en las leyes de la naturaleza, cuyo fin es la propagación de la especie, tanto en lo que se refiere a los hombres como a los animales, y no se creían más obligados que éstos para con su descendencia. Por la misma razón, no creían que los hijos tuvieran ningún deber para con su padre o madre por haberlos puesto en el mundo, ya que no lo consideraban como un beneficio teniendo en cuenta las miserias de la vida, aun cuando este don hubiese sido acordado conscientemente. De acuerdo con tales ideas, creían que los padres eran los menos indicados para educar a sus hijos; por lo tanto, en cada ciudad funcionaban colegios públicos, a los que todos los padres, excepto los campesinos, estaban obligados a enviar sus hijos de uno y otro sexo, para que en ellos fueran educados y formados. Cuando llegaban a la edad de veinte lunas, se les suponía ya dóciles y capaces de aprender. Estos colegios eran de diferentes categorías, según el rango y el sexo. Hábiles maestros preparaban a los niños para una forma de vida de acuerdo con su nacimiento, con su inteligencia y sus inclinaciones.

Los colegios para niños de cuna ilustre contaban con maestros sabios y prudentes. Los vestidos y la alimentación de los niños eran muy sencillos. Se les inculcaban, desde pequeños, los principios del honor, de la justicia, del valor, de la modestia, de la clemencia, de la religión y del amor patrio; tenían ocupadas todas las horas, salvo el tiempo, muy reducido, destinado a la comida y el descanso, además de dos horas para recreo. Hasta los cuatro años de edad, los vestían y desnudaban los empleados del colegio, pero a partir de esa edad, se les obligaba a hacerlo por sí mismos, cualquiera que fuera la clase social a que perteneciesen. Nunca se les dejaba hablar con la servidumbre, ni se les permitía jugar sin que estuviese presente un profesor, cuya misión era impedir las funestas impresiones del bullicio y del vicio que tan prontamente comienzan a carromper nuestra juventud.

Los padres podían visitarlos dos veces al año, y estas visitas no se prolongaban más de una hora cada vez; podían abrazar a sus hijos al entrar y al salir, pero un maestro estaba presente en la visita para que los padres no hablasen secretamente con sus hijos; tampoco se les permitía castigarlos, acariciarlos, ni darles regalos, caramelos o confites.

La pensión para la educación y alimentación de los niños era pagada por sus padres, y los preceptores oficiales se encargaban de cobrarla. Los colegios para los niños de la clase media y obrera se regían por las mismas normas, con las diferencias que exigían las clases sociales a que pertenecían; por ejemplo, los jóvenes que habían de seguir profesiones mecánicas terminaban sus estudios a los once años, en tanto que los de clases más elevadas continuaban su educación hasta los quince años, que corresponden a la edad de veinticinco entre nosotros, pero en los últimos tres años se les concedía libertad mayor.

En los colegios para niñas de la alta sociedad, el método educativo era casi el mismo que para los niños. Hasta la edad de cinco años, las vestían y desnudaban criadas de su sexo, pero siempre en presencia de una profesora; luego habían de hacerlo ellas mismas. Si se sorprendía a una de esas camareras contando a las niñas cuentos extravagantes y terroríficos, se las azotaba públicamente, luego se las condenaba a un año de prisión, y, cumplido éste, se las desterraba a perpetuidad a los lugares más desiertos del país. De este modo, las muchachas, en este país, eran tan vergonzosas y menospreciaban todo adorno exterior, no amando más que la pulcritud y la alimpieza. Sus estudios eran más flojos que los de los muchachos, aunque de la misma naturaleza, y también se les daban algunas nociones de economía doméstica, pues decían que la mujer debía ser una compañera agradable y razonable para su marido y que, por consiguiente, debía cultivar su inteligencia, que no envejece nunca.

A los doce años, edad en que comenzaba la pubertad en este país, los padres o tutores se llevaban a sus casas a las muchachas, después de demostrar su reconocimiento a los educadores, y casi nunca se separaban de sus compañeras sin derramar buena cantidad de lágrimas.

En los colegios para niñas de la clase baja, se les enseñaban toda clase de trabajos, y si debían aprender algún oficio, abandonaban el colegio a los siete años; las demás, no salían hasta los once.

Las familias de los trabajadores que tenían hijos en estos colegios, todos los meses, además de la pensión, que era lo más reducida posible, entregaban una pequeña cantidad de acuerdo con sus sueldos, destinada a constituir la dote de los muchachos. De este modo, la ley limitaba los gastos de los padres, porque creían injusto que, después de traer hijos al mundo, se dejasen como una carga pública. Respecto a las clases altas, habían de asegurar una fortuna a cada uno de sus hijos, según su condición, y los fondos eran administrados por los directores del colegio.

Los colonos y los labradores conservaban a sus hijos con ellos, porque su obligación era cultivar la tierra y al Estado le importaba muy poco que estuviesen más o menos instruidos, pero cuando llegaban a la vejez, eran recogidos en hospicios, ya que la mendicidad se desconocía en este país.

Tal vez sea éste el lugar más a propósito para relatar mi modo de vivir en Liliput durante los nueve meses y trece días que viví en él. Con los mayores árboles del parque real, me construí una mesa y un sillón. Doscientas costureras se encargaron de confeccionarme ropa blanca con la tela más fuerte que pudieron encontrar, pero, a pesar de ello, tuvieron que doblarla varias veces, porque era demasiado fina. Sus piezas de tela tenían tres pulgadas de ancho y tres pies de largo. Para que me tomaran la medida, tuve que acostarme; una se puso junto a mi cuello y la otra en el muslo, sosteniendo ambas una larga cuerda, en tanto que una tercera la medía con una regla que tendría una pulgada. Después me midieron el largo de mi dedo pulgar, de un extremo a otro, dando la vuelta por la uña, y dijeron que ya tenían suficiente, porque, por un cálculo matemático, sabían que el doble de la circunferencia de mi pulgar era la medida de la muñeca; que doblando ésta, tenían la del cuello, y el doble de éste, era igual a la medida de mi talle. A continuación extendí en el suelo una de mis camisas, que ellas copiaron exactamente. Trescientos sastres se necesitaron para confeccionarme un traje, y éstos se sirvieron de otro método para tomarme las medidas. Me puse de rodillas, y aplicaron una escalera contra mi cuerpo, por la que subió uno de ellos hasta mi cuello; desde allí dejó caer al suelo una especie de plomada, y así tuvieron el largo de la casaca; yo mismo me tomé la medida del talle y de los brazos, y a continuación se pusieron a trabajar en mi misma casa, porque ninguno de sus talleres podía contener piezas del tamaño de mi traje, que, cuando estuvo acabado, parecía uno de esos manteles hechos a cuadritos, con la única diferencia de que todos eran del mismo color.

Trescientos cocineros preparaban mi comida en barracones construidos alrededor de mi casa, en los cuales se alojaban ellos y sus familias y estaban encargados de servirme dos platos de cada vez. Con la mano cogía unos veinte, que dejaba sobre la mesa; un centenar de compañeros suyos, quedaban al pie de ella, para acarrear los manjares, vinos y licores sobre sus espaldas, y los que estaban sobre la mesa descargaban a los porteadores a medida que yo iba comiendo, sirviéndose para ello de una especie de polea. Cada uno de sus platos me lo comía de un bocado, y uno de sus barriles era un sorbo para mí. Su carnero no valía más que el nuestro, pero su buey era excelente. Una vez me sirvieron un solomillo tan grande, que tuve para tres bocados, pero fue una rareza. Mis servidores se asombraban de ver que me comía la carne y el hueso, como hacemos en Europa con las patas de la calandria. Generalmente, los gansos y los pavos me los comía de un bocado, y si me servían pájaros, cogía una treintena de ellos con la punta del cuchillo de cada vez.

Un día, Su Majestad quiso, según su propia expresión, tener el placer de comer conmigo, con la reina y los príncipes. Vinieron, pues, a mi casa y los puse en mi mesa frente a mí, rodeados de sus guardias. Flimnap, el gran tesorero, los acompañaba también, y observé que me miraba con malos ojos, pero yo no demostré advertirlo, y ese día comí más que de costumbre para hacer honor a mi querida patria y llenar de admiración a aquellos extranjeros. Motivadamente creo que Flimnap tomó como pretexto esa visita para desprestigiarme ante su señor. Este ministro siempre fue mi enemigo secreto, si bien me acogía como no hubiese podido esperar de un carácter tan agrio, y después de la comida dio cuenta al emperador de la mala situación de sus finanzas; le dijo que se veía obligado a concertar empréstitos a muy alto interés; que los bonos del Tesoro habían bajado a nueve por ciento por debajo de la par; que le había costado ya más de millón y medio de sus monedas de oro, y que sería muy conveniente aprovechar el primer pretexto que se presentase para hacerme salir del país.

Aquí estoy obligado a defender a una dama respetable que padeció inocentemente por mi causa. El tesorero estaba muy celoso de su esposa, porque algunos deslenguados pretendían que esta dama sentía una fuerte inclinación por mí. Los correveidiles de la corte llegaron hasta asegurar que muchas veces me había visitado secretamente en mi casa; pero esto era una infame calumnia, lo afirmo solemnemente, que no tenía otro fundamento que las inocentes muestras de bondad y confianza que Su Gracia había tenido para conmigo. Públicamente declaro que frecuentemente había ido a visitarme, pero siempre a la vista de todos y acompañada de su hermana, su hija o alguna amiga, como hacían muchas veces otras damas de la corte. Todos mis criados pueden afirmar que nunca vieron un carruaje ante mi puerta sin saber qué personas habían llegado en él, pues cuando un lacayo me anunciaba una visita, yo salía hasta la puerta para ofrecerle mis respetos y luego cogía carruaje y caballos cuidadosamente (si el tiro era de seis, el postillón desenganchaba cuatro) y los dejaba sobre una mesa provista de un borde, para evitar cualquier accidente. Frecuentemente he tenido cuatro carruajes sobre la mesa, mientras yo, sentado en el sillón, hablaba con las damas, que permanecían sentadas dentro de los coches, y en tanto yo hablaba con un grupo de visitantes, los cocheros hacían desfilar lentamente los demás coches alrededor de la explanada. De este modo pasé tardes muy agradables, y desafío al tesorero y a sus espías, Clustril y Drunlo (que traten de defenderse si pueden), yo los desafío a que prueben que recibí de incógnito en mi casa a alguna persona, exeptuando el secretario Reldresal, que vino por orden del emperador, como he dicho anteriormente.

No habría entrado en estos pormenores, si no afectasen a la reputación de una gran dama, sin contar la mía, puesto que yo era *nardac*, título de nobleza superior al del gran tesorero, que no era más que *glumglum*. Sin embargo, debía cederle el paso por razón de su cargo. Estas falsas informaciones indispusieron al gran tesorero con su esposa, y más aún conmigo; y aunque poco después reconoció que había sido inducido a error y se reconcilió con su mujer, no lo hizo así conmigo y mi crédito bajó rápidamente ante el mismo emperador, sobre el cual ejercía gran influencia este favorito.

CAPÍTULO SÉPTIMO

Advertido por un amigo de que se le quiere juzgar como reo de lesa patria, el autor huye al reino de Blefescu.

Antes de hablar de mi salida de Liliput, acaso sea conveniente enterar al lector de una intriga secreta que se urdió contra mí.

Yo no estaba habituado a las intrigas de la corte, pues mi humilde condición no me había permitido conocerlas por experiencia. Es cierto que había leído y oído muchas cosas acerca del modo de proceder de príncipes y ministros; pero no esperaba encontrar sus terribles efectos en un país tan alejado del nuestro y gobernado, aparentemente, por una política tan diferente de la de Europa. Así, ignorando lo que me esperaba, me disponía a visitar al emperador de Blefescu, cuando un elevado personaje de la corte, al que había prestado importantes servicios, vino a verme secretamente por la noche, y entró en mi casa en su silla de manos sin hacerse anunciar. Después de despedir a los porteadores, metí en un bolsillo a Su Excelencia con silla de manos y todo y di orden a mis criados de que cerrasen la puerta de la casa; luego puse sobre la mesa la silla de manos y me senté. Después de cambiados breves saludos, advertí que el continente del cortesano era triste e inquieto, y le pregunté la causa; entonces me rogó que escuchase lo que iba a decirme, porque afectaba a mi honor y a mi vida.

—Sabed —me dijo— que desde hace algún tiempo se han convocado secretamente varios consejos para tratar acerca de vos, y que hace dos días Su Majestad ha tomado penosa resolución.

»No ignoraréis que Skyresh Bolgolam (*galbet* o gran almirante) ha sido siempre, desde que llegasteis, vuestro enemigo mortal. Ignoro el motivo, pero sí sé que su odio aumentó grandemente después de vuestra expedición contra la escuadra de Blefescu, porque, como almirante, está celoso del éxito que alcanzasteis. Este señor, de acuerdo con Flimnap, gran tesorero, Limtoc, el general, Lalcon, el gran chambelán, y Balmuff, el gran justicia, han formulado un acta de acusación contra vos por los delitos de lesa majestad y otros capitales.

Este exordio me turbó de tal modo, que iba a interrumpir a mi visitante, cuando éste me rogó que no dijese nada hasta que acabase de contármelo todo, y continuó así:

—Para corresponder a los servicios que os debo, me enteré en seguida de todo el proceso y he obtenido una copia del acta de acusación, pero he de advertiros que arriesgo mi cabeza en vuestro servicio. Escuchad lo que se dice:

Artículos de la acusación formulada contra «Quinbus Flestrin» (el hombre-montaña)

«Artículo I. —Considerando que una ley dictada bajo el reinado de Su Majestad Imperial, Cabin Deffar Plune, dispone que cualquiera que hiciere aguas en el recinto del palacio imperial quedará sujeto a las penas y castigos señalados para los reos del delito de lesa majestad, y que, a pesar de ella, el dicho Quinbus Flestrin ha violado la expresada ley, con el pretexto de extinguir un incendio declarado en las habitaciones de nuestra bien amada y augusta esposa de Su Majestad, traidora, maliciosa y diabólicamente realizando ese acto prohibido por la citada ley y extinguiendo el fuego de dichas habitaciones, estando en el recinto del mencionado palacio imperial;

»Artículo II. —Considerando que el dicho Quinbus Flestrin, habiendo traído la real flota de Blefescu a nuestro puerto imperial, y habiendole en seguida ordenado Su Majestad Imperial que se apoderase de los demás barcos de dicho reino de Blefescu, y de reducirlo al estado de provincia de nuestro país y que hiciese perecer o morir, no solamente a todos los ancho-extremistas desterrados, sino también a cuantos blefescudenses se negasen a renunciar a la herejía ancho-extremista, el mencionado Flestrin, como un traido rebelde a Su muy dichosa e Imperial Majestad, pidió que se le dispensase de este servicio, bajo el pretexto frívolo de que le repugnaba contrariar las conciencias y destruir las libertades de un pueblo libre;

»Artículo III. —Considerando que habiendo llegado poco después unos embajadores de la corte de Blefescu para concertar la paz, el dicho Flestrin, como un súbdito desleal, socorrió, ayudó y divirtió a los mencionado embajadores, aunque los había conocido como ministros de un príncipe que recientemente había sido enemigo declarado de Su Majestad Imperial y estado en guerra declarada contra la Susodicha Majestad;

»Artículo IV. —Considerando que el citado Quinbus Flestrin, violando los deberes de todo súbdito fiel, se dispone actualmente a efectuar un viaje a la corte de Blefescu, para el cual no ha recibido más que un permiso verbal de Su Majestad Imperial, y con el pretexto del referido permiso se propone, temeraria y pérfidamente, hacer dicho viaje para socorrer y ayudar al rey de Blefescu.»

—Hay otros artículos —añadió—, pero éstos son los más importantes, de los que acabo de leeros un extracto.

»En los diversos consejos celebrados para estudiar esta acusación, Su Majestad ha hecho patentes su moderación, su dulzura y su equidad, hablando muchas veces de vuestros servicios y procurando atenuar la importancia de vuestros crímenes. El gran tesorero y el almirante han propuesto que se os dé una muerte cruel e ignominiosa, prendiendo fuego a vuestra casa durante la noche; y que el general os atacase con veinte mil hombres, que dispararían flechas envenenadas contra vuestro rostro y manos. También se trató de dar órdenes secretas a vuestros criados para que extendiesen un jugo venenoso sobre vuestras camisas, el cual os haría desgarrar vuestras carnes y morir entre horribles tormentos. El general también era de la misma opinión, de suerte que, durante algún tiempo, la mayoría estaba contra vos, pero Su Majestad, que estaba dispuesto a salvarnos la vida, ganó el voto de su chambelán.

»Entretanto, Reldresal, primer secretario de Estado del departamento de Asuntos Privados, recibió orden del emperador para que expresase su opinión, lo que hizo de acuerdo con la de Su Majestad. Ciertamente, está justificada la estimación que sentía por él, porque ha dicho que vuestros crímenes son muy grandes, pero que merecen también una gran indulgencia. Que la amistad que le unía a vos era tan conocida, que podría creerse estaba dispuesto en favor vuestro, pero que, no obstante, para obedecer la orden de Su Majestad, iba a dar su opinión con toda franqueza y libertad; que Su Majestad, en consideración a vuestros servicios y de acuerdo con su proverbial clemencia, quería salvaros la vida y contentarse con hacer que os sacaran los ojos, le parecía que obraba con estricta justicia, y todos aplaudirían la misericordiosa piedad del emperador y la generosa equidad de cuantos tenían el honor de ser vuestros consejeros; que la pérdida de vuestros ojos no os privaría de vuestra fuerza corporal, gracias a la cual aún podríais ser útil a Su Majestad, pues la ceguera aumentaría vuestro valor al ignorar los peligros; y al poder recogerse mejor el espíritu, estaríais más próximo a descubrir la verdad. Además, el temor a perder vuestros ojos había sido la dificultad mayor que habíais tenido que vencer al apoderaros de la flota enemiga, y que así no podríais ver más que por los ojos de los demás, que es precisamente lo que desean los príncipes más poderosos.

»Esta proposición fue acogida con desagrado por toda la asamblea. El almirante Bolgolam se levantó y, ciego de furor, dijo que estaba asombrado de ver que el secretario se atreviese a aconsejar el respeto a la vida de un traidor; que los servicios que habíais prestado, según las verdaderas máximas del Estado, eran crímenes monstruosos, pues vos, que habíais sido capaz de extinguir rápidamente un incendio orinándoos en el palacio imperial (lo que no podía recordar sin horror) podríais, en cualquier momento, y por el mismo medio, inundar el palacio y toda la ciudad, teniendo una bomba enorme dispuesta a este efecto. Que la misma fuerza que habíais empleado para apoderaros de la flota enemiga, podría serviros para llevárosla nuevamente a Blefescu, a la primera señal de descontento; porque tenía motivos muy fundados para creer que sois anchoextremista os declaraba formalmente traidor y rebelde e insistía en que se os diese muerte sin dilación.

»El tesorero opinó del mismo modo. Hizo ver a qué situación habían llegado las finanzas de Su Majestad a causa de los gastos que originaba vuestra manutención, situación que sería bien pronto insostenible; que la solución propuesta por el secretario, lejos de ser un remedio contra ese mal, lo agravaría guiándose por las apariencias, pues estaba demostrado por la costumbre, que ciertas aves comen más y engordan rápidamente cuando se les sacan los ojos; además, Su Majestad sagrada y el consejo que os juzgaba estaban íntimamente convencidos de vuestros crímenes, y esto era una prueba más que suficiente para condenaros a muerte sin necesidad de recurrir a las pruebas formales que exigía el rigorismo de la ley.

»Pero Su Majestad Imperial, que estaba firmemente decidido a que no murierais, dijo graciosamente que, puesto que el consejo creía que la pérdida de los ojos era un castigo demasiado leve, se podría añadir algún otro. Y vuestro amigo, el secretario, rogando que le escuchasen otra vez para contestar a la objeción del tesorero relativa al dispendio que hacía Su Majestad para manteneros, dijo que Su Excelencia, por tener a su disposición las finanzas del emperador, podría remediar fácilmente ese perjuicio disminuyendo paulatinamente vuestros alimentos, consiguiendo así, por esta nutrición insuficiente, que os debilitaseis y perdieseis el apetito, y también la vida; y entonces, cinco o seis mil súbditos de Su Majestad podrían separar la carne de los huesos y enterrarla en pequeñas cantidades, lejos de la ciudad, para evitar la infección, conservando el esqueleto como un monumento digno de admiración.

»Así, por la gran amistad del secretario, todo terminó felizmente y se dieron órdenes precisas para mantener en secreto el acuerdo de dejaros morir de hambre poco a poco. En cuanto a la decisión de sacaros los ojos, ha sido registrada en los libros del Consejo, sin oposición de nadie, exceptuando al almirante Bolgolam. Dentro de tres días, el secretario recibirá orden de venir a visitaros para leeros los artículos de la gran clemencia de Su Majestad y del consejo, que sólo os han condenado a la pérdida de los ojos, a lo cual no duda Su Majestad que os someteréis con el reconocimiento y humildad convenientes. En seguida se acercarán veinte cirujanos de Su Majestad y realizarán la operación descargando numerosas flechas muy afiladas en las pupilas cuando os hayáis echado en tierra. Ahora os toca a vos tomar las medidas que os sugiera vuestra prudencia. En cuanto a mí, para evitar sospechas, me marcharé tan secretamente como he venido.

Su Excelencia se marchó y yo quedé solo, lleno de cruel ansiedad.

La costumbre introducida por este príncipe y su ministerio (muy distinta, según me aseguraban, a la de otros tiempos) era que, después de haber ordenado la corte un suplicio para satisfacer el resentimiento del soberano o la malicia de un favorito, el emperador debía pronunciar un discurso ante su consejo, en el cual su dulzura y su clemencia se citaban como cualidades reconocidas por todo el mundo. El discurso del emperador referente a mí se publicó en seguida en todo el imperio y el pueblo quedó aterrorizado por los elogios a la clemencia de Su Majestad, porque habían comprobado que cuanto mayores eran esos elogios, mayor era el castigo y más injusta la condena a que servían de preámbulo. En cuanto a mí, estaba tampoco versado en estos asuntos, que no supe decidir si mi castigo era suave o riguroso, justo o injusto. Ni se me ocurrió la idea de pedir que me permitiesen defenderme, porque prefería que me condenasen sin ser oído, ya que otras veces había asistido a procesos semejantes y los había visto terminar según las instrucciones que tenían los jueces y a gusto de los acusadores poderosos.

Tuve intención de resistirme, porque estando en libertad, no serían suficientes todas las fuerzas del imperio para vencerme y fácilmente podría derrotarlas a pedradas y destruir la capital, pero rechacé horrorizado este proyecto al recordar mi juramento a Su Majestad, los favores que había recibido de él y la dignidad de *nardac* que me había conferido. Aún no había podido asimilar el espíritu cortesano para convencerme de que los rigores de Su Majestad anulaban todas las obligaciones que tenía para con él.

Al fin tomé una resolución que, según las apariencias, será censurada justamente por muchas personas, porque confieso que fue una temeridad por mi parte y un malvado proceder el querer conservar los ojos, la libertad y la vida, a pesar de las órdenes de la corte. Si hubiese conocido mejor el carácter de los príncipes y de los ministros, que más adelante he tenido ocasión de observar en otras cortes, y su modo de tratar a acusados menos criminales que yo, me hubiera sometido sin dificultad a tan dulce pena. Pero guiado por el ímpetu de la juventud y contando con el permiso de Su Majestad Imperial para visitar al rey de Blefescu, me apresuré, antes de que expirase el plazo de tres días, a escribir una carta a mi amigo el secretario, en la cual le hacía saber que había resuelto partir aquel mismo día para Blefescu, de acuerdo con el permiso que había obtenido; y, sin esperar la contestación, me dirigí hacia la costa de la isla donde estaba la flota. Allí cogí un gran barco de guerra, corté la amarra de proa, recogí el ancla, me desnudé, puse el traje (así como el sombrero, que había llevado bajo el brazo) en el barco, y tirando de él, unas veces andando y otras nadando, llegué al puerto real de Blefescu, en el que el pueblo me esperaba desde hacía largo tiempo y me proporcionaron dos guías para acompañarme a la capital, que lleva el mismo nombre. Los llevé en mis manos hasta que llegamos a doscientas yardas de las puertas de la ciudad y les rogué que avisasen mi llegada a los secretarios de Estado y que dijesen también que esperaba las órdenes de Su Majestad. Al cabo de una hora vinieron a decirme que Su Majestad, al frente de toda la real casa, venía a recibirme. Avancé unas cien yardas y el rey y su séquito se apearon de los caballos, la reina y las damas descendieron de sus carrozas y pude advertir que no parecían tener miedo de mí. Me eché a tierra para besar las manos del rey y la reina y dije a Su Majestad que iba a cumplir mi promesa, con pemiso del emperador, mi señor, y para tener el honor de conocer a tan poderodo príncipe y ofrecerle los servicios que dependiesen de mí, aunque esperaba que no serían encontrados con los de mi señor; desde luego, no le dije que había caído en desgracia.

No molestaré al lector con el relato detallado de mi recepción en la corte, que fue de acuerdo con la generosidad de tan gran príncipe, ni tampoco hablaré de las molestias que padecí por no disponer de casa ni de lecho, viéndome obligado a dormir en el suelo.

CAPÍTULO OCTAVO

Por un afortunado accidente, el autor encuentra el medio de salir de Blefescu, y después de algunas dificultades, regresa a su patria.

Tres días después de mi llegada, paseándome por la costa de la isla que miraba hacia el Nordeste, descubrí, a cierta distancia mar adentro, un objeto que a primera vista me pareció un bote volcado. Me descalcé de zapatos y medias y avancé por el agua unas doscientas o trescientas yardas, hasta que vi que el objeto se acercaba empujado por la marea. Entonces advertí que se trataba de un chalupa que, según meparecíó, había sido arrancada de un buque por la tempestad; en seguida me apresuré a regresar a la ciudad para rogar a Su Majestad que me dejase veintidós buques de los más grandes que le quedasen después de la pérdida de su flota y tres mil marineros, a las órdenes de un vice-almirante. Esta flota se dio a la vela costeando mientras yo me dirigía por el camino más corto hacia donde había descubierto primeramente la chalupa. Al llegar, observé que la marea la había acercado más a la orilla. Cuando los barcos llegaron junto a ella, me desnudé y me metí en el agua, hasta llegar a cien yardas de la chalupa, pero a partir de ahí, tuve que nadar para acercarme a ella. Cuando llegó la flota, los marineros me arrojaron un cable, que pasé por un agujero de la proa, atando el otro extremo a un barco de guerra, pero no pude seguir trabajando, porque el agua me cubría en aquel lugar, así es que me puse a nadar empujando la chalupa con una mano, y avancé tan rápidamente, ayudado por la marea, que bien pronto pude ponerme de pie. Descansé dos o tres minutos y continué empujando el bote hasta que el agua me llegó a las axilas. Lo más penoso de mi trabajo quedaba así hecho; entonces cogí otros cables, los até a la chalupa y luego a nueve de los barcos que esperaban, y como el viento era favorable y los marineros me ayudaron, llegamos en seguida a cuarenta yardas de la orilla. Cuando se retiró la marea quedó en seco la chalupa y ayudado por dos mil hombres y buen número de cuerdas y máquinas, conseguí volverla y entonces ví que apenas estaba averiada.

Diez días tardé en llevar la chalupa al real puerto de Blefescu, donde esperaba la multitud, asombrada de ver un barco tan grande.

Entonces dije al rey que mi buena suerte me había permitido encontrar un barco que me llevaría a algún lugar desde el que podría regresar a mi país natal y rogué a Su Majestad que diese órdenes para que pudiera arreglar mi barco y que me permitiera luego salir de sus Estados, a lo que accedió después de algunas corteses reconvenciones.

Me sorprendía en gran manera que el emperador de Liliput, después de mi partida, no hubiese ordenado que se hicieran pesquisas para encontrarme, pero después supe que Su Majestad Imperial, ignorante de que yo había sido advertido de sus propósitos, se imaginaba que había ido a Blefescu para cumplir mi promesa, haciendo uso del permiso que me había dado; pero al fin, mi larga ausencia comenzó a preocuparle y después de celebrar consejo con el tesorero y toda la camarilla, decidió que un alto funcionario fuese enviado a Blefescu con una copia de los cargos que se me hacían. El enviado llevaba instrucciones para que hiciera resaltar ante el soberano de Blefescu la magnanimidad de su señor, que se contentaba con castigarme con la pérdida de los ojos; que yo me había sustraído a la acción de la justicia y si no regresaba en el término de dos días, sería desposeído del título de *nardac* y declarado reo del delito de alta traición. El enviado añadió que, para conservar la paz y la amistad entre los dos imperios, su señor esperaba que el rey de Blefescu daría orden para que me condujeran a Liliput atado de pies y manos, para ser castigado como un traidor.

El rey de Blefescu pidió un plazo de tres días para deliberar acerca de este asunto y dio una contestación muy cortés y prudente. Contestó que en lo referente a entregarme atado de pies y manos, el emperador no ignoraría que era imposible; que aunque me había apoderado de su escuadra, estaba agradecido a mis buenos oficios cuando se concertó la paz, y que, por último, uno y otro imperio se verían pronto libres de mi presencia, porque había encontrado en la playa un barco prodigioso, capaz de llevarme por el mar y que había dado orden de acondicionarlo de acuerdo con mis instrucciones; de suerte que esperaba que en un par de semanas los dos imperios se verían libres de una carga tan insoportable.

Con esta contestación regresó a Liliput el embajador y el rey de Blefescu me contó después lo ocurrido, ofreciéndome, al mismo tiempo, pero secreta y confidencialmente, su graciosa protección si quería entrar a su servicio. Aunque me pareció sincera su proposición, tomé la resolución de no entregarme nunca a ningún príncipe ni ministro si podía valerme por mí mismo, así es que, después de testimoniar a Su Majestad mi justo reconocimiento por sus favorables intenciones, le rogué humildemente que me permnitiese marchar, añadiendo que ya que la fortuna, buena o adversa, me ofrecía un barco, estaba dispuesto a hacerme a la mar antes que ser la causa de una ruptura de relaciones entre dos monarcas tan poderosos. No me pareció que el rey se ofendiese por mis palabras e incluso advertí que le agradaba mi resolución, así como a la mayor parte de sus ministros.

Estas consideraciones me indujeron a partir antes de lo que había proyectado, y la corte, que deseaba mi partida, me ayudó en mis proyectos. Quinientos obreros se dedicaron a confeccionar dos velas para mi bote, de acuerdo con mis indicaciones, cosiendo en trece dobleces la tela más gruesa que tenían. Entretanto, yo hacía cuerdas y cables, entretejiendo diez, veinte y treinta de los más fuertes que tenían. Una gran piedra, que tuve la suerte de encontrar cerca de la orilla del mar, después de una larga búsqueda, me sirvió de ancla; también necesité trescientos bueyes para engrasar la chalupa y para otros usos. Grandes fueron mis trabajos para cortar los árboles más grandes que encontré y hacer con ellos remos y mástiles, en lo que fui ayudado por los armadores de Su Majestad.

Al cabo de un mes, cuando todo estuvo dispuesto, fui a recibir órdenes de Su Majestad y a despedirme de él. El rey, acompañado de su real casa, salió de palacio; yo me eché en tierra para tener el honor de besar su mano, que me ofreció graciosamente, así como la reina y los príncipes de la sangre. Su majestad me regaló cincuenta bolsas que contenían doscientos *spruggs* cada una, y su retrato, en tamaño natural; todo esto lo guardé en uno de mis guantes para conservarlo mejor.

Cargué mi chalupa con cien bueyes, trescientos carneros, pan y bebida en proporción a la cantidad de carne cocida que pudieron proporcionarme cuatrocientos cocineros. También tomé conmigo seis vacas y dos toros vivos y otras tantas ovejas y carneros, deseoso de llevarlos a mi país para propagar la especie; así mismo cogí heno y trigo. Hubiese deseado llevarme seis jóvenes, pero el rey no me lo permitió, y después de inspeccionar mis bolsillos, Su Majestad me pidió mi palabra de honor de que no me llevaría ninguno de sus súbditos, a no ser que mediase su consentimiento previo.

Ya dispuesto todo, me di a la vela el 24 de septiembre de 1701, hacia las seis de la mañana; cuando había navegado unas cuatro leguas, me dirigí al Norte, con viento Sudeste, y a las seis de la tarde descubrí una isla a una media legua al Nordeste. Me acerqué a la isla, que me pareció desierta, y eché el ancla al abrigo del viento. Comí ligeramente y me dispuse a descansar. Debí de dormir unas seis horas, porque dos horas después de despertarme, comenzó a nacer el día. Desayuné y como el viento era favorable, levé el ancla y continué navegando en la misma dirección guiado por mi brújula de bolsillo. Era mi deseo llegar, si me era posible, a una de las islas que, fundadamente, creía estaban situadas al Nordeste de la tierra de Van Diemen. Por esta parte no descubrí nada, pero al día siguiente, hacia las tres de la tarde, cuando habría navegado, según mis cálculos, alrededor de veinticuatro leguas, vi un navío que iba con rumbo al Sudeste. Solté todas las velas y al cabo de media hora me descubrió el barco, e izó su pabellón y disparó un cañonazo.

No es fácil explicar la alegría que experimenté al ver cumplida mi esperanza de regresar a mi bien amada patria y ver otra vez a los seres queridos que en ella había dejado. El barco recogió velas y pude alcanzarlo a las cinco o las seis de la tarde del día 26 de septiembre. Mi corazón saltó en el pecho cuando vi que arbolaba la bandera inglesa; me guardé en el bolsillo del coleto las vacas y los carneros y subí a bordo con mi pequeño cargamento de víveres.

El navío era un velero mercante inglés, que regresaba del Japón por los mares del Norte y del Sur, mandado por el capitán John Biddel, de Deptford, persona correcta y exlente marino; su dotación se componía de cincuenta hombres, entre los cuales reconocí a un antiguo compañero, llamado Peter Williams, que me recomendó con interés al capitán. Este caballero me dispensó muy buena acogida y me rogó le dijese de dónde venía y a dónde iba, lo que le expliqué en muy pocas palabras; pero no me creyó y supuso que las penalidades que debía de haber sufrido me habían trastornado la cabeza. Sólo cuando saqué las vacas y los carneros comprendió la verdad de mis palabras y quedó muy asombrado. También le enseñé las monedas de oro que me había dado el rey de Blefescu, así como el retrato, en tamaño natural, de Su Majestad, además de otras curiosidades de aquel país. Le entregué dos bolsas de doscientos *spruggs* cada una y le prometí que a mi llegada a Inglaterra le regalaría una vaca y una oveja con sus crías.

No entretendré al lector con el relato de mi viaje; llegamos a las Dunas el 15 de abril de 1702 y sólo hube de lamentar una desgracia: que las ratas del barco se llevaron uno de mis carneros. Desembarqué el resto de mi rebaño en perfecto estado de salud y lo puse a pastar en un cuadro de césped de una calle de Greenwich.

En el poco tiempo que estuve en Inglaterra, obtuve un beneficio condiserable enseñando mi pequeño rebaño a gentes de condición y aun al mismo pueblo, y antes de que comenzase mi segundo viaje, los vendí por seiscientas libras esterlinas. Después de mi último regreso he buscado inútilmente la casta, que yo creía estaría considerablemente aumentada, sobre todo en lo que se refería a los carneros, pues esperaba que beneficiaría a nuestras manufacturas de lana, por la finura del vellón.

No permanecí con mi mujer y mis hijos más que por dos meses; el deseo insaciable de ver países extranjeros no me dejaba hacer vida sedentaria mucho tiempo, así que di a mi mujer mil quinientas libras esterlinas, la instalé en una buena casa, en Redriff, y el resto de mi fortuna lo llevé conmigo, parte en dinero y parte en mercancías, con miras a aumentar mi caudal. Como mi tío John me había dejado tierras cerca de Epping, que rentaban unas treinta libras al año, y yo había arrendado ventajosamente mi hacienda de *Black-Bull* y *Fetter-Lane*, que me daban la misma renta, no dejaba a mi familia entregada a la caridad pública. Mi hijo John, llamado así en recuerdo de mi tío, aprendía el latín e iba al colegio, y mi hija Elisabeth, que actualmente está casada y es madre, se dedicaba a la costura. Me despedí de mi mujer, de mi hijo y de mi hija y, a pesar de las lágrimas que se derramaron por una y otra aparte, embarqué valientemente en el *Aventura*, barco mercante de trescientas toneladas, mandado por el capitán John-Nicholas, de Liverpool.

El relato de este viaje aparecerá en la segunda parte de mi obra.

SEGUNDA PARTE
VIAJE A BROBDINGNAG

CAPÍTULO PRIMERO

Después de haber corrido una tempestad, el autor arría una chalupa para desembarca en tierra y lo coge un habitante del país. – Cómo lo tratan. – Datos acerca del país y sus habitantes.

Habiendo sido condenado por la naturaleza y la fortuna a llevar una vida agitada, dos meses después de mi regreso, como ya he dicho, abandoné de nuevo mi país natal y me embarqué en las Dunas, el 20 de junio de 1702, en un barco que tenía por nombre *Aventura*, cuyo capitán se llamaba John-Nicholas, de Cornualles, que se dirigía a Surate.

Tuvimos un viento muy favorable hasta la altura del Cabo de Buena Esperanza, donde atracamos para aprovisionarnos de agua; pero como nuestro capitán cayese enfermo con una fiebre intermitente, no pudimos salir del Cabo hasta fines de marzo.

Entonces nos dimos a la vela, y nuestro viaje fue feliz hasta el Estrecho de Madagascar; pero al llegar al norte de esta isla, los vientos, que en aquellos mares soplan siempre constantes del Noroeste desdeprincipios de diciembre hasta los primeros días de mayo, comenzaron a soplar muy violentamente del Oeste el 29 de abril; así continuó los veinte días siguientes, durante los cuales fuimos arrastrados un poco a Oriente de las islas Molucas, y alrededor de tres grados al norte de la línea equinoccial, según las observaciones que se hicieron el 20 de mayo, época en la cual cesó el viento. Pero el capitán, hombre muy práctico en la navegación por aquellos mares, nos avisó que nos preparásemos para soportar una terrible tempestad que se desencadenaría, sin duda alguna, al día siguiente, como en efecto sucedió, pues comenzó a soplar el viento del Sur llamado monzón.

Creyendo que el viento no sería muy fuerte, aferramos la vela de trinquete; pero como el huracán arreciaba cada vez más, tuvimos que asegurar los cañones y aferrar también la mesana. El barco navegaba, pues, al largo, y así, creímos que el mejor partido que se podía tomar era el de navegar viento en popa. Rizamos la mesana y cazamos las escotas, el timón iba a barlovento y el navío se gobernaba bien, y largamos la cargadera de trinquete, pero la vela se rompió por la violencia del viento, y en seguida arriamos la verga para desaparejarla y quitar todas las jarcias que la sujetaban. La mar era imponente; las olas montaban unas sobre otras, y hubimos de ayudar al timonel, que no podía gobernar solo. No quisimos calar los masteleros, porque el barco se gobernaba mejor con mar en popa y estábamos persuadidos de que navegaría más fácilmente con el mástil aparejado. Viendo que íbamos bastante enmarrados, después de la tempestad largamos las velas de mesana y de trinquete y nos pusimos al viento; luego amuramos a estribor, soltamos brazas y amantillos de barlovento, cazamos las brazas de sotavento, halamos las bolinas y las amarramos, se amuró la mesana y gobernamos con todas las velas desplegadas.

Durante esta tempestad, que fue seguida de un fuerte viento del Oeste-Sudoeste, fuimos arrastrados, según mis cálculos, unas mil millas hacia Oriente, de modo que los más viejos y experimentados hombres de la tripulación no sabían en qué parte del mundo estábamos. Entretanto, si bien no nos faltaban los víveres, ni el barco hacía agua y la salud de la tripulación era excelente, padecíamos, en cambio, una gran escasez de agua. Nos pareció mejor seguir la misma ruta que virar al Norte, lo que nos habría llevado a la parte noroeste de la Gran Tartaria y al mar Glacial.

El 16 de junio de 1703, un grumete descubrió tierra desde lo alto del mastelero de juanete. El 17 vimos claramente una gran isla o continente (no sabíamos cuál de las dos cosas era), cuya parte derecha se adentraba en el mar como una estrecha lengua de tierra formando una pequeña bahía de tan poca profundidad, que un barco de cien toneladas no hubiese podido entrar en ella. Anclamos a una milla de la bahía y el capitán ordenó que doce hombres de la tripulación, bien armados, desembarcasen en la chalupa, llevando barriles para el agua, por si acaso la encontraban; yo pedí permiso para ir con ellos y ver así el país y hacer los descubrimientos que pudiese. Al llegar a tierra, no vimos ningún río ni fuente, ni tampoco huellas de habitantes, lo que obligó a los marineros a caminar por la orilla para buscar agua potable en las proximidades del mar. Entretanto, yo me paseaba solo y me adentré cerca de una milla, advirtiendo que el suelo era estéril y estaba sembrado de rocas.

Comenzaba ya a sentirme cansado, y al no ver nada que pudiera satisfacer mi curiosidad me dirigía lentamente a la bahía, cuando advertí que los hombres estaban en la chalupa y parecían querer salvar su vida a fuerza de remos; al mismo tiempo vi que les perseguía un hombre de estatura prodigiosa, que corría por el mar con agua a las rodillas y daba unas zancadas extraordinarias; pero como los tripulantes le llevaban una milla de ventaja y el mar, en aquel lugar, estaba lleno de rocas, el gigante no pudo alcanzarlos. Estos pormenores me los contaron más adelante, porque en aquel momento yo no pensaba sino en huir lo más deprisa que podía y trepé por una escarpada montaña, desde cuya cumbre descubrí una parte del terreno, muy bien cultivado por cierto; si bien me sorprendió enseguida la altura de la hierba, que calculé tenía más de veinte pies.

Tomé por una gran carretera, al menos así me lo pareció a mí, aunque para sus habitantes no fuese más que un sendero que atravesaba un campo de cebada; por él anduve durante algún tiempo, mas no podía ver nada, porque la recolección estaba próxima y las espigas tenían, por lo menos, cuarenta pies de altura. Seguí andando durante una hora y al fin pude llegar al extremo de aquel campo, que estaba limitado por un seto de ciento veinte pies; los árboles eran tan altos, que no pude suponer su altura. Un regato separaba este campo de otro, y por medio de cuatro escalones se llegaba a una ancha piedra, sobre la cual podía pasarse de un lado a otro, pero no pude franquearlo, porque los escalones tenían seis pies de altura y la piedra más de veinte.

Trataba de descubrir un paso a través del seto, cuando en el campo vecino vi a uno de los habitantes, que era de igual talla que el que vi en el mar persiguiendo nuestra chalupa; era tan alto como un campanario y, por lo que pude juzgar, avanzaba unas diez yardas de cada zancada. Sobrecogido por un miedo espantoso, corrí a esconderme entre las espigas y desde allí lo vi detenerse en una brecha del seto, mirando a uno y otro lado, y llamando con una voz potente y resonante, como si saliese de un megáfono, pero el sonido era tan fuerte y venía de tan alto, que creí oír un trueno; casi en seguida se acercaron a él siete hombres de la misma altura, llevando cada uno una hoz del tamaño de seis guadañas. Aquellos hombres no iban tan bien vestidos como el primero, y parecían ser sus criados, porque les ordenó que fuesen a segar el campo en que me ocultaba. Me alejé de ellos tanto como pude, avanzando con gran dificultad, porque los tallos de las espigas no distaban, en muchos sitios, más de un pie de una a otra, de modo que andaba muy trabajosamente por aquella especie de bosque. Poco después, llegué a un lugar del campo en el que la lluvia y el viento habían doblado las espigas; allí me fue completamente imposible seguir avanzando, porque los tallos estaban de tal modo entrelazados, que no podía atravesarlos y las barbas de las espigas eran tan fuertes y puntiagudas, que después de atravesar mis ropas se me clavaban en la carne; al propio tiempo, advertí que los segadores no estaban más que a cien yardas de mí. Agotado, lleno de desesperación, me eché entre dos surcos, deseoso de que allí terminasen mis días y representándome a mi viuda desolada, a mis hijos huérfanos. También lamenté la locura que me había hecho emprender aquel segundo viaje en contra del parecer de todos mis amigos y parientes. En tan terrible situación no pude menos que recordar el país de Liliput, donde me habían considerado como el mayor prodigio que jamás se viera en el mundo; donde había sido capaz de llevarme con una sola mano una escuadra entera, y realizar otros hechos asombrosos cuyo recuerdo será eternamente conservado en las crónicas de aquel imperio y que la posteridad no creerá sin trabajo, aunque están atestiguados por toda una nación.

Reflexionaba en lo mortificante que sería para mí aparecer tan insignificante antes los naturales del país donde me hallaba entonces, como un liliputiense lo había sido con relación a mí; pero esto lo consideraba como la menos importante de mis desgracias, pues si se tiene en cuenta que entre los humanos el salvajismo y la crueldad están en proporción con su altura, ¿qué podía esperar sino verme convertido en un apetitoso bocado para el primero de aquellos hombres monstruosos que me cogiese?

Verdaderamente, los filósofos tienen razón cuando nos dicen que nada es grande ni pequeño sino por comparación. Tal vez los liliputienses encontrasen alguna otra nación cuyos habitantes fuesen más pequeños para ellos de lo que ellos lo habían sido para mí. ¿Y quién sabe si los pobladores del país donde me hallaba, no serían liliputienses comparados con los naturales de algún otro país aún no descubierto?

Entre mi terror y mi asombro no podía evitar el hacerme estas reflexiones filosóficas, cuando uno de los segadores, que estaba a diez yardas del surco donde me había echado, me hizo temer que si daba un paso más, me aplastaría bajo su pie o me cortaría en dos con su hoz; por lo tanto, al verlo avanzar grité tan fuerte como me permitió el miedo que se había apoderado de mí. Entonces el gigante se detuvo y, mirando al suelo y alrededor de sí me divisó por fin, mirándome durante algún tiempo con la circunspección de un hombre que intenta atrapar un animalillo peligroso de manera que éste no le muerda ni le arañe, como yo mismo había hecho en Inglaterra, muchas veces, con las comadrejas.

Por fin se atrevió a levantarme cogiéndome por medio del cuerpo con el pulgar y el índice y me acercó hasta unas tres yardas de sus ojos para apreciar mi figura más exactamente. Adiviné su intención y resolví no oponer ninguna resistencia mientras me mantenía en el aire a más de sesenta pies del suelo, aunque me apretaba fuertemente en los costados, temeroso de que me escurriese por entre sus dedos. Lo único que me atreví a hacer, fue levantar los ojos hacia el cielo, juntar las manos en actitud de súplica y decir algunas palabras en tono humilde y quejumbroso, como requería la situación en que me hallaba, porque, a cada instante, temía que me estrellase contra el suelo, como hacemos nosotros ordinariamente con los animalejos que nos desagradan; pero quiso mi buena estrella que le interesasen mi voz y mis ademanes y comenzó a mirarme como si fuese una cosa curiosa, y muy sorpendido de oírme articular palabras, aunque no las comprendía.

Entretanto, no podía evitar seguir gimiendo y derramando lágrimas, y, volviendo la cabeza, le di a entender como pude el daño que me hacía con sus dedos. Me pareció que se daba cuenta de mis dolores, porque, levantando un faldón de la casaca, me puso en él suavemente y en seguida corrió hacia su amo, que era un rico labrador y el mismo a quien había visto primero en el campo.

El labrador tomó una brizna de paja del grueso de un bastón y con ella me levantó los faldones de mi casaca, que creí tomaba por una especie de envoltura que me había dado la naturaleza; luego, soplando, me apartó los cabellos de la cara para verme mejor, y por último, llamó a sus criados para preguntarles, eso creí al menos, si habían visto alguna vez en sus campos un animal que se me pareciese. Después me dejó suavemente en tierra, a cuatro pies; pero me levanté en seguida y anduve de un lado a otro gravemente, para darles a entender que no tenía intención de escaparme. Para observar mejor mis movimientos se sentaron en círculo a mi alrededor. Yo me quité el sombrero e hice una reverencia muy cortés al labrador, me puse de rodillas y pronuncié también muchas palabras tan fuertemente como pude, luego saqué del bolsillo una bolsa llena de oro y se la ofrecí respetuosamente. La tomó en la palma de la mano y la acercó al ojo para ver lo que era; luego la volvió varias veces con la punta de un alfiler que se había quitado de la manga, pero no pudo adivinar qué fuese.

Al ver esto, le hice señas de que pusiera la mano en el suelo; cogí la bolsa, la abrí y derramé todas las monedas de oro en la palma de su mano: había seis piezas españolas de cuatro pistolas cada una, aparte de veinte o treinta de menos valor. Le vi humedecerse el dedo meñique con la lengua y alzar una de las piezas más grandes y luego otra, pero me pareció que ignoraba por completo lo que fuesen. Me hizo señas de que las pusiese otra vez en la bolsa y ésta, en el bolsillo, lo que realicé cuando, después de reiterar mi ofrecimiento, comprendí que era lo único que podía hacer.

Entonces el labrador debió persuadirse de que yo era una pequeña criatura racional. Me habló muchas veces, pero el ruido de su voz me aturdía como el de un molino de agua; no obstante, articulaba muy bien las palabras. Le contesté tan alto como pude en varias lenguas; él acercó su oído a dos yardas de mí varias veces, mas todo fue inútil. Luego mandó a sus criados al trabajo y, sacando un pañuelo del bolsillo, lo dobló en dos y lo tendió en su mano izquierda, que había puesto en el suelo, haciéndome señas de que subiese a ella, lo que pude hacer con facilidad, porque no tenía más que un pie de grueso. Me creí en el deber de obedecer y, temeroso de caerme, me eché a lo largo en el pañuelo, me envolvió en él el labrador y así me llevó a su casa. Una vez en ella, llamó a su mujer y me mostró a ella, pero ésta, lanzando gritos escalofriantes, retrocedió como hacen todas las de su sexo en Inglaterra cuando ven un ratón o una araña. No obstante, pasado algún tiempo, al ver mis ademanes y la docilidad con que obedecía las indicaciones de su marido, se habituó protamente a mi presencia y, poco a poco, llegó a tenerme sincero afecto.

Como era ya cerca de mediodía, un criado me sirvió la comida, que, conforme a la sencilla vida de un labrador, consistía en un plato fuerte de carne, servido en una fuente de unos veinticuatro pies de diámetro. La familia la formaban el labrador, su mujer, tres hijos y una anciana abuela. Cuando se hubieron sentado todos, el granjero me colocó a cierta distancia de él, encima de la mesa, que estaba a poco más de treinta pies del suelo, y me mantuve tan alejado del borde como pude, porque temía caerme de ella. La mujer cortó un trozo de carne y desmigajó luego un poco de pan en un plato de madera, que puso ante mí; le hice una profunda reverencia y, sacando mi cuchillo y mi tenedor, me puse a comer con gran asombro por su parte. Luego ordenó a su criada que trajese una copita de licor, en la que cabrían alrededor de unas doce pintas[1], y la llenó de bebida. Con gran dificultad la levanté y, muy respetuoso, bebí a la salud de la señora, pronunciando las palabras lo más alto que pude en inglés; esto les hizo reír de tan buena gana, que faltó poco para que me dejaran sordo. Aquella bebida tenía un sabor parecido al de una sidra poco fuerte y no era desagradable.

Después el dueño me hizo señas de que me acercase a su plato de madera; pero anduve demasiado de prisa sobre la mesa y una corteza de pan me hizo vacilar y caer de bruces, si bien no me hice ninguna herida. Me levanté en seguida y al ver que aquellas buenas gentes se habían asustado mucho por mi accidente, cogí el sombrero y agitándolo por encima de la cabeza, di tres vivas, para demostrarles que no había recibido ningún daño. Cuando avanzaba hacia mi amo (así le llamaré de ahora en adelante), el menor de sus hijos, que estaba sentado junto a él, y era muy travieso (me pareció que tendría unos diez años), me cogió por las piernas y me levantó, en el aire a tal altura, que me extremecí. Su padre me arrebató de sus manos, al mismo tiempo que le daba un bofetón en la oreja izquierda, que hubiese bastado para derribar un escuadrón de caballería europea, y le ordenó que se retirase de la mesa, pero temiendo que el muchacho me guardase rencor y recordando que en nuestro país todos los chiquillos son naturalmente crueles con los pájaros, los conejos, los gatitos y los perritos, me puse de rodillas y señalando hacia el muchachuelo, hice comprender a mi amo, como buenamente pude, que le rogaba perdonase a su hijo. El padre accedió y el muchacho volvió a sentarse; entonces me acerqué a él y le besé la mano.

A media comida, el gato favorito de mi ama saltó a su falda. Yo comencé a oír detrás de mí un ruido semejante al de doce tejedores de medias trabajando, y volviendo la cabeza, me percaté de que era el gato, que ronroneaba. Era tres veces mayor que un buey a juzgar por la cabeza y una de sus patas, que le vi en tanto su ama le daba de comer y le acariciaba, y la ferocidad de su cara me desconcertó por completo, aunque me mantuve en el lugar más alejado de la mesa, a una distancia de cincuenta pies, a pesar de que mi ama lo sujetaba para que no saltase sobre mí. Pero no corrí ningún peligro, porque cuando mi amo me puso a tres pies del animal, éste no me hizo el menor caso. Yo no ignoraba que cuando se huye ante una fiera o se demuestra miedo, indefectiblemente nos persigue, así es que resolví mostrarme valeroso frente al gato y aparentar no temer sus garras. Me puse valientemente ante él y me acerqué a unas dieciocho pulgadas, y él retrocedió como si realmente me temiera; menos cuidado me dieron los perros, aunque entraron tres o cuatro en la sala y entre ellos venía un mastín de un tamaño igual al de tres o cuatro elefantes y un galgo un poco más alto que él, pero más delgado.

Hacia el final de la comida, entró el ama de cría con un niño de un año en brazos, el cual, tan pronto como me vio, lanzó tan fuertes gritos, que hubiera

[1] Medida que equivale, aproximadamente, aun litro. (N. del T.)

podido oírsele, a mi parecer, desde el puente de Londres a Chelsea. El niño me miraba como si fuese un muñeco y gritaba para que me entregasen a él como juguete. La madre, con amorosa indulgencia, me puso al alcance del niño, que me cogió y metió mi cabeza en su boca; comencé entonces a gritar tan horriblemente, que el chiquillo, asustado me dejó caer y si su madre no hubiese puesto el delantal bajo mí, indudablemente me hubiera roto la cabeza contra el suelo. Para apaciguar al nene, el ama de cría se sirvió de un sonajero, especie de tubo lleno de grandes piedras, que estaba atado por medio de un cable a la cintura de la criatura, pero como no se tranquilizaba, tuvo que darle de mamar.

Confieso que jamás se había ofrecido a mi vista un espectáculo tan irritante. No sé cómo describir aquel monstruoso seno; tenía un relieve de seis pies y por lo menos dieciséis de circunferencia; el pezón era tan grande como la mitad de mi cabeza y la corona estaba ocelada con tantas manchas y botones, que no he visto nada más repugnante; pude verlo tan bien, porque el ama se había apoyado contra la mesa donde yo estaba. Esto me hizo pensar que nos parece suave la piel de nuestras damas porque son proporcionadas a nosotros. Y en efecto, vistos al microscopio, los rasgos más puros y tersos, aparecen bastos y mal coloreados.

Recuerdo que, durante mi estancia en Liliput, el color de aquellas gentes en miniatura me parecía admirable. Un día se lo dije así a un sabio de aquel país y me contestó que, en cuanto a él, le parecía más bello mi rostro cuando me veía desde el suelo que cuando lo acercaba a mi, y que la primera vez que lo tomé en mis manos, el aspecto de mi cara casi le había asustado. También me dijo que veía grandes agujeros en mi piel; que los pelos de mi barba eran diez veces más fuertes que las cerdas de un jabalí, y que el color de mi piel era muy desigual y desagradable; he de hacer constar que soy rubio y que en Inglaterra paso por tener buen color. Otra vez, hablando de las damas de la corte con aquel amigo, me dijo que las había de cara pecosa, otras, de nariz grande y otras, de boca descomunal; diferencias que yo no había podido advertir. Estas reflexiones demasiado evidentes, tal vez parezcan inútiles, pero las hago para no dar idea de que aquellas grandes criaturas fuesen deformes. Al contrario; era una raza bastante bella en general y cuando yo los miraba desde el suelo, a una altura de sesenta pies, sus facciones me parecían correctas.

Después de comer, mi amo marchó en busca de sus obreros y, por el tono de su voz y sus ademanes, comprendí que encargaba a su mujer tuviese gran cuidado conmigo. Yo estaba muy cansado y tenía deseo de dormir, y advirtiéndolo mi ama, me acostó en su lecho y me tapó con un pañuelo blanco, más grande que la vela mayor de un barco de guerra.

Dormí durante dos horas y soñé que estaba en mi casa, con mi mujer y mis hijos, lo que aumentó mi aflicción cuando, al despertar, me vi solo en una habitación de doscientos a trescientos pies de anchura por más de doscientos de altura y acostado en una cama de veinte yardas de ancho.

Mi ama había salido para dedicarse a los quehaceres de la casa, luego de dejarme encerrado, y como me apremiaban ciertas necesidades naturales, quise bajar de la cama, pero no me atreví, porque estaba a ocho yardas del suelo; tampoco me resolvía a llamar, pero, por otra parte, aunque lo hubiese intentado, hubiera sido inútil, ya que con una voz como la mía y estando tan alejado de la cocina, donde debería de estar reunida la familia, no me hubiesen oído. En esto, dos ratas treparon por las cortinas y echaron a correr por la cama; una de ellas se acercó a mi cara, y yo me levanté aterrorizado, espada en mano, dispuesto a defenderme. Aquellos horribles animales tuvieron el atrevimiento de atacarme simultáneamente, pero rajé el vientre de una y la otra huyó. Después de esto, me puse a pasear despacio para recobrar la calma. Tales animales eran de la corpulencia de un mastín, pero infinitamente más ágiles y feroces, de suerte que si me hubiera quitado la espada antes de acostarme, indefectiblemente hubiera sido devorado por ellos.

Medí la cola de la rata muerta y estimé que tendría unos cuatro pies, pero no tuve valor para arrojar el cadáver fuera de la cama, y como advertí que aún daba señales de vida, la acabé dándole una estocada en el cuello.

Poco después, mi ama entró en la habitación y al verme cubierto de sangre, se acercó corriendo y me puso en su mano. Sonriendo le mostré la rata muerta y le hice señas para darle a entender que no estaba herido, lo que devolvió la alegría a su rostro. También le indiqué que necesitaba bajar al suelo; mas mi educación no me permitió explicarle la necesidad en que me hallaba, sino señalando la puerta con el dedo y haciendo varias reverencias. La buena mujer me entendió no sin alguna dificultad, y, cogiéndome en sus manos, salió al jardín y me dejó en el suelo. Entonces yo me alejé unas doscientas yardas y luego de indicarle por señas que no mirase, me oculté entre dos hojas de acedera, e hice lo que podéis adivinar.

Espero que el lector me excusará por detenerme en estos pormenores u otros semejantes, que, aunque parezcan pueriles o groseros a las personas vulgares, son muy apropiados para despertar en la inteligencia de los filósofos ideas aplicables al bien público o al particular, único fin de mis obras, pues en mi vida me he ajustado siempre a la verdad, sin aceptar ningún circunloquio, bien científico, bien literario, y como todo lo que me ocurrió en este viaje causó tan fuerte impresión sobre mí y mi memoria ha conservado tan fielmente su recuerdo, no omito ninguna circunstancia importante. Sin embargo, al releer lo escrito, he tachado muchos pasajes que me han parecido insignificantes, temiendo ser acusado de minucioso y pesado, defecto en el cual caen los viajeros tan frecuentemente.

CAPÍTULO SEGUNDO

Retrato de la hija del labrador. – El autor es conducido a un pueblo en día de mercado y luego a la capital. – Pormenores del viaje.

Mi ama tenía una hija de nueve años, muy inteligente para su edad, y muy diestra para los trabajos de costura. Su madre, ayudada por ella, dicurrió arreglar para mí la cama de su muñeca, antes de que llegase la noche. Pusieron la cama en un cajón y éste sobre un anaquel, para que las ratas no pudiesen hacerme ningún daño: tal fue mi lecho durante el tiempo que viví con aquellas buenas gentes. Después de que me vestí y desnudé dos o tres veces ante tan avispada muchacha, aprendió a hacerlo por sí misma, si bien yo lo consentía sólo por obedecerla. Me hizo también seis camisas y otras prendas de ropa con la tela más fina que pudo encontrar (aunque, a decir verdad, era más basta que las velas de un barco), y las lavaba ella misma. También fue mi maestra, y así, cuando le señalaba una cosa con el dedo, me decía su nombre en seguida, de suerte que, en poco tiempo, ya pude pedir todo lo que deseaba. Era una muchacha muy bondadosa y me dio el nombre de *Grildring,* palabra que tiene el mismo significado que la latina *homunculus*, la italiana *uomicciuolo*, y la inglesa *manniquin*; también fue ella la que se encargó de cuidarme. Siempre estábamos juntos; yo la llamaba *Glumdalclitch*, o sea, mi pequeña niñera, e incurriría en la más negra ingratitud si olvidase alguna vez sus cuidados y su afecto por mí. De corazón hubiera querido poder agradecérselo algún día en lugar de haber sido la causa inocente, pero desgraciada, de su infortunio, como creo que debió suceder, por muchas razones.

Por entonces comenzó a extenderse por todo el país la nueva de que mi amo había encontrado en sus campos un animalillo del tamaño de un *splacknock* (animal de aquel país, de unos seis pies de largo), pero que tenía exactamente la figura de un hombre e imitaba todos sus movimientos, así como también hablaba una especie de idioma propio; que había aprendido ya muchas palabras del idioma del país; que era bípedo, muy cariñoso y tratable; que acudía cuando se le llamaba, hacía todo lo que se le mandaba y tenía los miembros finos y el cutis más blanco y más terso que el de una niña de la aristocracia, de tres años de edad.

Un labrador vecino, e íntimo amigo de mi amo, fue a visitarlo expresamente para comprobar la veracidad del rumor que circulaba. Me sacaron en seguida y me pusieron sobre la mesa, por la que anduve de un lado a otro siguiendo las indicaciones que me hicieron. Desenvainé la espada para envainarla luego; hice reverencias al amigo de mi amo, le pregunté en su propio idioma el estado de su salud, y le di la bienvenida, todo de acuerdo con las instrucciones que me había dado mi amita. Aquel hombre, a quien la edad había debilitado la vista, se puso unos lentes para examinarme mejor. Al verlo, no pude evitar echarme a reír, pues los dos cristales me hicieron el efecto de que eran dos lunas llenas. La familia, al advertir la causa de mi hilaridad, se rió también, y el viejo fue lo bastante necio para enfadarse. Aquel hombre tenía cara de avaro y por el detestable consejo que dio a mi amo me pareció que lo era en realidad, pues le convenció de que me enseñase por dinero, cualquier día de mercado, en el próximo pueblo, que estaba a unas veintidós millas de nuestra casa. Adiviné que tenían algún proyecto con respecto a mí, porque mi amo y su amigo estuvieron hablándose al oído durante bastante rato, y de vez en cuando me miraban y me señalaban con el dedo.

Al día siguiente, por la mañana, Glumdalclitch, mi niñera, me confirmó lo acertadas que eran mis suposiciones al contarme todo lo que había podido sonsacar a su madre respecto a ese asunto. La pobre niña me puso entonces en su seno y vertió muchas lágrimas, porque temía que sufriese algún daño o que aquellos hombres groseros y brutales me aplastasen entre sus manos o me rompiesen algún miebro al cogerme demasiado bruscamente. Como había advertido que yo era de carácter recatado y muy meticuloso en todo lo que se refería a mi honor, se lamentaba de que me expusieran a la curiosidad de las gentes más incultas por dinero; que aunque le habían dicho que Grildrig sería sólo para ella, bien se daba cuenta de que querían engañarla como hicieran el año anterior, que le regalaron un cordero vivo, y lo vendieron luego a un carnicero cuando estuvo bien cebado.

Debo advertir, sin embargo, que tal noticia me había afectado menos que a mi amita. Tenía grandes esperanzas, que no me abandonaron en ningún momento, de que algún día recobraría la libertad; y en cuanto a la ignominia de ser llevado de aquí para allá como un fenómeno, yo pensaba que tal desgracia no se me podría reprochar nunca ni afectaría a mi honor cuando estuviese de regreso en Inglaterra, porque si el mismo rey de la Gran Bretaña se hubiese encontrado en parecida situación, habría corrido idéntica suerte.

Siguiendo los consejos de su amigo, mi amo me metió en una caja y el primer día de mercado me llevó a la vecina ciudad, acompañado de su hija. La caja estaba cerrada por todos sus lados y tenía unos pequeños agujeros para que pudiese respirar, y aunque la muchacha había tenido el cuidado de meter en ella el colchón de la cama de su muñeca, fui horriblemente sacudido y zarandeado, a pesar de que el viaje duró media hora escasa; pero como el caballo adelantaba de cada paso alrededor de cuarenta pies y tenía un trote muy duro, quedé tan maltrecho como si hubiese viajado en un barco durante una tempestad muy violenta, y eso que el viaje fue un poco más largo que de Londres a Saint-Albans. Mi amo bajó del caballo y se hospedó en una posada a donde tenía costumbre de ir, y, después de haber hablado con el posadero y hacer los preparativos necesarios, contrató a un *glultrud*, o pregonero, para que anunciase por toda la ciudad que en «El Aguila Verde» se enseñaría un extraño animal más pequeño que un *splacknock* y que se parecía en todos sus detalles a un ser humano, que hablaba numerosas palabras y hacía otras mil monerías.

Me colocaron sobre una mesa en la habitación más grande de la posada, que tenía unos trescientos pies por lado; mi amita se sentó en un taburete, cerca de la mesa, para cuidarme y decirme todo lo que debía hacer, y mi amo, a fin de evitar cualquier tumulto o desorden, dio instrucciones para que no entrasen a la vez más de treinta personas. Anduve por encima de la mesa, de un lado a otro, siguiendo las instrucciones de mi amita; me dirigió preguntas a las cuales sabía que podía contestar y yo le respondí lo mejor y más alto que pude; me dirigí muchas veces a todos los asistentes e hice numerosas reverencias; cogí un dedal de Glumdalclitch lleno de vino, que mi amita me había dado para que me sirviera de vaso, y me lo bebí a la salud de los espectadores; desenvainé la espada y la jugué como hacen los esgrimadores en Inglaterra; y por último, mi amita me dio parte de una paja y con ella hice ejercicios de pica, pues había aprendido tal arte en mi juventud.

Aquel día me enseñaron a doce grupos, y en cada uno de ellos tuve que repetir las mismas cosas, hasta que casi quedé desfallecido de cansancio, de enojo y de pena.

Los que me habían visto ya contaron por todas partes cosas tan asombrosas acerca de mi talla y de los prodigiosos ejercicios que yo hacía, que el pueblo entero quiso derribar las puertas para entrar a verme. Mi amo, defendiendo sus propios intereses, no quiso permitir que nadie me tocase, exceptuando a mi amita, y para ponerme a cubierto de cualquier accidente, alineó unos bancos alrededor de la mesa y a una distancia prudencial que me pusiera fuera del alcance de los espectadores. Sin embargo, un travieso colegial me tiró una avellana a la cabeza, que milagrosamente no me dio, y como la arrojó con tanta fuerza, de no haber fallado el golpe, me hubiera saltado los sesos, porque la avellana era tan grande como un melón; bien es verdad que tuve la satisfacción de ver cómo expulsaban de la sala al pilluelo después de propinarle unos cuantos cachetes.

Mi amo hizo anunciar que en el primer mercado que hubiese también me enseñaría, y como las molestias del viaje y el cansancio de las ocho horas que duró el espectáculo me dejaron tan derrengado, que casi no podía ni hablar, entretanto hizo construir para mí un vehículo más cómodo.

Para terminar de cansarme, los señores de las cercanías, cuando regresamos, comenzaron a acudir a casa del labrador, pues ya habían oído hablar de mí. Hubo día que fueron más de treinta, con sus mujeres y sus hijos, porque aquel país está tan poblado como Inglaterra, y mi amo pedía el importe de una entrada completa, aunque no me enseñase más que a una sola familia, cuando la sesión se celebraba en su casa; así es que, aunque no me llevaran a la ciudad, no tenía un momento de descanso, salvo los miércoles, que es el sábado entre ellos.

Sabiendo mi amo el beneficio que podría reportarle yo, resolvió enseñarme en las principales poblaciones del país. Y después de proveerse de todo lo necesario para un largo viaje, de arreglar los asuntos de su casa y despedirse de su mujer, el 17 de agosto de 1703, es decir, unos diez meses después de mi llegada, partimos en dirección a la capital de aquel imperio, a mil quinientas leguas de nuestra casa.

Mi amo montó a su hija detrás de él y ella me llevaba dentro de una caja, atada a la cintura, que había forrado con la tela más fina que pudo encontrar.

El proyecto de mi amo era enseñarme en todas las ciudades, pueblos y aldeas de alguna importancia que encontrase en su camino, e incluso detenerse en los palacios de los nobles que no estuviesen muy alejados de nuestra ruta. Hacíamos, así, pequeñas jornadas, es decir, que no andábamos más de ochenta o cien leguas cada día, porque Glumdalclitch, con el deseo de evitarme toda fatiga, decía que le molestaba el trote del caballo. Frecuentemente, mi amita me sacaba de la caja para que respirase con más libertad y viese el paisaje, pero me tenía siempre sujeto con unos andadores.

Atravesamos cinco o seis ríos más anchos y caudalosos que el Nilo o el Ganges, y cualquiera de los arroyuelos que vi era mayor que el Támesis a su paso por el puente de Londres. Tres semanas empleamos en el viaje, y me enseñaron en dieciocho grandes ciudades, sin contar gran número de pueblos y numerosos palacios.

El 26 de octubre llegamos a la capital, llamada en la lengua del país *Lorbrulldrud*, que quiere decir «El orgullo del universo». Mi amo alquiló un alojamiento en la calle principal de la ciudad, no muy lejos del palacio real, y repartió, según acostumbraba, anuncios que contenían la descripción de mi persona y mis conocimientos. También alquiló una gran sala de trescientos o cuatrocientos pies de ancho; en ella levantó un tablado de sesenta pies de diámetro, sobre el cual debía representar mi papel, y le puso un cerco para que no me cayese. Sobre este tablado me enseñaban diez veces cada día, con gran asombro y satisfacción de todos. A la sazón, hablaba su idioma bastante bien y entendía perfectamente todo lo que decían de mí; también había aprendido su alfabeto, así es que, algunas veces, aunque con trabajo, leía en voz alta, pues Glumdalclitch me había dado varias lecciones en casa de su padre y en las horas de asueto, durante nuestro viaje, porque llevaba en el bolsillo un librito algo mayor que uno de nuestros atlas: era un catecismo abreviado, que contenía los principales dogmas de su religión, y se servía de él para enseñarme las letras del alfabeto y el significado de las palabras.

CAPÍTULO TERCERO

El autor es enviado a la corte, la reina lo compra y se lo regala al rey. – Discute con los sabios de su majestad. – Se le dispone alojamiento. – Se convierte en el favorito de la reina. – Defiende el honor de su patria. – Sus disputas con el enano de la reina.

Como mi amo se tornaba más insaciable cuanto más ganaba, los trabajos y fatigas que cada día había de sufrir produjeron un cambio considerable en mi salud, llegando a perder por completo el apetito y hasta parecer casi un esqueleto. Mi amo lo advirtió y suponiendo que no tardaría mucho en morirme, resolvió sacar de mí todo el beneficio que pudiese, pero mientras mi amo pensaba de este modo, llegó un *slardral*, o caballero del rey, y le ordenó que me llevase inmediatamente a la corte para que divirtiese a la reina y a todas sus damas.

Algunas de ellas ya me habían visto y contado cosas maravillosas de mi minúscula persona, de mis graciosos movimientos y de mi inteligencia. Su Majestad y su séquito se divirtieron extraordinariamente con mi actuación. Me arrodillé y solicité el honor de besar sus reales pies, pero aquella amable princesa me dio a besar su dedo meñique, que rodeé con mis brazos, y acerqué la punta a mis labios. La reina me hizo varias preguntas acerca de mi país y de mis viajes, a las cuales contesté tan claramente y en tan pocas palabras como pude. También me preguntó si me agradaría vivir en la corte; yo hice una profunda reverencia hasta casi tocar la mesa donde estaba subido y contesté humildemente que era esclavo de mi amo, pero que si sólo dependiese de mí, quedaría muy honrado consagrando mi vida al servicio de Su Majestad.

En seguida preguntó a mi amo si quería venderme, y el labrador, que no me daba más que un mes de vida, aceptó inmediatamente su proposición y fijó el precio en mil piezas de oro, que le fueron entregadas acto seguido.

Entonces dije a la reina que, puesto que ya era su humilde esclavo, le rogaba que Glundalclitch, que siempre había tenido para mí tantos cuidados, tanta amistad y tanta atención, fuese admitida también a su servicio para que continuara cuidando de mí. Su Majestad accedió e hizo que el labrador también accediese, el cual, por otra parte, estaba muy satisfecho de que su hija quedase en la corte; en cuanto a mi amita, no pudo ocultar su alegría. Mi amo se marchó y al despedirse de mí dijo que me dejaba en buena situación, a lo cual sólo contesté haciéndole una cortés reverencia.

La reina observó la frialdad con que yo había recibido la despedida del labrador y me preguntó la causa. Claramente contesté a Su Majestad que no debía a mi anterior amo otro motivo de agradecimiento que el de no haber estrellado contra el suelo a un pobre ser inocente, que casualmente había encontrado en sus campos; que este favor había sido pagado cumplidamente con el dinero que había obtenido enseñándome, así como con el precio de mi venta; que mi salud estaba resentida por la continua obligación que tuve de entretener y divertir a las gentes, a todas las horas del día, durante mi esclavitud y que si mi antiguo amo no hubiese creído que mi vida estaba en peligro, Su Majestad no hubiera podido comprarme tan barato; no obstante, no temiendo ser desgraciado bajo la protección de una princesa tan grande y bondadosa, ornato de la Naturaleza, admiración del mundo, delicia de sus vasallos y fénix de la Creación, esperaba que los temores de mi antiguo amo no se confirmasen, porque ya me sentía reanimado por la influencia de su muy augusta presencia.

Tal fue, en resumen, mi discurso, pronunciado con dificultad y salpicado con buen número de barbarismos.

La reina, que excusó bondadosamente los defectos de mi parlamento, se sorprendió al advertir tanta inteligencia y buen sentido en un ser tan pequeño; luego me tomó en sus manos e inmediatamente me llevó ante el rey, que estaba encerrado en su despacho. Su Majestad, príncipe muy serio y de rostro austero, no apreciando bien mi figura a primera vista, preguntó con frialdad a la reina desde cuándo se había aficionado a los *splacknocks*, pues me había tomado por tal insecto; pero la reina, que estaba dotada de gran inteligencia, me puso suavemente sobre la escribanía de Su Majestad y me ordenó que yo mismo dijese al rey quién era; así lo hice en breves palabras y Glumdalclitch, que aguardaba a la puerta del despacho, no pudiendo sufrir el estar separada de mí tanto tiempo, entró y explicó a Su Majestad cómo me habían encontrado en sus campos.

El rey, que era tan instruido como el que más de sus súbditos, principalmente en las matemáticas y en las ciencias naturales, cuando vio de cerca mi figura y que andaba, creyó, sin embargo, que la mecánica en su país había llegado al más alto grado de perfección al producir una máquina tan perfecta; pero cuando oyó mi voz y advirtió que razonaba lógicamente, no pudo ocultar su asombro y admiración. Mas no creyó en modo alguno el relato que le hice de mi llegada a aquel país y supuso que todo era un cuento inventado por el padre de Glumdalclitch, que me había obligado a aprender. En esta creencia me hizo otras preguntas, a las cuales respondí acertadamente, pero con un ligero acento extranjero y empleando algunas locuciones rústicas que había aprendido en la granja, aunque estaban en desuso en la corte.

Su Majestad envió a buscar tres sabios que estaban entonces en la corte y en su semana de servicio, de acuerdo con las costumbres de aquel país. Estos señores, después de haber examinado mi figura minuciosamente, fueron de opiniones distintas con respecto a mí. Sin embargo, todos estuvieron de acuerdo en que no podía haber sido producido según las leyes comunes de la Naturaleza, porque estaba desprovisto de medios naturales para conservar mi vida, bien por la agilidad, bien por tener la facultad de trepar a los árboles, bien por poder hacer agujeros en la tierra, como los conejos. Por mis dientes, que examinaron durante largo tiempo, conjeturaron que era un animal carnicero. Uno de aquellos filósofos indicó que tal vez fuera un embrión o un aborto, pero esta opinión fue rechazada por los otros dos, que hicieron la objeción de que mis miembros eran acabados y perfectos y que evidentemente debía de haber vivido muchos años, a juzgar por mi barba, visible por medio del microscopio. Tampoco quisieron aceptar la idea de que fuese un enano, puesto que mi estatura no admitía comparación con nada, ya que el enano favorito de la reina, que era el más pequeño que se había conocido en aquel reino, tenía cerca de treinta pies de alto. Después de mucho discutir, llegaron a la unánime conclusión de que yo era un *relplum scalcath*, que quiere decir literalmente «capricho de la naturaleza», decisión muy de acuerdo con la moderna filosofía europea, cuyos profesores, que desdeñan el antiguo subterfugio de las causas ocultas, gracias al cual los discípulos de Aristóteles trataban de disimular su ignorancia, han inventado esta solución maravillosa para todas las dificultades de la física en los grandes avances del saber humano.

Después de tan definitiva conclusión, me tomé la libertad de decir algunas palabras. Dirigiéndome al rey, le aseguré que venía de un país en el cual mi especie constaba de muchos millones de individuos de ambos sexos, en el que los animales, árboles y casas eran proporcionados a mi tamaño y donde, por consiguiente, estaba en situación de defenderme y de encontrar mi alimento, como cualquier súbdito de Su Majestad podía hacer en aquellos estados. Esta afirmación hizo sonreír desdeñosamente a los filósofos, y contestaron que el labrador me había instruido muy bien y que yo sabía mi lección. El rey, que tenía más inteligencia que sus sabios, los despidió y envió a buscar al labrador, que, afortunadamente, no había salido aún de la ciudad. Luego de interrogarlo a solas y de enfrentarlo conmigo y con mi niñera, Su Majestad empezó a creer que tal vez fuesen ciertas mis afirmaciones. Entonces encargó a la reina que diese orden de que se tuviese conmigo especial cuidado, y aceptó que continuase bajo la custodia de Glumdalclitch, después de ver el gran afecto que nos teníamos mutuamente. Se dispuso para ella, en el palacio, un alojamiento conveniente y se le asignó una especie de aya, una camarera y dos lacayos, pero mi cuidado quedó solamente a su cargo.

La reina ordenó a su ebanista que construyese una especie de caja que pudiera servirme de dormitorio, de acuerdo con el modelo que Glumdalclitch le diese. Aquel hombre, que era un obrero muy mañoso, en tres semanas me hizo una habitación de madera de dieciséis pies por lado y doce de altura, con ventanas, una puerta y dos retretes, o sea, como un dormitorio de Londres. El tablero que formaba el techo podía abrirse y por él Glumdalclitch sacaba todos los días la cama, que había sido construida con gran cuidado por el tapicero de Su Majestad la reina. Mi niñera la arreglaba todos los días por sí misma, luego la metía y cerraba el techo sobre mí. Esta habitación estaba acolchada para evitar cualquier accidente que pudiese ocurrirme por el descuido de los que me transportasen o por el traqueteo de los carruajes. Un hábil obrero, que era célebre por las curiosas miniaturas que hacía, se encargó de fabricar dos sillas de una materia semejante al marfil, así como dos mesas y un armario para que guardase en él mis vestidos. También pedí una cerradura para cerrar la puerta, evitando así que entrasen ratas o ratones; y después de numerosas tentativas, el cerrajero construyó una cerradura tan pequeña como jamás se viera en aquel país, pues yo mismo las había visto más grandes en la puerta de algunas casas inglesas. También encargó la reina que me confeccionasen ropas con los tejidos más finos que se pudiesen encontrar, pero me costó gran trabajo acostumbrarse al peso de los vestidos del país, que tenían algo del estilo chino y del persa y que me parecieron muy serios y decentes.

Tanto se aficionó a mi compañía la reina, que no podía comer sin mí. Me pusieron una mesita sobre la misma donde Su Majestad comía, así como una silla para que pudiera sentarme. Glumdalclitch se subía a un taburete, junto a la mesa, para atenderme. Yo tenía un servicio completo que debía ser de juguete, el cual lo llevaba siempre mi niñera en el bolsillo. La reina comía sola con sus hijas, una de dieciséis años y la otra de trece.

Su Majestad tomaba un poco de comida de su plato y la ponía en el mío, y entonces la cortaba yo con mi cuchillo, lo que parecía divertir mucho a las princesas.

A pesar de que la reina tenía un estómago muy delicado, comía tanto de cada bocado, que me daba repugnancia verlo; una docena de campesinos europeos habrían podido comer con uno solo de sus bocados. Trituraba entre sus dientes el ala de una calandria, con hueso y todo, a pesar de que era nueve veces tan grande como la de un pavo, y el pedazo de pan con que la acompañaba sería tan grande como dos panes de cuatro libras.

Las cucharas, los tenedores y demás instrumentos, guardaban las mismas proporciones. Una vez, mi niñera me enseñó una de las mesas de palacio y confieso que me pareció un espectáculo horrible el ver en movimiento diez o doce de aquellos grandes cuchillos y tenedores.

Todos los miércoles, día destinado al descanso en aquel país, el rey, la reina y la real familia, comían juntos en las habitaciones de Su Majestad, de quien ya era su favorito, y en estas ocasiones hacía colocar mi silla y la mesa a su izquierda, delante de un salero. Este príncipe gustaba de conversar conmigo y me hacía preguntas acerca de las costumbres, las leyes, la religión y el gobierno y la literatura de Europa, de lo que yo le daba cuenta lo mejor que podía. Su inteligencia era tan penetrante y su discernimiento tan claro, que hacía reflexiones y observaciones muy sabias acerca de todo lo que le decía, pero confieso que, habiéndome extendido tal vez en demasiados detalles acerca de mi querida patria, relativos a nuestro comercio, a nuestros cismas religiosos y a nuestros partidos políticos, el rey, influido acaso por los prejuicios de su educación, me tomó una mano y, acariciándome suavemente con la otra, me preguntó, riendo de muy buena gana, si yo era *whig* o *tory*. Luego, volviéndose hacia su primer ministro, que estaba detrás de él con un bastón blanco en la mano casi tan alto como el palo mayor del *Royal Sovereign*, le dijo:

—¡Qué poca cosa es la grandeza humana, cuando pequeños insectos pueden imitarla! Y aun me atrevería a decir que entre ellos habrá rangos, distinciones, pequeños colgajos con los cuales se adornarán; madrigueras, jaulas, cajas, que ellos llamarán palacios y hoteles; y tendrán carruajes, libros, títulos, cargos, ocupaciones y pasiones como nosotros. Y también conocerán el amor, el odio, el engaño y la traición.

Tales eran las reflexiones que había hecho Su Majestad de acuerdo con lo que yo le había contado de Inglaterra; así es que cada vez estaba más turbado e indignado al ver que mi patria, maestra de las artes, soberana de los mares, azote de Francia, árbitro de Europa, gloria del universo, era tratada con tanto desprecio.

Pero mi situación no me permitía sentir injurias; además, después de reflexionar mejor, llegué a dudar de si había sido ofendido. Por otra parte, habiendo pasado ya varios meses en aquel país, mis ojos se habían acostumbrado a las proporciones relativas de las cosas, y sus dimensiones, tan diferentes de las nuestras, no me causaban ya el horror que al principio; de tal modo, que si hubiese visto de pronto un grupo de damas y caballeros ingleses vestidos con sus trajes de corte, desempeñando sus papeles de cortesanos elegantes, saludando, charlando y pavoneándose, me hubieran dado tentaciones de reírme de su aspecto, lo mismo que el rey se reía del mío. Lo cierto es que no podía evitar el sonreírme cuando la reina me cogía en sus manos y me colocaba ante un espejo al ver el ridículo contraste que formaban nuestras dos imágenes, y llegaba a creer que, en realidad, había disminuido mi estatura.

Nada me ofendía y apenaba tanto como el enano de la reina, el cual, siendo de la más baja estatura que jamás se hubiera visto en el país, se tornó de una insolencia extremada al verse frente a un hombre mucho más pequeño que él. Siempre me miraba con desdén y se mofaba de mi aspecto cuando pasaba junto a mí mientras yo estaba sobre alguna mesa hablando con los caballeros y damas de la corte, y no dejaba de dirigirme alguna pulla acerca de mi pequeñez; yo me vengaba llamándole «hermano» (creo que no pasaba de los treinta pies de altura) y le desafiaba a luchar conmigo, dirigiéndole las agudezas acostumbradas entre los pajes de la corte. Pero un día, durante la comida, aquel malicioso engendro, sin duda picado por alguna cosa que yo le había dicho, trepó por el respaldo de la silla de la reina, me cogió por medio del cuerpo, me levantó en el aire y me dejó caer en una fuente de leche, echando luego a correr; quedé cubierto hasta por encima de las orejas y si no hubiese sido un nadador excelente, me hubiera ahogado indefectiblemente, pues Glumdalclitch, en aquel momento, estaba en el otro extremo de la habitación, y la reina quedó tan trastornada por mi accidente, que no tuvo la suficiente serenidad para socorrerme, pero mi niñera vino en mi ayuda y me sacó de la fuente en seguida, si bien ya había tragado varias pintas de leche. Inmediatamente me acostaron, a pesar de que no había sufrido ningún daño; sólo mis ropas quedaron estropeadas. En cuanto al enano, le azotaron y le castigaron a beberse la fuente de leche a donde me había arrojado; tampoco recobró el favor de la reina, pues poco después ésta lo regaló a una de sus damas, con gran contento por mi parte, porque tarde o temprano se hubiera vengado de mí.

No era ésta la primera vez que me jugaba una mala pasada. Un día, después de que Su Majestad hubo vaciado el tuétano de un hueso, el enano lo puso derecho sobre el plato, luego me cogió y juntando mis piernas, me metió dentro del hueso hasta el cuello, y así permanecí varios minutos, pues encontrándome en una situación tan ridícula mi dignidad no me permitió gritar para llamar la atención. Afortunadamente, los príncipes no tomaban muy calientes sus alimentos, así es que no me quemé las piernas, pero el enano se rió mucho cuando me sacaron y yo supliqué que lo perdonaran.

Frecuentemente, la reina se reía de mí por mi cobardía y me preguntaba entonces si las gentes de mi país eran tan cobardes como yo. La causa de estas burlas era la importuna agresión de las moscas, que no me dejaban un instante de reposo. Estos odiosos insectos (eran del tamaño de nuestras alondras) me aturdían con sus zumbidos y caían como harpías sobre mi comida, dejando sus huevos y excrementos muy visibles sobre mí. Algunas veces, se posaban sobre mi nariz y me picaban muy fuerte despidiendo al mismo tiempo un edor insoportable; también podía distinguir el rastro que dejaba la materia viscosa que, según nuestros sabios, da a estos animalillos la facultad de andar por los techos. A pesar mío, me estremecía cuando se me acercaban tales insectos y el enano se complacía en coger varios de ellos con la mano y arrojármelos, para que las princesas se divirtiesen al advertir mi miedo. Mi único recurso contra ellos era sacar mi cuchillo y herirlos al vuelo, admirándose todos de la destreza que había adquirido en semejante caza.

Una mañana, mi niñera puso la caja donde yo estaba en una ventana para que respirase aire fresco (nunca accedí a que la colgasen de un clavo en la fachada, como si fuese una jaula); yo abrí una de las ventanas y luego me senté a la mesa para comerme un pastel azucarado, apenas me había sentado, cuando entraron unas cuantas avispas zumbando tan fuertemente como lo harían una docena de cornamusas. Unas se arrojaron sobre el pastel y se lo llevaron a pedazos y otras empezaron a volar por encima de mi cabeza; yo tuve el valor de levantarme para matarlas al vuelo y bien pronto despaché a cuatro; las demás huyeron y cerré en seguida la ventana. Estos insectos eran tan grandes como perdices; les saqué el aguijón, que tenía una pulgada de largo, y los conservé cuidadosamente, así como otras curiosidades que enseñé a mi regreso a Europa; más adelante, regalé tres al colegio de Gresham y el cuarto lo guardé para mí.

CAPÍTULO CUARTO

Descripción del país – El autor propone que se haga una corrección en los mapas modernos. – El palacio real y la capital. – Modo de viajar del autor. – El templo principal

Quiero ofrecer al lector una breve descripción de este país, que se referirá sólo a lo que pude ver durante mi estancia en él y únicamente a una superficie de setencientas leguas alrededor de la capital, porque la reina, en cuya compañía iba siempre, se detenía a esta distancia de la capital cuando acompañaba al rey en sus viajes, y desde allí continuaba solo Su Majestad hasta las fronteras. La superficie total del reino era de unas dos mil leguas de longitud y de mil a mil quinientas de anchura, de donde se infiere que nuestros geógrafos se equivocan cuando afirman que no hay más que mar entre el Japón y California. Yo siempre había creído que por esta parte debía de haber una tierra firme que sirviese de contrapeso al gran continente de Tartaria; por lo tanto, ahora deberán rectificarse los mapas añadiendo esta vasta extensión de tierra al noroeste de América, estando dispuesto a ayudar a los geógrafos con mis conocimientos.

Este reino era una península limitada al Norte por una cadena de montañas de unas diez leguas de altura, a las que no era posible acercarse por los numerosos volcanes que había en sus cumbres. Los más sabios ignoraban qué especie de mortales habitaban más allá de esas montañas, ni si había o no habitantes. El mar bañaba sus otros tres lados, pero no había ningún puerto en todo el litoral; las partes de la costa por donde desembocaban los ríos en el mar, estaban cubiertas de rocas altas y escarpadas, y el mar estaba siempre tan agitado, que no había nadie que se atreviera a acercarse, de suerte que estos pueblos estaban eliminados del comercio mundial. Los grandes ríos tenían pescados excelentes; y raramente se pescaba en el mar, porque los peces eran del mismo tamaño que los de Europa y no valía la pena pescarlos; es evidente, por lo tanto, que sólo en este continente la Naturaleza había producido animales y plantas de tamaño extraordinario; dejo a los filósofos el cuidado de explicar este hecho singular. No obstante, a veces pescaban ballenas, con las que el vulgo se alimentaba y regalaba. Alguna vez vi una de esas ballenas y era tan grande, que difícilmente podía cargársela un hombre a las espaldas, y a veces también, como curiosidad, las llevaban en cestos a Lorbrulgrud. Vi una en una fuente sobre la mesa del rey, pero me pareció que no le gustaba esta clase de comida, acaso porque le desagradase el tamaño del animal; sin embargo, yo las había visto mayores en Groenlandia.

El país estaba muy poblado; contenía cincuenta y una ciudades, cerca de cien villas amuralladas y gran número de pueblos y aldeas. Para satisfacer al lector curioso, bastará con que describa Lorbrulgrud. Esta ciudad se asentaba en las orillas de un río que la atravesaba y dividía en casi dos partes iguales; constaba de más de ochenta mil casas y tenía alrededor de seiscientos mil habitantes; su longitud era de tres *glomglungs* (unas dieciocho leguas), y su anchura, de dos y media, según las medidas que tomé en el plano levantado por orden de Su Majestad, que fue extendido en el suelo expresamente para complacerme y sobre el cual anduve descalzo para medir su diámetro y la circunferencia. Este plano medía cien pies.

El palacio real era un edificio bastante irregular; o, mejor dicho, un conjunto de edificios que ocupaban una superficie de poco más de dos leguas. Las habitaciones principales tenían doscientos cuarenta pies de altura y las demás dimensiones eran proporcionales a éstas.

Se nos facilitó un carruaje a Glumdalclitch y a mí para que recorriésemos la ciudad y viésemos sus calles y edificios, así como los comercios. Mi niñera me llevaba siempre en la caja, pero algunas veces, a instancias mías, me tomaba en sus manos, con objeto de que viese mejor las casas y las gentes. Calculé que nuestro carruaje tendría una superficie igual a la de una nave de Westminster, pero no tan elevado, mas no respondo de que mis cálculos sean muy exactos. Un día, hicimos parar el coche frente a muchos establecimientos y los pordioseros, aprovechando la ocasión, se agolparon en las portezuelas y vi el espectáculo más horrible que se haya ofrecido a ningún europeo. Una mujer tenía un cáncer monstruoso lleno de bocas, en las cuales hubiese cabido yo; otro desgraciado tenía en el cuello una lupia tan grande como cinco balas de lana; otro andaba con dos piernas de madera de veinte pies de altura; pero el espectáculo más repugnante lo ofrecían los piojos que se paseaban sobre los harapos de aquellos infelices. A simple vista, distinguía los miembros de tales insectos mejor que si los mirase a través de un microscopio en Europa, y advertí que tenían un hocico parecido al del cerdo. Si hubiese tenido los instrumentos necesarios, me habría gustado disecar uno, pero, desgraciadamente, los había dejado en el barco; sin embargo, creo que semejante tarea hubiera sido superior a mis fuerzas; tan nauseabundo era su aspecto.

Además de la gran caja en que siempre me transportaban, la reina mandó construir otra de doce pies por lado y diez de altura, que mi niñera podía llevar fácilmente sobre sus rodillas cuando salíamos en carruaje. El hábil carpintero que la construyó bajo nuestra dirección, abrió unas ventanas (que fueron provistas de rejas para evitar cualquier accidente) en tres de sus lados y en el cuarto puso dos fuertes asas de cuero; por esas asas pasaba un cinturón cuando quería ir a caballo; entonces su criado se ataba este cinturón a su cuerpo y me llevaba ante él. De este modo acompañaba frecuentemente al rey y los príncipes, o bien salía a los jardines, que era donde recibía las visitas, cuando mi niñera estaba indispuesta, porque estaba muy bien visto en la corte, sin duda gracias al favor con que el rey me honraba. Cuando viajaba, me gustaba más ir de esta manera, pues así podía ver mejor el lugar por donde pasaba, pero siempre se encargaba a una persona de confianza el cuidado de llevarme, y ponían la caja sobre un cojín para amortiguar el traqueteo. En este cuartito había una cama de campaña o hamaca colgada del techo, una mesa y dos sillones atornillados al suelo; si bien como estaba acostumbrado a los movimientos del mar, los del caballo o del carruaje no me incomodaban, a pesar de que frecuentemente eran muy violentos. Siempre que deseaba recorrer la ciudad, me llevaban en esta caja, y Glumdalclitch la ponía sobre sus rodillas, después de haber subido a una silla de manos descubierta, que llevaban cuatro hombres vestidos con la librea de la reina. La gente, que había oído frecuentemente hablar de mí, se agolpaba alrededor de la silla para verme, y mi niñera era tan amable, que después de ordenar a los porteadores que se detuviesen, me cogía en sus manos para que me pudiesen ver con más comodidad.

Tenían muchos deseos de ver el templo principal, y sobre todo la torre, que gozaba fama de ser la más alta del reino. Mi niñera me llevó en seguida a él, pero confieso que me llevé una decepción, porque aquella torre no se alzaba más que a tres mil pies del suelo, lo que no tenía nada de asombroso, si se consideraba la diferencia de tamaño que existía entre aquel país y el nuestro; proporcionalmente, su altura era igual a la del campanario de Salisbury, si no calculo mal. Pero como no es mi deseo rebajar con mis críticas a una nación a la que debo agradecimiento eterno, haré observar que lo que le faltaba de altura a esa torre estaba compensado por su belleza y solidez. Los muros tenían cerca de cien pies de espesor, estaban construidos con bloques de piedra tallada de cuarenta pies y los adornaban estatuas de dioses y emperadores, en mármol, colocadas en hornacinas. Medí el dedo meñique de una de aquellas estatuas, que se había caído y estaba entre unos escombros, y vi que tenía cuatro pies y una pulgada de largo. Glumdalclitch lo envolvió en su pañuelo y se lo llevó para guardarlo con otros juguetes, a los que era muy aficionada, cosa muy natural teniendo en cuenta su edad.

La cocina del rey era un magnífico edificio abovedado, de unos seiscientos pies de altura; el horno principal tenía diez pies menos que la cúpula de San Pablo, que medí a mi regreso para estar seguro de ello; pero si me detuviese a descubrir las parrillas, las enormes calderas y marmitas y las descomunales piezas de carne que daban vuelta en los asadores, a duras penas se me podría creer, o, por lo menos, críticos severos me acusarían de ser exagerado. En mi deseo de evitar tales censuras, temo haber incurrido en el defecto contrario y creo que si este libro fuese traducido a la lengua de Brobdignag (éste es el nombre del país) y lo leyesen sus habitantes, el rey y sus súbditos tendrían motivo para quejarse de la ofensa que les infiero reduciendo sus proporciones.

Este monarca no tenía nunca en sus cuadras más de seiscientos caballos, que, por lo general, medían de cincuenta y cuatro a sesenta pies de alzada. En las grandes solemnidades le daba escolta una guardia de quinientos caballeros, que consideré como el más magnífico espectáculo que se pueda imaginar, pero cuando, en una ocasión, vi parte del ejército formado en línea de batalla, me pareció un cuadro aún más importante.

CAPÍTULO QUINTO

Varias aventuras ocurridas al autor. – Ejecución de un criminal. – El autor demuestra sus conocimientos en navegación.

Hubiera vivido bastante feliz en aquel país, si mi corta estatura no me hubiese expuesto a mil accidentes, algunos de los cuales relataré.

Algunas veces, mi niñera me llevaba a los jardines, y una vez en ellos me sacaba de la caja y dejaba que me pasease libremente. Un día, el enano de la reina (antes de caer en desgracia) nos siguió a los jardines y habiéndome dejado en tierra mi niñera, nos encontramos, él y yo, al pie de un manzano enano. Yo quise hacer gala de mi ingenio con una comparación bastante ridícula entre él y el árbol, cuyos nombres, en aquel idioma, tenían gran semejanza. El malvado enano quiso vengarse y aprovechó la ocasión de que pasaba bajo uno de estos árboles para sacudir una rama muy cargada de fruto, y una docena de manzanas más grandes que un tonel de Bristol cayeron sobre mí. Sólo me dio una en el momento en que me agachaba, pero fue suficiente para tirarme de bruces, aunque esta vez no quise quejarme, porque había sido yo quien lo había provocado.

Otro día, mi niñera me dejó en un suave césped mientras ella hablaba con su aya. De pronto se desencadenó una tempestad de granizo y al momento me vi arrastrado y molino por los granizos; arrastrándome, pude llegar hasta un lindero de tomillo, bajo el cual quedé a medias a cubierto; pero como ya estaba materialmente molido de pies a cabeza, hube de guardar cama durante ocho días. No hay nada de sorprendente en esto, porque guardando todas las cosas la misma gigantesca proporción, los granizos ordinarios eran mil ochocientas veces más grandes que los nuestros. Puedo afirmarlo así, porque tuve la curiosidad de pesar y medir uno.

Pero aún me ocurrió un accidente más peligroso en los mismos jardines, una vez que mi niñera, creyendo haberme puesto en lugar seguro, me dejó en libertad, como frecuentemente le rogaba que hiciese para entregarme a mis pensamientos, alejándose luego con algunas damas que conocía. Durante su ausencia, un pequeño podenco que pertenecía a uno de los jardineros, casualmente pasó cerca de donde me hallaba, y guiado por su olfato, corrió derecho a mí, me cogió con los dientes, me llevó ante su amo y me soltó ante él moviendo la cola. Por suerte, me cogió con tanto cuidado, que no me hizo ningún daño, pero el jardinero, que me conocía y quería mucho, se llevó el susto más grande de su vida. Me levantó suavemente y me preguntó cómo me encontraba, pero hasta pasados unos minutos no pude contestarle, porque el miedo y la rapidez con que el perro me había llevado hasta allí, me habían dejado sin habla; luego me condujo al sitio de donde me había cogido el perro y allí encontré a Glumdalclitch, que estaba desesperada al no encontrarme por ningún sitio ni oírme contestar a sus llamadas. Al enterarse de lo ocurrido, amonestó severamente al jardinero por culpa de su perro; convinimos en no decir nada de mi aventura, pues, de saberse, caería el ridículo sobre mí.

Este accidente decidió a Gumdalclitch a no perderme de vista, y como desde hacía tiempo temía que tomase esta determinación, le había ocultado numerosas y desgracidas pequeñas aventuras que me habían sucedido. En una ocasión, si no hubiese tenido la serenidad de ponerme al abrigo de una espaldera y sacar mi espada para defenderme, me hubiera cogido un escarabajo; otra vez, me hundí hasta el cuello en una topera, y poco después estuve a punto de romperme una pierna al tropezar con una concha de caracol mientras iba pensando en mi país.

No puedo decir si me complacía o humillaba el ver que, durante mis paseos solitarios, los pájaros no demostraban tenerme miedo; hasta un tordo se atrevió un día a quitarme un bizcocho que tenía en la mano, y si alguna vez intentaba coger uno, se volvían contra mí, me amenazaban con el pico, y luego seguían buscando tranquilamente gusanos o semillas. Pero un día arrojé con toda mi fuerza un buen garrote a un pardillo, con tan buena fortuna, que cayó al suelo; lo cogí por el cuello para llevarlo a donde me esperaba mi niñera, pero el pardillo, que sólo estaba aturdido, comenzó a aletear fuertemente y si no hubiese acudido en mi ayuda un criado, me hubiera visto obligado a soltarlo. Al día siguiente, me sirvieron en la comida parte de mi presa, pues aquel pardillo era tan grande como uno de nuestros cisnes.

Las damas de honor de la corte invitaban frecuentemente a mi niñera a que fuese conmigo a sus habitaciones para poder examinarme y tocarme. Muchas veces me acercaban a sus mejillas, lo que para mí era muy desagradable por el mal olor que despedía su piel. No digo esto con la intención de dar una idea desfavorable de aquellas damas, que me merecen los respetos debidos, pues sin duda eran tan irreprochables en este aspecto como pueden serlo las mujeres de su alcurnia en Inglaterra, sino para hacer resaltar que mi pequeñez con respecto a ellas hacía más fino mi olfato.

A propósito de esto, recuerdo que un día muy caluroso, en el que había hecho yo más ejercicio del acostumbrado, uno de mis más íntimos amigos de Liliput, se tomó la libertad de quejarse del mal olor que despedía mi cuerpo, ha pesar de que soy menos propenso que otros de mi sexo a ese inconveniente; ahora supongo que su olfato era con respecto al mío lo mismo que éste con relación al de los gigantes entre quienes me hallaba. No obstante, debo hacer justicia a la reina, mi ama, y a Gumdalclitch, mi niñera, diciendo que tanto una como otra tenían una piel tan suave como la de una dama inglesa.

Una cosa que me disgustaba mucho en estas visitas matinales a las damas de honor era el ver que no empleaban conmigo ningún recato, y que me miraban como un ser insignificante; bien es verdad que no me producían más que horror y disgusto, porque su piel era muy desigual y tenía toda clase de colores, con señales acá y allá tan anchas como asientos; además, sus cabellos eran gruesos como bramantes. La más bonita de aquellas damas, muchacha de dieciséis años, un poco alocada, se divertía muchas veces dándome mil bromazos; pero por fin llegó a enojarme tanto, que rogué a Glumdalclitch que no me dejase nunca solo con ella.

Un día, el sobrino del aya de Gumdalclitch las invitó a las dos para ir a ver la ejecución de un asesino. Mi niñera no cedió sin trabajo a esta proposición, pero al fin se dejó convencer, y yo mismo, aunque tales espectáculos me son odiosos, deseaba verlo como objeto de curiosidad filosófica. El condenado estaba sentado en un sillón colocado sobre el patíbulo, y su cabeza fue cortada de un solo golpe, dando con un sable de cuarenta pies. Las arterias y las venas lanzaron chorros de sangre mucho más altos que los del parque de Versalles, y la cabeza cortada dio un salto tan prodigioso, que me estremecí de terror, aunque estaba a más de una milla de distancia.

La reina, que se complacía en hablar conmigo de mis viajes, y que no dejaba escapar ninguna ocasión para distraerme cuando estaba melancólico, me preguntó un día si sería capaz de manejar un remo o de orientar una vela, y que si ese ejercicio no beneficiaría mi salud. Le contesté que entendía ambas cosas, pues aunque mi profesión fuese la de cirujano de un barco, frecuentemente había tenido que ayudar a la maniobra como un simple marinero en los momentos de peligro, pero que ignoraba cómo podría navegar en aquel país, donde el bote más pequeño era igual que uno de los mayores barcos de guerra de los nuestros; además, un navío proporcionado a mi estatura y a mis fuerzas, no habría podido flotar largo tiempo en sus ríos, ni habría podido gobernarlo. Su Majestad me dijo que, si lo deseaba, su carpintero me construiría una pequeña barca y que ella se encargaría de encontrar un sitio donde pudiera navegar. De acuerdo con mis instrucciones, en diez días terminó el carpintero un pequeño barco, con todos sus cordajes, capaz para conducir ocho europeos.

Cuando estuvo acabado, le gustó tanto a la reina, que lo cogió en su delantal y corrió a enseñárselo al rey; éste dio orden de que lo botaran en una cisterna, en la que yo intentaría maniobrar, mas me fue imposible, porque no cabían los remos.

Pero la reina tenía forjado de antemano otro proyecto; había ordenado a su carpintero que construyese una artesa de madera de trescientos pies de larga, cincuenta de ancha y ocho de profundidad, la cual, depués de alquitranada para que no se escapase el agua, fue puesta en el suelo a lo largo del muro, en una sala exterior de palacio. Casi en el fondo de la artesa, pusieron un grifo para dejar salir el agua de vez en cuando, y dos criados podían llenarla en media hora. Allí solía remar para entretenerme, así como para que la reina y sus damas se distrajesen viendo mi destreza y agilidad.

Algunas veces, largaba la vela y entonces no tenía más que cuidarme de dirigir la embarcación mientras las damas me hacían aire con sus abanicos, y cuando se cansaban, alguno de los pajes las sustituía y hacía avanzar el bote con su aliento, mientras yo maniobraba a babor o a estribor, según me pareciese. Cuando terminaba, Glumdalclitch se llevaba el bote a su gabinete y lo colgaba para que se secase.

Practicando este ejercicio, una vez me ocurrió un accidente que estuvo a punto de costarme la vida. Ocurrió que, habiendo puesto el bote en la artesa uno de los pajes, una de las camareras de Glumdalclitch me tomó en sus manos muy oficiosamente para meterme en el bote, pero me escurrí por entre sus dedos y hubiera caído al suelo desde una altura de cuarenta pies, si por la más venturosa casualidad del mundo no me hubiese detenido en mi caída un alfiler que aquella mujer llevaba prendido en el delantal. La cabeza del alfiler pasó por entre mi camisa y la pretina de los pantalones y quedé suspendido en el aire hasta que vinieron a socorrerme.

En otra ocasión, uno de los criados, que tenía la misión de cambiar el agua de la artesa cada tres días, fue tan negligente, que dejó escapar del cubo una rana enorme, sin percatarse de ello. La rana se mantuvo oculta hasta que me pusieron en el bote; entonces, al ver un sitio en el que podía descansar, saltó a él y lo hizo balancear de tal modo, que tuve que hacer contrapeso en el otro lado para que no se hundiese. Entretanto, la rana se puso a saltar por encima de mi cabeza y luego sobre mis piernas, cubriéndome de lodo la cara y los vestidos. Por su tamaño, parecía un monstruo ante mis ojos; no obstante, pedí a mi niñera que me dejase solo con aquella bestia y persiguiéndola con uno de mis remos logré al fin que saltase fuera del bote.

Relataré ahora el peligro mayor que corrí en aquel pais. Me había encerrado Glumdalclitch con cerrojo en su gabinete, mientras salía a sus quehaceres y hacer alguna visita. El tiempo era muy caluroso y la ventana de la habitación estaba abierta, así como las ventanas y la puerta de mi caja. Me había sentado cerca de la mesa muy tranquilo, aunque triste, cuando oí que por la ventana entraba alguna cosa en el gabinete y saltaba de un lado a otro. Aunque un poco alarmado, tuve el valor de mirar afuera, pero sin salir de la caja, y entonces vi un revoltoso animal, que retozaba y saltaba de aquí para allá, hasta que al fin se acercó a la caja y la miró con alegría y curiosidad, metiendo la cabeza por la puerta y cada una de las ventanas. Yo me retiré al rincón más alejado de la caja, pero aquel animal, que era un mono, miraba a todas partes del interior de ella, y me dio tal miedo, que no tuve la serenidad de esconderme debajo de la cama, como podía haber hecho fácilmente. Después de gesticular y gritar durante buen rato, me desubrió y, metiendo una pata por la puerta, como hace un gato cuando juega con un ratón, y a pesar de que yo cambiaba de lugar para esconderme, me atrapó por los faldones de mi casaca (que por estar hecha con tela de aquel país era muy fuerte) y me sacó fuera de la caja. Me cogió con su pata derecha y me colocó como hacen las nodrizas para dar de mamar a un niño y como en Europa había visto hacer a los monos jugando con los gatos pequeños. Intenté escapar, pero me apretaba tanto, que al fin pensé que lo más prudente que podía hacer era someterme y pasar por todo lo que él quisiese. Como frecuentemente me acariciaba la cara con la otra pata, creo con bastante fundamento, que me tomó por otro mono pequeño.

De pronto, le sobresaltó un ruido que se oyó en la puerta del gabinete, como si fueran a abrirla; en seguida saltó a la ventana por la cual había entrado, y de ésta a un canalón y andando con tres patas y sujetándome con la otra, trepó hasta el tejado de la casa. Cuando el mono saltaba por la ventana, oí que Glumdalclitch gritaba aterrorizada; mi niñera estaba despavorida, y bien pronto cundió la alarma en aquella parte del palacio; los criados corrieron a buscar escaleras, numerosas personas vieron cómo el mono, en la techumbre del edificio, me sujetaba con una mano, como si fuera un muñeco, y con la otra me daba de comer, metiendo en mi boca comida que había cogido, y pegándome cuando no quería comer. Esto hacía reír a las gentes que me veían desde la calle, mas tales risas eran excusables, porque, excepto para mí, la cosa era muy grotesca. Algunos arrojaron piedras en su deseo de hacer bajar al mono, pero pronto desistieron de su propósito, temiendo destrozarme la cabeza con alguna. Cuando dispusieron las escaleras, muchos hombres subieron hasta la techumbre y el mono, asustado, huyó inmediatamente, dejándome caer antes en el alero. Entonces, uno de los lacayos de mi pequeña niñera, buen muchacho que me quería mucho, se arrastró por el tejado y, metiéndome en el bolsillo de su pantalón, bajó y me puso en seguridad.

Yo estaba casi asfixiado por las inmundicias que el mono me había metido en el gaznate, pero mi querida y pequeña niñera me hizo vomitar y esto me alivió bastante; sin embargo, quedé tan débil y dolorido por los estrujones de aquel animal, que tuve que guardar cama durante quince días. El rey y toda la corte preguntaban cada día por el estado de mi salud, y la reina me hizo numerosas visitas durante mi enfermedad. En cuanto al mono, fue muerto, y se dictó una orden prohibiendo la tenencia de animales de aquella especie en el palacio.

La primera vez que me presenté ante el rey después de mi restablecimiento, para darle las gracias por sus favores, me concedió el honor de hablar durante largo rato acerca de mi aventura; me preguntó cuáles habían sido mis sentimientos y reflexiones mientras estuve en poder del mono, qué sabor tenía la comida que me daba y si despertó mi apetito el aire puro que había respirado en la techumbre de palacio. Me preguntó también qué hubiera hecho en mi país si me hubiese encontrado en parecida situación. Entonces dije a Su Majestad que en Europa no había más monos que los que llevábamos del extranjero, y que éstos eran tan pequeños, que no nos daban ningún temor. En cuanto al monstruoso animal con quien había tenido que vérmelas (verdaderamente era tan grande como un elefante), si el miedo me hubiese permitido pensar en mi espada (y dije esto con fiera expresión y llevando la mano a su pomo) cuando el mono metió la mano en mi habitación, me hubiera dado por satisfecho con poderla retirar más rápidamente de lo que la había metido. Dije estas palabras con la firmeza de quien siendo celoso de su honor, lo ve en entredicho; no obstante, mi discurso no produjo otro efecto que una fuerte risotada, que todo el respeto que debían a Su Majestad los que le rodeaban, no pudo evitar. Esto me hizo reflexionar acerca de lo necio que es el qué un hombre trate de hacerse honor a sí mismo ante quienes están fuera de todo grado de igualdad y de comparación con él. Entonces recordé numerosos casos que había observado en Inglaterra, donde es bien frecuente que ínfimos personajes se den aires de importancia ante los grandes del reino sin tener título para ello, bien por su nacimiento, por su inteligencia, por su porte o por su buen sentido.

Cada día proporcionaba yo a la corte alguna ridícula historia, y Glundalclitch, aunque me quería extremadamente, era lo bastante maliciosa para divertir a la reina con el relato de mis necedades cuando creía que éstas podrían divertir a Su Majestad. Por ejemplo, un día que su aya la llevó a una hora de la ciudad para que tomase el aire, porque estaba algo indispuesta, bajaron del coche en una pradera. Glumdalclitch abrió mi caja y yo salí a pasear; no muy lejos, en un sendero, había una boñiga de vaca y, para hacer ver mi agilidad, quise saltar por encima; desgraciadamente, medí mal el salto y caí en medio de ella, de suerte que me metí hasta las rodillas en la porquería. Con no pocos trabajos logré salir y un criado me linpió como pudo con su pañuelo. No tardó mucho la reina en enterarse de mi desagradable aventura, pues los criados la divulgaron por todo el palacio, y durante muchos días fue motivo de diversión general.

CAPÍTULO SEXTO

Diversas ocurrencias del autor para divertir a los reyes. – El rey se informa del estado de Europa, del que el autor trata de darle una idea. – Observaciones del rey a este respecto.

Dos veces por semana tenía yo la costumbre de ir a presenciar el acto de levantarse el rey, y con más frecuencia lo veía cuando lo afeitaban, lo que al principio me hacía temblar, porque la navaja del barbero era casi doble que una guadaña. Según la costumbre del país, Su Majestad se afeitaba dos veces por semana. En una ocasión pedí al barbero que me diese algunos pelos de la barba del rey y con ellos y un pedazo de madera, en el cual hice muchos agujeros equidistantes unos de otros con una aguja, me fabriqué un peine, que me fue de gran utilidad, porque el mío se había roto y estaba casi inservible; además no había podido encontrar en el país a ningún obrero que fuese capaz de hacerme otro.

Esto me sugirió al mismo tiempo un entretenimiento. A una de las camareras de la reina, le rogué que recogiese y me diese luego todos los cabellos finos que le cayesen a Su Majestad cuando la peinaba. Cuando ya tuve una cantidad considerable de ellos, llamé al ebanista que tenía orden de hacer los pequeños trabajos que le encargase, y le di instrucciones para que me hiciese dos sillones iguales a los que tenía en mi caja, agujereando luego con una lezna fina el marco del asiento y del respaldo. Cuando estuvieron terminados, a falta de asientos y respaldos, los hice yo pasando por los agujeritos los cabellos de la reina y construí así dos sillones semejantes a los de mimbre que tenemos en Inglaterra. Luego se los regalé a la reina, quien los guardó en un armario como una curiosidad. Un día quiso que me sentara en uno de aquellos sillones, pero yo me excusé diciendo que preferiría sufrir mil muertes antes que colocar una parte tan innoble de mi persona sobre los respetables cabellos que habían adornado la cabeza de Su Majestad.

Como tenía cierta facilidad para los trabajos manuales, con cabellos también hice una bolsilla muy bien trabajada, de unas dos varas, con el nombre de Su Majestad bordado en letras de oro, y con autorización de la reina se la regalé a Glumdalclitch; pero como era demasiado fina para contener incluso monedas de oro, mi niñera la destinó a guardar esas chucherías a que tan aficionadas son las muchachas.

El rey, que era muy amante de la música, frecuentemente daba conciertos, a los cuales asistía yo, metido en mi caja; pero era tan grande el ruido, que no podía distinguir las notas. Estoy seguro de que todos los tambores y trompetas de un ejército real, batiendo y tocando a la vez cerca de mis oídos, no hubieran podido igualar aquel ruido, así que en tales casos, tenía por costumbre hacer que quitasen la caja del lugar donde estaban los ejecutantes, luego cerraba la puerta y las ventanas y bajaba las persianas, y así, no me parecía desagradable su música.

Durante mi juventud, yo había aprendido a tocar el clavicordio y como Glumdalclitch tenía uno en su habitación, en el que un maestro iba a enseñarle dos veces por semana, tuve la idea de obsequiar un día al rey y a la reina con un concierto de tonadas inglesas, pero me pareció muy difícil hacerlo, porque el clavicordio tenía cerca de sesenta pies de largo, y cada tecla, un pie de ancho, de suerte que con los brazos muy estirados no podía alcanzar más que a cinco teclas, y para pulsarlas debía dar un fuerte puñetazo.

Pero discurrí un medio para tocarlo: corté dos palos del tamaño de bastones y cubrí uno de sus extremos con piel de ratón, para no deteriorar las teclas con los golpes ni apagar el sonido del instrumento; luego coloqué un banco frente al clavicordio y entonces, andando con toda la rapidez y agilidad imaginables sobre aquella especie de tablado, golpeé las teclas aquí y allá con mis dos bastones, con toda la fuerza que pude, de modo que toqué una jiga inglesa con gran satisfacción de Sus Majestades; pero debo confesar que nunca había hecho un ejercicio tan violento ni penoso, y aun así no podía golpear más de dieciséis teclas ni, por lo tanto, tocar a la vez los bajos y la voz cantante, lo que perjudicó mi ejecución.

El rey, que, como ya he dicho, estaba dotado de gran inteligencia, ordenaba frecuentemente que me llevasen en mi caja y me pusieran sobre la mesa de su gabinete; entonces me pedía que sacase una silla de la caja y me sentara de manera que quedara al nivel de su rostro. De este modo mantuve muchas conversaciones con él. Un día me tomé la libertad de decir a Su Majestad que el desprecio que había concebido por Europa y el resto del mundo no me parecía muydigno de una inteligencia tan esclarecida como la suya; que la razón era independiente del tamaño del cuerpo, y que habíamos observado en nuestro país que las personas de más alta talla no eran, ordinariamente, las más ingeniosas; que aun entre los mismos animales, a las abejas y hormigas se les reputaba como las más industriosas y sagaces; y que, si se fijase en mí, esperaba poder prestarle grandes servicios. El rey me escuchó con atención y empezó a formar mejor opinión de mí.

Me pidió entonces que le diese cuenta exacta del gobierno de Inglaterra, diciéndome que, por muy amantes que fuesen los príncipes de sus máximas y costumbres (así lo supuso después de oír mis palabras), le gustaría conocer alguna cosa que fuese digna de ser imitada. Imaginaos, queridos lectores, cuánto deseé entonces poseer el ingenio y la lengua de Demóstenes y de Cicerón para ensalzar mi querida patria en un estilo digno de sus méritos y de su prosperidad.

Comencé por decir a Su Majestad que nuestros estados se componían de dos islas que encerraban tres reinos muy poderosos con un solo soberano, sin contar nuestras colonias de América. Me extendí mucho acerca de la fertilidad y temperatura de nuestro clima. Luego pasé a describir la constitución del Parlamento, dividido en dos cuerpos legisladores; el primero, denominado Cámara de los Lores, compuesto por nobles posesores y señores de las mejores tierras del reino. Hablé del sumo cuidado que se tomaba en su educación en lo relativo a las ciencias y a las armas, para hacerlos capaces de ser consejeros natos del reino, para tomar parte en la administración del gobierno, para ser miembros de los más altos tribunales de justicia, o celosos defensores de su rey y su patria, por su valor, su conducta y su fidelidad; le dije que estos señores eran el ornato y la seguridad del reino, y los dignos sucesores de sus antepasados, para quienes los honores habían sido la recompensa a una virtud insigne. Añadí que santos personajes se sentaban junto a estos nobles con el título de obispos, los cuales estaban encargados de velar por la religión y por los que predicaban a las gentes, y que se escogía a los hombres más ejemplares y más sabios de la clerecía para revestirlos con tan eminente dignidad.

Dije que el otro cuerpo del Parlamento era una asamblea respetable, llamada Cámara de los Comunes, que estaba formada por nobles o gentiles hombres escogidos libremente, y por diputados nombrados por el pueblo por su inteligencia, por su talento y por su amor a la patria, con el fin de que la Cámara representase la sabiduría de toda la nación. Añadí que estos dos cuerpos constituían la asamblea, de acuerdo con el rey hacía las leyes y decidía todos los asuntos del Estado.

En seguida pasé a describirle nuestros tribunales de justicia, en los que se sentaban venerables intérpretes de la ley, que dirimían las diferencias entre particulares, castigaban el delito y protegían a los inocentes. También le hablé de la prudente y económica administración de nuestras finanzas, así como del valor y arrojo de nuestros guerreros de mar y tierra. Calculé el número de mis conciudadanos, contando los millones de hombres de las diferentes religiones y partidos políticos, y no omití tampoco nuestros juegos y espectáculos, ni ninguna otra particularidad que me pareció digna de honrar a mi país, terminando con un breve relato histórico de las revoluciones de Inglaterra ocurridas en los cien años anteriores.

Esta conversación ocupó cinco audiencias, de varias horas cada una, y el rey me escuchó con gran atención, escribiendo un extracto de casi todo lo que le había dicho, y anotando las preguntas que deseaba hacerme. Cuando acabé mi largo discurso, Su Majestad, en una sexta audiencia, examinando su esquema, expresó muchas dudas e hizo grandes objeciones a cada asunto.

Primeramente me preguntó qué medio empleábamos para cultivar la inteligencia de nuestros nobles; qué medidas tomábamos cuando estaba a punto de extinguirse una casa noble; qué cualidades necesitaban los que debían ser creados nuevos lores; si el capricho del rey, una suma de dinero entregada con este fin a una dama o un favorito, o el deseo de fortalecer un partido opuesto al bien público, no eran nunca el motivo de estas promociones; qué grado de conocimiento tenían los lores de las leyes de aquel país y cómo se convertían en aptos para decidir en última instancia los derechos de sus compatriotas; si siempre estaban exentos de avaricia y prejuicios; si los santos obispos de que le había hablado llegaban siempre a ese alto rango por su conocimiento de los asuntos teológicos y por la santidad de su vida, si no había intrigas entre ellos cuando eran sólo sacerdotes; si algunas veces no habían llegado a obispos por la mediación del limosnero de algún lord, y, en este caso, si no seguían ciegamente los consejos de este lord, y no actuaban sin pasión o sin prejuicios en las reuniones del Parlamento.

Quiso saber cómo se procedía a la elección de los que yo había llamado diputados de los Comunes; si un desconocido, con una bolsa bien repleta de oro, podía comprar algunas veces los sufragios de sus electores a fuerza de dinero, o a los más importantes o menos distinguidos de los nobles del distrito. Me preguntó también por qué se tenía un deseo tan intenso de ser elegido, si esta elección era causa de un gran dispendio y no reportaba ningún beneficio; que necesariamente los hombres elegidos deberían tener un desinterés absoluto y una virtud eminente y heroica, o bien esperaban ser indemnizados y reembolsados por el rey y sus ministros, sacrificando el bien público. Acerca de este punto, Su Majestad me hizo objeciones embarazosas que la prudencia no me permite repetir.

En cuanto a los tribunales de justicia, quiso que le aclarase muchos artículos. Yo me encontraba en situación de satisfacer su curiosidad, porque casi había sido arruinado por un largo proceso, que al menos fue fallado a mi favor, y que gané incluso con costas. Me preguntó cuánto tiempo se empleaba ordinariamente en poner un asunto en estado de ser juzgado; si los abogados tenían la libertad de defender causas evidentemente injustas; si nunca habían hecho inclinar la balanza de la justicia los intereses de partido y de religión; si aquellos abogados tenían algún conocimiento previo de los principios y leyes generales de la equidad, o si se contentaban con conocer leyes arbitrarias y las costumbres locales; si ellos y los jueces tenían el derecho de interpretar a su gusto y de comentar las leyes; si los informes y las sentencias no eran algunas veces contradictorios en asuntos de la misma clase; si la corporación de los legistas era rica o pobre; si las gentes de leyes cobraban dinero por sus informes o consultas; y, por último, si algunas veces eran elegidos miembros de la Cámara baja.

A continuación me preguntó acerca de la administración de las finanzas y me dijo que él creía que yo estaba equivocado en esto, porque había cifrado el importe de los impuestos en cinco o seis millones anuales y siendo los gastos del Estado mucho mayores, excedían a la cifra de los ingresos.

Según me dijo, él no podía concebir cómo un país se atrevía a gastar más de lo que tenía, comiéndose su fortuna como un particular inprevisor. Me preguntó quiénes eran nuestros acreedores y cómo podíamos pagarlos, y quedó asombrado cuando le expliqué nuestras guerras y los excesivos gastos que exigían. Ciertamente era necesario, dijo, que fuésemos gentes muy inquietas y batalladoras o que tuviésemos malos vecinos.

«Vuestros generales –añadió– deben de ser más ricos que vuestros reyes. ¿Qué tenéis que desenredar fuera de vuestras islas? ¿Tenéis otros asuntos que los de vuestro comercio? ¿Soñáis con hacer conquistas?»

Lo que más le asombró fue saber que manteníamos un ejército en tiempo de paz siendo un pueblo libre, y dijo que si estábamos gobernados con nuestra aquiescencia, no podía imaginarse de qué podíamos tener miedo ni contra quién habíamos de batirnos; me dijo también que si no estaría mejor defendida la casa de un particular por él mismo, por sus hijos y sus criados que por una tropa de pícaros y bribones sacados al azar de entre el vulgo, pagados con un salario reducido, pudiendo ganar cien veces más degollándonos a todos.

Rio mucho de mi extraña aritmética (así le gustaba llamarla) al calcular el número de habitantes por el de las dintintas sectas religiosas y políticas. Tampoco podía concebir que se impidiese a las gentes el tener ideas contrarias a la seguridad del Estado ni que se les permitiese expresar abiertamente tales ideas: lo primero, era una tiranía; lo segundo, una debilidad; porque si no se puede impedir que un hombre tenga substancias venenosas, se le debe prohibir despacharlas.

Entre los entretenimientos de la nobleza, yo había mencionado el juego, y él quiso saber a qué edad practicaban ordinariamente esta diversión y cuándo se la abandonaba; qué tiempo se consagraba a ella y si algunas veces alteraba la fortuna de los particulares o les obligaba a cometer acciones bajas e indignas; si algunos hombres viles y corrompidos no podían, a veces, con su destreza en este entretenimiento adquirir grandes riquezas; si no tenía a nuestros lores en una especie de dependencia, acostumbrándolos a ver malas compañías, separándolos del cuidado de sus asuntos domésticos y obligándolos, por las pérdidas que podrían sufrir, a servirse de la misma destreza que los había arruinara.

También estaba profundamente asombrado por el relato que le había hecho de nuestra historia durante el último siglo; según él, ésta era un encadenamiento horrible de conjuras, rebeliones, muertes, asesinatos, revoluciones, expatriaciones, y de más terribles efectos que los que podían producir la avaricia, la hipocresía, la perfidia, la crueldad, la rabia, la locura, el odio, la envidia, la malicia y la ambición.

En otra audiencia, Su Majestad se tomó el trabajo de recapitular todo lo que le había dicho, y comparó las preguntas que me había dirigido con las respuestas dadas por mí; luego, cogiéndome en sus manos y acariciándome suavemente, me dijo estas palabras, que no olvidaré nunca, así como tampoco el modo como las pronunció:

—Mi pequeño amigo Grildrig; habéis hecho un panegírico admirable de vuestro país. Habéis probado que la ignorancia, la pereza y el vicio pueden ser, a veces, las únicas cualidades de un hombre de Estado; que las leyes son aclaradas, interpretadas y aplicadas convenientemente por gentes a quienes los intereses y la habilidad les empujan a corromperlas, embrollarlas y eludirlas. En su origen, tal vez fue soportable la forma de gobierno de vuestro país, pero el vicio la ha desfigurado por completo. Por lo que me habéis dicho, me ha parecido que para alcanzar algún honor u ocupar un cargo, no es necesario poseer ninguna virtud entre vosotros y veo que no se ennoblece a los hombres por sus virtudes; que los sacerdotes no ascienden por su piedad o su saber; los soldados por su conducta o su valor; los jueces, por su integridad; los senadores, por su amor a la patria, ni los hombres de Estado, por su prudencia. En cuanto a vos —continuó el rey— que habeís pasado la mayor parte de vuestra vida viajando, creo que no estáis corrompido por los vicios de vuestro país. Pero juzgando por lo que me contasteis primero y por las respuestas que os he obligado a dar a mis objeciones, creo que la mayor parte de vuestros compatriotas son los más perniciosos gusanos a quienes la Naturaleza haya permitido nunca arrastrarse por la superficie de la tierra.

CAPÍTULO SÉPTIMO

Celo del autor por el honor de su patria. – Hace una ventajosa proposición al rey, que es rechazada. – Ignorancia del rey en cuestiones políticas. – Los imperfectos y limitados conocimientos de aquel país. – Sus leyes, sus asuntos militares y sus partidos.

Sólo el amor a la verdad me ha impedido no disfrazar la conversación que tuve con Su Majestad. Como hubiese sido inútil mostrar mi despecho, que sólo hubiera servido para excitar su risa, me vi obligado a escuchar pacientemente aquella diatriba contra mi querida patria. Sin embargo, me entristecería grandemente que alguien creyese que yo había dado lugar a ella; la verdad es que el rey era tan curioso y sus preguntas tan premiosas, que el agradecimiento, y aun la más elemental cortesía, me obligaron a contestarle de la mejor manera posible.

No obstante, debo decir, para justificarme, que eludí diestramente la mayor parte de sus preguntas y que di a cada cosa el giro más favorable que pude; porque siempre he tenido para mi país la noble parcialidad que Dionisio de Halicarnaso recomendaba con tanta razón en un historiador. Nada omití para ocultar las flaquezas y deformidades de mi patria y coloqué a gran altura su belleza y su virtud en las diferentes conversaciones que tuve con tan juicioso monarca, pero mis esfuerzos no lograron el éxito.

También ha de excusarse al rey, que vivía por completo separado del resto del mundo y que, por lo tanto, ignoraba los modos y costumbres de las demás naciones. Esta falta de conocimientos, siempre será la causa de muchos prejuicios y de cierta estrechez de pensamientos, de la que están exentos los países europeos. Por otra parte, sería ridículo que las ideas de virtud y vicio de un rey extranjero y aislado fuesen propuestas como reglas y máximas a seguir.

Para confirmar lo que acabo de decir y hacer ver los desdichados efectos de una educación limitada, referiré un episodio, que, tal vez, no será creído. Deseoso de congraciarme con Su Majestad, le di cuenta de un descubrimiento que databa de doscientos o trescientos años para fabricar un polvo negro que se inflamaba con el contacto de una sola chispa, de tal manera, que era capaz de hacer saltar por los aires incluso montañas, con un ruido mayor aún que el del trueno.

Le dije que cierta cantidad de aquel polvo, colocada en un tubo de bronce o de hierro, según su tamaño, lanzaba una bala de plomo o de hierro con tan gran violencia y velocidad, que no había nada capaz de detener su fuerza; que las balas así lanzadas desde un tubo fundido por la inflamación de aquel menudo polvo, rompían, destruían y exterminaban batallones y escuadrones enteros, que abatían las más sólidas murallas, hacían saltar las más potentes fortalezas y echaban a pique los mejores buques; que aquel polvillo, encerrado en balas huecas de hierro, que eran lanzadas con una máquina, incendiaba y arrasaba las casas; que yo sabía la composición de aquel polvo maravilloso, en el que entraban productos corrientes y muy baratos, y que si Su Majestad lo deseaba, podría enseñar a sus súbditos a construir tubos de una dimensión proporcionada a las demás cosas del reino; pero que, de todos modos, los mayores no deberían tener más de cien pies.

Veinte o treinta de tales tubos, cargados, bastarían para derribar las murallas de la más poderosa ciudad de su reino si llegase a sublevarse o se atreviese a resistir, y aun destruirían la capital en pocas horas si pretendiese sustraerse a su poder absoluto. A continuación, humildemente, ofrecí esto al rey, como pequeña prueba de reconocimiento.

El rey quedó horrorizado por la descripción de tan terribles máquinas, así como por la proposición que le había hecho. Estaba asombrado de ver que un miserable e impotente insecto (tales fueron sus palabras) pudiera hablar con tanta ligereza de cuadros de sangre y desolación producidos por inventos destructivos. «Necesariamente —dijo— el inventor de tal cosa tenía que ser un ser malvado, enemigo de Dios y de sus obras.» Luego añadió que aunque era amante del progreso, ya en la naturaleza, ya en las artes, él preferiría perder su corona antes que hacer uso de tan funesto secreto, y que me prohibía, bajo pena de muerte, revelarlo a ninguno de sus súbditos

¡Extraño efecto de los cortos principios en un príncipe adornado con todas las cualidades que inspiran la veneración, el amor y la estimación de los pueblos! ¡Aquel príncipe sabio, esclarecido, poseedor de admirables conocimientos y casi adorado por toda la nación, pero neciamente influido por un escrúpulo extraño, del que ni siquiera tenemos conocimiento en Europa, dejaba escapar la ocasión que ponía en sus manos y que le haría dueño absoluto de la vida, la libertad y la fortuna de sus súbditos!

No digo esto con intención de rebajar las virtudes de aquel príncipe, aunque comprendo que este relato lo hará desmerecer mucho a los ojos de los lectores ingleses, pero estoy convencido de que ese defecto no tenía su origen sino en la ignorancia, porque aquel pueblo no había sabido convertir la política en ciencia, como hacemos los europeos, porque nuestra inteligencia es más sutil. Recuerdo muy bien, que durante una de nuestras conversaciones le dije casualmente que teníamos escritos gran número de libros acerca del arte de gobernar, y Su Majestad concibió por ello, contra lo que yo esperaba, una opinión muy baja de nuestra inteligencia, añadiendo que detestaba y despreciaba todo misterio, todo refinamiento y toda intriga en el proceder de un rey o ministro de Estado.

Tampoco podía comprendaer lo que yo denominaba secreto de Estado, pues él encerraba en límites muy estrechos la ciencia de gobernar, limitándola al sentido común, la razón, la dulzura, la rápida decisión de los asuntos civiles y criminales y otras parecidas prácticas que estaban al alcance de todo el mundo y, por lo tanto, no valía la pena hablar de ellas. En fin, mantuvo la extraña paradoja de que si alguien pudiera hacer crecer dos espigas o dos briznas de hierba en el trozo de tierra donde antes creciera una, prestaría a su patria un servicio más estimable y sería más acreedor a la gratitud humana que toda la raza de nuestros sublimes políticos.

Los conocimientos de aquel pueblo eran muy deficientes, pues sólo alcanzaban a la moral, la historia, la poesía y las matemáticas, pero he de reconocer que dominaban estas cuatro materias. El último de estos conocimientos lo aplicaban solamente al perfeccionamiento de la agricultura o de las artes mecánicas, de modo que practicada así, no sería entre nosotros muy estimable esta ciencia. En cuanto a entidades metafísicas, abstracciones y categorías, no pude hacérselas concebir.

En aquel país, no se permitía que ninguna ley tuviera mayor número de palabras que letras había en su alfabeto, o sea veintidós, y aun había muy pocas leyes que llegasen a tal número. Todas estaban condensadas en los términos más claros y sencillos, y aquellas gentes no eran lo suficiente suspicaces ni lo bastante ingeniosas para saber encontrarles un doble sentido; además, allí se consideraba un crimen capital escribir comentarios sobre ninguna ley. Repecto a la justicia civil o criminal, había tan pocos casos, que no podían envanecerse de poseer grandes conocimientos en una u otra.

Desde tiempo inmemorial conocían el arte de la imprenta como los chinos, pero sus bibliotecas no eran muy extensas; la del rey, que era la mejor provista, no constaba más que de mil volúmenes, alineados en una galería de mil doscientos pies de longitud, en la que leí todos los libros que pude. Para ello, el carpintero de la reina me construyó una especie de escalera doble, de veintiocho pies de altura, con escalones de cincuenta de ancho. Esta escalera se colocaba a diez pies del muro, en éste se apoyaba el libro, yo subía a lo alto de la escalera y, volviéndome hacia el libro, comenzaba a leer por el principio de la página, andando sobre el escalón de izquierda a derecha, según la medida de la línea; volvía a la siguiente, y cuando llegaba más abajo del nivel de mis ojos, entonces bajaba un escalón y volvía a comenzar, hasta llegar al final de la página; en seguida subía otra vez y continuaba leyendo en la página siguiente de la misma manera, y luego volvía la hoja empleando las dos manos, porque el papel era tan fuerte, que parecía cartón; los libros más grandes tenían 18 pies.

Su estilo era claro, noble y sencillo, pero poco florido, porque evitaban cuidadosamente el multiplicar las palabras y variar las expresiones. Leí muchos de sus libros, sobre todo los que trataban de historia y moral, y entre otros, leí con agrado un antiguo y pequeño tratado que estaba en la habitación de Glumdalclitch, titulado: «Tratado de la debilidad del género humano», que era muy estimado por las mujeres y el pueblo. No obstante, tuve la curiosidad de ver lo que un autor de aquel país podía decir acerca de este asunto.

Aquel escritor reproducía los lugares comunes de nuestros moralistas, enseñando cuán indefenso está el hombre para ponerse a cubierto de las inclemencias del tiempo o de los ataques de las fieras; cómo lo sobrepasan otros animales, ya sea en fuerza, ya en rapidez, previsión o ingeniosidad. Añadía que la Naturaleza había degenerado en los últimos siglos, y que caminaba a su ocaso, no produciendo más que abortos en comparación con sus obras de los tiempos antiguos. Pretendía que los hombres debían de haber sido mucho mayores en su origen, como lo demostraban la historia escrita, la tradición y las gigantescas osamentas que se habían encontrado al hacer excavaciones en diferentes lugares del país. Sostenía que las mismas leyes de la Naturaleza exigían que la primitiva talla del hombre hubiese sido mayor que en los tiempos actuales, que nos exponen a perecer en cualquier accidente, bien por una teja caída de alguna techumbre, bien por una piedra arrojada por un niño, bien ahogándonos en cualquier riachuelo al intentar atravesarlo.

De tales razonamientos, el autor deducía reglas morales aplicables a la conducta de la vida, que sería inútil repetir aquí. En cuanto a mí, no pude evitar el hacer reflexiones morales acerca de aquella misma moral, y de la tendencia universal que tienen los hombres a manifestar su disgusto con la Naturaleza y a exagerar sus defectos. Hasta creo que, examinando las cosas juiciosamente, nuestras lamentaciones no son más fundadas que las de aquel país.

En cuanto a las fuerzas militares, se calculaba que el ejército del rey constaba de ciento setenta y seis mil hombres de infantería y treinta y dos mil de caballería, si es que puede darse el nombre de ejército a una reunión de comerciantes y trabajadores mandados por los señores o nobles, los cuales no recibían ninguna paga ni recompensa. Sin embargo, hacían muy bien el ejercicio y su disciplina era excelente, lo que no era nada extraño, porque cada trabajador estaba mandado por su mismo amo y cada burgués por los principales de su ciudad, elegidos mediante escrutinio, como hacían en Venecia.

Varias veces vi hacer el ejercicio a la milicia de Lorbrulgrud en un campo cercano a la ciudad. Había a lo sumo veintidós mil infantes y seis mil jinetes, pero el espacio que cubrían no me permitió nunca calcularlos con exactitud. Un jinete montado tenía una altura de noventa pies, y a una orden, todos desenvainaban los sables, lo que era un espectáculo imponente; hubiérase dicho que diez mil relámpagos salían a la vez da todos los puntos del cielo.

Tuve la curiosidad de saber por qué aquel príncipe, cuyos estados eran inaccesibles, se preocupaba de hacer aprender a su pueblo las prácticas de la disciplina militar, y bien pronto lo supe por conversaciones que tuve acerca de este asunto y por la lectura de sus historias. Durante muchos siglos habían padecido la enfermedad a que todos los hombres están sujetos: la nobleza había luchado muchas veces por el poder; el pueblo, por su libertad, y el rey, por su dominio absoluto.

Estas cosas, aunque sabiamente atemperadas por las leyes del país, habían sido violadas algunas veces por uno de los tres partidos, engendrando guerras civiles. A la última, le puso feliz término el abuelo del monarca reinante mediante un compromiso que dejó a todos satisfechos, y el ejército, establecido entonces de común acuerdo, subsistía desde aquella época y se le mantenía bajo la disciplina más severa.

CAPÍTULO OCTAVO

El rey y la reina hacen un viaje a la frontera, al que el autor les acompaña. – Pormenores acerca del modo como sale de aquel país y regresa a Inglaterra.

Siempre había tenido la esperanza de que algún día recobraría la libertad, si bien no podía adivinar por qué medio, ni formar ningún proyecto que tuviese posibilidades de éxito, pues el barco en que había llegado, y que se había estrellado contra las rocas, fue el único del que se supiese que se había acercado a aquellas costas, y el rey había dado órdenes precisas para que si alguna vez se acercaba otro parecido, fuese puesto en seco y llevado a Lorbrulgrud en un volquete, con su tripulación y pasaje.

También hubiese querido encontrar una mujer de mi talla con objeto de propagar la especie, pero creo que hubiera preferido morir a traer al mundo desgraciados niños destinados a vivir en jaulas, como si fuesen canarios, y vendidos en seguida por todo el reino a las personas de calidad, cual pequeños y curiosos animales.

Es cierto que se me trataba muy bondadosamente y que era el favorito de la reina y el deleite de toda la corte, pero estaba en una situación poco conveniente para la dignidad humana. Tampoco podía olvidarme de los queridos seres que había dejado en mi casa y muchas veces deseaba encontrarme entre gentes a las que pudiese hablar de igual a igual, y de tener libertad de pasearme por las calles y los campos sin el temor de ser pisado o aplastado como una rana, o de verme convertido en el juguete de cualquier perrillo. Pero mi liberación llegó cuando menos la esperaba y de un modo muy extraordinario, tanto, que lo contaré fielmente, con todas las circunstancias que concurrieron en tan admirable acontecimiento.

Hacía ya dos años que estaba en el país. Al comenzar el tercero, Glumdalclitch y yo acompañamos al rey y a la reina en un viaje que hicieron a la costa meridional del reino. Como de costumbre, a mí me llevaban en mi caja de viaje, que tenía doce pies de ancho. De acuerdo con mis deseos, colgaron una hamaca con cordones de seda de las cuatro esquinas del techo para que no sintiese tanto las sacudidas del caballo en que iba montado el criado que me llevaba ante sí, cuando yo quería viajar de ese modo, y frecuentemente dormía en ella durante los viajes. También había ordenado al carpintero que hiciese una abertura de un pie cuadrado en el techo de la caja para que pudiese entrar el aire, de suerte que cuando quería, la abría y la cerraba por medio de una tabla.

Cuando llegamos al término de nuestro viaje, el rey decidió pasar unos días en una quinta de recreo que tenía cerca de Flanfasmie, ciudad situada a doce millas de la costa. Glumdalclitch y yo estábamos muy fatigados. Yo me había enfriado un poco, pero la pobre muchacha se encontraba tan mal, que se vio obligada a no salir de su habitación. Como anhelaba ver el Océano, porque si podía escaparme, había de ser por ese medio, aparenté estar más enfermo de lo que estaba en realidad y pedí permiso para tomar el aire del mar con un paje que me agradaba mucho y al que me habían confiado algunas veces. Jamás olvidaré lo a disgusto que consintió Glumdalclitch ni las severas órdenes que dio al paje para que tuviese cuidado de mí ni las lágrimas que vertió, como si tuviese el presentimiento de lo que iba a ocurrir. El paje me llevó en mi caja hacia las rocas que había a la orilla del mar, a una milla de la quinta. Entonces le dije que me dejara en tierra, y abriendo una de las ventanas, me puse a contemplar el mar con triste mirada. Luego dije al paje que tenía deseos de dormir en la hamaca y que esto me aliviaría; cerró bien la ventana temeroso de que me enfriase y me dormí en seguida.

Supongo que, mientras dormía, el paje, creyendo que no tenía nada que temer, trepó por las rocas para buscar nidos de pájaros, pues anteriormente, desde la ventana, le había visto buscar y remover. Sea lo que fuere, el caso es que me desperté de pronto por una violenta sacudida que dio la caja, y me sentí elevado y transportado a una velocidad extraordinaria. La primera sacudida casi me lanzó fuera de la hamaca, pero luego se hizo más suave el movimiento; grité con todas mis fuerzas, mas todo fue inútil; miré a través de las ventanas y no vi más que nubes. De pronto oí un ruido horrible por encima de mi cabeza, parecido al de batir de alas, y entonces comencé a darme cuenta de la peligrosa situación en que me encontraba y sospeché que alguna águila había cogido el cordón de la caja con el pico con la intención de dejarme caer contra las rocas, como hacen con las tortugas para romper su caparazón, para arrojarse luego sobre mi cuerpo y devorarlo, porque la aguda mirada de estas aves les permite descubrir su presa a gran distancia, aunque esté más escondida de lo que yo podía estarlo en mi caja, cuyas paredes tenían dos pulgadas de grueso.

Al cabo de algún tiempo, advertí que el ruido y el batir de alas se hacía más intenso y que mi caja oscilaba de un lado a otro, como si fuese un banderín de una tienda agitado por el viento; oí también que daban numerosos golpes al águila (porque, efectivamente, era un águila la que llevaba mi caja) y de pronto me sentí caer perpendicularmente durante más de un minuto, pero a una velocidad tan inreíble, que llegó a faltarme la respiración. Mi caída terminó con una sacudida terrible, que sonó en mis oídos más fuerte que las cataratas del Niágara; después quedé sumido en tinieblas durante otro minuto y entonces comenzó a elevarse mi caja de manera que pude ver la luz del día por la parte superior de las ventanas.

Comprendí entonces que había caído en el mar. La caja, a causa de mi peso, el de los muebles y las planchas que reforzaban las esquinas, se había hundido enunos cinco pies. Creí en aquel momento, y lo sigo creyendo, que el águila que se llevó mi caja debió de ser perseguida por dos o tres águilas más, y se vería obligada a dejarme caer para defenderse de los ataques de las que querían arrebatarle su presa, y las placas de hierro del fondo de la caja la mantuvieron en equilibrio durante su caída e impidieron que se rompiese. Por otra parte, las uniones de la caja estaban tan bien hechas, que entró muy poca agua. No sin trabajo, pude saltar de la hamaca y me eventuré a abrir la tabla de que ya he hablado, a fin de renovar el aire, pues ya estaba sofocado.

¡Cuánto deseé en aquel momento poder ser socorrido por mi querida Glumdalclitch, de la que aquel accidente me había alejado tanto! Puedo decir, ciertamente, que en medio de mi desgracia, me condolía y entristecía por mi querida niñerita; pensaba en la pena que tendría por mi causa, en que caería en desgracia ante la reina, y en la ruina de la fortuna de la pobre niña. Estoy seguro de que pocos viajeros se habrán visto en la triste situación en que yo me encontraba entonces, temiendo a cada momento que se rompiese o volcase la caja y quedara sumergida bajo las aguas; bastaba con que se rompiese un cristal, para que no pudiese escapar a la muerte, lo que no hubiese dejado de suceder de no haber estado protegidas las ventanas por una fuerte alambrera para evitar los accidentes que pudieran ocurrir en los viajes.

Veía entrar el agua en la caja por algunas goteras que traté de tapar lo mejor que pude. ¡Ah! si hubiera podido levantar el techo de la caja, me hubiese subido sobre él antes que permanecer encerrado en aquella especie de sentina.

Y aunque lograse mantenerme a flote durante un día o dos, ¿qué podía esperar sino morir de frío y hambre? Pasé cuatro horas en ese estado, creyendo que cada momento iba a ser el último de mi vida.

Ya expliqué anteriormente que las asas de cuero que servían para llevar la caja estaban colocadas en el lado que no tenía ventanas. Cuando me encontraba en tan deplorable situación, oí, o creí oír, una especie de ruido por aquella parte de la caja, y casi en seguida, me pareció que tiraban de ella o la remolcaban, porque de vez en cuando sentía cierta resistencia que hacía subir las olas hasta las ventanas, dejándome casi en la oscuridad.

Abrigué entonces la esperanza de encontrar algún socorro, si bien no podía figurarme de dónde vendría éste. Al fin me decidí a destornillar una de mis sillas y asomando la cabeza por una pequeña hendidura que había en el techo de la caja, grité con todas mis fuerzas pidiendo socorro en cuantos idiomas conocía. En seguida, puse el pañuelo sobre un bastón, y sacándolo por la abertura, lo agité varias veces en el aire con objeto de que si había por aquella parte algún barco, los marineros sospechasen que había un ser humano encerrado en aquella caja.

No conseguí nada con esto, si bien advertí que la caja era empujada hacia adelante, y al cabo de una hora sentí un choque con una cosa muy dura. Al pronto, temí que fuese alguna roca, pero casi en seguida me sentí más zarandeado que nunca. Luego oí claramente sobre el techo de la caja un ruido semejante al que haría un cable y algo parecía rozar con el anillo del techo; inmediatamente, me vi alzado poco a poco lo menos a tres pies más alto de lo que había estado hasta entonces; nuevamente agité el bastón con el pañuelo y grité hasta enronquecer pidiendo socorro, y como contestación, oí fuertes vivas repetidos tres veces; al mismo tiempo, me percaté de que alguien andaba por el techo de la caja y que me llamaban por la abertura diciendo en inglés. «¡Eh! ¿Hay alguien dentro?» Yo contesté: «Sí; soy un pobre inglés arrojado por la fortuna a la mayor calamidad que haya sufrido jamás criatura humana. ¡En nombre de Dios, sacadme de este calabozo!» La voz me contestó: «Tranquilizaos; nada tenéis que temer; la caja está amarrada al barco y el carpintero va a venir para hacer una agujero en el techo y sacaros fuera.» Contesté que no era necesario, y que eso llevaría demasiado tiempo; que bastaría con que un marinero pasase el dedo por la anilla y la subiese al barco, llevándola luego al camarote del capitán. Al oírme hablar así, varios de ellos creyeron que era un pobre loco, y otros rieron; pero no creía entonces que estuviera entre hombres de mi estatura y de mi fuerza. Cuando llegó el carpintero, en un par de minutos hizo en el techo un agujero de tres pies y me ofreció una pequeña escala, por la cual subí, y de ella pasé al barco en un estado de extrema debilidad.

Los marineros me miraron asombrados y me hicieron mil preguntas, pero no tuve valor para contestarles. Estaba tan acostumbrado a ver los monstruosos objetos que acababa de dejar, que me pareció encontrarme entre pigmeos, pero el capitán, Mr. Thomas Wilcocks, hombre probo y digno, natural de Shropshire, viendo que estaba a punto de desmayarme, me hizo entrar en su camarote, me dio un cordial para reanimarme y me mandó acostar en su cama, aconsejándome que descansase un poco, pues lo necesitaba bastante.

Antes de que me durmiese, le dije que en la caja había muebles de valor, una hamaca magnífica, una cama de campaña, dos sillas, una mesa y un armario; que la habitación estaba tapizada, o, mejor dicho, acolchada con telas de seda y de algodón y que si ordenaba a alguno de sus marineros que la llevase a su camarote, la abriría ante él y le enseñaría los muebles.

Al oír el capitán tantos absurdos, creyó que estaba loco; sin embargo, para complacerme, me prometió que ordenaría lo que deseaba, y subiendo a cubierta, envió a algunos de sus hombres que fuesen a la caja, de la cual, según vi después, sacaron todas mis cosas. Levantaron el acolchado de las paredes, pero estropearon los muebles, que estaban atornillados, al quererlos arrancar por la fuerza.

También arrancaron algunas tablas para el servicio de su barco, y cuando sacaron todo lo que les pareció útil, hundieron la armazón de la caja en el mar, lo que no fue difícil por las muchas brechas que le hicieron en todos sus lados. Afortunadamente, no fui testigo del estrago que hicieron en mi casa; de haberlo visto, me hubiera impresionado profundamente, porque me recordaba cosas que valía más relegarlas al olvido.

Dormí varias horas continuamente turbado por el recuerdo del país que había dejado y del peligro que corriera. Sin embargo, cuando desperté, me sentí muy aliviado. Eran ya las ocho de la noche y el capitán ordenó que me sirviesen la cena en seguida, pues suponía que estaría en ayunas desde hacía tiempo. Me habló con mucha cortesía y observó que no tenía los ojos extraviados y que mis palabras no tenían nada de incoherentes.

Cuando nos quedamos solos, me rogó que le relatase mis viajes y le explicara por qué causa había sido abandonado a merced de las olas en aquella gran caja. Me explicó que hacia mediodía, mirando con un anteojo, me había visto a lo lejos, y suponiendo que fuese un pequeño barco, quiso acercase a él, porque andaba escaso de galleta y quería comprar alguna; al acercarse, reconoció su error, y envió una chalupa para descubrir qué era lo que flotaba; y sus marineros regresaron asombrados jurando que habían visto una casa flotante. Él se rio de su necedad, y entonces bajó personalmente a la chalupa, ordenando a sus marineros que cogiesen un cable muy fuerte. Como el mar estaba tranquilo, dio la vuelta alrededor de la caja varias veces y vio las ventanas y las rejas que las cerraban. También vio las dos grandes asas de cuero en el lado que no tenía ninguna abertura y entonces ordenó a sus hombres que se acercasen a la caja y pasasen el cable por una de las asas para remolcarla hasta el barco. Cuando estuvo junto a él, hizo que pasaran otro cable por la anilla que había en el techo, pero entre toda la tripulación no pudieron levantar la caja más de tres pies. Me dijo también, que entonces vio el pañuelo y el bastón y comprendió que algún desgraciado debía de estar encerrado en la caja.

Yo le pregunté si sus marineros no habían visto en el aire algún pájaro monstruoso cuando me descubrieron, y me contestó que hablando de mi llegada con los marineros mientras yo dormía, uno de ellos le dijo que había visto volar tres águilas hacia el Norte, pero que no podía decir si eran mayores que las corrientes, lo que supongo se debería a la gran altura a que volaban. Tampoco pudo adivinar por qué le hacía esta pregunta; entonces le pregunté a qué distancia creía que estaríamos de tierra. Me contestó que, según su cálculo, a unas doscientas millas, y yo le aseguré que se equivocaba casi en la mitad, porque había salido del país en donde estaba dos horas antes de caer al mar. Entonces comenzó a creer de nuevo que mi cerebro estaba perturbado y me aconsejó que me acostase en un camarote que había mandado preparar para mí. Le aseguré que su buen trato y su agradable compañía me habían confortado mucho y que estaba en pleno uso de mis facultades mentales.

Se puso serio entonces y me rogó que le dijese francamente si no tendría turbada la conciencia por el recuerdo de algún crimen, que hubiese sido castigado por orden de algún príncipe metiéndome en aquella caja, como se hacía en algunos países con los grandes criminales, que, a veces, eran abandonados a merced de las olas en una barca sin remos y sin provisiones; que si era así, aun lamentando haber acogido en su barco a un malvado, me daba su palabra de honor de dejarme en seguridad en el primer puerto que tocásemos.

Le supliqué que tuviese paciencia para oír el relato de mi historia, lo que hice muy fielmente, a partir de mi salida de Inglaterra hasta que me encontró, y como la verdad se abre siempre paso en los entendimientos normales, aquel honrado y digno marino, que tenía muy buen sentido y no estaba desprovisto de cierta instrucción, quedó convencido de mi inocencia y sinceridad. Mas para confirmar todo lo que le dije, le rogué que diese orden de que me trajeran el armario, del cual tenía yo la llave, a su camarote. Lo abrí en su presencia, y le enseñé todas las curiosidades que había recogido en el país que había abandonado de tan extraña manera. Entre otras cosas, el peine que había fabricado con los pelos de la barba del rey, y otro de la misma clase, pero con las púas insertadas en un trozo de uña del pulgar de Su Majestad; también guardaba un paquete de agujas y alfileres, de pie y medio de largo, un anillo de oro que la reina me regaló un día del modo más delicado, quitándoselo del dedo meñique y pasándolo por mi cuello como si fuese un collar.

Rogué al capitán que aceptase el anillo como prueba de mi reconocimento por su bondad, pero rehusó en absoluto. Le enseñé un callo que yo mismo había extirpado del pie de una de las damas de honor y que era grande como una calabaza, y tan duro, que a mi regreso a Inglaterra, lo hice tallar en forma de copa y lo monté en plata. Por último, le dije que examinase los calzones que llevaba puestos entonces, y que eran de piel de ratón.

No consintió en aceptar más que el diente de un lacayo, que había examinado con mucha curiosidad, y comprendí que se había encaprichado por él. Me lo agradeció más de lo que la cosa en sí merecía. Este diente había sido extraído por un dentista inexperto y no estaba cariado, así es que le hice limpiar y lo puse en mi armario; tenía un pie de alto y cuatro pulgadas de diámetro.

El capitán quedó muy satisfecho de mi relato y me dijo que esperaba lo escribiese a mi llegada a Inglaterra para darlo a conocer al público. Yo le dije que me parecía que había ya demasiados libros de viajes, y que una obra de esta clase, actualmente no podía alcanzar éxito si no relataba cosas extraordinarias, lo que me hacía dudar de la veracidad de los autores, a quienes la vanidad y el interés propios debían obligarles a disfrazar la verdad para distraer a sus lectores. Le dije también que mi relato sólo contendría acontecimientos vulgares y carecería de las descripciones de plantas y animales raros, costumbres bárbaras y ritos idólatras observados por pueblos salvajes, con que la mayor parte de los autores adornan sus obras, pero que, no obstante, agradecía la favorable opinión que había formado de mí y le prometía reflexionar acerca de ese consejo.

Asombrado por oírme hablar tan alto, quiso saber si los seres de aquel país eran sordos. Le contesté que durante dos años me había acostumbrado a gritar de ese modo y que yo me asombraba no menos de su voz, pues me producía la sensación de que me hablaba al oído, si bien lo entendía bastante bien, porque cuando yo hablaba en aquel país, lo hacía como un hombre que hablase desde la calle con uno que estuviera en un campanario, excepto cuando me subían a una mesa, o me tenían en sus manos.

También le dije que había observado otra cosa al subir a su barco y era que al rodearme sus marineros, me parecieron las criaturas más pequeñas que yo había visto en mi vida, ya que durante mi estancia en el país que acababa de dejar nunca consentí en mirarme a un espejo, porque habiéndose acostumbrado mis ojos a ver seres tan monstruosos, al comparar mi persona con ellos hubiese formado una lamentable opinión de mí. Me dijo que mientras cenábamos había advertido que miraba todas las cosas con una especie de asombro y que muchas veces difícilmente podía contener la risa, lo que no podía atribuir sino a un desarreglo mental. Le expliqué entonces que estaba asombrado de sus platos, que apenas eran mayores que una moneda de tres sueldos, de ver un brazuelo de carnero que no era más que un bocado, un vaso más pequeño que un cascarón de nuez, y continué de este modo la descripción de todos los muebles y sus comidas, comparándolas con las equivalentes que estaba acostumbrado a ver; pues si bien la reina me había provisto de todo lo que necesitaba en un tamaño apropiado a mi estatura, influido por las cosas que veía a mi alrededor, hacía como todos los hombres, que juzgan a los demás sin juzgarse a sí mismos, así es que olvidaba mi pequeñez, pero advertía la de los demás. El capitán comprendió muy bien mis burlas y alegremente me contestó con un antiguo proverbio inglés, asegurando que mis ojos eran mayores que mi estómago, ya que al parecer no tenía mucho apetito a pesar de haber ayunado todo el día, y continuó sus chanzas diciendo que gustoso habría dado cien libras esterlinas por tener el placer de ver mi caja en el pico del águila y caer desde tanta altura en el mar, lo que ciertamente debía de haber sido asombroso y digno de ser transmitido a las generaciones futuras. La comparación con Faetón se presentó tan naturalmente, que no pudo menos de aplicarla, pero confieso que la encontré poco ingeniosa.

El capitán, en su regreso a Inglaterra desde Tonkín, había sido empujado hacia el Nordeste hasta los 40 grados de latitud y los 143 de longitud, pero dos días después de recogerme a bordo, se levantó un viento favorable y navegamos hacia el Norte durante largo tiempo; después costeamos Nueva-Holanda, hicimos rumbo hacia el Oeste-noroeste, y por último al Sudoeste, hasta que doblamos el cabo de Buena Esperanza. El viaje fue feliz y no cansaré al lector con su relato. Hicimos escala en uno o dos puertos y el capitán envió la lancha a buscar víveres y agua, pero yo no desembarqué hasta que llegamos a las Dunas, el 3 de junio de 1706, o sea, unos nueve mes después de mi liberación. Ofrecí al capitán mis muebles como garantía del pago de mi pasaje, pero se negó a cobrarme nada por él. Nos despedimos afectuosamente y le hice prometer que iría a visitarme a Redriff. Luego alquilé un caballo y un guía por cuatro chelines que me dio el capitán.

Durante el viaje, al ver la pequeñez de las casas, árboles, animales y gentes, me pareció estar aún en Liliput; a cada momento temía pisar a los caminantes que encontraba y les daba gritos para que se apartasen, de modo que una o dos veces estuve expuesto a que me rompiesen la cabeza por mi impertinencia.

Cuando llegué a mi casa, por la que tuve que preguntar, y uno de los criados abrió la puerta, instintivamente me agaché para entrar (como hacen las ocas cuando entran en sus casas) por temor a darme en la cabeza. Mi mujer vino corriendo a besarme, pero me agaché hasta más abajo de sus rodillas, pensando que de otro modo no llegaría a mi boca. Mi hija se cogió a mis rodillas para que le diese la bendición, mas no pude verla hasta que se levantó, por estar acostumbradoa mirar a una altura de sesenta pies; luego traté de levantarla cogiéndola por la cintura, y miraba a los criados y a uno o dos amigos que estaban en casa, como si fueran pigmeos y yo un gigante. Dije a mi esposa que se había mostrado frugal en demasía, pues apreciaba que ella y su hija estaban consumidas de hambre. En una palabra, me conduje de una manera tan extraña, que supusieron, como el capitán, que tenía perturbadas mis facultades. Menciono estas minucias, para demostrar el poder que tienen la costumbre y los prejuicios.

En poco tiempo volví a acostumbrarme a mi mujer, mi familia y amigos. Mi mujer me aseguró que nunca volvería a embarcarme; sin embargo, la mala suerte dispuso todo lo contrario, como el lector comprobará más adelante. Entretanto, doy aquí por terminada la segunda parte de mis desgraciados viajes.

TERCERA PARTE

VIAJE A LAPUTA

CAPÍTULO PRIMERO

El autor emprende un tercer viaje. – Es apresado por los piratas. – La ruindad de un holandés. – Llegada a Laputa.

Haría dos días que estaba en mi casa, cuando me vino a ver el capitán William Robinson, de Cornualles, que mandaba el «Buena Esperanza», buque de trescientas toneladas. Anteriormente, yo había sido médico de otro barco mandado también por él en un viaje a Levante, y mientras estuve a su servicio me trató siempre más como hermano que como subordinado. Al saber mi llegada, me hizo una visita de cortesía, según supuse al principio, ya que se limitó a decir lo acostumbrado cuando se ve a un amigo luego de una larga ausencia. Pero repitió sus visitas, y frecuentemente habló de su satisfacción por verme disfrutar de buena salud, y me preguntó si había fijado mi vida; otra vez dijo que dos meses más tarde pensaba realizar un viaje a las Indias, terminando al fin por invitarme a que aceptase el cargo de médico de su barco. Me prometió que me daría un ayudante y doble paga, y que, como estaba al corriente de que mis conocimientos de las cosas del mar eran, por lo menos, iguales a los suyos, se comportaría conmigo como si fuese un segundo capitán.

En fin, tan amables cosas me dijo, que no tuve el valor de rehusar, sabiendo, como sabía, que se trataba de un hombre muy formal y honrado. Además, a pesar de los malos ratos pasados, era aún más intenso, si cabe, mi deseo de ver mundo. La única dificultad que había de vencer, era obtener el consentimiento de mi mujer; pero lo logré haciéndole ver el provecho que podrían sacar sus hijos de aquel viaje.

Nos dimos a la vela el 5 de agosto de 1706, y llegamos al fuerte San Jorge el 1 de abril de 1707, donde permanecimos tres semanas para que descansase la tripulación, de la cual estaba enferma la mayor parte. De aquí, fuimos a Tonkín, y el capitán decidió detenerse algún tiempo porque una buena parte de las mercancías que iba a comprar no se las podrían entregar hasta pasados algunos meses. Para compensar en parte los gastos que originaba tal retraso, adquirió un barco pequeño cargado de mercancías apropiadas para comerciar con las islas cercanas, como hacen los tonkineses. Lo dotó de una tripulación de cuarenta hombres, entre los cuales había tres naturales del país, me nombró capitán, y me dio autorización para que comerciase con las islas vecinas, en tanto él atendía a sus asuntos en Tonkín.

No haría tres días que navegábamos, cuando se desencadenó una tempestad muy violenta que nos arrastró durante cinco días hacia el Noroeste, y después al Este. El tiempo se calmó un tanto, pero soplaba continuamente un viento del Oeste bastante fuerte. Al décimo día, dos piratas nos dieron caza, lo que no fue difícil, porque mi barco iba tan cargado, que navegaba muy lentamente, además de que no estábamos en estado de defendernos.

Los dos piratas se lanzaron al abordaje a la cabeza de sus hombres, mas como yo había ordenado que nos tendiésemos sobre cubierta, se limitaron a atarnos pasando después a registrar el barco.

Descubrí entre ellos un holandés que parecía tener cierta autoridad, si bien no mandaba ninguno de los dos barcos. Advirtió por nuestro aspecto que éramos ingleses, y hablándonos en este idioma nos dijo que nos atarían de dos en dos y nos arrojarían al mar. Como hablo el holandés bastante bien, le expliqué quiénes éramos, y le rogué que, en atención a que éramos cristianos reformados como él y sus vecinos y aliados, que intercediese por nosotros ante su capitán; pero mis palabras parecieron irritarle y redobló sus amenazas; luego, volviéndose hacia sus compañeros, les habló con gran vehemencia en lengua japonesa, repitiendo frecuentemente la palabra cristianos.

El mayor de los dos barcos piratas estaba mandado por un capitán que hablaba algo el holandés y se acercó a mí para hacerme varias preguntas, a las que contesté con gran humildad, y me prometió que no nos matarían. Le hice una profunda reverencia y volviéndome al holandés, le dije que lamentaba encontrar más humanidd en un idólatra que en un cristiano. Pero bien pronto hube de arrepentirme de tales palabras, porque aquel miserable renegado, luego de pretender en vano de los dos capitanes que me arrojasen al mar (a lo que se negaron por hacer honor a la palabra que me habían dado), obtuvo que me tratasen más rigurosamente aún que si me hubiesen dado muerte.

A mis gentes las repartieron entre los dos barcos piratas y el que yo mandaba; en cuanto a mí, se resolvió abandonarme a mi suerte en un pequeño bote con dos remos, una vela y víveres para cuadro días (el capitán japonés, por su parte, dobló mis provisiones) y no se permitió a nadie que me buscasen. Bajé al bote, mientras el holandés, de pie en la cubierta, me dirigía todos los insultos que su idioma le permitía.

Como una hora antes de haber visto a los dos piratas, había tomado la altura y me dio 46 grados de latitud y 183 de longitud. Cuando me alejé un poco, con el anteojo descubrí unas islas hacia el Sudoeste. Entonces, icé la vela, pues el mar estaba tranquilo, para llegar a la más próxima de aquéllas, lo que conseguí en unas tres horas. En aquella isla, que no era más que un arrecife, encontré muchos huevos de pájaros, así que resolví encender fuego con algunos brezos y algas para cocer unos cuantos, único alimento que tomé, porque había resuelto reservar lo más posible mis provisiones; y como decidí pasar allí la noche, extendí brezos para acostarme sobre ellos .

Al día siguiente, me dirigí hacia otra isla, y de ésta pasé a una tercera y una cuarta, empleando unas veces los remos y otras la vela; pero con objeto de no fatigar al lector, sólo diré que al cabo de cinco días pude llegar a la última de ellas, que estaba al Sudsudeste de la primera.

Aquella isla se hallaba más lejos de lo que había supuesto, pues tardé cinco horas en llegar a ella, y casi la costeé toda para encontrar un sitio a propósito donde desembarcar. Tomé tierra en una pequeña bahía que era tres veces mayor que mi bote y advertí que toda la isla era muy rocosa, y estaba entrecruzada por algunas praderas de césped y plantas odoríferas. Saqué mis provisiones y luego de comer ligeramente, guardé el resto en una de las cuevas que, en gran número, había en la costa. Cogí muchos huevos por las rocas, así como juncos marinos y hierbas secas para quemarlas al día siguiente y asar los huevos, puesto que disponía de pedernal, eslabón, mecha y una lente.

Pasé la noche en la cueva donde había guardado la provisiones, y las mismas hierbas que destinaba para encender fuego me sirvieron de lecho. Pero dormí poco, pues la inquietud espiritual que sentía pudo más que el cansancio físico. Consideraba cuán imposible era no morir en un lugar tan desolado, y que me esperaba sin tardanza un triste fin. Tanto me abatieron mis reflexiones, que ni aun tenía valor para levantarme, y antes de que me considerase con fuerzas para salir de mi cueva, había transcurrido buena parte del día.

El tiempo estaba tranquilo y el sol era tan fuerte, que hube de volver la cara. Pero de pronto, el cielo se oscureció, aunque de un modo muy distinto a cuando se interpone una nube. Miré hacia el sol y vi que lo cubría un cuerpo opaco y movible, que avanzaba hacia la isla donde yo estaba. Aquel cuerpo, que calculé estaría suspendido a unas dos millas, ocultó el sol durante seis o siete minutos, mas no advertí que la temperatura descendiera o que disminuyese la luz más que si hubiese estado a la sombra de una montaña. Cuando aquel cuerpo se acercó, me pareció que estaba formado por una substancia sólida y de fondo plano, liso y que reflejaba claramente el mar sobre el cual planeaba. Me subí a una altura situada a doscientos pies de la orilla y vi cómo aquel cuerpo descendía paralelamente respecto a mí a una milla de distancia. Tomé el anteojo y descubrí un gran número de personas que paseaban de un lado a otro por los lados un poco inclinados de aquella masa flotante, pero no pude distinguir lo que hacían.

El amor natural a la vida hizo nacer en mí un sentimiento de alegría y la esperanza de que tal suceso me proporcionaría el medio de salir de la crítica situación en que me encontraba. Pero al mismo tiempo, difícilmente podrá el lector darse cuenta de mi asombro cuando vi una isla en el aire, habitada por hombres que tenían el poder de hacerla subir, bajar y trasladarse de sitio a su voluntad. Sin embargo, no estaba en situación de reflexionar acerca de tan extraordinario fenómeno y me contenté con observar hacia qué parte se dirigía la isla, ya que entonces parecía estar parada. Poco después, avanzó hacia donde yo estaba y divisé numerosas galerías y escaleras colocadas a intervalos regulares para comunicar unas con otras. Sobre la galería más baja vi muchos hombres que pescaban pájaros con caña y a otros que los miraban. Les hice señas con mi gorra (pues hacía tiempo que mi sombrero se había roto) así como con el pañuelo. Cuando estuvieron más cerca, grité con todas mis fuerzas, y entonces vi, mirando muy atentamente, que se había congregado un gran gentío en la parte de la isla que estaba frente a mí. Por sus ademanes, comprendí que me habían visto, si bien no contestaban a mis llamadas. Vi también que cuatro o cinco hombres subían apresuradamente a lo alto de la isla, y supuse que habían sido enviados en busca de las autoridades para recibir órdenes acerca de lo que deberían hacer en tales circunstancias.

El número de los insulares aumentó, y en menos de media hora se acercó de tal modo la isla, que no habría más de cien pasos entre ella y yo. Entonces adopté actitudes humildes y suplicantes y les hablé en tono de ruego, pero no recibí ninguna contestación. A juzgar por sus trajes, supuse que los más próximos a mí debían de ser personas distinguidas. Conferenciaban unos con otros y frecuentemente miraban hacia mí. Por fin, uno de ellos me habló en una lengua clara, agradable y suave, muy parecida al italiano; por lo tanto, le contesté en este idioma creyendo que sería más agradable para ellos que cualquier otro. Aunque no nos entendimos mutuamente, sí comprendieron mis ademanes y me indicaron por señas que bajase de la loma y me acercase a la orilla en dirección a ellos. Entonces, colocada la isla de modo conveniente, desde una de aquellas galerías me arrojaron una cadena con un asiento atado a a su extremo, me senté en él y en un momento me subieron por medio de poleas.

CAPÍTULO SEGUNDO

Carácter de los laputienses. – Sus conocimientos. – El rey y su corte. – Recibimiento que hacen al autor. – Temores e inquietudes de sus habitantes. – Carácter de las mujeres.

Cuando llegué, me vi rodeado de una multitud de gentes, pero los más próximos a mí me parecieron los más importantes. Todos me miraban con admiración, lo mismo que yo a ellos, pues nunca había visto una raza de mortales con semejantes figuras, trajes y aspecto. Tenían la cabeza inclinada, unos hacia la derecha y otros a la izquierda, con un ojo mirando hacia adentro y el otro al cielo. Sus trajes estaban adornados con figuras del sol, la luna y las estrellas y entremezcladas con ellas, las de diversos instrumentos, tales como violones, flautas, arpas, trompetas, guitarras, clavicordios y muchos otros desconocidos en Europa. Vi también que a ciertas personas les rodeaban otras vestidas como criados, llevando cada uno una vejiga atada a un bastón corto, como si fuera un mayal. Dentro de tales vejigas llevaban, según me dijeron más tarde, cierta cantidad de guisantes secos o piedrecillas, y de vez en cuando golpeaban con ellas la boca o las orejas de los que tenían más próximos, práctica que, al principio, no pude explicarme.

Al parecer, aquellas gentes estaban tan abstraídas en profundas meditaciones, que siempre se hallaban en un estado de habitual distracción, de suerte que nadie podría hablar ni oír los discursos de otros si no se recurriese a alguna impresión exterior sobre los órganos de la palabra y del oído. Por esto, las personas de posibles, se hacían acompañar de un criado golpeador, *climenole* en la lengua de aquel país, que les servía de monitor, y sin el cual no salían nunca.

La obligación del golpeador consistía, pues, cuando se encontraban dos o tres personas, en golpear diestramente con la vejiga en la boca del que debía hablar, y en seguida, en el oído derecho de aquel o aquellos a quienes iba dirigido el discurso. Tales monitores no eran menos necesarios a sus amos cuando salían, pues habían de darles ligeros golpes en los ojos, cuando estaban a punto de caer en un precipicio, embestir contra un poste o de empujar o ser empujados al arroyo.

Esta explicación era indispensable, pues de lo contrario los lectores se hubieran encontrado en la misma perplejidad que yo para comprender los actos de aquellas gentes, en tanto me llevaban a la parte superior de la isla y al palacio real. Mientra subíamos, olvidaron muchas veces lo que hacían, y me abandonaban hasta que su memoria era despertada por el golpeador. Mi aspecto, mis extrañas vestiduras, las exclamaciones que despertaba entre el bajo pueblo, menos distraído que el resto de la nación, no parecían conmover a mis conductores.

Por fin entramos en el palacio real y fuimos llevados a presencia del rey. Su Majestad estaba sentado en un trono, rodeado de gentes de alta alcurnia. Antre el trono había una magnífica mesa llena de globos, esferas e instrumentos matemáticos de toda clase. El rey no advirtió mi presencia cuando entré, aunque la multitud que me acompañaba hizo un gran ruido, pues estaba entregado entonces a la resolución de un problema y hubimos de esperar al menos una hora a que Su Majestad terminase su operación.

Cerca del rey había dos pajes que tenían vejigas en la mano, y cuando Su Majestad terminó de trabajar, uno de ellos le golpeó suavemente en la boca y el otro en el oído derecho. Entonces pareció como si el rey se despertase sobresaltado y mirándome a mí y a los que me rodeaban, recordó lo que le habían dicho acerca de mi llegada poco antes. Dijo algunas palabras y en seguida, un joven armado de una vejiga se acercó a mí y me dió un ligero golpe en el oído derecho, pero yo traté de indicarle por señas que no necesitaba semejante instrumento, lo que dio al rey y toda su corte muy pobre idea de mi inteligencia. El rey me hizo varias preguntas y yo le contesté en todos los idiomas que conocía. Cuando comprendió que no podía entenderme ni yo entenderlos, ordenó que me condujesen a un vasto salón de su palacio, pues aquel príncipe se distinguía de entre sus antecesores por su hospitalidad para con los extranjeros.

Encargó a dos criados que se pusieran a mis órdenes, me sirvieron la comida y cuatro personajes de distinción me concedieron el honor de sentarse a mi mesa. Nos sirvieron dos entradas de seis platos; el primer servicio se compuso de un brazuelo de carnero cortado en forma de triángulo equilátero, de un trozo de buey en romboide y de un *puding* en cicloide. El segundo servicio constó de dos platos parecidos a violines, salchichas y morcillas como flautas y oboes y de un pecho de ternera figurando un arpa. Los criados que servían, cortaron el pan en forma de conos, cilindros y otras figuras geométricas.

Durante la comida, me tomé la libertad de preguntar el nombre de muchas cosas en su idioma y mis nobles comensales, gracias a la ayuda de sus golpeadores, se complacieron en contestar, con la esperanza de excitar mi admiración por su extraordinario talento si alguna vez podía conversar con ellos, así es que bien pronto pude pedir pan, vino y todo lo que necesitaba.

Después de la comida, se retiraron mis acompañantes y un hombre se acercó a mí en nombre del rey, con pluma, tinta y papel, seguido de un golpeador. Por signos, me dio a entender que tenía orden de enseñarme el idioma del país, y después de cuatro horas de estar en su compañía, pude escribir dos columnas formadas por gran número de palabras, junto con su traducción. Después me enseñó muchas frases cortas de las que me explicó su significado por medio de señas. Me enseñó también en uno de sus libros la imagen del sol, la luna, las estrellas, el zodíaco, los trópicos y los círculos polares, diciéndome a continuación la palabra en su idioma, así como toda clase de instrumentos musicales, con los términos de aquel arte aplicables a cada instrumento. Una vez terminada la lección, compuse una especie de diccionario con todas las palabras que había aprendido, y en pocos días, gracias a mi feliz memoria, supe, aunque muy a la ligera, el idioma laputiense.

La palabra que yo traduje por isla volante o flotante, es Laputa, mas no pude saber su verdadera etimología. En los idiomas antiguos ya muertos, *Lap* significa alto, y *untuh*, timonel, y de la unión de estas dos palabras, *lapuntuh*, decían que se derivaba, por corrupción, Laputa. Sin embargo, no estoy conforme con esa derivación, que me parece un poco forzada. Yo me atreví a ofrecer a los sabios del país una opinión, a saber: que Laputa venía de *Lap outed*, pues *Lap* significa el cabrilleo de los rayos del sol en el mar, y *outed*, ala. No obstante, no mantengo esta explicación y la ofrezco simplemente al juicioso lector.

Aquellos a quienes el rey me había confiado, al ver el mal estado de mis ropas, dispusieron que un sastre me tomase medida al día siguiente. Los sastres de aquel país ejercen su oficio de muy distinta manera que los de Europa. Primero, me tomó la altura con un cuarto de círculo, y después, con una regla y un compás, midió mi corpulencia y sacó la proporción de mis diferentes miembros, trasladando sus cálculos a un papel, pero al cabo de seis días me entregó un traje muy mal hecho, dándome como excusa que se había equivocado en sus cálculos, consolándome el observar que tales errores eran muy frecuentes y que nadie paraba su atención en mí.

Durante mi reclusión por falta de ropas y una indisposición que me duró algunos días, aumenté bastante mi diccionario y la primera vez que asistí a la corte, comprendí muchas cosas que el rey me dijo y, mal o bien, supe contestarle.

Su Majestad ordenó que avanzase su isla hacia Lagado, que es la capital de su reino en tierra firme, y a continuación a ciertas ciudades y pueblos, para recibir las peticiones de sus súbditos; para esto, se arrojaron numerosos bramantes con plomos en un extremo y el pueblo ataba sus memoriales; luego tiraban de ellos, de modo que parecía que cruzaban el aire una nube de cometas. Algunas veces, recibíamos vino y comestibles, que se subían por medio de poleas.

El conocimiento que tenía de las matemáticas, me ayudó mucho para comprender su manera de hablar y sus metáforas, tomadas, la mayor parte, de las matemáticas y de la música, que también entiendo un poco. Expresaban sus ideas por medio de líneas y figuras. Si, por ejemplo, querían alabar la belleza de una dama o de cualquier otro individuo del reino animal, la describían en términos geométricos o con palabras técnicas del arte musical, que sería inútil repetir aquí.

En las cocinas reales, descubrí toda clase de instrumentos musicales y matemáticos, y de acuerdo con ellos se cortaban las carnes que debían servirse a Su Majestad.

Sus casas estaban muy mal construidas; los muros nunca eran derechos, y en las habitaciones no había un solo ángulo regular. Este defecto provenía del desprecio que sentían aquellas gentes por la geometría práctica, considerada en aquel país como cosa vulgar y mecánica. Nunca había visto un pueblo tan necio, bobo y desmañado para todo lo referente a las acciones comunes de la vida. Las instrucciones que daban a los obreros eran de una naturaleza tan abstracta, que no podían comprenderlas y de ahí que se perpetuaran los errores. Además de esto, eran los peores razonadores del mundo, siempre dispuestos a contradecirse, a no ser que acertasen con la opinión justa, lo que sucedía rara vez. Aunque eran bastante hábiles para servirse de la pluma, el lápiz y el compás, concebían muy lenta e imperfectamente todo lo que no estuviese relacionado con las matemáticas o la música. Desconocían por completo cuanto se refiriera a la fantasía o a la invención, hasta el punto de que en sus diccionarios no figuraba ninguna palabra que expresase esas facultades y su inteligencia era muy limitada en cuanto no se relacionaba a las dos ciencias ya mencionadas.

Muchos de ellos, principalmente los que se dedicaban a la astronomía, caían en la astrología judiciaria, si bien no se atrevían a confesarlo públicamente. Pero lo que me pareció más sorprendente y aun casi inexplicable, fue la inclinación que tenían por la política y la curiosidad por todas las novedades; incesantemente hablaban de los asuntos del Estado, dando su opinión acerca de todas las cuestiones y defendiendo encarnizadamente cada punto de los programas del partido.

Frecuentemente he comprobado la misma inclinación en los matemáticos de Europa, pero que nunca he sabido encontrar la analogía entre las matemáticas y la política, a no ser que supongan que, como tanto los círculos grandes como los pequeños se dividen en los mismos grados, el que sabe razonar sobre una esfera trazada en el papel es capaz, igualmente, de razonar sobre la esfera terrestre, pero yo atribuyo más bien esa manía a la propensión que tienen los hombres a meterse en todo aquello que les toca menos de cerca y que con menos medios cuentan para estudiarlo.

Aquellas gentes parecían estar siempre inquietas y alarmadas, y el objeto de tales temores y preocupaciones era el que menos turba a los seres de los demás países: la alteración de los cuerpos celestes. Por ejemplo, pensaban que, acercándose la Tierra cada vez más al Sol, llegaría un día en que sería absorbida por este astro. Que la faz del Sol se iría cubriendo poco a poco de una costra formada por sus propias emanaciones y que entonces dejaría de alumbrar al mundo. Que si bien escapamos del choque con la cola del último cometa, el cual nos hubiera destrozado, no podríamos escapar del próximo, que, según sus cálculos, aparecería treinta y un años más tarde, porque en su perihelio recibiría del Sol un calor mil veces más intenso que el del hierro al rojo y al alejarse del Sol arrastraría una cola inflamada de ciento catorce mil millas de largo, y que si la Tierra la atravesaba, sería quemada y reducida a cenizas, aun cuando pasase a cien mil millas del núcleo del cometa.

También temían que al no poder reponer el Sol los elementos que mantienen su combustión, llegaría un momento en que se consumiese, amenazando destruir nuestro planeta y todos los que reciben la luz del Sol. Así es que siempre estaban alarmados, pensando en estos peligros y otros no menos amenazadores, temores que les impedían dormir tranquilos y entregarse a ninguna clase de distracciones.

Cuando se encontraban por las mañanas, se preguntaban unos a otros por el estado del Sol y qué aspecto tenía al ponerse y al salir.

Las mujeres de aquel país eran muy inquietas, despreciaban a sus maridos y les agradaba el trato con los extranjeros, de los que siempre había gran número al servicio de la corte, ya fuera por asuntos de las ciudades y corporaciones, ya por motivos privados; pero eran poco estimados, porque carecían de los conocimientos particularmente apreciados por los laputienses; no obstante, las damas elegían sus galanes entre ellos. Lo malo era que tenían demasiada seguridad en sus intrigas, porque los maridos estaban tan absorbidos en las especulaciones geométricas, que galanteaban a sus esposas ante ellos sin que lo advirtieran, a no ser que tuviesen una pluma en la mano o que el monitor estuviera a su lado.

Las mujeres y las jóvenes estaban muy disgustadas por verse confinadas en aquella isla, aunque ésta fuera el lugar más delicioso de la tierra y a pesar de que vivían con toda clase de comodidades y magnificencias. Podían recorrer la isla y hacer lo que les plugiese, pero siempre estaban deseosas de correr mundo y gustar los placeres de la capital, a la que les estaba prohibido ir sin permiso del rey, el que no obtenían fácilmente, porque los maridos habían comprobado que luego era casi imposible hacerlas regresar a Laputa.

Tal vez el lector crea que con esto quiero aludir a la mujer europea y acaso inglesa. Pero le ruego considere que los caprichos femeninos no están limitados a una sola parte del mundo ni a un solo clima; por el contrario, son más corrientes de lo que podría imaginarse.

En el espacio de un mes, hice progresos suficientes en el conocimiento del idioma para contestar a la mayor parte de las preguntas que me hacía el rey cuando tenía el honor de estar en su presencia.

Nunca sintió Su Majestad la menor curiosidad por conocer las leyes, historia, gobierno, religión o costumbres de mi país; limitándose a informarse del estado de las matemáticas en cada uno de los diferentes países, pero recibió mis contestaciones con desdén e indiferencia, aunque frecuentemente fue despertado por sus golpeadores.

CAPÍTULO TERCERO

Fenómeno explicado por la física y la astronomía modernas. – Grandes progresos de los laputiénses en astronomía. – Cómo sofocaba el rey las insurrecciones

Pedí permiso al rey para visitar las curiosidades de la isla, lo que me concedió graciosamente, disponiendo que me acompañase mi preceptor. Deseaba saber qué secreto natural o artificial era el principio de los diversos movimientos de la isla, y de ello haré un relato exacto.

La isla volante era perfectamente redonda, con un diámetro de 7.838 yardas, o sea cuatro millas y media; por consecuencia, su superficie era de cerca de diez mil acres. El fondo de aquella isla o superficie inferior, que es la que se veía desde abajo, era una gran bandeja de diamante pulido, de unos cuatrocientos pies de espesor, por encima de la cual se sucedían capas de diferentes minerales, en el orden acostumbrado, y el conjunto estaba recubierto de una capa de tierra de diez o doce pies de profundidad. El plano superior de la isla estaba inclinado desde la superficie al centro, de modo que todas las lluvias que caían sobre la isla eran conducidas por arroyuelos hacia el centro, donde iban a verter en cuatro grandes estanques de media milla de circunferencia y situados a doscientos pasos de distancia del centro de la llanura. El agua de estos estanques era evaporada por el calor solar durante el día, lo que impedía que se desbordasen. Además, como el monarca podía hacer que la isla se elevase por encima de las nubes y vapores terrestres, le era posible evitar la caída de las lluvias y del rocío, ya que todos los físicos reconocían que las nubes no podían elevarse a más de dos mil pies; por lo menos en lo que se refería a aquel país.

En el centro de la isla, había un agujero de unas cincuenta yardas de diámetro, por el cual descendían los astrónomos a una gran excavación que llamaban *Flandona Gagnole*, o Caverna de los astrónomos, que estaba a una profundidad de cien yardas a partir de la capa de diamante. En aquella caverna ardían sin cesar veinte lámparas, pero debido a la reverberación del diamante, expandían gran luz por todas partes. Tal lugar estaba provisto de sextantes, cuadrantes, telescopios, astrolabios y otros instrumentos astronómicos, pero la mayor curiosidad, de la cual dependía incluso el destino de la isla, era un imán de un tamaño prodigioso, tallado en forma de lanzadera de tejedor. Tenía seis yardas de ancho y tres por su parte más gruesa. Aquel imán estaba suspendido de un gran eje de diamante que atravesaba la piedra por su centro, sobre el cual giraba, y estaba tan bien nivelada, que el roce más leve la hubiera hecho girar. La piedra estaba rodeada por un círculo hueco de diamante de cuatro pies de grueso y doce yardas de diámetro, colocado horizontalmente sobre ocho pedestales de diamante, de seis yardas de altura cada uno. En la parte cóncava del círculo había una muesca de doce pulgadas de profundidad, en la cual estaban colocados los extremos del eje, haciéndosele girar a voluntad.

Ninguna fuerza podía desplazar aquella piedra, porque el aro y los pies que lo sostenían eran de la misma pieza que el cuerpo de diamante que constituía la base de la isla.

Por medio de aquel imán se hacía subir, bajar y cambiar la isla de lugar, porque aquella piedra, con relación a las tierras que gobernaba el monarca, tenía por un lado poder atractivo y por el otro, repulsivo, de modo que volviendo la parte atractiva hacia tierra, la isla descendía, pero si dirigían la repelente, ascendía. Cuando ponían la piedra en posición oblicua la isla se movía en igual dirección, porque en aquel imán las fuerzas actuaban paralelamente, y por medio de este movimiento oblicuo, la isla podía dirigirse a los diferentes lugares de los dominios del monarca. Para dar una idea del procedimiento que empleaban supongamos que la línea AB representa el eje de los dominios de Balnibarbi, y que la CD representa el imán, de modo que el extremo D indique el polo repelente y el C el atrayente; estando la isla sobre la línea C y colocando la piedra en la posición CD con la extremidad repelente hacia abajo, la isla subiría oblicuamente hacia D. Si al llegar a D se volviera la piedra sobre su eje de modo que su extremidad atractiva se dirigiera oblicuamente hacia E, entonces la isla se dirigiría oblicuamente hacia E, y si al llegar a ese punto girase la piedra de modo que quedara en la dirección EF con la punta repelente hacia abajo, la isla se elevaría oblicuamente hacia F y si al llegar a aquel punto se volviera la punta atractiva hacia G la isla iría a G y de G a H volviendo la piedra de modo que apuntase hacia abajo su extremo repelente. Así, cambiando la posición de la piedra, se conseguía hacer subir y bajar la isla en una posición oblicua (la oblicuidad era poco considerable) y por esos movimientos alternativos, era trasladada de un lugar a otro del reino.

He de hacer observar, sin embargo, que la isla no podía moverse más que en cierta extensión, ni elevarse a más de cuatro millas. Los astrónomos, que habían escrito gran número de volúmenes acerca de la piedra imán, explicaban este hecho del modo siguiente: La atracción magnética —decían—, no se extendía a más de cuatro millas de distancia, y el mineral que actuaba desde el centro de la tierra y desde el mar, a seis leguas de la orilla, no existía en toda la tierra, sino solamente en los dominios de Balnibarbi. Tal situación hizo posible que el príncipe sometiese a los territorios que se encontraban bajo la influencia del imán.

Aquel imán estaba al cuidado de algunos astrónomos, que lo movían en las direcciones que les indicaba el rey. Tales gentes pasaban la mayor parte del tiempo en hacer observaciones celestes con anteojos mucho mejores que los nuestros, pues aunque sus telescopios no excedían de tres pies, aumentaban los objetos más que los de cien pies que tenemos nosotros, y veían con ellos más claramente las estrellas. Esta ventaja les había permitido extender sus descubrimientos más allá que los astrónomos europeos, pues habían contado ya diez mil estrellas fijas, en tanto que nosotros no conocemos sino la tercera parte de este número. Además habían descubierto dos estrellas menores o satélites de Marte, de las cuales, la menor distaba de la Tierra exactamente una distancia igual a tres veces su diámetro, y la más lejana, a una distancia cinco veces mayor que el mismo diámetro. La primera hacía su revolución en diez horas, y la segunda, en veintiuna horas y media, de modo que los cuadrados de sus períodos estaban en la misma proporción que los cubos de su distancia al centro de Marte, lo que probaba que estaban gobernados por la misma ley de gravitación que los demás cuerpos celestes.

Habían observado también noventa y tres cometas diferentes y fijado sus períodos con gran exactitud. Si esto fuera cierto (y ellos lo afirmaban con gran confianza) sería de desear que fuesen publicadas sus observaciones, porque la teoría de los cometas, hasta hoy muy imperfecta e incompleta, llegaría a un grado de perfección igual al de otras partes de la astronomía.

El rey de Balnibarbi podría ser el monarca más absoluto del universo si encontrase un ministerio que secundase sus planes, pero como ellos tenían sus tierras en el continente y sabían cuán pasajero es el favor de los príncipes, se libraban bien de perjudicarse a sí mismos, atentando contra la libertad de sus compatriotas.

Si alguna ciudad se sublevaba, o se negaba a pagar los impuestos, el rey disponía de dos medios para reducirla. El primero y más moderado consistía en suspender la isla por encima de la ciudad rebelde y sus alrededores, privándola de los rayos solares y de la lluvia, y en consecuencia, los habitantes padecían epidemias y carestía de agua. Pero si el crimen lo merecía, al mismo tiempo se les arrojaban piedras desde lo alto de la isla, contra las que no podían defenderse sino encerrándose en cuevas, mientras los tejados de sus casas se derrumbaban.

Si persistían en su obstinación, o amenazaban con rebelarse, el rey recurría entonces al segundo recurso, o sea, dejaba caer la isla a plomo sobre sus cabezas, destruyendo al mismo tiempo la ciudad y sus habitantes. Sin embargo, raras veces se había visto obligado el monarca a emplear este extremo, y los ministros no se lo aconsejaban tampoco, ya que tan violento proceder les haría odiosos ante el pueblo y redundaría en perjuicio de sus bienes, que estaban en el continente, porque la isla era propiedad del rey.

Además existía otra razón de más peso para que los reyes de aquel país procurasen evitar este último castigo, y los ministros sólo se lo aconsejasen en caso de extrema necesidad; porque si la ciudad que se trataba de destruir tenía grandes rocas (como sucedía en realidad, ya que la mayor parte de ellas se habían construido junto a montañas para ponerse al abrigo de semejante catástrofe), una caída rápida hubiera podido romper la base de la isla, que aunque estaba formada por un diamante de cuatrocientos pies de espesor, podría quebrarse por un choque violento, o bien fundirse al ponerse en contacto con los hogares de la ciudad, como frecuentemente ocurre con los tubos de nuestras chimeneas de piedra o de hierro; también podía ocurrir lo mismo si tenía gran número de campanarios u obeliscos de piedra.

Los habitantes, que no ignoraban nada de esto, sabían también hasta qué extremo podían llevar su obstinación en defensa de su libertad.

El mismo rey, aunque estuviese muy irritado, cuando decidía reducir a polvo una ciudad, hacía descender su isla suavemente, temeroso, según él, de acabar con sus habitantes, pero en realidad para que la plancha de diamante no se rompiese, porque, según los sabios, si llegase a ocurrir esto, el imán ya no podría sostener la isla y caería a tierra. Una ley fundamental prohibía salir de la isla al rey y sus dos hijos, así como a la reina mientras pudiese tener hijos.

CAPÍTULO CUARTO

El autor sale de Laputa y es llevado a Balnibarbi. – Su llegada a la capital. – Descripción de esta ciudad y sus alrededores. – Le recibe bondadosamente un gran señor. – Su conversación con este señor.

Aunque no puedo decir que me tratasen mal en aquella isla, confieso, sin embargo, que me sentía preterido y un tanto menospreciado, pues el príncipe y el pueblo no se ocupaban más que de matemáticas y de música, y como mis conocimientos acerca de tales materias eran muy inferiores a los suyos, no me tenían, por lo tanto, en gran estima.

Por otra parte, habiendo visto ya todas las particularidades de la isla, tenía grandes deseos de dejarla; además, estaba ya cansado de aquellos insulares aéreos. Ciertamente que se distinguían por sus conocimiento de las ciencias que yo conocía, pero estaban siempre tan absortos en sus especulaciones, que nunca me había encontrado bien en tan triste compañía. No pude hablar más que con mujeres, artesanos, monitores o golpeadores y pajes de la corte durante los dos meses que permanecía en Laputa, lo que aumentó el desprecio que sentían por mí; pero sólo de estas gentes podía obtener contestaciones razonables.

Había en la corte un gran señor, favorito del rey, y por esta sola razón era tratado con respeto, ya que generalmente se le consideraba como uno de los más estúpidos e ignorantes de Laputa. Había prestado valiosos servicios al Estado y poseía grandes dotes naturales y adquiridas, pero tenía tan mal oído para la música, que sus detractores afirmaban que más de una vez le habían visto llevar el compás a destiempo; en cuanto a las matemáticas, difícilmente habían podido enseñarle sus maestros las más fáciles proposiciones matemáticas.

Aquel señor me dio mil pruebas de su amistad y frecuentemente me hizo el honor de visitarme, en su deseo de informarse acerca de los asuntos de Europa y de conocer las costumbres, leyes y ciencias de los diferentes países que yo había visitado. Siempre me escuchaba con mucha atención y hacía muy juiciosas observaciones acerca de todo lo que le decía. Por pura fórmula le seguían dos monitores, cuyos servicios utilizaba en la corte o en las visitas de ceremonia, pero cuando venía a verme los despedía siempre.

Supliqué a este señor que intercediese cerca de Su Majestad para que me permitiese partir; y me concedió este favor, no sin disgusto por su parte, según tuvo la bondad de decirme, y me hizo ofertas muy ventajosas para mí, que rehusé expresándole mi reconocimiento.

El 16 de febrero me despedí de Su Majestad, que me hizo un regalo de doscientas guineas, y mi protector me hizo otro muy importante, dándome también una carta de recomendación para uno de sus amigos de Lagado, capital de Balnibarbi. Como entonces pasaba la isla por encima de una montaña, descendí desde la última galería por el mismo medio empleado cuando llegué a ella.

El dominio continental del rey de Laputa llevaba el nombre de Balnibarbi, y la capital, como ya he dicho, el de Lagado. Al encontrarme en tierra nuevamente, experimenté gran satisfacción. Me dirigí hacia la ciudad sin ningún temor, pues iba vestido como sus habitantes y conocía su idioma lo suficiente para hablarles. No tardé en encontrar el domicilio de la persona a quien iba recomendado. Le entregué la carta de su amigo y me recibió muy bien. Aquel gran señor balnibarbo, que se llamaba Munodi, me ofreció unas magníficas habitaciones en su casa, y en ellas viví durante el tiempo que permanecí en aquel país, recibiendo un trato muy hospitalario.

A la mañana siguiente de mi llegada, Munodi salió conmigo en carruaje para enseñarme la ciudad, que venía a ser como la mitad de Londres, pero las casas me parecieron muy extrañamente edificadas y la mayor parte estaban en ruinas. Las gentes, cubiertas de harapos, andaban por las calles con paso rápido, la mirada fija y el aspecto huraño. Atravesamos una de las puertas de la ciudad y salimos unas tres millas al campo, donde vi muchos obreros trabajando la tierra con toda clase de instrumentos, si bien no pude adivinar lo que hacían, ya que no vi la menor apariencia de hierba ni de granos, a pesar de que la tierra parecía excelente. Rogué a mi acompañante que me explicase cuál era el fin que perseguían tantas cabezas y brazos aparentemente muy ocupados en la ciudad y en el campo, pues no advertía el resultado de su actividad; por el contrario, nunca había visto tierras tan mal cultivadas, casas en tan lamentable estado, ni gentes que por su expresión y sus ropas diesen más indicios de estar sumidas en la más profunda miseria.

El señor Munodi era persona de alto rango y durante muchos años había sido gobernador de Lagado, pero por las intrigas de los ministros, había sido relevado por su incapacidad. Sin embargo, el rey le trataba bondadosamente, y le consideraba como hombre de rectas intenciones, pero de inteligencia limitada. A la franca censura que hacía del país y sus habitantes, no me contestó sino que yo no llevaba entre ellos tiempo bastante para conocerlos, y que todos los países del mundo tenían sus costumbres peculiares, añadiendo otros lugares comunes semejantes; pero cuando regresamos a su casa, me preguntó qué me parecía su palacio, qué absurdos apreciaba en él y qué tenía que decir de los vestidos y aspecto de su servidumbre. Podía hacerme con toda confianza esta pregunta, porque en su casa todo era magnífico, correcto y agradable. Respondí que su alcurnia, su prudencia y sus riquezas le habían eximido de todos los defectos que la insensatez y la miseria habían engendrado entre los demás. Díjome entonces que si quería acompañarle a su casa de campo, que estaba a veinte millas de la ciudad, dispondría de más tiempo para hablar conmigo de todas aquellas cosas. Contesté a Su Excelencia que estaba a sus órdenes; por lo tanto, partimos al día siguiente, por la mañana.

Durante el viaje, me hizo observar los diferentes métodos empleados por los labradores para cultivar sus tierras, mas no pude comprender su mérito, porque, exceptuando algunas parcelas, no había podido ver ni una espiga de trigo ni una brizna de hierba. Pero después de haber caminado durante tres horas, el aspecto cambió totalmente. Entonces entramos en una bellísima campiña. Las casas de los granjeros estaban muy próximas unas a otras y muy bien edificadas; los campos estaban cercados y vi trigales, viñedos y praderas. No recordaba haber visto nunca unos campos que ofreciesen mejor aspecto.

Munodi, que observaba mi rostro, me dijo que allí comenzaban sus posesiones, y que todo seguiría igual hasta que llegásemos a su casa.

—Mis compatriotas —dijo— me ridiculizan y desprecian porque no llevo mejor mis asuntos, y aseguran que doy mal ejemplo; ejemplo que no siguen sino algunos viejos débiles y porfiados como yo.

Por fin llegamos a su palacio, que me pareció un magnífico edificio, construido con las reglas más antiguas de la arquitectura. Las fuentes, jardines, paseos, avenidas y arriates estaban dispuestos con mucho gusto y sentido. Elogié cada cosa como se merecía, mas Su Excelencia no paró su atención en mis alabanzas. Después de comer, cuando quedamos solos, me dijo con triste acento que aún no sabía si tendría que derribar sus casas de la ciudad y del campo para reconstruirlas con arreglo a la moda del país, destruir todas sus plantaciones para cultivarlas conforme al estilo moderno, y ordenar a sus colonos que siguiesen las mismas normas. Añadió que si no obraba de esta forma, pasaría por hombre orgulloso, raro, ignorante y caprichoso, exponiéndose, además, a hacer más patente el descontento de Su Majestad con él. Me dijo también que mi asombro por las cosas que contaba cesaría cuando conociese algunas particularidades, de las cuales no debía de haber oído hablar en la corte, porque aquellas gentes estaban siempre demasiado abstraídas en sus especulaciones para ocuparse de lo que pasaba en niveles inferiores al suyo.

He aquí un breve resumen de lo que me contó: Hacía unos cuarenta años. ciertas personas fueron a Laputa en viaje de placer, y después de una estancia de cinco meses, regresaron a tierra firme poseyendo un ligero barniz de matemáticas y una fuerte dosis de visiones fantásticas adquiridas en aquella región aérea. Tales personas, a su regreso, comenzaron por desaprobar todo lo que se hacía en el continente y concibieron el proyecto de reformar las artes y las ciencias. A este efecto, obtuvieron autorización para fundar una academia en Lagado, y poco después se extendió de tal modo la manía de las academias, que no había ninguna ciudad en el reino no tuviera la suya.

En aquellas academias o colegios, los profesores habían discurrido nuevos sistemas para la agricultura y la arquitectura, y nuevos instrumentos y herramientas para todos los oficios y manufacturas, por medio de las cuales, un hombre podía trabajar tanto como diez, y en una semana podía edificarse una casa con materiales tan sólidos, que duraría eternamente, sin necesidad de repararla. Todos los frutos de la tierra nacerían en todas las estaciones, y cien veces mayores que hasta entonces; en fin, tenían en estudio una serie de proyectos admirables. El único inconveniente consistía en que ninguno de aquellos proyectos estaba aún perfeccionado y, entre tanto, los campos estaban devastados, las casas, arruinadas, y el pueblo no tenía pan ni vestidos. En lugar de desalentarles tales resultados, aún se animaban más a proseguir con semejantes sistemas, empujados, unas veces, por la esperanza, y otras, por la desesperación. En cuanto a él, no siendo un espíritu emprendedor, se había limitado a seguir con los sistemas antiguos y a vivir en las casas edificadas por sus antepasados, no aceptando ninguna innovación. También me dijo que un corto número de personas de calidad habían seguido su ejemplo, pero que se les miraba con menosprecio y malevolencia, como si fuesen enemigos de las artes, e ignorantes y malos ciudadanos, que preferían su comodidad y pereza al mejoramiento general del país.

Su Excelencia añadió que no quería privarme, dándome más detalles, del placer que experimentaría al visitar la gran academia. Sólo me llamó la atención sobre un edificio ruinoso situado en la ladera de la montaña, a media milla de su finca, y me contó la historia de aquel edificio. Tenía él un molino que era movido por la corriente de un gran río, suficiente para su casa, y un gran número de arrendatarios. Unos siete años antes, fue a visitarle una junta de ingenieros para proponerle que derribase el molino y edificase otro en la ladera de la montaña, en cuya cima se abriría un largo canal para depósito de agua, la cual se elevaría por medio de tuberías y maquinaria. El viento y el aire agitarían el agua en la cima de la montaña haciéndola más fluida, y al descender de la cima, movería el molino con la mitad de volumen que si la corriente estuviera a nivel.

Como el señor Munodi no era muy bien visto en la corte, porque hasta entonces no había aceptado ningún nuevo sistema, y obligado por numerosos amigos, accedió al proyecto, pero después de haber trabajo durante dos años, fracasó la obra y los proyectistas se marcharon, acusándolo del fracaso. Desde entonces, tuvo que aguantar toda clase de burlas, a pesar de que los proyectistas fracasaron con cuantas personas aceptaron la misma proposición.

Pocos días después, regresamos a la ciudad, y considerando Su Excelencia que no le recibirían con agrado en la academia, encomendó a otra persona que me acompañase. Me presentó a ésta como un gran admirador de novedades y espíritu curioso y crédulo, en lo que acaso no estuviese desprovisto de razón, porque yo también había sido algo proyectista en mi juventud.

CAPÍTULO QUINTO

El autor obtiene permiso para visitar la gran academia de Lagado. – Descripción detallada de esta academia. – Artes y ciencias a que se dedicaban los profesores.

La academia no ocupaba un solo cuerpo de edificio, sino una serie de casas a ambos lados de una calle, que fueron compradas cuando estaban deshabitadas para destinarlas a tal fin. Me recibió el conserje muy amablemente y volví a la academia muchos días seguidos. En cada habitación de aquellos edificios había uno o más proyectistas, y creo que había alrededor de quinientas habitaciones. El primer académico que vi, era delgado y de figura mezquina; tenía el rostro y las manos de color de hollín; los cabellos y la barba, muy largos, y la camisa, del mismo color que su piel. Llevaba ocho años estudiando un proyecto para extraer de los pepinos los rayos del sol y encerrarlos herméticamente en botellas para que pudiesen caldear el ambiente cuando los veranos fuesen húmedos y fríos. Me dijo que en otros ocho años podría facilitar para los jardines del gobernador rayos de sol a un precio razonable, pero se lamentaba de que disponía de poco dinero, porque los pepinos habían estado muy caros aquel año, y me rogó que le diese alguna cosa para estimularlo en su trabajo. Le hice un pequeño regalo, pues mi huésped me había entregado algún dinero, porque sabía que aquellos sabios acostumbraban pedir a sus visitantes.

Pasé después a otra habitación, pero salí casi en seguida de ella, medio asfixiado por un olor insoportable. Mi acompañante me obligó a entrar de nuevo, diciéndome en voz baja que me abstuviese de ofender a un hombre que se haría célebre, así es que no me atreví ni a arrugar la nariz. El proyectista que se alojaba en aquella habitación era el más antiguo de la academia; su rostro y su barba eran de color amarillo claro, y sus manos y ropas estaban cubiertas de basura. Cuando me presentaron a él, me abrazó estrechamente, pero muy gustoso hubiera prescindido yo de tal cumplimiento. Desde su entrada en la academia, se ocupaba en intentar devolver su forma primitiva a los excrementos humanos, separando las diversas partes y depurando el líquido que recibe de la hiel el excremento, que es el que produce el mal olor; luego evaporaba este mal olor y extraía la espuma salival. Para sus experimentos se le entregaba cada semana un recipiente lleno de materias, del tamaño de un barril de Bristol.

Vi a otro ocupado en calcinar hielo para extraer, según decía, un magnífico salitre muy apropiado para fabricar pólvora, y me enseñó un libro que intentaba publicar acerca de la maleabilidad del fuego.

A continuación, vi un ingenioso arquitecto que había descubierto un procedimiento nuevo para edificar las casas comenzando por el tejado y terminando por los cimientos, procedimiento que justificaba con el ejemplo de los insectos reconocidos como más prudentes, o sean, las abejas y las arañas.

Había otro, ciego de nacimiento, y cuyos ayudantes eran ciegos también, que se ocupaban en preparar colores para los pintores. Este maestro les enseñaba a distinguirlos por el tacto y el olfato. Desgraciadamente para mí, cuando les vi entregados a su trabajo no demostraron ser muy diestros en él, y aun el mismo maestro se equivocó generalmente en la composición de colores.

En otra habitación, me divirtió en grado sumo el inventor de un secreto para labrar la tierra por medio de cerdos, ahorrando así los gastos de caballos, bueyes, arados y braceros. He aquí su método: en la superficie de un acre se enterraban, de seis en seis pulgadas, determinada cantidad de bellotas, dátiles, castañas y otros frutos predilectos de los cerdos; a continuación se soltaban en el campo seiscientos y más de estos animales y escarbando y hozando, en poco tiempo dejaban el terreno en situación de sembrarlo, abonándolo al propio tiempo con sus excrementos. Por desgracia, cuando se experimentó, advirtióse que era un procedimiento muy costoso y difícil de aplicar; y en otros campos no produjo casi nada; no obstante, seguían confiando en que tal invento era susceptible de perfeccionamiento.

Pasé a otra habitación, tapizada toda ella con telas de araña, que apenas dejaban espacio suficiente para que el inventor entrase en ella. Desde que nos vio, comenzó a gritar: —Tened cuidado con mis trabajadoras.— Se lamentaba de la fatal equivocación del género humano al emplear gusanos de seda, habiendo a su disposición tantos insectos domésticos superiores a ellos y que sabían, no sólo hilar, sino tejer. Me dijo también que empleando telas de araña podían incluso ahorrarse los gastos de teñir los tejidos; de lo que me convenció, cuando me enseñó gran número de moscas de distintos colores que servían de alimento a las arañas, y como disponía de todas las gamas, esperaba atender a todos los gustos cuando encontrase para sus moscas un alimento a base de goma, aceite u otro aglutinante indispensable para dar la necesaria consistencia a los hilos de araña.

A continuación, vi un célebre astrónomo que intentaba colocar un gran reloj de sol en la torre del Ayuntamiento ajustando los movimientos diurnos y anuales de la Tierra y del Sol de modo que correspondiesen con los movimientos accidentales de la veleta.

Poco después, me entristecí grandemente cuando mi acompañante me introdujo en la habitación de un médico que había alcanzado la celebridad por haber encontrado el secreto para curar los cólicos empleando una máquina que actuaba en sentido contrario a los intestinos. Consistía esta máquina en un fuelle cuyo tubo, muy largo y delgado, era de marfil; introducía este tubo muchas veces hasta seis pulgadas, y pretendía con esa especie de ayuda, expulsar todos los vientos interiores y purgar y dejar las entrañas tan lisas como una vejiga vacía. Cuando el mal era muy violento, introducía el tubo estando el fuelle lleno de viento y lo vaciaba en el cuerpo del enfermo, luego lo retiraba para llenarlo de nuevo, tapando, entretando, el ano con el pulgar, y después de repetir la operación tres o cuatro veces, el viento introducido salía violentamente arrastrando todos los vapores nocivos, del mismo modo como el agua limpia los conductos de una bomba, y el enfermo curaba. Le vi hacer los dos experimentos con un perro, mas no pude advertir ningún efecto empleando el primer sistema. En cuanto al segundo, cuando parecía que el animal iba a estallar, hizo una descarga tan terrible, que nos alcanzaron a todos sus desagradables consecuencias, pero el perro murió en seguida y nosotros nos alejamos dejando al doctor ocupado en resucitarlo por aquel sistema.

Visité aún muchas más habitaciones, pero para no fatigar al lector con el relato de las cosas curiosas que comprobé, relato sólo unas cuantas, breve y concisamente.

Hasta este momento no había visitado sino la parte de la academia consagrada a los inventos mecánicos; la otra parta estaba destinada a los que se dedicaban a las ciencias abstractas, y me ocuparé de ellos después de dar a conocer un personaje perteneciente a la primera división, al que se conocía por el nombre de artista universal. Nos dijo que había pasado treinta años reflexionando sobre los medios de mejorar la vida humana. Tenía dos grandes habitaciones llenas de curiosidades y trabajaban a sus órdenes cincuenta operarios; unos condensando aire para hacerlo tangible, extrayéndole el nitrógeno y dejando evaporar la partes acuosas y fluidas; otros, ablandando el mármol para confeccionar con él almohadas y pelotas; otros petrificando los cascos de un caballo vivo para evitar que se enclavase. En cuanto al jefe, se ocupaba en dos grandes proyectos: el primero, consistía en sembrar las tierras con un rastrojo que contenía, según él, la verdadera virtud seminal, como demostraba con una serie de experimentos que no tuve la bastante inteligencia para comprender; el otro proyecto consistía en evitar, por medio de cierta composición en la que entraban goma, minerales y vegetales, el crecimiento de la lana en los corderitos, y esperaba que, al cabo de un tiempo prudencial, podría propagar por el país una raza de corderos sin vellón.

Luego de atravesar un jardín, nos encontramos en la otra parte de la academia, donde, como ya dije, residían los sabios abstractos.

El primer profesor que vi, estaba en una gran habitación rodeado de cuarenta discípulos. Después de cambiados los primeros saludos, y como advirtiese que miraba atentamente un tablero que ocupaba casi toda la habitación, me dijo que acaso me sorprendiese saber que en aquel momento abrigaba el proyecto de perfeccionar las ciencias especulativas por medio de operaciones mecánicas. Esperaba que el mundo no tardase en reconocer la utilidad de su sistema, y se ufanaba de haber tenido el pensamiento más noble que hubiese albergado jamás cerebro humano. Todos sabemos cuán laborioso es el método corriente empleado para llegar a conocer artes y ciencias; sin embargo, gracias a aquellos inventos, la persona más ignorante, por un módico precio y mediante un ligero ejercicio corporal, podría escribir libros de filosofía, poesía y tratados sobre política, teología y matemáticas, sin necesidad de recurrir a la inteligencia ni al estudio. Luego me llevó al tablero, alrededor del cual estaban alineados sus discípulos.

Este tablero medía veinte pies cuadrados, y su superficie se componía de varios trozos de madera casi del grueso de un dedo, si bien algunos de ellos eran algo mayores. Todos estaban ensartados en alambres de latón muy finos. Las maderas estaban forradas de papel por todos sus lados, y sobre estos papeles se habían escrito todas las palabras del idioma en sus distintos modos, tiempos y declinaciones, pero sin guardar orden alguno. El maestro me invitó a que prestase atención, porque iba a poner en movimiento la máquina. A una orden suya, cada uno de los discípulos tomó una manivela de hierro que, en número de cuarenta, estaban fijas a lo largo del tablero, y las hicieron girar para cambiar totalmente la disposición de las palabras. Entonces, el profesor dispuso que treinta y seis de sus alumnos leyesen las líneas a medida que aparecían en el tablero, y cuando encontraban tres o cuatro palabras que podían formar parte de una frase, las dictaba a los otros cuatro jóvenes, que actuaban como secretarios. Tal trabajo se emprendió tres o cuatro veces, y en cada vuelta se cambiaba por completo, de arriba a abajo, el orden de las palabras.

Los discípulos dedicaban seis horas diarias a esa tarea, y el profesor me enseñó muchos volúmenes *in folio* de frases deshilvanadas que tenía recogidas, las cuales pensaba enlazar, esperando obtener de tan ricos materiales una obra completa de estudio sobre todas las ciencias y artes, la cual podría activarse y llevarla a muy alto grado de perfección si las gentes le proveyesen de los fondos necesarios para instalar quinientas máquinas como aquélla por todo el reino, y si se obligase a los directores de tales establecimientos a aportar sus colecciones.

Expresé mi humilde reconocimiento a tan ilustre personaje por las manifestaciones que me había hecho, y le prometí, si podía regresar a mi país, hacerle justicia entre mis compatriotas proclamándole único inventor de tan maravillosa máquina. También dije al académico que, no obstante la costumbre entre los sabios de Europa, de robarse mutuamente los inventos, lo que es causa de que siempre surjan dudas acerca del verdadero inventor, tomaría yo tales precauciones, que toda la gloria de su descubrimiento le pertenecería por entero.

Desde allí, nos dirigimos a la sección de idiomas, donde tres profesores conferenciaban acerca del perfeccionamiento del de aquel país.

Su primitivo proyecto consistía en abreviar los discursos reduciendo a monosílabos los polisílabos y suprimiendo los verbos y participios, pues, realmente, todas las cosas imaginables eran nombres y sólo nombres. El otro proyecto consistía en suprimir toda clase de palabras; este sistema tenía grandes ventajas para la salud y la brevedad.

Es evidente que cada palabra que se pronuncia disminuye en cierto grado nuestros pulmones por la acción corrosiva de la palabra, acortando, por lo tanto, nuestra vida; en consecuencia se propuso que, siendo las palabras el nombre de las cosas, cada persona llevase consigo todos los objetos a que hubiese de referirse en los negocios y en las discusiones. Tal proyecto se hubiera aprobado indudablemente con gran beneficio para la salud y la comodidad de los individuos, si las mujeres, el vulgo y los ignorantes no hubiesen amenazado con sublevarse si no se les permitía hablar con la lengua, como habían hecho sus abuelos, de donde se infiere que el vulgo siempre ha sido el enemigo irreconciliable de la ciencia. Sin embargo, algunos de los más inteligentes y doctos hacían uso del nuevo método, que sólo tenía el inconveniente para ellos de que cuando habían de tratar de varios asuntos, estaban obligados a transportar fardos enormes a la espalda, si no disponían de medios para contratar los servicios de dos criados que les aliviasen de tal trabajo. Frecuentemente vi a algunos de esos sabios abrumados bajo el peso de su carga, que llevaban a la manera de nuestros buhoneros, encontrarse en la calle, dejar la carga en tierra, abrir los sacos, y después de una hora de conversación, ayudarse mutuamente a cargarse, y despedirse.

Para las conversaciones corrientes, era fácil llevar en los bolsillos y bajo el brazo los objetos que pudieran necesitarse, y en las habitaciones donde debían reunirse varias personas para hablar por este sistema, había siempre todo cuanto pudieran necesitar.

Otra ventaja de tal invento era que podría servir de idioma universal para todas las naciones civilizadas, ya que los utensilios y herramientas eran iguales en todos los países, y, por lo tanto, no habría ya necesidad de aprender idiomas extranjeros.

Desde aquella sección, pasamos a la de matemáticas, cuyo profesor, para enseñar a sus discípulos, se servía de un sistema que jamás hubiéramos discurrido los europeos. Cada demostración se escribía en una oblea con una tinta compuesta de tintura cefálica. El alumno comía en ayunas la oblea y durante tres días no tomaba sino pan y agua, y mientras se hacía la digestión de la oblea, la tintura cefálica subía al cerebro llevando la proposición. Sin embargo, no habían conseguido aún mucho éxito, pero, según decían, era debido a que habían padecido un ligero error en el *quantum satis*, es decir, en los ingredientes que entraban en su composición; o bien porque los alumnos, rebeldes e indóciles, en lugar de tragarse las obleas, que les parecían nauseabundas, las tiraban al suelo, y, en caso de que las tomasen, las devolvían antes de que produjesen efecto; también lo achacaban a que no guardaban la abstinencia prescrita.

CAPÍTULO SEXTO

Continúa la descripción de la academia. – El autor propone algunas mejoras que son favorablemente acogidas.

A continuación visité la sección de política, pero no quedé muy satisfecho de ella. Todos los profesores me parecieron locos, y este estado me ha inspirado siempre gran tristeza. Aquellos pobres desgraciados formulaban planes para que los reyes escogiesen sus favoritos entre los más sabios, capaces y virtuosos; también querían enseñar que los ministros considerasen solamente el bien público, y recompensasen el mérito, el saber, la habilidad y los servicios importantes prestados al Estado. Pretendían demostrar a los príncipes que su interés y el del pueblo descansaban en la misma base, y que no debían otorgar los cargos públicos sino a personas dotadas de cualidades convenientes para desempeñarlos. En fin, soñaban con otras muchas quimeras imposibles de alcanzar, y que jamás se le habían ocurrido a nadie.

Mas para hacer justicia a esa sección de la academia, debo hacer constar que no todos sus miembros eran tan visionarios. Encontré en ella un eminente médico que me pareció muy versado en el arte de gobernar. Este ilustre doctor había empleado útilmente sus conocimientos en encontrar remedios eficaces para las diversas enfermedades a que están sujetas las distintas ramas de la administración, ya sea por los vicios y flaquezas de los gobernantes, ya por las ligerezas de los que deben obedecer. Por ejemplo, todos los filósofos están conformes en reconocer que existe cierto parecido entre el cuerpo humano y el cuerpo político, y parece evidente, por lo tanto, que la salud de uno y otro debe ser preservada o restablecida por los mismos remedios. Se reconoce que los senados y grandes consejos frecuentemente están aquejados de humores pletóricos, ardientes y otros humores viciosos; de numerosas enfermedades de la cabeza; de un número aún mayor de enfermedades del corazón, que producen fuertes convulsiones y dolorosas contracciones de los nervios de las manos, sobre todo en la derecha; afecciones esplénicas, flatuosidades, vértigos, delirios, tumores escrofulosos llenos de materia purulenta, acideces, hambre canina, digestiones laboriosas y otros males que sería inútil enumerar. Aquel doctor proponía, pues, que cuando los principales cuerpos del Estado se reuniesen, asistieran a sus tres primeras sesiones médicos nombrados expresamente para tal fin, y que al final de los debates tomarían el pulso a cada senador o legislador. Tales médicos deberían celebrar luego una consulta acerca de la naturaleza de las enfermedades y del tratamiento apropiado para ellas, y asistir a la cuarta sesión acompañados por farmacéuticos que llevarían las drogas necesarias para administrar a cada miembro, antes de la apertura de los debates, remedios astringentes, paliativos, laxativos, cefalálgicos, histéricos, etc., según la naturaleza del mal; y de acuerdo con el efecto que produjesen, habían de repetir, suspender o cambiar los remedios.

Tal proyecto no podía ocasionar grandes gastos, y, según mi modesta opinión, sería muy útil para acelerar los asuntos en los países donde grandes asambleas toman parte en la legislación, pues provocaría la unanimidad abreviando, en consecuencia, las discusiones; abriría bocas que siempre permanecían cerradas y se cerrarían otras que están abiertas demasiado frecuentemente; quedaría contenida la petulancia de los jóvenes y corregida la tenacidad de los viejos, y desvelaría a los estúpidos y calmaría a los impulsivos.

Como también se hablaba frecuentemente de la escasa memoria de los favoritos de los príncipes, quería el mismo doctor que todo el que tuviera un asunto con algún ministro, después de exponer el caso en pocas palabras, tuviese la libertad de dar al citado ministro un capirotazo en la nariz, un puntapié en el vientre, un tirón de orejas, o clavarle una aguja en los pantalones para que no olvidase el asunto de que se le había hablado, pudiendo repetir la operación en cada audiencia, hasta que la petición fuese concedida o rechazada.

También quería que cuando los senadores presentasen una proposición en la asamblea general de la nación, y después de haber dicho cuanto sabían para defenderla, se les obligase a defender la proposición contradictoria, porque, procediendo de este modo, el resultado sería muy beneficioso para el bien público.

Para el caso de que los partidos políticos perturbasen la tranquilidad, el doctor proponía un medio muy singular de apaciguarlos. Su receta era como sigue: se cogerían un centenar de cabecillas de cada partido alineándolos luego por parejas, teniendo en cuenta la medida de sus cabezas respectivas; una vez realizado esto, se dispondría que un hábil cirujano abriese los cráneos de cada pareja, de modo que también se pudiesen dividir sus cerebros, y a continuación se haría un intercambio de los occipucios así cortados, de modo que cada individuo tuviese parte del cerebro de otro. Desde luego, las parejas habían de estar formadas por individuos de distinto partido, pero de iguales dimensiones cerebrales.

Tal operación me pareció delicada, pero el profesor me afirmó que, si se hacía con destreza, era infalible la curación. Para demostrar la bondad de su sistema razonaba así. Debatiendo el asunto en litigio los dos medios cerebros dentro de un solo cráneo, no podrían por menos de llegar a un acuerdo, alcanzando así una moderación y regularidad muy deseables en los que se creen nacidos para vigilar y gobernar todos los movimientos de este mundo.

En cuanto a las diferencias de calidad o cantidad que podían encontrarse en los cerebros de los directores de los partidos, aseguraba el doctor que eran muy insignificantes.

También oí discutir a dos académicos acerca del modo de recaudar impuestos sin gravar a las gentes. Uno proponía establecer una tasa sobre los vicios y locuras del hombre y que cada uno debería pagar según la opinión que mereciese a sus vecinos. El otro académico era de opinión diametralmente opuesta y proponía que la tasa se estableciese sobre las buenas cualidades físicas y morales de que cada uno se envaneciese, y tasarlas más o menos según sus deseos, de suerte que cada uno sería su propio juez y él mismo extendería la declaración. La tasa más elevada la pagarían los más favorecidos por el bello sexo, en proporción al número e importancia de los favores que hubiesen recibido, sirviendo de base para este artículo la propia declaración. También se establecería una fuerte tasa sobre la delicadeza, el valor y la elegancia de los modales, según la declaración que cada uno hiciese de estas cualidades, pero que el honor, la probidad, la sabiduría y la modestia quedarían exentos de tasa, pues como eran virtudes muy raras, no producirían grandes rendimientos, porque nadie querría reconocerlas en su vecino ni se envanecería de poseerlas.

Al mismo tiempo, se debería establecer otra tasa para las damas en proporción a su belleza, gracia y buen gusto en el vestir, según su propia estimación, como se haría con los hombres; pero no pagarían la fidelidad, la sinceridad, el buen sentido ni la bondad natural, porque como no se envanecen de poseerlas, nadie pagaría por ellas, y, por lo tanto, no se recaudaría ni para los gastos de entretenimiento.

Otro académico me enseñó un escrito que contenía un método curioso para descubrir los complots e intrigas contra los gobiernos. Aconsejaba que se examinase la alimentación de las personas sospechosas, la hora de sus comidas y el lado sobre el cual se acostaban en su cama; que se analizasen sus excrementos, para juzgar, por el color y el olor, los pensamientos y proyectos del hombre, porque, según él, son más serios los pensamientos y el espíritu está más recogido cuando se entra en un evacuatorio, lo que él mismo había experimentado. Añadió que, para hacer las pruebas, había pensado varias veces en el modo más seguro de matar al rey, y entonces sus excrementos fueron verdosos, mientras que pensando en sublevar al pueblo y quemar la capital, el color fue muy diferente.

Tal proyecto estaba escrito con mucho talento y contenía observaciones útiles y curiosas, por igual, para los hombres de Estado. No obstante, me pareció incompleto y me aventuré a decírselo así al autor, ofreciéndome para adicionarle algunas cosas. Recibió mi proposición con más complacencia que la acostumbrada entre los escritores, sobre todo los que pertenecen a la clase de teóricos, y me aseguró que le complacería aprovechar mis conocimientos.

Yo le dije que en el reino de Tribnia, llamado Laugden por los naturales, donde había residido por algún tiempo durante el curso de mis viajes, la masa del pueblo se componía de delatores, espías, confidentes, testigos y otros instrumentos útiles y subalternos, a sueldo de los ministros y muy adaptados a su voluntad. En aquel reino, las intrigas y complots estaban ideados por aquellas gentes generalmente, en su deseo de ganar reputación de profundos políticos, dar vigor a una administración enferma, sofocar o separar a los descontentos, llenar sus arcas con las multas y confiscaciones, y en fin, para levantar y derribar el crédito público, de acuerdo con las conveniencias de sus intereses privados. Por anticipado, convenían entre ellos los complots de que debían ser acusadas ciertas personas. Entonces se detenían las cartas y papeles dirigidos a ellas, y los entregaban a artistas muy hábiles, capaces de encontrar el sentido oculto de palabras, sílabas y letras.

Por ejemplo, descubrían que una silla agujereada significaba un consejo privado.

Una bandada de pájaros, un senado.

Un perro cojo, una invasión.

La peste, un ejército permanente.

Un abejorro, un primer ministro.

La gota, un gran sacerdote.

Una horca, un secretario de Estado.

Un vaso de noche, un comité de grandes señores.

Una criba, una dama de la corte.
Una escoba, una revolución.
Una ratonera, un empleo público.
Un albañal, una corte.
Un gorro de payaso, un favorito.
Una caña rota, un tribunal de justicia.
Un tonel vacío, un general.
Una playa abierta, los asuntos públicos.

Cuando este medio no les satisfacía, aún disponían de otros más eficaces que sus sabios llamaban acrósticos y anagramas. Primero daban a todas las letras iniciales un sentido político.

Así, N podría significar un complot.
B, un regimiento de caballería.
L, una escuadra.

O bien transponiendo las letras de un papel sospechoso de manera que se descubriesen los más ocultos designios de un partido descontento. Por ejemplo: se decía en una carta escrita a un amigo: «vuestro hermano Thomas tiene hemorroides»; el hábil descifrador encontraría en el significado de aquellas inocentes palabras una frase que haría saber que todo estaba preparado para una sedición.

El académico me expresó su reconocimiento por haberle dado cuenta de aquellas observaciones y me prometió mencionarme honrosamente en el tratado que escribía acerca de tales asuntos.

Y como no vi nada más en aquel país que me hiciese desear prolongar mi estancia, comencé a anhelar mi regreso a Inglaterra.

CAPÍTULO SÉPTIMO

El autor sale de Lagado y llega a Maldonada. – Hace un corto viaje a Glubbdurbdrib. – Cómo le recibe el gobernador

El continente de que formaba parte aquel reino se extendía en todo lo que alcanzaba mi vista por el Este, en dirección a la parte inexplorada de América; por el Oeste, hacia California, y por el Norte, al Océano Pacífico, que no estaba a más de ciento cincuenta millas de Lagado. Aquel país tenía un puerto magnífico y mucho comercio con la isla de Luggnagg, situada al Noroeste, hacia el grado 23 de latitud septentrional y al 140 de longitud. La isla de Luggnagg estaba al sudoeste del Japón y a unas doscientas millas de distancia y existía una estrecha alianza entre el emperador del Japón y el rey de Luggnagg, que ofrecía frecuentes ocasiones para ir de una isla a otra, decidiéndome, por lo tanto, a utilizar esta vía cuando regresase a Europa. Alquilé dos mulas y un guía para que me enseñase el camino y me despedí de mi ilustre protector, que tantas pruebas de estimación me había dado, y que me ofreció al partir un magnífico regalo.

Durante mi viaje, no me ocurrió ninguna aventura digna de ser relatada; y cuando llegué a Maldonada (que es el nombre del puerto de Lagado), no encontré ningún barco que se dispusiese a hacer la travesía a la isla de Luggnagg.

Bien pronto hice algunos conocimientos en la ciudad, que era, más o menos, como Portsmouth, y uno de los principales personajes me dijo que, faltando un mes para que saliese barco para Luggnagg, haría bien en emplear mi tiempo efectuando un corto viaje a la isla de Glubbdubdrib, situada sólo a diez millas hacia el Sudoeste, ofreciéndose a tomar parte en el viaje, junto con algunos amigos, y a facilitar un pequeño barco.

Si interpreto exactamente su significado, Glubbdubdrib quiere decir «Isla de los hechiceros y de los magos». La extensión de la isla era, aproximadamente, tres veces mayor que la de Wight y su suelo era muy fértil. Estaba sujeta al dominio del jefe de una tribu compuesta en su totalidad por hechiceros, que se casaban solamente entre sí, y cuyo príncipe era siempre el más anciano de la tribu. Este príncipe o gobernador tenía un palacio magnífico, y un parque de tres mil acres, rodeado por un muro de piedras talladas de veinte pies de altura donde había pequeños cercados para los animales, granos y jardines.

La servidumbre del gobernador y su familia era de una clase bastante extraordinaria, pues los conocimientos que poseía en nigromancia le permitían resucitar a los muertos y obligarles a que lo sirvieran durante veinticuatro horas, pero nunca por más tiempo, así como tampoco podía llamar al mismo espíritu sin que mediara un intervalo de tres meses, excepto en cualquier circunstancia extraordinaria.

Cuando llegamos a la isla, serían las once de la mañana. Uno de los personajes que me acompañaban fue a buscar al gobernador y le dijo que un extranjero solicitaba el honor de saludar a Su Alteza, cumplimiento que fue muy bien recibido. Entramos los tres en el patio del palacio y pasamos entre una doble fila de gentes armadas y vestidas de un modo muy anticuado, en cuyos rostros había un no se qué que me causaba un horror indecible. Atravesamos los salones y encontramos una multitud de criados de igual porte, antes de llegar a la Cámara del gobernador.

Luego de hacer tres profundas reverencias, nos mandó sentar en pequeños taburetes al pie del trono, y como entendía el idioma de los balnibarbos, me dirigió varias preguntas acerca de mis viajes. Para demostrarme que no quería emplear conmigo ceremonia alguna, hizo seña con el dedo a sus gentes para que se retirasen, y en un instante (lo que me asombró mucho) desaparecieron como las visiones de un sueño. No sin trabajo me serené, y como el gobernador me aseguró que no tenía nada que temer y advertí que mis dos compañeros permanecían tranquilos, sin duda por estar acostumbrados a semejante espectáculo, recobré nuevamente el valor y relaté a Su Alteza las diferentes aventuras que me habían ocurrido en mis viajes, pero no sin alguna vacilación ni sin mirar más de una vez detrás de mí, por donde había visto desaparecer a los fantasmas.

Tuve el honor de comer con el gobernador, quien se hizo servir por una nueva serie de espectros; mas comprobé que mi terror no fue tan grande ante esta segunda aparición. Permanecimos de sobremesa hasta la puesta del sol y rogué a Su Alteza que me permitiese rehusar su invitación de dormir en el palacio, porque mis dos amigos y yo nos alojaríamos en la vecina ciudad, capital de la pequeña isla.

Al día siguiente, volvimos a ponernos a las órdenes del gobernador, como nos había encargado, y de tal suerte permanecimos diez días en la isla, pasando la mayor parte del día con el gobernador, y la noche, en nuestro alojamiento. Llegué a familiarizarme de tal modo con los espectros, que ya no me daban ningún cuidado, o, por lo menos, cedía éste a mi curiosidad.

Un día, me dijo Su Alteza que le nombrase los muertos que me pareciese y que él les haría aparecer obligándoles luego a que me contestasen a las preguntas que desease hacerles, pero con la condición de que yo no les interrogaría sino acerca de hechos que hubiesen ocurrido en sus respectivas épocas, asegurándome que me dirían siempre la verdad, porque la mentira era un recurso inútil en el otro mundo. Acepté, agradeciendo el ofrecimiento que me hacía Su Alteza.

Estábamos en una habitación que tenía una magnífica vista sobre el parque, y como mi primer deseo fue el de contemplar escenas brillantes y pomposas, pedí ver a Alejandro Magno al frente de su ejército después de la batalla de Arbelas. Inmediatamente, a una seña del gobernador, apareció el príncipe griego sobre un extenso campo, bajo la ventana donde estábamos. Alejandro fue invitado a subir a la habitación, pero por no estar yo muy versado en el conocimiento del griego, le entendí con bastante dificultad. Me aseguró por su honor que no había sido envenenado, sino que había muerto a consecuencia de una fiebre contraída por el exceso de bebida.

Luego vi a Aníbal atravesando los Alpes y me dijo que no tenía una sola gota de vinagre en su campo.

Desfilaron también César y Pompeyo, a la cabeza de sus tropas, dispuestas a cargar, y vi al primero en su gran victoria. Luego quise admirar al senado romano en una gran cámara, junto con una asamblea legislativa moderna a su lado. El senado me pareció una reunión de héroes y semidioses; la asamblea, un amontonamiento de buhoneros, timadores, ladrones de caminos y perdonavidas.

A petición mía, el gobernador hizo avanzar a César y Bruto. Quedé asombrado ante la presencia de Bruto, y descubrí en cada uno de sus rasgos el valor más indomable, la mayor firmeza de ánimo y el más sincero amor patrio, junto con una benevolencia general. Comprobé con no poco placer que aquellas dos personas no estaban en muy buena inteligencia, y César me dijo que todas sus brillantes hazañas no podían compararse con la de Bruto al quitarle la vida.

Tuve el honor de hablar largamente con Bruto y me dijo que su abuelo Junius, Sócrates, Epaminondas, Catón, el Censor, Thomas Morus y él estaban siempre juntos y formaban un sextunvirato al que no habían podido añadir un séptimo individuo los siglos transcurridos.

Cansaría al lector citándole el gran número de personajes ilustres que evocó el gobernador para satisfacer el deseo insaciable que tenía de ver todos los períodos de la antigüedad por mí mismo. Sólo diré que me solacé principalmente contemplando destructores, tiranos, usurpadores y libertadores de naciones oprimidas; pero me sería imposible expresar la satisfacción que experimenté de modo que pudiera ser compartida por los lectores de estas páginas.

CAPÍTULO OCTAVO

Continúa la descripción de Glubbdubdrib. – Historia antigua y moderna corregida.

Deseando conocer los antepasados más renombrados por su inteligencia o su saber, decidí consagrarles un día entero. Pedí que se apareciesen Homero y Aristóteles al frente de todos sus comentadores; pero éstos eran tan numerosos, que muchos centenares se vieron obligados a esperar en las antecámaras y patios del palacio. A primera vista reconocí a los dos grandes hombres, y no solamente los reconocí entre la multitud, sino a uno de otro. Homero era el más alto y ofrecía mejor aspecto que Aristóteles; se mantenía muy erguido para su edad y sus ojos eran los más vivos y penetrantes que yo había visto en mi vida. Aristóteles andaba un poco encorvado y se ayudaba en un bastón. Su rostro era más delgado; sus cabellos, escasos y lisos; su voz, cavernosa. En seguida me percaté de que tanto uno como otro permanecían extraños a sus acompañantes, de los que no habían oído hablar nunca. Un espectro al cual no nombraré, me dijo al oído que los comentadores se mantenían siempre lo más alejados que podían de sus autores en el mundo subterráneo, porque estaban avergonzados de haber interpretado tan indignamente para la posteridad los pensamientos de aquellos grandes escritores. Yo presenté a Homero a Dídimo y Eustasius y le induje a que los tratase mejor de lo que tal vez merecían, porque Homero reconoció bien pronto que no tenían el talento necesario para comprender un poeta. Pero Aristóteles se impacientó cuando le di cuenta de los trabajos de Scot y de Ramus al presentarle estos dos sabios, y les preguntó si todos los individuos de su clase eran tan necios como aparentaban ser ellos mismos.

A continuación, rogué al gobernador que invocase los espíritus de Descartes y Gasendi, y les induje a que explicasen sus sistemas a Aristóteles. Este gran filósofo reconoció sus errores en la física, provenientes, todos ellos, de haber razonado sobre conjeturas, como hacían todos los hombres, y nos hizo advertir que Gasendi, que había hecho tan aceptables como pudo las doctrinas de Epicuro, y las complicaciones de Descartes, había sido a su vez rechazado. Igual suerte predijo para la atracción, que los sabios de nuestros días defienden con tanto calor. Dijo también, que todo sistema nuevo sobre las cosas naturales no era más que una moda nueva, que debía variar en cada siglo, y que quienes pretendían apoyarlas con demostraciones matemáticas, tendrían un éxito momentáneo, para caer en seguida en el olvido.

Pasé cinco horas conversando con otros sabios de la antigüedad y vi a la mayor parte de los emperadores romanos. El gobernador tuvo la gentileza de invocar a los cocineros de Heliogábalo para que preparasen nuestra comida, pero no pudieron demostrarnos toda su habilidad por falta de materiales. Un ilota de Agesilao nos preparó un plato de caldo negro lacedemonio, pero no pudimos tragar la segunda cucharada de aquel manjar.

Como los dos caballeros que me habían acompañado a la isla estaban obligados a emprender el regreso tres días más tarde, empleé esos días en hablar con algunos muertos ilustres de los tres últimos siglos, tanto de mi país como de otros de Europa; y como siempre he sido un admirador de la nobleza, rogué al gobernador que invocase una o dos docenas de reyes con sus antepasados, hasta ocho o nueve generaciones. Pero no quedé tan sorprendido como contristado, porque en lugar de ver una larga serie de diademas, vi en una familia dos tocadores de violón, tres cortesanos lechuginos y un prelado italiano. En otra, un barbero, un abad y dos elevadas dignidades anglicanas. Siempre he sentido veneración por las testas coronadas y por esto no me detengo en asunto tan delicado; pero en cuanto a los marqueses, condes, duques y otros grandes títulos, no fui tan escrupuloso y tuve el placer de encontrar los rasgos distintivos de ciertas casas. Vi por qué determinadas familias tienen la nariz larga; otras, el mentón pronunciado; otros, los ojos bellos y el cutis rubio y delicado; por qué, en ciertas familias, abundan los locos y los irreflexivos; en otras, los truhanes y los pícaros. Comprendí que se podía aplicar a algunas nobles familias lo que Polidoro Virgilio decía de una gran casa de su tiempo: «No cuenta con un hombre valeroso, ni con una mujer virtuosa.»

Observé como la crueldad, la perfidia, y la cobardía se habían convertido en el distintivo característico de ciertas familias, de tal modo, que se les reconocía por ellas tan bien como por sus armas y libreas, y vi cuál había sido el individuo que había introducido en una rama una enfermedad que se había perpetuado de generación en generación bajo la forma de tumores escrofulosos. Nada me sorprendió de todo esto cuando contemplé árboles genealógicos truncados por pajes, lacayos, cocheros, músicos, cómicos, capitanes y pillos.

Mis descubrimientos acerca de la historia moderna fueron más mortificantes. Descubrí que los historiadores habían transformado en grandes capitanes a guerreros imbéciles y poltrones; en inteligentes políticos, a insensatos y medianías; en gentes de bien, a cortesanos y aduladores; en hombres piadosos, a ateos; en rectos y sinceros, a delatores de profesión; y en castos, a seres relajados. Supe cómo habían sido condenados a muerte o a destierro seres inocentes por las intrigas de los favoritos que habían sobornado a los jueces, y cuántos despreciables pícaros habían sido ensalzados a los empleos más honorables, lucrativos e importantes del Estado. Comprobé cuán importante había sido la participación de mujeres impúdicas y proxenetas en los grandes hechos, y como cortes, consejos y senados habían sido influidos por mujeres galantes, libertinos, parásitos y bufones. ¡Qué juicio más bajo formé entonces de la humanidad! ¡Cuán poca cosa me pareció la sabiduría y la probidad de los hombres al ver el origen de todas las revoluciones, el vergonzoso motivo de las empresas más asombrosas, los resortes, o mejor aún, los accidentes imprevistos y las nimiedades que las habían hecho triunfar!

Descubrí la ignorancia y la mala fe de nuestros historiadores, y me enteré de las causas secretas de algunos acontecimientos que han asombrado al mundo. Un general del ejército me explicó cómo, por su poltronería e imprudencia, había obtenido una gran victoria. Un almirante me dijo que había derrotado una flota enemiga cuando deseaba que la suya propia fuese vencida. Tres reyes me confesaron que, durante su reinado, nunca habían recompensado ni ensalzado el mérito, excepto una vez que se equivocaron sus ministros y ellos mismos; mas estaban convencidos de haber procedido bien, y me dijeron que si volviesen a reinar procederían de la misma manera, porque los tronos sólo pueden apoyarse en la corrupción, ya que el carácter positivo, confiado, inflexible, que la virtud da al hombre, es la cosa más perjudicial para los asuntos públicos.

También tuve la curiosidad de saber por qué medios habían obtenido una gran fortuna ciertas personas, pero me limité a los últimos tiempos, sin referirme para nada al presente, temeroso de ofender aun a los extranjeros (es innecesario advertir que todo lo que he relatado hasta aquí no se refiere solamente a mi país). Se llamó a gran número de personas, y un somero examen me descubrió tanta infamia, que me entristeció. El perjurio, la violencia, el soborno, la seducción, el fraude, las viles complacencias y otras torpezas fueron los medios más disculpables que les habían permitido levantarlas. Muchos confesaron que debían su esplendor a las más horribles infamias; otros, que habían traicionado a su patria y su soberano; algunos habían empleado el veneno, y, por último, otros muchos habían vulnerado las leyes para perder a inocentes. Ante tales descubrimientos, creo que se me perdonará que sienta menos veneración y estima por los grandes, a quienes honro y respeto, naturalmente, como todos los inferiores están obligados a honrar y respetar a los que la naturaleza o la fortuna ha colocado en un rango superior.

En algunos libros había leído que ciertas personas habían prestado grandes servicios a su rey y a su patria, y tuve deseo de verlos, pero me dijeron que se habían olvidado sus nombres, y que sólo se recordaba los de algunos a quienes los historiadores hacían pasar por traidores y bribones. Por fin se presentaron ante mí aquellos de quienes se había olvidado el nombre; venían con aire humilde y mal trajeados. Me dijeron que habían muerto pobres y en desgracia, y algunos, en el cadalso. Entre ellos vi un hombre cuyo caso me pareció extraordinario, que tenía a su lado un joven de dieciocho años. Me explicó que había sido capitán de un barco durante muchos años, y que en la batalla naval de Acio había deshecho la primera línea, hundido tres buques de primera clase y apresado otro de la misma categoría, siendo la causa de la huida de Antonio y de la completa derrota de su flota; que el joven que estaba a su lado era su único hijo y había muerto en la batalla, y añadió que, después de terminada la guerra, fue a Roma para solicitar una recompensa y pedir el mando de un buque mayor, cuyo capitán había perecido durante la batalla. Sin tener en cuenta su demanda, se entregó este mando a un joven que no había visto nunca el mar, hijo de Libertina, doncella de una de las favoritas del emperador, y cuando aquel capitán volvió a tomar su servicio, se le acusó de haber faltado a su deber, y el mando de su barco se dio a un paje, favorito del vicealmirante Publicola y luego se le obligó a retirarse a su casa, una mísera granja alejada de Roma, en la que terminó sus días. Deseando saber si tal historia era cierta, quise ver a Agripa, que había sido el almirante de la escuadra victoriosa, y cuando apareció, me confirmó el relato, añadiendo otras circunstancias que la modestia del capitán había omitido.

Quedé sorprendido de ver cuán rápidamente se había extendido la corrupción en aquel imperio, y disminuyó mi asombro por los ejemplos análogos ofrecidos en otros países donde tan largo tiempo han reinado toda clase de vicios, donde las alabanzas y el botín han sido monopolizados por los generales, aunque hayan tenido para unos y otros menos títulos que el último de sus soldados.

Como cada uno de los personajes a quienes se llamaba acudía tal como había sido en el mundo, advertí con dolor cómo, desde hace cien años, ha degenerado el genero humano; cómo las infamias, con todas sus consecuencias, han alterado las facciones, encogido los cuerpos, debilitado los nervios, relajado los músculos y corrompido la carne de los ingleses.

Por último, quise ver algunos de nuestros antiguos campesinos, en los que se hallaba la simplicidad, la sobriedad, la justicia, el verdadero espíritu de libertad, el valor y el patriotismo. Los vi, y no pude evitar el emocionarme al compararlos con los de hoy en día, que tan alejados están de las virtudes nativas, que venden por dinero sus votos para la elección de los diputados del Parlamento, habiendo adquirido en este aspecto toda la malicia y malas artes de las gentes de la corte.

CAPÍTULO NOVENO

Regreso del autor a Maldonada. – Parte para el reino de Luggnagg. – Se le detiene a su llegada y en seguida es conducido a la corte. – La gran benevolencia del rey con sus súbditos

Llegado el día de nuestra partida, me despedí de Su Alteza, el gobernador de Glubbdubdrib, y regresé con mis dos compañeros a Maldonada, donde, después de una espera de quince días, embarqué, al fin, en un barco que se dirigía a

Luggnagg. Los dos caballeros y algunas otras personas llevaron su gentileza hasta entregarme las provisiones necesarias para este viaje, y acompañarme a bordo.

Empleamos un mes en la travesía, porque nos alcanzó una violenta tempestad, que nos obligó a dirigirnos hacia el Norte, para tomar un viento constante que reina en un espacio de sesenta leguas.

El 21 de abril de 1708, llegamos a la costa de Clumegnig, ciudad con puerto de mar al sudeste de Luggnagg. Anclamos a una legua de la ciudad e hicimos señas para que viniese a buscarnos un práctico. En menos de media hora, llegaron dos a bordo, y nos condujeron por entre los escollos, muy peligrosos en aquella parte y en el paso que conducía a una rada donde los barcos estaban al abrigo de las olas, situada a un cable de la muralla de la ciudad.

Bien por traición o por imprudencia, algunos de nuestros marineros dijeron a los prácticos que yo era extranjero y muy amigo de viajes, y éstos avisaron al oficial de la aduana, quien, tan pronto como desembarqué, me interrogó estrechamente en el idioma de los balnibarbos, conocido en aquella isla por las relaciones comerciales, y principalmente por los marinos y aduaneros. Le contesté en pocas palabras, haciéndole un relato tan verosímil y detallado como pude, pero creí oportuno ocultar mi nacionalidad y dije que era holandés, porque deseaba dirigirme al Japón y no ignoraba que en este país sólo se admitía a los holandeses. Le expliqué al oficial que había naufragado en las costas de Balbinarbi al estrellarse mi barco contra unas rocas; que había estado en la isla aérea de Laputa (de la que ya habría oído hablar) y que entonces quería ir al Japón para regresar a mi país.

El oficial me contestó que se veía obligado a retenerme hasta que recibiese órdenes de la corte, a la que iba a escribir inmediatamente, y que esperaba no tardaría más de quince días en llegar la contestación. Me dieron un alojamiento bastante cómodo, poniendo un centinela ante la puerta. Disponía de un jardín para pasearme y me trataron con bastante humanidad, estando a cargo del rey mi manutención; además muchas personas acudieron a visitarme, llevadas por su curiosidad de ver a un extranjero que venía de un país muy lejano, del que nunca habían oído hablar.

Alquilé un joven de nuestro barco para que me sirviera de intérprete; pero aunque era natural de Luggnagg, como había pasado muchos años en Maldonada, hablaba perfectamente las dos lenguas. Gracias a su ayuda, pude hablar con los que acudían a visitarme, es decir, logré entender sus preguntas y hacerles comprender mis respuestas.

Como esperábamos, a los quince días llegaron órdenes de la corte disponiendo que un destacamento de diez caballos me condujese inmediatamente a Traldragdubh o Trildrogdrib (según creo recordar, se pronuncia de ambas maneras). Todo mi acompañamiento se redujo al joven que había tomado a mi servicio para que me sirviera de intérprete, y precediéndonos media jornada, se despachó un correo para avisar al rey mi próxima llegada, así como para pedir a Su Majestad que fijase día y hora para que pudiera tener el honor y el placer de «lamer el polvo ante las gradas de su trono». Tal era el estilo de aquella corte, pero no tardé en comprobar que no era una mera fórmula, porque, cuando fui presentado al rey dos días después de mi llegada, me echaron al suelo, y, arrastrándome sobre el vientre, hube de lamer el pavimento a medida que avanzaba hacia el trono; no obstante, en atención a que era extranjero, tuvieron la gentileza de limpiarlo para que el polvo no me molestase, gracia que sólo se concedía a las personas de calidad cuando eran recibidas en audiencia por Su Majestad, mas cuando acudía alguna que tuviera enemigos en la corte, expresamente se dejaba el suelo muy sucio y cubierto de polvo. Una vez vi a un señor que, al llegar al trono, no pudo articular palabra de tan cubierta de polvo como tenía la boca. Para este mal no había ningún remedio, porque estaba prohibido, bajo penas severísimas, escupir o limpiarse la boca en presencia del rey.

Había también otra costumbre que no mereció mi aprobación. Cuando el rey deseaba hacer morir a algún cortesano de modo que no pudiera achacársele su muerte, se esparcían por el suelo unos polvos oscuros venenosos, que en menos de veinticuatro horas despachaban a quien los tomase. Pero en mi deseo de hacer justicia a la gran bondad de aquel príncipe y al cuidado que se tomaba por la vida de sus súbditos, que en este aspecto podría presentársele como modelo a los soberanos de Europa, he de hacer constar que después de una de aquellas ejecuciones tenía la costumbre de ordenar con gran interés que se lavase bien el suelo, llegando a tal extremo, que si a sus criados se les olvidaba, corrían el peligro de caer en desgracia. Un día le oí ordenar que azotasen a un paje por haberse olvidado de avisar que baldeasen el suelo en un caso semejante, lo que fue causa de que muriese envenenado un joven caballero en quien se cifraban grandes esperanzas, y contra el cual el rey no deseaba atentar entonces. No obstante, aquel buen príncipe fue lo bastante misericordioso para perdonar al paje después de que éste le hubo prometido no incurrir en la misma falta, a no ser que recibiese órdenes precisas en sentido contrario.

Refiriéndome de nuevo a mi llegada, cuando estuve a cuatro pasos del trono de Su Majestad, me levanté sobre las rodillas, y, después de golpear el suelo con la frente siete veces, pronuncié las palabras siguientes, que me habían hecho aprender la noche anterior: *Ickpling glofftthrobb squutserumm blhiop mlashnalt, zwin tnodalkkuff hsliophad gurdlubh asht!* Éste era el saludo que debían pronunciar, según las leyes de aquel reino, todos los que eran recibidos en audiencia real, y que pueden traducirse así: «¡Pueda Vuestra celeste Majestad sobrevivir al sol durante once lunas y media!»

El rey me hizo una pregunta que no entendí, pero a la cual contesté del siguiente modo, de acuerdo con las instrucciones que me habían dado: *«Flust drin yalerick dwuldom prastrod mirpusch»*, o sea: «Mi lengua está en la boca de mi amigo.» Con esta frase daba a entender que deseaba servirme de mi intérprete. Entonces hicieron entrar al joven de que ya he hablado, y con su concurso contesté a todas las preguntas que Su Majestad me hizo durante media hora. Yo hablaba en balnibarbo y mi intérprete traducía mis palabras al luggnaggiano.

Al rey le agradó mucho mi conversación y ordenó a su *bilffmarklub* o chambelán que preparase alojamiento en el palacio para mí y mi intérprete y que me entregase una cantidad diaria para mi mesa, más una bolsa llena de oro para mis gastos.

Permanecí tres meses en aquella corte para obedecer a Su Majestad, que me colmó de bondades y me hizo ventajosos ofrecimientos para persuadirme de que me estableciese en sus Estados, pero crei más prudente y más justo regresar a mi país, para terminar mis días con mi mujer y mi familia.

CAPÍTULO DÉCIMO

Elogio de los luggnaggianos. – Descripción de los «struldbruggs» o inmortales. – Conversación entre el autor y algunos personajes acerca de este asunto.

Los luggnaggianos eran gente muy amable y generosa, y aunque no dejaban de tener el orgullo característico de todas las naciones de Oriente, se mostraban honrados y corteses con los extranjeros, principalmente con los que habían sido bien recibidos en la corte. Trabé conocimiento y amistad con personas del gran mundo y por medio de mi intérprete sostuve con ellos conversaciones instructivas.

Un día, uno de ellos me preguntó si había visto alguno de sus *struldbruggs* o inmortales. Le contesté que no, añadiendo que desearía saber cómo se podía dar tal nombre a seres humanos. Me explicó que algunas veces, aunque muy raramente, nacía en una familia un niño con una mancha roja, redonda, sobre la ceja izquierda, y que por tal señal se sabía que no moriría nunca. Según la descripción que me hicieron, aquella mancha era, primero, del tamaño de una pequeña moneda de plata (lo que en Inglaterra llamamos «un tres peniques»), pero que, en seguida, crecía y cambiaba de color, siendo verde a los doce años; azul, a los veinte, y a los cuarenta, se tornaba negra y tan grande como un chelín, y ya no cambiaba más. Añadió que nacían tan pocos niños con aquella mancha, que apenas había mil cien en todo el reino, y que en la capital vivían alrededor de cincuenta, entre los cuales había una niña de tres años. Tales nacimientos no constituían la particularidad de ninguna familia, sino que obedecían al azar, de modo que los mismos hijos de los *struldbruggs* nacían mortales como los hijos de los demás hombres.

Confieso que aquel relato me causó un placer inexpresable, y como el caballero que me hablaba entendía el balnibarbo, hablé con él y le expresé mi admiración y alegría en términos acaso demasiado impulsivos. Como en una especie de deslumbramiento, exclamé:

—¡Feliz nación, en la que cada niño aún no nacido puede alcanzar la inmortalidad! ¡Feliz pueblo en el que los ejemplos de los tiempos pasados subsisten siempre, en el que las virtudes de los primeros siglos no perecerán y en el que los primeros hombres viven aún y vivirán eternamente para dar lecciones de sabiduría a todos sus descendientes! ¡Felices por encima de toda comparación los excelentes *struldbruggs*, exentos por naturaleza, de la mayor calamidad humana, y cuyos espíritus se ven libres del desconsolador peso que produce el continuo temor a la muerte!

En seguida dije que me sorprendía no haber visto en la corte a ninguno de los inmortales, a no ser que la señal de su frente hubiese escapado a mis ojos.

—¿Cómo un monarca tan juicioso como el rey —añadí— no se vale de ellos en sus ministerios y consejos? ¿Acaso la austera virtud de esos ancianos venerables no se compadece con las costumbres libres y corrompidas de los cortesanos? Sea como sea, estoy resuelto a hablar de esto a Su Majestad en la primera ocasión que se me ofrezca, y tanto si acepta mi consejo como no, me estableceré en sus Estados haciendo uso del ofrecimiento que ha tenido la bondad de hacerme, para pasar el resto de mis días en compañía de estos hombres inmortales.

El caballero a quien dirigí estas palabras, que, como ya he dicho, hablaba el idioma balnibarbo, me miró dirigiéndome una piadosa sonrisa, me dijo que le agradaba mi decisión de permanecer en el país, y a continuación pidióme licencia para explicar a su acompañantes lo que le acababa de decir. Durante un rato, hablaron en su lengua, sin entender yo lo que decían ni poder adivinar por sus gestos ni en sus ojos la impresión que les habían causado mis palabras. Por fin, la misma persona que me había hablado hasta entonces me dijo cortésmente que sus amigos estaban encantados de mis juiciosas reflexiones acerca de la suerte y las ventajas de la inmortalidad, pero que deseaban saber cuál hubiera sido mi modo de vida y cuáles mis ocupaciones y mis proyectos si la naturaleza me hubiese hecho nacer *struldbrugg*.

Le contesté que era fácil ser elocuente en un asunto tan rico y atrayente, principalmente para un espíritu como el mío, que me inducía a imaginar lo que hubiese hecho de haber sido rey, general o ministro de Estado, y que respecto a la inmortalidad, había meditado muchas veces acerca de la conducta que hubiera observado si debiese vivir eternamente; por lo tanto, ya que lo deseaba así, daría suelta a mi fantasía.

Expliqué que si hubiera tenido la suerte de nacer *struldbrugg*, bien pronto hubiese podido saber mi suerte y la diferencia que hay entre la vida y la muerte y hubiese trabajado, en primer lugar, para llegar a ser rico, lo que, mediante la economía y mi buena conducta, no hubiera dejado de suceder al cabo de doscientos años. En segundo lugar, me habría dedicado seriamente al estudio desde mis primeros años, hasta poder envanecerme un día de ser el hombre más sabio del universo. Hubiera registrado cuidadosamente todos los acontecimientos; observado con atención a todos los príncipes y ministros de Estado, comparando sus caracteres y haciendo sobre ellos mis propias reflexiones; habría escrito una memoria de todas las revoluciones de la moda y del lenguaje, y de los cambios en los vestidos, leyes, costumbres y diversiones, y por este estudio y estas observaciones, hubiera llegado a convertirme en un almacén viviente de conocimientos y sabiduría y, con toda certeza, en el oráculo de la nación.

Después de cumplidos los sesenta años, ya no habría pensado más en casarme, sino en vivir honorablemente, pero con economía, ocupándome en educar el espíritu de algunos jóvenes haciéndoles partícipes de mis conocimientos y larga experiencia. Mis verdaderos amigos, mis compañeros, mis confidentes, habrían sido mis ilustres colegas los *struldbruggs*, entre los cuales hubiese escogido una docena de todos los siglos, hasta el mío inclusive, y si algunos de ellos hubieran estado faltos de medios de fortuna, les habría ofrecido alojamiento en mi casa y siempre hubiera sentado muchos a mi mesa, junto con algunos mortales de mérito, que me habría acostumbrado a ver morir sin pena ni disgusto, porque sus descendientes me hubiesen consolado de su muerte; esto habría sido para mí un espectáculo bastante agradable, del mismo modo como una florista encuentra placer en ver morir y renacer a sus tulipanes y claveles.

Los *struldbruggs* y yo nos hubiéramos comunicado nuestras observaciones, hechas en el curso de los siglos, y estas observaciones y recuerdos nos habrían procurado el medio de seguir los progresos de la corrupción del género humano, para combatirlos poco a poco con nuestras enseñanzas y consejos, lo que, unido a la constante influencia de nuestro ejemplo, hubiese impedido que nuestra especie degenerase como lo hace día tras día, lo que se le ha reprochado desde hace dos mil años.

Añádase a todo esto el placer de ver la decadencia y las revoluciones de los imperios, los cambios en las clases superiores y bajas; maravillosas ciudades convertidas en ruinas y pueblos obscuros, en residencias reales; ríos famosos transformados en pequeños arroyuelos; ver retirarse al océano de unas partes y cubrir otras; conocer el descubrimiento de nuevos países; contemplar la invasión de las naciones más civilizadas por la barbarie y la ignorancia, en tanto pueblos salvajes se convertían en civilizados y cultos; asistir a la resolución de diversos problemas, tales como los del movimiento continuo, el descubrimiento de la cuarta dimensión y de la medicina universal.

¡Qué maravillosos descubrimientos hubiéramos podido hacer en astronomía, contando con la ventaja de sobrevivir a las épocas en que se confirmase la veraciad de nuestras predicciones! ¡Poder observar la marcha y el regreso de los cometas y las variaciones de los movimientos del Sol, la Luna y las estrellas!

Me extendí sobre otras muchas cosas que se me ocurrieron por el deseo natural de una vida sin fin y de una felicidad sublunar.

Cuando al fin terminé mi discurso y la esencia del mismo fue traducida a los demás, los luggnaggianos conversaron entre ellos unos momentos, riéndose a mis expensas. Por último, la misma persona que había resumido mi discurso, recibió el encargo de que me sacase de mi error, que ellos disculpaban, primero, porque es condición humana padecerlos, y, segundo, porque siendo la existencia de los *strulbdruggs* una particularidad de aquel país, debía juzgarlos mal un extranjero. Tales hombres no se encontraban ni entre los balnibarbos ni entre los japoneses. Me dijo que él había tenido el honor de representar a su soberano en ambos países y cuando hizo el relato de tan singular fenómeno, lo habían escuchado casi con incredulidad. Añadió que el asombro que yo había experimentado cuando me habló por primera vez de tales seres, demostraba que era para mí una cosa enteramente nueva y casi increíble, y que durante su estancia en el Japón y en Balnibarbi había podido comprobar que era general entre los hombres el deseo de vivir largo tiempo, de tal modo, que el que tenía ya un pie en la tumba afirmaba el otro sobre tierra tanto como podía; pero en la isla de Luggnagg se pensaba de muy distinta manera, porque el ejemplo familiar y constante de los *struldbruggs* había preservado a sus habitantes de ese insensato amor a la vida. Y continuó:

—El sistema de vida que os proponíais seguir en caso de que hubieseis sido inmortal, y que acabáis de explicarnos, es ridículo e irrazonable, porque implica vivir en una eterna juventud y poseer un vigor y una salud inalterables; pero no se trata de saber si os consideraríais feliz conservando eternamente la lozanía de la juventud acompañada de buena salud: nosotros desearíamos saber cómo viviríais una vida inmortal sujeta a todos los inconvenientes de la vejez, porque si bien no confiesa nadie su deseo de ser inmortal aun en tan duras condiciones, he observado siempre, en los dos países de que ya os he hablado, que todos deseaban retrasar lo más posible el momento de la muerte, aunque ésta llegase a edad muy avanzada, y que nadie quería morir voluntariamente, a menos que lo obligasen torturas y dolores indecibles. —Y añadió que la experiencia que yo habría adquirido en los países por los cuales había viajado me confirmarían su opinión.

Después de este preámbulo, me explicó cómo eran los *struldbruggs*, diciéndome que se parecían en todo a los mortales y vivían como ellos hasta la edad de treinta años. A partir de esa edad, poco a poco se apoderaba de ellos la más negra melancolía, que iba en aumento hasta que llegaban a los ochenta años. Entonces quedaban sujetos, no solamente a las enfermedades, miserias y debilidades propias de tal edad, sino que la desconsoladora idea de la eterna duración de su miserable caducidad les atormentaba de tal modo, que nada podía aliviarlos. Se volvían, no sólo testarudos, rudos, avaros, quisquillosos y regañones, sino que eran incapaces de sentir ninguna amistad y estaban muertos para los afectos naturales, que nunca conservaban más allá de la segunda generación. La envidia y deseos imposibles les devoraban sin cesar, y los principales objetos de tales sentimientos eran los vicios de los jóvenes mortales y la muerte de los viejos, pues por estar privados de toda posibilidad de diversión se afligían viendo distraerse a los primeros, y cuando asistían a algún funeral, maldecían de su suerte, quejándose amargamente de la naturaleza, que les había negado el placer de morir, de terminar su enojosa vida y alcanzar el reposo eterno. Perdían el recuerdo de todo y, a lo sumo, conservaban una ligera idea de lo que habían visto y aprendido en su juventud y madurez, y aun esta idea era muy imperfecta. En cuanto a conocer las particularidades de un hecho, era más seguro recurrir a la tradición que a su memoria. Los menos miserables de ellos eran los que chocheaban y habían perdido por completo la memoria, porque excitaban la conmiseración al mismo tiempo que estaban exentos de las malas cualidades que abundan entre los demás mortales.

—Si un *struldbrugg* — añadió— se casa con una *struldbrugge*, las leyes del Estado anulan el matrimonio cuando el más joven de ellos ha llegado a la edad de ochenta años, porque es injusto, en efecto, obligar a vivir con una mujer eterna a desgraciados seres humanos condenados, a pesar suyo y sin haberlo merecido, a vivir por toda la eternidad; el objeto que se persigue con esta medida es el de aliviar su desgracia. En cuanto llegan a esa edad fatal, se les considera como muertos a los efectos civiles; sus herederos toman posesión de sus bienes y no se les pasa sino una pensión alimenticia. En cuanto a los pobres, se les recluye en establecimientos benéficos. Pasado este período, no pueden ocupar ningún empleo de responsabilidad, ejercer ninguna profesión lucrativa, ni comprar, vender o arrendar, y su testimonio no es válido en los tribunales de justicia.

»Al llegar a los noventa años, se les caen los dientes y el pelo, pierden el gusto y beben y comen sin ningún placer. Las enfermedades y achaques a que están sujetos, permanecen en estado estacionario. Cuando hablan, olvidan el nombre de las cosas más comunes y de sus amigos más íntimos, y por esta misma razón no pueden distraerse leyendo, ya que su memoria ha olvidado las primera palabras de una frase cuando llegan a las últimas, privándoles así de la única distracción que podrían tener. Además, como el idioma de este país está sujeto a frecuentes cambios, los *struldbruggs* que nacen en un siglo difícilmente pueden entenderse con los hombres nacidos en el siguiente, viviendo así como extranjeros en su misma patria.

Ésta fue la descripción que me hicieron de los inmortales de aquel país y creo haberla interpretado fielmente.

A continuación, me presentaron cuatro o cinco de diferentes siglos, de los cuales el más joven contaba no menos de doscientos años. Cuando les dijeron que yo era un gran viajero, no expresaron la menor curiosidad por hacerme preguntas; sólo me pidieron un *slumskudask* o recuerdo, sistema modesto de pedir limosna eludiendo las leyes que les prohibían mendigar, pues el Estado subvenía a todas sus necesidades, aunque muy mezquinamente por cierto.

Generalmente, eran odiados y menospreciados y el nacimiento de uno de ellos se consideraba como un mal presagio, y se consignaba con todo cuidado, de suerte que pudiera saberse su edad consultando los archivos públicos, los cuales no se remontaban a más de mil años por haber sido destruidos antes de esa época, bien por los efectos del tiempo, bien por las revoluciones políticas. Pero para saber cuánto tiempo vivían ya, se les preguntaba qué soberanos o personajes célebres recordaban, porque se tenía la seguridad de que el último de que conservasen recuerdo en su memoria debió existir antes de que el inmortal llegase a los ochenta años.

El lector puede creer que entonces perdí todo deseo de ser inmortal y me avergoncé de los locos proyectos que había hecho basados en vivir eternamente en este bajo mundo, y pensé que el tirano más cruel no podría inventar una muerte que no fuese preferible a tal vida.

Los inmortales constituían un espectáculo repugnante, pero las mujeres eran aún más horribles que los hombres. Adquirían, además de las deformaciones propias de una extrema vejez, un aspecto de espectros más marcado según los años que tenían y cuyo efecto es imposible de describir. Sin ninguna dificultad, pude distinguir los más viejos entre los cinco o seis que me presentaron, a pesar de que no habría más de un siglo de diferencia de uno a otro.

Cuando el rey se enteró de mi conversación con aquellos personajes, se rió de muy buena gana y me ofreció que me llevase a mi país uno o dos *struldbruggs* para que mis compatriotas se curasen del temor a la muerte, pero no pudo llevarse a cabo este proyecto, porque las leyes del país prohibían la salida de los inmortales del reino de Luggnagg; de otro modo, gustosamente hubiera corrido con las molestias y gastos de su desplazamiento.

Las leyes de aquel país relativas a los *struldbruggs* me parecieron muy justas y hasta necesarias, ya que, de tomarse tales precauciones, al aumentar la avaricia con la edad, hubieran terminado los inmortales por acaparar las propiedades de la nación y monopolizar el poder civil, que al encontrarse en manos inexpertas hubiese llegado a ocasionar la ruina del Estado.

CAPÍTULO UNDÉCIMO

El autor parte de la isla de Luggnagg y se dirige al Japón, donde embarca en un buque holandés. – Llega a Amsterdam y de allí pasa a Inglaterra.

Supongo que cuanto he relatado acerca de los *struldbruggs* no habrá aburrido al lector, pues mi relato se sale de lo común; por lo menos, puedo asegurar que no he encontrado nada parecido en ningún libro de viajes. En todo caso, si ya han sido relatadas y son conocidas, ruego se considere que los viajeros que han estado en los mismos países pueden contar las mismas cosas sin haber copiado unos de otros.

Como hay mucho comercio entre el reino de Luggnagg y el imperio del Japón, es creíble que los autores japoneses hayan mencionado en sus libros a los *struldbruggs*, pero como mi estancia en el Japón fue muy corta y no pude adquirir ningún conocimiento de la lengua japonesa, no sé si habrán tratado este asunto en sus libros. Confío en que los holandeses, noticiosos de este hecho, serán lo bastante curiosos y perseverantes en sus investigaciones para suplir mis faltas.

El rey de Luggnagg me ofreció muchas veces, aunque inútilmente, que ocupase un cargo en su corte; así que, al verme determinado a regresar a mi país, tuvo al fin la bondad de darme su licencia para partir y me hizo el honor de entregarme una carta de recomendación, escrita de su puño y letra, para Su Majestad, el emperador del Japón. Al mismo tiempo, me regaló cuatrocientas cuarenta y cuatro monedas de oro (este país tenía cierta predilección por los números pares) y un gran diamante rojo que vendí en Inglaterra por mil cien guineas.

El 6 de mayo de 1709, me despedí solemnemente de Su Majestad y de todos los amigos que tenía en la corte. El príncipe dispuso que me acompañara un destacamento de sus guardias hasta el puerto de Glanguenstala, situado al sudoeste de la isla, y a los seis días, encontré un barco dispuesto a conducirme al Japón; embarqué en él, y después de cincuenta días de navegación, desembarcamos en un pequeño puerto llamado Xamosghi, al sudoeste del Japón.

La ciudad estaba situada en la extremidad occidental de la isla, junto a un estrecho que conducía, desde la costa del Norte, hasta un brazo de mar, al Noroeste, en el cual estaba Yedo, capital del imperio. Cuando desembarqué, enseñé a los oficiales de la aduana la carta que el rey de Luggnagg me había entregado para Su Majestad japonesa; en seguida reconocieron el sello de Su Majestad luggnaggiana, cuyo dibujo representaba a un rey levantando del suelo a un pobre mendigo lisiado. Al enterarse los magistrados de la ciudad de que era portador de tal carta, me trataron como a un embajador, y pusieron a mi disposición un carruaje para que me trasladase a Yedo, corriendo de su cuenta todos los gastos de mi viaje. Una vez en la capital, Su Majestad me recibió en audiencia y tuve el honor de entregarle mi carta, que se abrió públicamente con grandes ceremonias, disponiendo el emperador que un intérprete le tradujese su contenido. Entonces Su Majestad me hizo decir por el mismo conducto que si solicitaba de él alguna gracia, me la concedería inmediatamente en atención a su muy querido hermano el rey de Luggnagg.

Aquel intérprete, que ordinariamente lo empleaban los holandeses en sus asuntos comerciales, advirtió en seguida que yo era europeo y por tal motivo me tradujo al holandés la oferta de Su Majestad. Yo le expliqué que era un comerciante holandés que había naufragado en un lugar muy lejano, y que andando por tierra y por mar durante mucho tiempo había llegado a Luggnagg y de ahí al imperio japonés, porque sabía que mis compatriotas, los holandeses, comerciaban con él, y podría así presentárseme la ocasión de regresar a Europa, suplicando, por lo tanto, a Su Majestad, que me condujeran a salvo hasta Nangasak. Al mismo tiempo, me tomé la libertad de pedir aún otra gracia: que en atención al rey de Luggnagg, que había tenido la bondad de protegerme, se me dispensase de la ceremonia de pisotear el crucifijo, a lo que estaban obligados todos mi compatriotas, porque yo había ido al Japón de paso para Europa y no para traficar.

Cuando el intérprete japonés expuso a Su Majestad mi petición, pareció sorprenderse de ella y me contestó que yo era el primer hombre de mi país que había sentido semejante escrúpulo, lo que le hacía dudar que fuese holandés verdaderamente, como había asegurado, sospechando más bien que fuera cristiano. No obstante, teniendo en cuenta la recomendación del rey de Luggnagg, el emperador, bondadosamente, accedió a mi debilidad, a condición de que yo salvase las apariencias, y ordenó a los oficiales encargados de este menester que aparentasen no haberme visto. Luego me dijo que en mi propio beneficio mantuviese en secreto su concesión, porque indefectiblemente mis compatriotas, los holandeses, me apuñalarían durante el viaje si supiesen la dispensa que había obtenido y la injuriosa repugnancia que me había impedido imitarlos.

Humildemente expresé mi reconocimiento a Su Majestad por tan singular favor, y como algunas tropas emprendían entonces la marcha hacia Nangasak, ordenó al oficial que las mandaba que me condujese a aquella ciudad, y le dio también instrucciones secretas acerca del asunto del crucifijo.

El 9 de junio de 1709, después de un viaje muy largo y penoso, llegué a Nangasak, donde encontré unos holandeses que habían llegado de Amsterdam en el «Amboine», barco de cuatrocientas cincuenta toneladas, y estaban ya preparados para emprender el viaje de regreso.

Como había pasado bastante tiempo en Holanda, cuando estudiaba en Leyde, hablaba muy bien el holandés, así, cuando los marinos supieron de dónde llegaba, me hicieron muchas preguntas acerca de mis aventuras y viajes y yo les hice un relato lo más breve y verosímil posible, pero reconozco que les oculté muchas cosas.

Yo conocía a bastantes holandeses y pude apropiarme un nombre como si fuera el de mis padres, y pasé por ser hijo de gentes modestas de la provincia de Güeldre.

Dije que estaba dispuesto a pagar por mi pasaje lo que me pidiera el capitán, un tal Theodor Vangrult, pero cuando se enteró de que era médico, se contentó con la mitad del precio corriente, a condición de que ejerciese mi profesión en el barco.

Antes de embarcar, varios tripulantes me preguntaron muchas veces si había realizado la ceremonia del crucifijo, y siempre les contesté en términos generales que había hecho todo lo necesario. Sin embargo, un bribonzuelo marmitón me señaló al oficial japonés diciéndole que no había pisado el crucifijo, pero el oficial, que tenía órdenes secretas para que no me exigiese esa formalidad, le contestó con veinte bastonazos en las costillas, de modo que nadie se consideró, después de esto, con valor suficiente para hacerme ninguna pregunta acerca de semejante ceremonia.

En nuestro viaje no ocurrió nada que merezca ser relatado. Izamos velas con viento favorable, atracamos en el Cabo de Buena Esperanza para hacer aguada y el 10 de abril de 1710 desembarcamos en Amsterdam, no habiendo perdido más que tres hombres durante la travesía, por enfermedades, y un cuarto, que cayó del palo mayor junto a las costas de Guinea.

En Amsterdam me embarqué para Inglaterra en un pequeño barco de aquella ciudad, y el 16 de abril llegamos a las Dunas. Desembarqué al día siguiente y me vi una vez más en mi patria después de cinco años y medio de ausencia. Marché directamente a Redriff, donde llegué el mismo día, a las diez de la noche, y me reuní al fin con mi mujer y mis hijos en buena salud.

CUARTA PARTE

CAPÍTULO PRIMERO

El autor emprende un viaje como capitán de barco. – Se subleva la tripulación, lo encierran y encadenan y luego lo desembarcan en un país desconocido. – Se interna en el país. – Descripción de una singular especie de animales llamados «yahus». – El autor encuentra dos «huyhnhnms»

Pasé cinco meses con mi mujer y mis hijos y hubiera sido muy feliz si hubiese sido capaz de apreciar la placidez de vivir entre los míos. Pero dejé mi familia y acepté la oferta que me hicieron de mandar el «Aventura», buen barco mercante de trescientas cincuenta toneladas.

Por aquella época, ya entendía perfectamente de mi profesión de médico (que, no obstante, podría ejercer cuando llegase la ocasión), contraté los servicios de un joven muy hábil en esta profesión, llamado Robert Purefoy. Nos hicimos a la vela en Portsmouth, el 7 de septiembre de 1710, y el 14 encontramos en Tenerife al capitán Pocock, de Bristol, que se dirigía a la bahía de Campeche para cortar madera. El 16, nos separó una tempestad y después de mi regreso oí decir que su barco había naufragado, pereciendo toda la tripulación, excepto un grumete. Aquel capitán era un hombre muy amable y buen marino, pero cuando tomaba una determinación era muy obstinado, y tal defecto fue causa de su pérdida, así como la de otros muchos, pues si hubiese seguido mis consejos, habría podido, lo mismo que yo y al mismo tiempo, encontrarse sano y salvo en su país, entre los suyos.

Durante el viaje, falleció parte de mi tripulación a causa de distintas enfermedades, de suerte que me vi obligado a reclutar gente en las Barbados y en las islas Leeward, donde mis armadores me habían ordenado que arribase. No tardé mucho en arrepentirme de hacer tan malhadada recluta, pues la mayor parte de los que se enrolaron en mi barco eran antiguos bucaneros. Llevaba en el «Aventura» cincuenta hombres y tenía órdenes de comerciar con los salvajes de los mares del Sur, así como de hacer los descubrimientos que pudiese, pero aquellos piratas soliviantaron al resto de mi tripulación y todos juntos se sublevaron para apoderarse de mi persona y mi barco.

Una mañana, entraron en mi camarote, se arrojaron sobre mí y me ligaron, amenazándome con arrojarme al mar si hacía la menor resistencia. Yo les contesté que era su prisionero y que me sometía a cuanto quisiesen y luego de exigirme juramento de que no escaparía, me desataron, contentándose con encadenarme por un pie a mi litera y apostar un centinela a la puerta del camarote con orden de volarme la cabeza si hacía la más pequeña tentativa para recobrar la libertad. Se encargaron de facilitarme comida y vino y tomaron la dirección del buque. Su objeto era dedicarse a la piratería con mi barco y saquear a los españoles, pero como no eran bastante numerosos para ello, decidieron vender primero el cargamento y dirigirse luego a Madagascar para reclutar más tripulantes, porque después de hacerme prisionero murieron varios de ellos.

Durante varias semanas, comerciaron con los indios, pero no puedo decir qué rumbo tomaron, por estar rigurosamente encerrado en mi camarote esperando que me asesinaran a cada momento, ya que varias veces me habían amenazado con hacerlo así.

El 9 de mayo de 1711, un tal Jacob Welsch descendió a mi camarote y me dijo que había recibido órdenes del capitán para desembarcarme. Aunque sabía que era inútil, traté de que me diese más explicaciones, pero ni siquiera quiso decirme quién era el nuevo capitán.

Me hicieron bajar a la chalupa, luego de permitirme coger mis mejores vestidos, que eran nuevos y de muy buena calidad, así como un pequeño envoltorio de ropa blanca; pero no me dieron armas, excepto mi sable. También tuvieron la delicadeza de no registrarme los bolsillos, en los que guardaba algún dinero y objetos de uso personal.

Después de navegar dos millas aproximadamente, me dejaron en una costa, y pregunté a mis acompañantes qué país era aquel, pero me juraron que lo sabían tanto como yo y qué el capitán (se complacían en darle este nombre) resolvió, después de haber vendido el cargamento, desembarazarse de mí tan pronto como viesen tierra, y se alejaron al instante, luego de aconsejarme que no me dejase sorprender por la marea, despidiéndose inmediatamente de mí.

En tan desoladora situación como me encontraba, avancé y no tardé en llegar a la playa, sentándome luego en un montículo para descansar y meditar acerca de lo que me convendría hacer. Cuando me pareció estar descansado, me interné por aquellas tierras y decidí entregarme al primer salvaje que encontrara y rescatar mi vida, si podía, entregando algunas chucherías, tales como brazaletes y otras bagatelas, algunas de las cuales llevaba en mis bolsillos.

Rompían la monotonía del terreno largas filas de árboles irregularmente plantados, tal como nacen naturalmente, y había vastas praderas y campos de avena.

Caminando con grandes precauciones, temeroso siempre de que me sorprendieran o me dispararan un flechazo por detrás o de costado, no tardé en encontrar un camino que debía ser muy transitado y descubrí en él huellas de pies humanos, algunas pisadas de vacas y un gran número de caballos. Divisé también varios animales en un campo y uno o dos de la misma especie subidos en los árboles.

Su figura me pareció singular, deforme, y me causó cierto temor, de modo que resolví ocultarme detrás de un seto para observarlos con más tranquilidad, y como algunos se acercaron a donde yo estaba, pude examinarlos a mi placer. Por la cara y el cuello les caían largos cabellos, rizados en unos y lisos en otros; el pecho, la espalda y las patas delanteras estaban cubiertas de un vello espeso y tenían barba en el mentón como los machos cabríos, pero el resto de su cuerpo estaba desprovisto de pelo; su piel era de color leonado, con una franja cubierta de pelo a lo largo del lomo; no tenían cola ni pelo en las ancas, excepto alrededor del ano, sin duda para preservar esa parte cuando se sentaban, ya que lo hacían en esa postura, excepto cuando se acostaban. Frecuentemente se sostenían sobre sus patas traseras; saltaban, brincaban y trepaban a los árboles con agilidad de ardillas, pues tenían garras muy largas y fuertes, tanto en las patas delanteras como en las traseras. Las hembras eran un poco más pequeñas que los machos; tenían pelo muy largo y liso en la cabeza, pero en el rostro y en el cuerpo no tenían pelo, exceptuando algo de vello en ciertas partes de su cuerpo. Sus mamas colgaban por entre las dos patas delanteras y algunas veces les arrastraban durante la marcha. Tanto en las hembras como en los machos el pelo era de diferentes colores, y así, lo había castaño, rojo, negro y rubio. En suma, aquellos animales me parecieron los más feos y desagradables que yo hubiese visto en mi vida, inspirándome igualmente una repugnancia que no había sentido por ninguna otra especie. Así, creyendo haber visto bastante, me levanté lleno de disgusto y aversión por ellos, y continué por aquel camino, confiando que me conduciría a la choza de algún indio.

No me había alejado mucho, cuando me encontré frente a una de aquellas criaturas; al verme el monstruo, se paró, torció sus facciones con una infinidad de gestos y pareció como si estuviera asombrado de ver una especie de animal que le era desconocida. En seguida, se acercó y alzó sobre mí una de sus patas delanteras, ya fuera por curiosidad, ya por malicia. Yo saqué mi sable y le golpeé de plano, porque no deseaba herirlo temiendo disgustar al amo de tales animales.

Al sentirse golpeada, la bestia huyó gritando tan fuerte, que atrajo la atención de unos cuarenta animales de su misma especie, que corrieron hacia mí aullando y gesticulando horriblemente. Corrí para apoyarme contra un árbol y me dispuse a esperarlos sable en mano, pero muchas de aquellas malditas bestias saltaron a las ramas del árbol y comenzaron a cubrirme con sus inmundicias; no obstante, como me mantenía apoyado contra el árbol, pude defenderme, pero quedé casi asfixiado por el olor de la basura que caía a mi alrededor.

En tan apurado trance, advertí que emprendían precipitada fuga. Me aventuré a separarme del árbol y proseguí mi camino, sin poder adivinar qué subito terror les había obligado a huir tan precipitadamente, pero miré a mi izquierda y vi un caballo que andaba gravemente por medio de un campo: aquel caballo era lo que había obligado a huir a mis sitiadores. El caballo se acercó a mí, se detuvo, reculó y en seguida me miró fijamente, al parecer, un poco asombrado; luego me examinó por todos lados, dando vueltas a mi alrededor varias veces. Yo quise avanzar, pero él se colocó frente a mí impidiéndome el paso, mirándome dulcemente y sin intentar la menor violencia. Nos miramos uno a otro durante algún tiempo, y al fin, me atreví a ponerle la mano en el cuello para acariciarlo, silbándole al mismo tiempo, como hacen los palafreneros cuando quieren apaciguar un caballo al que no conocen. Pero aquel animal recibió mis caricias, al parecer, desdeñosamente; meneó la cabeza, frunció sus cejas y levantó una de sus manos violentamente para obligarme a retirar la mía; al mismo tiempo, relinchó tres o cuatro veces, pero con tan variados acentos, que pensé hablaba en un idioma que le era propio.

Entre tanto, llegó otro caballo, que se acercó muy ceremoniosamente, y los dos se tocaron suavemente el casco de la mano derecha; en seguida comenzaron a relinchar de cien maneras diferentes, de tal modo, que parecían pronunciar sonidos articulados. Luego se pudieron a pasear uno al lado del otro, como si estuviesen conferenciando, y no dejaban de mirarme, cual si vigilasen mis movimientos y estuviesen dispuestos a no dejarme escapar.

Sorprendido de ver que dos animales se comportasen de aquella forma, me dije:

—Si los animales de este país proceden tan razonablemente, los hombres serán los más sabios de la tierra.

Esta reflexión me dio tanto valor, que resolví continuar mi camino hasta que encontrase alguna ciudad o casa, o bien algún habitante, dejando entre tanto que los dos caballos discurriesen juntos cuanto les pareciese. Pero uno de los dos animales, tordo rucio, al ver que me marchaba, relinchó de un modo tan expresivo, que creí adivinar lo que quería; así es que retrocedí y me acerqué a él, disimulando mi embarazo y turbación tanto como me fue posible, porque en el fondo, no sabía en qué iría a parar todo aquello. Por otra parte, el lector reconocerá que mi situación no era muy agradable.

Los dos caballos se me acercaron y comenzaron a mirar muy atentamente mi cara y mis manos. El tordo rucio pasó su mano delantera alrededor de mi sombrero y me lo estropeó de tal modo, que tuve que quitármelo para arreglarlo. Esto pareció sorprenderlos en sumo grado, tanto a él como a su compañero, que era bayo bruno. Éste tocó los faldones de mi casaca y al ver que no estaba fija a mi cuerpo, dio nuevas muestras de asombro. Luego pasó su mano por la mía derecha, de la que pareció admirar su suavidad y color, pero la oprimió tanto entre su casco y la cuartilla, que lancé un fuerte grito, y entonces me prodigaron mil caricias amistosas. Mis medias y zapatos les causaron grandes inquietudes, palpándolos muchas veces, y haciendo grandes gestos semejantes a los de un filósofo que tratara de explicarse un fenómeno sobrenatural.

En suma, la actitud y comportamiento de aquellos animales me parecieron tan razonables, tan juiciosos, que saqué la conclusión de que debían de ser encantadores que se habían transformado en caballos para realizar determinados fines y que al encontrarse en su camino un extranjero habían querido divertirse a su costa, o bien que tal vez se hubieran sorprendido de su aspecto, vestimenta y maneras, que, sin duda, debían de ser distintos a los que solían ver en aquel país.

Esta idea hizo que me aventurase a hablarles en estos términos:

—Caballeros, si sois encantadores, como creo, entenderéis todas las lenguas; por lo tanto, tengo el honor de deciros en la mía que soy un pobre inglés, que, por su desgracia, ha naufragado en estas costas, y os ruego que consintáis, uno u otro, en que cabalgue sobre vosotros, como si fueseis verdaderos caballos, para que pueda llegar a alguna ciudad o casa donde alojarme. En prueba de mi reconocimiento, os entregaría este cuchillo y este brazalete. —Y al mismo tiempo que pronunciaba estas palabras, saqué ambos objetos del bolsillo.

Pareció que ambos animales escuchaban mis palabras con atención, y cuando terminé, se miraron y relincharon mirándose uno a otro.

Entonces comprendí claramente que sus relinchos eran significativos, y encerraban palabras con las cuales podría formarse un alfabeto más fácil tal vez que el chino.

Les oía repetir frecuentemente la palabra *yahu*, pero distinguía el sonido sin comprender el significado, a pesar de que varias veces traté de entenderlo, y mientras los caballos hablaban entre sí, ensayé a pronunciarla y cuando cesaron de hablar, grité con todas mis fuerzas *yahu, yahu,* imitando los relinchos de un caballo. Esto pareció sorprenderlos extraordinariamente, y entonces, el tordo rucio repitió dos veces la misma palabra, como si quisiera enseñarme su pronunciación. La repetí lo mejor que me fue posible, y adevertí que había hecho grandes progresos, si bien estaba muy lejos de llegar a la perfección. El caballo bayo trató de enseñarme otra palabra mucho más difícil de pronunciar, que podría escribirse, de acuerdo con la ortografía inglesa, del siguiente modo: *huyhnhnm*, pero al pronto no tuve tanto éxito con esta palabra como con la primera; sin embargo, después de varios ensayos, pude pronunciarla bastante correctamente y los caballos quedaron asombrados de mi inteligencia.

Después de hablar aún un rato (sin duda, refiriéndose a mí), se despidieron uno de otro con la misma ceremonia de tocarse los cascos; luego, el tordo me indicó por señas que marchase ante él, y comprendí que, mientras no encontrase otro guía más adecuado, aquélla era la mejor resolución que podía tomar. De pronto, se me ocurrió acortar el paso y me gritó: *hhuun, hhuun*; adiviné el sentido de su relincho y le di a entender como pude que estaba cansado y no podía continuar andando y entonces se detuvo, para dejarme descansar.

CAPÍTULO SEGUNDO

El autor es conducido al alojamiento de un «huyhnhnm». – Descripción de él y de como es recibido. – Alimentación de los «huyhnhnms». – El autor no sabe, al pronto, cómo podrá alimentarse, pero al fin desaparece esta inquietud. – Da cuenta de su manera de vivir en aquel país

Después de haber andado unas tres millas, llegamos a una gran casa baja, construida con troncos y cubierta de paja. Empecé a sentir cierto alivio y saqué de mi bolsillo algunas de las chucherías que los viajeros acostumbran ofrecer a los salvajes, esperando, por ese medio, ser acogido más favorablemente por los habitantes de aquella casa. Cortésmente, el caballo me hizo entrar el primero en una gran habitación, y a lo largo de las paredes vi un pesebre y una pila. En la estancia había tres caballos y dos yeguas. Estaban sentados sobre sus jarretes y no comían, lo que me asombró no poco; pero aún fue mayor mi asombro cuando vi a otros ocupados en los quehaceres domésticos. Me parecieron verdaderos caballos y su actitud me confirmó en mi idea de que el pueblo que había podido civilizar de tal modo a los animales, tenía que ser el más sabio de la tierra. El caballo tordo entró inmediatamente detrás de mí e impidió que los demás me maltratasen, relinchando varias veces en tono autoritario y los demás le contestaron.

Atravesé con él otras dos salas de suelo llano y, al llegar a la última, me hizo señas de que esperase y entró en una tercera habitación.

Entre tanto, preparé mis regalos para los amos de la casa, que consistían en dos cuchillos, tres brazaletes de perlas falsas, un espejito y un collar de cuentas de vidrio. El caballo relinchó dos o tres veces y yo presté oído, esperando escuchar que contestara una voz humana, pero la respuesta que llegó hasta mí fue dada en el mismo dialecto; solamente una o dos palabras fueron pronunciadas por una voz un poco más clara que la de mi guía.

Al advertir que se me obligaba a hacer antesala, imaginé que me iría a recibir una persona de distinción, pero no comprendía el que un hombre de alcurnia se hiciera servir por caballos.

Llegué a temer que había perdido por completo el juicio a causa de las penalidades que había pasado, y miré a mi alrededor, para examinar la estancia donde me hallaba, que estaba amueblada, más o menos, como la primera, pero con algo más de elegancia. Yo me frotaba los ojos, pero siempre veía los mismos objetos; me pellizcaba en los brazos y costados, creyendo que todo sería un sueño, pero, al fin, saqué la conclusión de que todo debía de ser obra diabólica o de magia.

No tuve mucho tiempo para hacer tales reflexiones, porque a poco salió el caballo y me hizo señas para que entrase con él en la tercera habitación, y en ella vi, sobre una estera muy limpia y fina, una yegua acompañada por un potro y una potranca, los tres sentados sobre sus patas, replegadas. La yegua se levantó cuando entré, vino hacia mí, y después de mirar atentamente mi rostro y mis manos, me dirigió una mirada despectiva y volviéndose hacia el otro caballo, relinchó. Los dos pronunciaron varias veces la palabra *yahu*, cuyo sentido aún no podía presumir, a pesar de haber aprendido ya a pronunciarla, pero para mortificación mía, no tardé en conocer el funesto sentido de tal palabra, porque el caballo que me había introducido me hizo una seña con la cabeza y me repitió varias veces la palabra *hhuun, hhuun*, como había hecho en el camino. Yo comprendí que debía seguirle y me condujo a una especie de corral, en el que había otro edificio, a cierta distancia de la casa. Entramos en él y vi tres de las detestables criaturas que había encontrado primeramente en el campo, cuya descripción he hecho anteriormente: estaban atadas por el cuello y comían raíces y carne de asno, perro y vaca (esto lo supe más adelante), la cual sujetaban entre sus garras, desgarrándola con los dientes.

El caballo amo ordenó entonces a una jaquita alazana, que era uno de sus lacayos, que desatase al más grande de aquellos animales y lo sacase. Una vez fuera, nos puso uno al lado de otro y tanto el amo como el criado examinaron atentamente los dos rostros y en seguida repitieron muchas veces la palabra *yahu*. Es imposible describir el horror y el asombro que se apoderaron de mí cuando advertí que aquella abominable bestia tenía todas las formas humanas. Cierto que el rostro era ancho y chato; la nariz, hundida; los labios, gruesos y la boca muy grande, pero tales diferencias se encuentran en todos los países salvajes, porque las madres acuestan a sus hijos con la cara vuelta a tierra o los llevan a su espalda aplastándoles la nariz contra sus hombros. Aquel *yahu* tenía las patas delanteras parecidas a mis manos, pero estaban armadas de uñas muy grandes y la piel era morena, áspera y cubierta de pelo. Sus piernas se parecían a las mías con idénticas diferencias, cosa que yo sabía muy bien; pues el vello no se me veía por estar ocultas por las medias y los zapatos. En cuanto al cuerpo, era igual al mío, excepto por el color de la piel y el pelo.

Lo que parecía dejar perplejos a los dos caballos era ver la gran diferencia que existía entre ciertas partes de mi cuerpo y las mismas del *yahu*, pero esto se debía a mis vestidos, de los que ellos no tenían la menor idea. El criado me ofreció una raíz que cogió entre el casco y la cuartilla, la cogí, y después de haberla olido, la arrojé a tierra muy cortésmente. Entonces, entró en la pocilga de los *yahus* y me trajo un trozo de carne de asno, pero su olor me hizo volver la cabeza con repugnancia; al verlo, el criado arrojó la carne al *yahu*, y éste la devoró con avidez. Luego me enseñó el criado un manojo de heno y una medida llena de avena, pero meneé la cabeza y le di a entender que no podía comer ni una cosa ni otra. Entonces empecé a temer que no tardaría en morirme de hambre si no encontraba ningún individuo de mi especie, pues a pesar de ser yo, por entonces, un gran amante de la humanidad, aquellos viles *yahus* me parecían los seres animados más detestables desde todos los aspectos, y cuanto más de cerca los vi durante mi estancia en aquel país más odiosos me parecieron.

El amo caballo se percató de mi aversión y dispuso que llevasen al *yahu* a su casa. Entonces, llevando una de sus manos a su boca de un modo que no pudo menos de sorprenderme, pues su movimiento fue realizado con mucha naturalidad, me preguntó qué deseaba comer, mas no pude hacerme entender por signos, y aun cuando lo hubiese logrado, el caballo no habría podido satisfacer mis deseos.

Cuando estábamos en tal embarazo, acertó a pasar una vaca y le indiqué por señas que deseaba ordeñarla. Me comprendió, y en seguida me hizo entrar en la casa y ordenó a un sirviente, es decir, a un jumento, que me abriese una sala, en la que encontraría gran cantidad de vasijas o vasos de madera llenos de leche, cuidadosamente alineados. Me dio un gran vaso lleno y lo bebí con delicia.

Hacia mediodía, vi llegar a la casa una especie de carro o carroza, tirado por cuatro *yahus*. En tal carroza venía un viejo caballo, que parecía ser un personaje de importancia, y descendió del carruaje sirviéndose sólo de sus patas de atrás, porque tenía herida la mano izquierda. Venía a comer con mi huésped, quien le recibió con grandes muestras de cortesía. Comieron en la mejor habitación, y como segundo plato se les sirvió avena cocida con leche, caliente para el viejo y fría para los demás. La pila, que colocaron en el centro de la habitación, era de forma circular y estaba dividida en varios compartimientos, de modo que cada caballo podía comer separadamente su porción de heno y avena con leche, con mucha decencia y regularidad, sorprendiéndome el comportamiento de los potrillos, que me pareció muy prudente para su edad; los dueños de la casa se comportaron con mucha cortesía y bondad con su huésped. El tordo rucio me ordenó que me acercase a él y me pareció que, durante largo rato, hablaba de mí con su invitado, ya que me miraban de vez en cuando y repetían frecuentemente la palabra *yahu*.

Pocos momentos antes, me había calzado los guantes y al advertir mi amo tordo que mis manos no eran como las había visto anteriormente, dio grandes muestras de asombro; dos o tres veces me las tocó con sus manos y me dio a entender que deseaba tomasen su primitivo aspecto. Hice lo que me pedía, quitándome los guantes y guardándolos en el bolsillo, y este acto promovió una charla que duró algún tiempo, advirtiendo yo que les había dispuesto en mi favor, porque me ordenaron que pronunciase las palabras que entendiese, y durante la comida mi amo me enseñó los nombres de la avena, la leche, el fuego, el agua, y muchas otras cosas, y yo repetía tales palabras en seguida, gracias a mi especial facilidad para aprender idiomas.

Cuando terminó la comida, mi amo, el caballo, me llevó aparte y me dijo, ayudado por algunas señas, cuánto lamentaba que no hubiera podido comer. *Hlunnh*, en su lengua, significaba avena, así es que la pronuncié dos o tres veces, porque, si bien al principio había rechazado su oferta, luego reflexioné y comprendí que podía prepararme una especie de alimentación mezclándola con leche, y esperaba que fuese suficiente para sostenerme hasta que pudiese escaparme y llegar a donde hubiera seres de mi especie.

Inmediatamente, el caballo dispuso que una sirviente de la casa, preciosa jumenta blanca, me entregase un buen plato de avena. Como buenamente pude, la tosté en el hogar y luego la froté para quitarle el salvado, y a continuación la machaqué con dos piedras hasta reducirla a harina. Por último, la mezclé con agua e hice una especie de torta, que cocí en el fuego y me la comí bien caliente mojándola en leche.

Tal comida me pareció muy insípida al principio (si bien éste es un alimento muy corriente en bastantes países de Europa), pero llegué a acostumbrarme con el tiempo. Además, como durante mi vida me había encontrado en muy malas situaciones, no era la primera vez que había advertido cuán poco se necesita para satisfacer las necesidades naturales, y no puedo por menos que reconocer, que durante mi estancia en aquella isla, no estuve nunca indispuesto.

Algunas veces, conseguía atrapar un conejo, o algún pájaro con trampas hechas valiéndome de cabellos de *yahu*; en otras ocasiones, cogía algunas hierbas que hacía cocer, o bien me las comía en ensalada, y de vez en cuando, también me regalaba con manteca. Lo único que me disgustó al principio fue la falta de sal, pero también me acostumbré a pasar sin ella, de donde saqué la conclusión de que el uso de la sal es un efecto de nuestra intemperancia, y ha sido introducido para excitar la sed, ya que se ha comprobado que el hombre es el único animal que emplea este ingrediente mezclándolo con su comida. En lo que a mí respecta, cuando dejé aquel país, me costó mucho trabajo acostumbrarme a ella.

Me parece que ya he hablado bastante de mi alimentación, si bien muchos viajeros llenan sus libros con este asunto, como si fuese muy interesante para el lector saber si ellos tenían buen aspecto o no. No obstante, este detalle era necesario para evitar que las gentes imaginasen que me habría sido imposible subsistir durante tres años en tal país y entre tales habitantes.

Al anochecer, mi amo, el caballo, dispuso que me prepararan una habitación a seis pasos de la casa y separada de la cuadra de los *yahus*. Extendí algunos haces de paja, me cubrí con mis ropas y dormí muy tranquilamente; pero no tardé en acomodarme mejor, como el lector advertirá más adelante, cuando relate mi modo de vivir en aquel país.

CAPÍTULO TERCERO

El autor estudia la lengua del país. – El «huyhnhnm», su amo, se la enseña. – Descripción de esta lengua. – Numerosos «huyhnhnms» de calidad acuden a ver al autor, movidos por la curiosidad. – Hace a su amo un sucinto relato de sus viajes.

Lo primero que tenía que hacer era estudiar la lengua que mi amo, el *huyhnhnm* (así le llamaré en adelante), y sus hijos y sus criados tenían gran interés en enseñarme, pues consideraban como un prodigio que un bruto diese tantas pruebas de inteligencia. Yo señalaba con el dedo cada cosa y preguntaba el nombre, que retenía en mi memoria escribiéndolo en mi libro de notas cuando estaba solo; en cuanto al acento, rogaba a cualquier de la casa que pronunciase las palabras varias veces. De este menester estaba encargado principalmente un potro alazán, criado de la clase más inferior de la casa.

Los *huyhnhnms* hablaban tanto con la garganta como con la nariz; su idioma se parecía más al holandés o al alemán que a cualquier otro de los idiomas europeos, si bien era más dulce y expresivo. El emperador Carlos V había hecho la misma observación, pues en una ocasión dijo que si tuviera que hablar a su caballo, lo haría en alemán.

Mi amo estaba tan impaciente por oírme hablar su lengua para poder conversar conmigo y satisfacer su curiosidad, que empleaba todas sus horas libres en instruirme, ya que tenía el convencimiento, según me confesó más adelante, de que yo era un *yahu*, pero mi pulcritud, cortesía, docilidad e interés por aprender, le daban no poco asombro, porque todas estas cualidades eran naturalmente opuestas a los instintos de tales animales.

Mis trajes le preocupaban también, y se preguntaba si formaban o no parte de mi cuerpo, pues me desnudaba para acostarme cuando todos dormían en la casa y me vestía antes de que se levantasen.

También deseaba mi amo saber de qué país venía yo y cómo había adquirido las apariencias de raciocinio que advertía en todos mis actos; en fin, deseaba conocer mi vida por mí mismo, lo que esperaba sería muy pronto, teniendo en cuenta los progresos que hacía, tanto en la comprensión como en la pronunciación de su lengua. Para ayudar a mi memoria, formé una especie de diccionario de todas las palabras que aprendía, escribiendo debajo la traducción inglesa. Poco después, me aventuré a escribir en presencia de mi amo, pero esto me dio no poco trabajo, ya que tuve que explicarle lo que hacía, porque los *huyhnhnms* no tenían la menor idea de libros y literatura.

Finalmente, al cabo de diez semanas, pude entender la mayor parte de las preguntas que me dirigía mi amo y tres meses más tarde le contestaba ya bastante bien. Deseaba grandemente saber cuál era mi patria y de que cómo había podido convertirme en un ser racional, siendo *yahu*. Porque los *yahus*, que eran semejantes a mí, en cuanto al rostro y manos (únicas partes de mi cuerpo que veía), poseían una especie de astucia y gran disposición para el mal, y eran los más indómitos de todos los brutos.

Yo le contesté que venía de muy lejos, habiendo atravesado los mares con otros de mi especie en un gran barco de madera hecho con troncos de árboles, y que mis compañeros me habían abandonado en aquella costa. Ciertamente, me hice comprender a fuerza de gestos.

Mi amo me replicó que debía equivocarme o decir cosas que no eran posibles. Es decir, quiso darme a entender que mentía, pues en el idioma de los *huyhnhnms* no había ninguna palabra que explicase el concepto de mentira o falsedad. Él consideraba una quimera que hubiese tierras al otro lado del mar, y que un vil rebaño de brutos pudiese hacer flotar en el mar un gran barco de madera y conducirlo a su antojo.

—Difícilmente podría construirlo un *huyhnhnm* —dijo—; por lo tanto, menos lo haría un *yahu*.

La palabra *huyhnhnm*, en su idioma significaba caballo y quería decir, según su etimología, la perfección de la naturaleza.

Contesté a mi amo que tenía cierta dificultad para expresar mis pensamientos, pero que sin tardar mucho podría decirle cosas que le sorprenderían igualmente. Entonces encargó con gran interés a sus yeguas, sus potros y los criados que no dejasen escapar ninguna ocasión para perfeccionarme en el conocimiento del idioma, y aun él mismo consagraba dos o tres horas diarias a instruirme.

Algunos caballos y yeguas de distinción fueron varias veces a la casa atraídos por las maravillas que les habían contado acerca de un *yahu* que hablaba como un *huyhnhnm* y demostraba en sus actos y palabras ciertos destellos de raciocinio, y se complacían en hablar conmigo, haciéndome preguntas a las cuales contestaba con bastante acierto. Todo esto contribuía a que me familiarizase con su idioma, de suerte que transcurridos cinco meses entendía ya todo lo que me decían y me expresaba bastante bien acerca de todas las cosas.

Los *huyhnhnms* que iban a visitar a mi amo para verme y hablarme, no se determinaban a creer que yo fuese un verdadero *yahu*, porque, decían, tenía una piel muy diferente a la de aquellos animales, exceptuando mi rostro y manos. Pero me vi obligado a descubrir el secreto de mis vestidos a causa de un accidente que me ocurrió.

Ya he dicho antes que, cada noche, tenía la costumbre de desnudarme y taparme con mis ropas. Un día, mi amo envió a buscarme, muy de mañana, por un lacayo alazán. Cuando entró en mi alojamiento, yo dormía profundamente; mis ropas estaban caídas y la camisa entreabierta; al ruido que hizo el lacayo, me desperté y advertí que me daba su encargo con cierta turbación e inquietud. Cuando terminó, fue a encontrar a su amo y le refirió confusamente lo que había visto. Adiviné el resto de la aventura, porque cuando me presenté a Su Honor para ponerme a su disposición, me preguntó en seguida qué había de cierto en lo que su lacayo le había contado, acerca de que yo no tenía el mismo aspecto cuando dormía que cuando estaba despierto, y que había visto varias partes de mi piel muy blancas, otras amarillentas o menos blancas, y algunas, muy morenas.

Hasta aquel momento, yo había podido mantener oculto mi secreto, con objeto de que no me confundiesen con la maldita e infame raza de los *yahus*, pero desgraciadamente, se había descubierto a mi pesar. Por otra parte, mis ropas y calzado estaban ya bastante usados, y como sin tardar mucho tendría que reemplazarlos con piel de *yahu* o de cualquier otro animal, preveía que no podría ocultar mi secreto durante mucho tiempo.

Entonces dije a mi amo que en el país de donde venía, los de mi especie tenían la costumbre de cubrir su cuerpo con pelo de ciertos animales, preparados en debida forma, tanto por pudor y comodidad, como para defenderse de las inclemencias del tiempo, y que estaba dispuesto a darle la prueba de lo que decía, si es que lo deseaba, no ocultándole sino lo que la naturaleza nos incita a velar.

Pareció que mi amo se asombraba de mis palabras, sobre todo porque no podía concebir que la naturaleza nos obligase a ocultar lo que nos había dado.

—A nosotros —dijo— no nos hace enrojecer ninguna parte de nuestro cuerpo, pero vos podéis proceder en esto como os plazca.

Entonces, desabotonando mis vestidos, me los quité, así como los zapatos, medias y calzones, pero por pudor, dejé caer mi camisa hasta la cintura y la arrollé alrededor de mi talle.

Mi amo miró todas estas operaciones con curiosidad y admiración; luego levantó mis ropas, unas tras otras, cogiéndolas entre su casco y cuartilla, y las examinó atentamente; entonces tocó suavemente mi cuerpo y dio la vuelta a mi alrededor. Después de examinarme, dijo gravemente que estaba demostrado que yo era un *yahu*, diferenciándome de éstos solamente en que no tenía pelo en la mayor parte de mi cuerpo, en que mis garras eran más cortas y conformadas distintamente, y en que andaba haciendo uso sólo de las patas traseras. No quiso proseguir su examen y me permitió que me pusiera mis ropas, porque advirtió que el frío me hacía estremecer.

Yo expresé a Su Honor cuánto me mortificaba el que me diese seriamente el nombre de un animal tan infame y odioso y le rogué que no me aplicara una denominación tan ignominiosa y que comunicase mis deseos a los demás miembros de su familia, criados y amigos. Asimismo le supliqué que ocultase el secreto que le había confiado respecto a mis vestidos, por lo menos hasta que no me viese obligado a sustituirlos, y esperaba también que Su Honor ordenase a su lacayo que no revelase a nadie lo que había visto.

Mi amo accedió amablemente a lo que le pedía y se guardó el secreto de mis vestidos hasta el momento en que tuve que cambiarlos empleando diversos medios, de los que hablaré más adelante. Al propio tiempo, me exhortó a que me perfeccionase en el conocimiento de su idioma, porque le asombraba mucho más oírme hablar y razonar, que el ver mi piel blanca y desprovista de pelo; por otra parte, estaba deseoso de saber las admirables cosas que había prometido explicarle.

A partir de este momento, mi amo aún se preocupó más todavía de mi enseñanza. Me hacía estar presente en todas las visitas y procuraba que me tratasen con cortesía y toda clase de miramientos, con objeto (según decía en secreto a sus visitantes) de que estuviese siempre contento y hacer mi vida más agradable y divertida.

Todos los día, cuando estaba con él, además de enseñarme el idioma, me hacía preguntas acerca de mí, y yo le contestaba de tal modo, que se había formado una idea general de lo que yo le quería explicar.

Sería ocioso relatar aquí cómo logré llegar a sostener con él una conversación larga y juiciosa; sólo diré que la primera vez que pude contestar a sus preguntas de un modo regular me expresé así:

—He venido desde un país muy lejano, como ya intenté explicar a Vuestro Honor, acompañado de cincuenta de mis semejantes, y en un barco, es decir, en un edificio formado con tablas.

Luego le describí la forma del barco del mejor modo posible y, valiéndome de mi pañuelo, le hice comprender cómo avanzaba al soplar el viento sobre sus velas. Después le dije que a causa de una discusión me desembarcaron en aquella costa y que caminaba al azar cuando me libró de la persecución de aquellos execrables *yahus.*

Quiso saber luego quiénes habían construido aquel barco y cómo era posible que los *huyhnhnms* de mi país confiasen su manejo a tales bestias. Le contesté que no podía explicárselo ni continuar hablando si antes no me prometía por su honor no ofenderse por lo que yo dijese, y que sólo mediante esa condición continuaría mi relato y le expondría los asombrosos hechos que había prometido explicarle.

Me aseguró que nada de lo que pudiese decirle le ofendería, y entonces le dije que el barco había sido construido por seres semejantes a mí y que en mi país y en todos los lugares del mundo por donde había viajado éramos los únicos seres dominadores y racionales, y que al llegar a aquel país había quedado profundamente sorprendido de ver que los *huyhnhnms* se comportaban como criaturas dotadas de inteligencia, del mismo modo que él y sus amigos se habían asombrado de encontrar ciertos destellos de razonamiento en una criatura a la que llamaban *yahu* y que se parecía, en verdad, a tan viles animales, cuya degeneración me parecía inexplicable. Añadí que si alguna vez el cielo me permitiese regresar a mi país y publicase la relación de mis viajes, como era mi intención, todo el mundo creería que relataba cosas que no eran ciertas, y que sería una historia fabulosa e impertinente que yo había inventado; pues salvando los respetos que me merecían, tanto él como su respetable familia y amigos, le aseguraba que jamás creerían en mi país que el *huyhnhnm* fuese un animal racional y superior de un país y un *yahu*, sólo una bestia.

CAPÍTULO CUARTO

Ideas de los «huyhnhnms» acerca de la verdad y la mentira. – Los discursos del autor son desaprobados por su amo. – El autor da amplios detalles acerca de sí mismo y de los accidentes de su viaje.

Al oírme, mi amo pareció quedar inquieto, porque dudar de lo que se oía o no creer en ello eran cosas a las cuales estaban tan poco acostumbrados los *huyhnhnms*, que no sabían cómo comportarse cuando las circunstancias les obligaban a ese ejercicio mental. Frecuentemente, había advertido que cuando explicaba a mi amo las cualidades de la especie humana en las demás partes del mundo, y me refería a la mentira y la falsedad, difícilmente podía concebir lo que yo quería decirle, a pesar de que en todos los demás aspectos tenía gran penetración para conocer los significados de lo que explicaba, y razonaba así:

—El don de la palabra nos ha sido dado para comunicarnos unos a otros nuestros pensamientos y para aprender lo que ignoramos. Luego si alguien dice algo que no es verdadero, no se conduce de acuerdo con la intención de la naturaleza, puesto que entonces ya no puede decir que no se le haya entendido, y en vez de procurar enseñar, deja sumido en una ignorancia mayor aún, ya que ha inducido a creer que una cosa blanca es negra o que otra corta, es larga.

Ésta es la idea que tenían los *huyhnhnms* acerca de la facultad de mentir, tan perfectamente comprendida y tan universalmente practicada por nosotros, los humanos.

Pero volveré a mi conversación particular con mi amo. Cuando aseguré a Su Honor que los *yahus* eran los únicos animales dominantes en mi país (lo que, según dijo, escapaba a su inteligencia) me preguntó si teníamos *huyhnhnms* y cuál era su número y condición. Le dije que teníamos gran número de ellos, los cuales, durante el verano, pastaban en las praderas y en el invierno permanecían en cuadras, en las que había *yahus* para servirlos, peinar sus crines, limpiar y estregar su piel, lavarles los cascos, darles de comer y preparar sus lechos.

—Ya os comprendo —replicó—; queréis decir que a pesar de que vuestros *yahus* se envanecen de tener cierto grado de inteligencia, los *huyhnhnms* son siempre vuestros amos. ¡Pluguiera al cielo que nuestros *yahus* fueran tan dóciles como los vuestros!

Rogué a Su Honor que se dignase dispensarme del resto de mi relato porque estaba seguro de que la explicación que me pedía forzosamente sería muy desagradable para él.

—Quiero saberlo todo —replicó—. Continuad y no temáis disgustarme.

—Pues bien —le dije—; ya que lo queréis absolutamente, os obedeceré. Los *huyhnhnms*, a los cuales damos el nombre de caballos, son considerados entre nosotros como los más bellos y nobles animales. Se les aprecia por su vigor y velocidad y cuando pertenecen a personas distinguidas, se les destina a viajar, a correr, a tirar de carruajes y se les dispensan toda clase de cuidados mientras son jóvenes y se puede obtener de ellos alguna utilidad, pero en cuanto comienzan a envejecer o a enfermar de las patas, lo que sucede muy a menudo, se les vende a otros *yahus* que los emplean en trabajos más duros, penosos, bajos y vergonzosos, hasta que mueren. Entonces se les desuella para vender su piel y su cuerpo se abandona a las aves de rapiña y a los perros. Pero los caballos de raza corriente no son tan afortunados. Generalmente, sus amos son granjeros, cocheros y otras gentes del bajo pueblo, que les imponen los más rudos trabajos y los alimentan mal.

Como buenamente pude, le describí nuestra manera de montar a caballo, la forma y empleo de la brida, la silla, la espuela y el látigo, y por último, los arneses y ruedas. Añadí que clavábamos a las patas de todos nuestros *huyhnhnms* una placa de cierta substancia muy dura, llamada hierro, para conservar su casco e impedir que se hiriesen con las piedrecillas que había en los caminos, por los cuales viajábamos frecuentemente.

Después de proferir algunas frases de viva indignación, mi amo se asombró de que tuviésemos la osadía de montar sobre el lomo de un *huyhnhnm*, porque estaba seguro de que el más afable de los *huyhnhnm* de su casa sería lo bastante vigoroso para tirar a tierra al más corpulento de los *yahus*, y si no podía desembarazarse de él al primer intento, se echaría sobre su lomo para aplastar a la bestia.

Yo le dije que nuestros *huyhnhnms* eran amaestrados y enseñados desde la edad de tres o cuatro años, según para los fines a que se les había de dedicar, y que si alguno de ellos era indolente y tenía algún resabio, se le destinaba a tirar de carros; que cuando eran jóvenes se les castigaba duramente por la menor travesura; que los machos destinados a la silla o a arrastrar carruajes eran castrados, ordinariamente, cuando tenían dos años, para que fuesen más dóciles y obedientes; que rean sensibles a las recompensas y castigos, y, por último, rogué a Su Honor que tuviese presente que en mi país los *huyhnhnms* no tenían el menor grado de inteligencia, como sucedía en el suyo con los *yahus*.

No sin dificultad pude hacerme entender de mi amo y muchas veces tuve que valerme de circunloquios para expresar mis pensamientos, porque el idioma de los *huyhnhnms* no era muy rico en palabras, teniendo en cuenta que sus necesidades y pasiones eran mucho menos numerosas que las nuestras. Pero es imposible describir la noble cólera que se apoderó de mi amo cuando le expuse el bárbaro trato que inferíamos a los *huyhnhnms*, y particularmente, por nuestra costumbre de castrarlos para hacerlos más útiles, al propio tiempo que para impedirles propagar su especie. Convino en que si los *yahus* de un país eran los seres más inteligentes, fuesen los amos y sometiesen a sus leyes a los demás animales, porque, más tarde o más temprano, la razón acababa por imponerse a la fuerza bruta; pero que, teniendo en cuenta le estructura de nuestro cuerpo, y especialmente la mía, no creía que ninguna criatura de igual corpulencia pudiese estar peor dotada que nosotros para emplear la inteligencia en las necesidades naturales de la vida. También me preguntó si los demás *yahus* de mi país se me parecían o bien si eran más semejantes a los del suyo. Yo le dije que me parecía a los de mi misma edad, pero que los jóvenes machos y las hembras tenían la piel más suave y delicada y que generalmente, la de las hembras era blanca como la leche.

Me contestó que indudablemente había gran diferencia entre los *yahus* de su corral y yo, pues estaba más limpio y no era tan feo, pero que, en cuanto a ventajas positivas, estaban en contra mía, porque mis uñas no podían serme útiles y a los pies delanteros no se les podía aplicar tal nombre, en realidad, pues nunca me había visto marchar sobre ellos, siendo, además, demasiado blandos para soportar el contacto con la tierra; que frecuentemente los dejaba descubiertos, y que las fundas que les ponía no eran tan resistentes ni de la misma forma que las de las patas traseras. Me dijo también que no podía andar con seguridad, porque si se me deslizaba una de las patas, necesariamente caería a tierra. Luego se puso a criticar toda la configuración de mi cuerpo, el achatamiento de mi rostro, la prominencia de la nariz y la situación de los ojos, colocados en el frente de la cara, de suerte que no podía mirar a la derecha o izquierda sin volver la cabeza. Continuó diciendo que no podía comer sin el auxilio de las patas delanteras, y que, sin duda, por esto, la naturaleza me había dotado de tantas coyunturas. Lo que no podía comprender, dijo, era para qué me servirían los pequeños miembros separados y débiles que veía al final de las patas de atrás, pues cualquier piedrecilla o maleza me los heriría o cortaría si no los llevase protegidos por la piel de alguna otra bestia. Que mi cuerpo no tenía ninguna defensa contra el calor ni el frío, exceptuando los vestidos, que me daban el trabajo de ponérmelos y quitármelos diariamente; y, por último, que había comprobado en su país que todos los animales sentían un horror instintivo por los *yahus* porque los más débiles les huían y los más fuertes, les evitaban. Por lo tanto, aun cuando estuviésemos dotados de razón, no podía comprender cómo podíamos evitar esa antipatía natural que todos los animales sentían por los de nuestra especie, cómo podíamos lograr que nos sirviesen.

—No obstante —dijo—, dejaremos este asunto de momento. —Y me expresó su deseo de conocer algunos datos concernientes a mí.

Le manifesté que sentía grandes deseos de satisfacer cuanto pudiese excitar su curiosidad, pero que dudaba mucho de poder explicarme claramente en algunas materias, acerca de las cuales Su Honor no tenía la menor idea, porque no había nada semejante en su país. No obstante, le aseguré que pondría de mi parte cuanto pudiera y trataría de explicarme valiéndome de analogías y metáforas, rogándole, al propio tiempo, viniese en mi ayuda cuando no encontrase alguna palabra, y mi amo prometió hacerlo así.

Comencé diciéndole que había nacido de padres muy honrados, en una isla llamada Inglaterra, que estaba tan lejos, que el más vigoroso de sus criados apenas podría hacer el viaje durante el curso anual del sol. Que primero me había dedicado a la cirugía, es decir, al arte de curar las heridas y las lesiones del cuerpo causadas por accidentes y violencias. Que mi país estaba gobernado por una mujer de nuestra especie, a la cual llamábamos reina. Que había salido de mi país con la intención de enriquecerme para poder subvenir a mis propias necesidades y a las de mi familia. Que en el último de mis viajes era el capitán del barco teniendo a mis órdenes a cincuenta *yahus*, cuya mayor parte murieron durante el viaje, de suerte que me vi obligado a reemplazarlos con otros de distintos países, y que por dos veces había estado a punto de naufragar; la primera, a causa de una violenta tempestad; la segunda, por haber chocado contra una roca.

Al llegar a este punto, mi amo me interrumpió para preguntarme cómo había podido inducir a individuos de varias naciones para que se embarcasen conmigo después de haber corrido tantos peligros y sufrido tales pérdidas. Le repuse que se trataba de desgraciados que no tenían ni cariño ni hogar, habiendo sido obligados a salir de su país por el mal estado de sus asuntos o por crímenes que hubiesen cometido; que unos habían sido arruinados pleiteando, otros por los excesos o el juego y a la mayor parte se les perseguía como asesinos, ladrones, envenenadores, perjuros, falsarios, falsificadores de moneda, raptores, sobornadores, o bien porque hubiesen desertado pasándose al enemigo; en fin, que todos habían escapado de la prisión y algunos no podían regresar a su país, temerosos de que los ahorcasen, o bien de terminar sus días en un calabozo, de modo que estaban obligados a ganarse la vida en otros lugares.

Durante mi discurso, mi amo me interrumpió varias veces, y me vi obligado a emplear muchos circunloquios para darle idea de todos los crímenes que habían obligado a mis tripulantes a salir de sus países.

Este relato me llevó varios días. Mi amo no podía concebir cuál hubiera sido la intención de aquellas gentes al cometer tales delitos y para aclarar sus dudas, en parte, traté de darle una idea del deseo insaciable que tenemos de adquirir el poder y la riqueza y de los funestos efectos del lujo, la intemperancia, la mezquindad y la envidia, pero no pude hacerle comprender todo esto sino por medio de ejemplos y comparaciones, ya que se resistía a creer que tales vicios existiesen realmente. Después de estas explicaciones, elevó los ojos al cielo con asombro e indignación, como una persona cuya imaginación está espantada por el relato de una cosa jamás vista y de la que nunca oyera hablar.

Las ideas de *poder, gobierno, guerra, ley, castigo* y otras mil, no podían ser expresadas por ninguna palabra del idioma de los *huyhnhnms*, convirtiéndose así en una imposibilidad la tarea que había emprendido. Pero como mi amo estaba dotado de una inteligencia superior, cultivada cuidadosamente por la meditación y la conversación, llegó por fin a conocer suficientemente todo lo que era capaz de hacer la naturaleza humana en nuestros países, y me rogó que le diese cuenta de cómo era Europa y particularmente Inglaterra, mi patria.

CAPÍTULO QUINTO

Por orden de su amo, el autor le explica la situación de Inglaterra y las causas ordinarias de las guerras entre los príncipes de Europa. – El autor comienza a explicar la constitución inglesa.

El lector comprenderá, sin duda, que lo que va a leer a continuación es el extracto de numerosas conversaciones que sostuve con mi amo el *huyhnhnm*, durante dos años, pues a medida que progresaba en el conocimiento del idioma, exigía que le ampliase mis relatos.

Del mejor modo posible le expliqué la situación de toda Europa. Hablé de las artes, industria, comercio, ciencias, y las contestaciones que di a todas las preguntas que me dirigía, proporcionaron a mi relato un fondo inagotable, pero aquí sólo daré un extracto de las conversaciones que sostuvimos acerca de mi patria, presentándolo en el mejor orden posible, ateniéndome menos al tiempo y circunstancias secundarias, que a la verdad. Lo único que me preocupa es que difícilmente podré dar cuenta de los razonamientos y expresiones de mi amo, que perderán, sin duda, la mayor parte de su interés por mi falta de capacidad para traducir un idioma bárbaro.

Obedeciendo las órdenes de mi amo, le conté la última revolución ocurrida en Inglaterra, cuando la invadió el príncipe de Orange, y la guerra que este príncipe sostuvo con el rey de Francia, añadiendo que la reina Ana, sucesora del príncipe de Orange, había continuado esta guerra, en la cual habían intervenido todas las naciones de la cristiandad. A una pregunta suya, calculé el número de *yahus* que habrían perecido en esta guerra funesta; le dije que no habría sido menos de un millón; cien, las ciudades sitiadas y devastadas y quinientos, el de los barcos hundidos, tanto bajo el reinado del príncipe de Orange como en el de la reina Ana.

Me preguntó cuáles eran las causas frecuentes de nuestras querellas y de lo que yo llamba guerra entre las naciones. Le contesté que éstas eran innumerables y que, por lo tanto, sólo le diría las principales.

—Frecuentemente —dije—, dos príncipes se hacen la guerra porque los dos quieren despojar a un tercer país, aunque ninguno de ellos tenga el menor derecho. Otras veces, un soberano ataca a otro por temor a ser atacado. Se declara la guerra a un vecino porque es demasiado poderoso o muy débil. También se declaran guerras, porque el vecino dispone de cosas que nos faltan, o bien porque tenemos cosas de que ellos carecen y entonces se combate por conquistar o perderlo todo. Otro motivo muy excusable para declarar la guerra a un país es cuando se le sabe debilitado por el hambre, asolado por la peste o desangrado por guerras civiles. Un príncipe puede hacer la guerra a su aliado más próximo si una de las ciudades o provincias de este último convienen al primero para redondear sus dominios. A veces, un monarca lleva fuerzas considerables a un país cuya población es pobre e ignorante y asesina legalmente a la mitad de aquellas gentes y reduce a la esclavitud al resto, con objeto de civilizarlas y sacarlas de la barbarie. Una práctica muy corriente y considerada como muy honrosa y digna para un rey, es la de llevar socorros a un príncipe invadido y castigar a los enemigos de sus estados, apoderándose luego del país, después de asesinar al monarca en cuyo auxilio ha ido. Las alianzas y los matrimonios, contribuyen en buena parte a originar guerras entre los príncipes, y cuanto mayor es su parentesco, más fácilmente se convierten en enemigos. Las naciones pobres están hambrientas; las ricas, son ambiciosas y la indigencia y la am-

bición siempre se han hecho la guerra. Por todas estas razones, el oficio de soldado es, entre nosotros, el más honroso; porque el soldado es un *yahu* pagado para matar a sangre fría a sus semejantes, aunque no le hayan hecho ningún mal.

»Tenemos en el norte de Europa algunos príncipes pobres, incapaces de hacer la guerra por su cuenta, y entonces alquilan tropas a las naciones ricas a tanto por hombre, quedándose para ellos las tres cuartas partes de esta soldada, que constituye lo más saneado de su renta.

—Lo que acabáis de decirme de las causas ordinarias de vuestras guerras —me dijo mi amo— me da una alta idea de vuestra pretendida razón. Sea como sea, es una suerte para vosotrso que, siendo tan perversos, no estéis en situación de haceros gran daño; porque en cuanto habéis dicho de los efectos terribles de vuestras guerras crueles, en las que perece tanta gente, pienso, en verdad, que no os habéis ajustado mucho a la realidad. La naturaleza os ha dotado de boca plana situada en un rostro plano, así que no sé cómo podréis morder si no es por las buenas. En cuanto a las garras que tenéis en los pies delanteros y en los traseros, son tan cortas y poco resistentes, que uno solo de nuestros *yahus* destrozaría a una docena de los vuestros.

No pude por menos que menear la cabeza y sonreír de la ignorancia de mi amo. Como no era yo muy extraño al arte de la guerra, le hice una amplia descripción de nuestros cañones, culebrinas, mosquetes, carabinas, pistolas, balas de cañón, pólvora, sables y bayonetas. Le expliqué lo que eran fuertes, trincheras, ataques, salidas, minas y contraminas, asaltos, guarniciones pasadas a cuchillo, el hundimiento de grandes barcos con sus tripulaciones, formadas por mil hombres, agujereados por las balas, destrozados y quemados en medio de las aguas; el humo, el fuego, los resplandores, el gemir de los heridos, los gritos de los combatientes; miembros saltando por el aire, el mar ensangrentado y cubierto de cadáveres; en tierra, los cuerpos hollados por los pies de los caballos; la desbandada, la persecución, la victoria, las víctimas, abandonadas en el campo de batalla para que sirvan de alimento a los lobos y aves de rapiña; a continuación, el saqueo, la violencia, el incendio y la destrucción. Pero deseoso de que comprendiese el valor y coraje de mis queridos compatriotas, le dije que, una vez, durante un sitio, vi cómo hacían saltar felizmente por el aire un centenar de enemigos, y que anteriormente, en un combate naval, había presenciado el mismo hecho, de modo que los miembros parecían caer de las nubes, con gran contento de los espectadores.

Iba a continuar mi relato, cuando Su Honor me ordenó que callara.

—La naturaleza de los *yahus* es tan malvada —me dijo—, que sin dificultad puedo creerla capaz de todo lo que me habéis contado, suponiéndoles, como hacéis, una fuerza y destreza iguales a su maldad. Sin embargo, por muy mal concepto que hubiese formado de este animal, no se parece en nada a lo que acabáis de decirme.

Mis palabras habían aumentado su aversión por toda la especie y turbó su espíritu como nunca lo había estado, temiendo, al oír el relato de tantas abominaciones, llegar paulatinamente a escucharlas con menos horror. Detestaba a los *yahus* de su país; sin embargo, no los creía por sus cualidades odiosas más censurables que los *gnnayh* (aves de presa) por su crueldad, o las piedras puntiagudas, que cortaban limpiamente sus cascos. Pero al contemplar una criatura que se envanecía de ser racional y que había participado en la comisión de tales horrores, pensó que la razón corrompida era peor que no poseer ninguna.

Después de mis palabras, pareció inclinado a suponer que en lugar de raciocinio teníamos solamente algunas facultades adecuadas para aumentar nuestros vicios naturales, de igual modo que el agua agitada refleja la imagen de un objeto desforme haciéndolo más odioso.

—Observo —añadió— que en nuestras conversaciones me habéis hablado solamente de los motivos que tenéis para emprender las guerras, y atrae mi curiosidad otro asunto. Me habéis dicho, según creo, que entre la tropa que os acompañaba en vuestro barco había algunos a quienes habían arruinado los procesos y que la ley les había puesto en tal estado, pero no me habéis explicado la significación de esta palabra y no comprendo cómo la ley, cuya misión es la defensa de todos, puede ser la causa de la ruina de algunos.

Quiso que le diera una más amplia información acerca de lo que yo entendía por ley y sobre los encargados de aplicarla, según el uso actualmente establecido en mi país, porque él pensaba que la naturaleza y la razón eran guías suficientes para enseñar a los animales racionales lo que debían hacer o evitar.

Respondí a Su Honor que los pocos conocimientos que tenía acerca de la jurisprudencia o ciencia de las leyes, eran debidos a conversaciones que había tenido con abogados por ciertas injusticias que se me habían hecho, de las cuales no pudieron obtener reparación aquellos señores. No obstante, dije a mi amo que satisfaría sus deseos en la medida de lo posible.

—Nosotros tenemos —le dije— una colección de hombres a quienes se enseña desde su juventud el arte de probar mediante palabras multiplicadas expresamente que lo blanco es negro y lo negro, blanco, según el precio que se ponga a sus palabras. Por ejemplo: mi vecino desea tener una vaca; pues está seguro de que encontrará un hombre de leyes que probará que tiene derecho a quitarme mi vaca. Entonces yo estoy obligado a pagar otro legista para defender mi derecho, porque la ley no permite que nadie se defienda por sí mismo. De donde resulta que, para mí, que soy el verdadero propietario, la situación es doblemente perjudicial; primero, porque mi abogado está acostumbrado a defender falsedades y se encuentra desplazado de su elemento al verse obligado a mantener la verdad, así es que lo hace con torpeza, si no con mala voluntad. Por otra parte, mi abogado debe proceder con gran prudencia, de lo contrario estaría expuesto a ser amonestado por los jueces y a excitar el odio de sus colegas como si fuera un novicio. Por lo tanto, no me quedan sino dos medios para conservar mi vaca. El primero, sobornar al abogado o al procurador público ofreciéndole el doble de sus honorarios, y entonces traicionará a su cliente diciéndole que la justicia está de mi parte. El segundo debe ser puesto en práctica por mi abogado y consiste en hacer aparecer mi caso lo peor posible, declarando que la vaca es de mi adversario, lo que ciertamente se hace para ganar el favor del tribunal. Vuestro Honor ha de saber que el tribunal, es decir, los jueces, son personas investidas de poder para decidir en todas las discusiones que puedan surgir entre particulares acerca de sus bienes y deciden también en asuntos criminales. Estos jueces se escogen entre los más duchos legistas cuando han envejecido o están cansados de su oficio, y como se han pasado la vida luchando contra la verdad y la equidad, se ven arrastrados, como por una necesidad fatal, a favorecer el fraude, el perjurio y la opresión, de tal modo, que he visto rechazar obsequios de valor de la parte que tenía razón antes que faltar al honor del cuerpo alejándose del espíritu de su oficio.

»Es una máxima entre los jueces que todo lo que ha sido juzgado anteriormente está bien juzgado. Así, tienen buen cuidado de conservar en un archivo las sentencias ya dictadas anteriormente, incluso las que ha dictado la ignorancia, y que son las más opuestas a la equidad y recta justicia. Estas sentencias constituyen lo que se llama jurisprudencia, citándoselas como autoridades, y los jueces, antes de redactar sus informes y dictar sentencia, no dejan nunca de consultarla y todo se prueba y justifica por ella. En los informes se evita cuidadosamente tocar el fondo de la cuestión, y los abogados se apoyan sobre todas las circunstancias con una violencia, unos gritos y un ardor que las más de las veces es insoportable. Por ejemplo, en el caso anteriormente mencionado, no buscarán nunca qué títulos demuestran la propiedad de la vaca, pero querrán saber si es blanca, negra o roja, si tiene cuernos muy largos, si el campo en que pasta es redondo o cuadrado, si se tiene la costumbre de ordeñarla dentro o fuera de la casa, qué enfermedades padece, y así sucesivamente, y luego se dedican a consultar la jurisprudencia. Después se aplaza la causa una y otra vez, y quizá diez, veinte o treinta años más tarde, se la juzgue al fin.

»Debo advertir que las gentes de leyes tienen un lenguaje propio, más bien una jerga, que los demás no entienden y en la cual están escritas todas las leyes. Además, se cuidan de multiplicar estas leyes y por tal medio han confundido enteramente los caracteres esenciales de lo verdadero y lo falso, de lo justo y lo injusto, de tal modo, que se necesitarían treinta años para decidir si la tierra que me dejaron mis antepasados después de poseerla desde hace seis generaciones es más mía que de un desconocido que viviera a cien leguas de mi dominio.

»En los procesos que se siguen a personas acusadas de crímenes contra el Estado, el método que se emplea es mucho más expeditivo y recomendable. El juez sondea la opinión de los gobernantes y cuando la conoce, fácilmente mata o absuelve a un criminal observando estrictamente todas las formas legales.

—Es una lástima —interrumpió mi maestro— que gentes que tienen tanto talento como parecen tener vuestros legistas, según vuestra descripción, no sean inducidos a emplear sus facultades en otra cosa mejor, tales como dar a vuestros *yahus* lecciones de sabiduría y virtud.

A esto le contesté que las gentes de leyes eran los más ignorantes del mundo para todo lo que no se refiera a sus leyes, los más estúpidos en la conversación ordinaria, y, generalmente, enemigos declarados de la literatura y las ciencias, e inclinados también a ofuscar la razón humana sobre los aspectos generales de la vida tanto como en los que conciernen a su profesión.

CAPÍTULO SEXTO

Continuación de la situación de Inglaterra bajo el reinado de la reina Ana. – Carácter de un primer ministro en los Estados de europa.

Mi amo no podía comprender qué motivos excitaban a toda aquella raza de legistas a fatigarse y atormentarse a sí mismos formando una liga de injusticia con el solo fin de perjudicar a sus semejantes; tampoco comprendía lo que yo quería decir con honorarios o pagos que se les hacían, y me vi obligado, para contestarle, a explicar el uso de la moneda, los metales que se empleaban en ella y su valor relativo. Igualmente le dije que cuando un *yahu* tenía almacenada una gran cantidad de esta substancia preciosa llamada dinero, podía procurarse todo lo que necesitaba, como buenos vestidos, magníficas casas, grandes tierras, manjares exquisitos, vinos raros y también podían escoger las mujeres más bellas. Como el dinero era lo único capaz de proporcionar todas estas cosas, era natural que nuestros *yahus* creyesen que nunca gastaban o almacenaban bastante, porque lo mismo se inclinaban por la prodigalidad que por la avaricia.

—El rico —le dije— se beneficia de los frutos del trabajo del pobre y este último guarda con el primero la proporción de uno a mil, sin embargo, tal masa está obligada a ganarse una miserable subsistencia trabajando todos los días por un despreciable salario con objeto de que un pequeño número pueda vivir en la abundancia.

Hablé largamente acerca de otras circunstancias relacionadas con este asunto, pero no logré que me comprendiese.

—¡Cómo! —interrumpió Su Honor— ¿La tierra no pertenece por igual a todos los animales ni tienen el mismo derecho a beneficiarse de los frutos que produce para su alimentación, principalmente los que predominan sobre el resto de la creación? —Y añadió aún—: ¿Qué queréis decir con manjares exquisitos y vinos raros y cómo pueden ser necesarios para muchos de vosotros?

Entonces le enumeré los manjares más deliciosos que pude recordar y las diversas maneras de prepararlos; luego le dije que para sazonar estos manjares y para tener excelentes licores, equipábamos barcos y emprendíamos largos viajes por mar. Le aseguré que había que dar la vuelta al mundo, por lo menos tres veces, para que una de nuestras damas pudiera tener su desayuno o la taza en la cual debía ser servido.

—Vuestro país —repitió— es bien miserable cuando no puede nutrir a todos sus habitantes.

Pero lo que más le asombró fue saber que grandes espacios de terreno estaban completamente desprovistos de agua fresca y que nos viésemos obligados a atravesar el mar para buscar algo que beber. Yo le contesté que Inglaterra, mi querida patria, producía tres veces más alimentos de los que necesitaban sus habitantes y que, en cuanto a la bebida, componíamos excelentes licores con el jugo de ciertos frutos y el extracto de algunos granos; en fin, que teníamos en la misma proporción todas las cosas necesarias para la vida, pero que para satisfacer el lujo y la intemperancia de los machos y la vanidad de las hembras, enviábamos al extranjero una gran parte de nuestros productos y que en cambio, ellos nos enviaban artículos para satisfacer nuestros vicios.

—De ahí —añadí— que muchos de nosotros se vean obligados, para ganarse la vida, a ser mendigos, rateros, tramposos, perjuros, pícaros, aduladores, falsarios, embusteros, falsos testimonios, jactanciosos, malos autores, envenenadores, astrólogos, tartufos, libelistas, librepensadores y otras cosas peores aún.

Fácilmente se comprenderá cuál debió de ser mi embarazo para que mi amo supiese lo que quería decir.

Proseguí diciéndole que los trabajos que nos tomábamos para ir en busca de vinos a los países extranjeros no se debían a falta de aguas o buenos licores para beber, sino porque el vino era una bebida que nos alegraba y nos hacía perder el juicio, que quitaba de nuestra mente toda idea juiciosa reemplazándolas con otras divertidas, que avivaba el valor, suprimía el temor y por algún tiempo suspendía el ejercicio de la razón, privándonos del uso de nuestros miembros hasta que caíamos en un profundo sueño.

—Es cierto —continué— que siempre se despierta de esta especie de sueño triste y enfermo, y que el uso de tal medida engendra muchas incomodidades y acorta la vida haciéndola penosa.

»La gran masa de nuestro pueblo puede subsistir —proseguí— porque proporciona a los ricos todas estas cosas. Por ejemplo, cuando estoy en mi casa y visto como debo, llevo encima de mi cuerpo la obra de cien obreros. Un millar de obreros ha contribuido a edificar y amueblar mi casa, y se han necesitado cinco o seis veces más para el adorno de mi mujer.

Como había dicho a mi amo que la mayor parte de mis compañeros habían muerto a causa de enfermedades, pasé a explicarle que había otras gentes que se ganaban la vida curándolas, pero no sin grandes trabajos logré que entendiese lo que quería decir, pues él comprendía que un *huyhnhnm* se sintiese débil pocos días antes de su muerte o porque hubiese resultado herido en algún accidente, pero que la naturaleza, cuyas obras son siempre perfectas, permitiese que en nuestros cuerpos se albergasen enfermedades, le parecía imposible y me rogó que le explicase los motivos de tan singular calamidad.

Le dije que nosotros comíamos mil cosas diferentes, que frecuentemente operaban en distinto sentido; que a veces comíamos sin tener apetito, y bebíamos sin tener sed y que pasábamos las noches bebiendo líquidos ardorosos sin comer un solo bocado, lo que quemaba nuestras entrañas y estropeaba nuestro estómago al acelerar o retardar la digestión. También expliqué cómo muchas de estas enfermedades nos eran transmitidas por herencia; en fin, que no terminaría nunca si quisiera exponerle todas las enfermedades a que estábamos sujetos, pues había quinientas o seiscientas, ya que cada parte de nuestro cuerpo, externa o interna, tenía una infinidad que le eran peculiares.

—Para curar todos estos males —añadí—, tenemos ciertas gentes a las que se enseña a curar, o al menos a intentarlo, estas enfermedades.

Como éste era mi oficio, fue un placer para mí revelar a Su Honor, para expresarle mi reconocimiento, todos los misterios y métodos empleados por los médicos.

—Se supone que todas nuestras enfermedades provienen de excesos, por lo tanto, los médicos piensan, muy prudentemente, que es necesaria la evacuación, ya sea por arriba, ya por abajo. Para obtener este efecto, toman hierbas, minerales, gomas, aceites, conchas, sales, plantas marítimas, excrementos, cortezas de árboles, serpientes, sapos, ranas, arañas, venenos, huesos y carnes de personas muertas, y de pájaros, con todo lo cual componen un licor de un olor y sabor abominables, al que dan el nombre de vomitivo. Otras veces sacan de los mismos materiales, añadiéndoles algunos venenos, un líquido que nos hacen tomar bien por el orificio de arriba, bien por el de abajo, según su método, y esta medicina, que relaja las entrañas y arrastra todo lo que contienen, recibe el nombre de purga. «La naturaleza —dicen ellos—, nos ha dado muy ingeniosamente el orificio exterior y visible para la introducción de los alimentos y el orificio inferior para la deyección de lo superfluo, luego si la enfermedad cambia la disposición natural de los cuerpos hay que aplicar los remedios de la misma manera y combatir a la naturaleza, y por esto es necesario cambiar el uso de los orificios, es decir, ingerir por el de abajo y evacuar por el de arriba.

»Además de las enfermedades reales, estamos sujetos también a enfermedades imaginarias, para las cuales los médicos han inventado remedios imaginarios. Estas enfermedades tienen nombres conocidos así como las drogas que se les aplican, y nuestras *yahus* hembras están aquejadas casi siempre de esta clase de indisposiciones.

»Los médicos sobresalen en los pronósticos, pues casi nunca se equivocan, ya que si se trata de una enfermedad real de relativa gravedad, pronostican en seguida la muerte, que está en sus manos poderla dar, si es que no pueden impedirla. Así, si se presentase algún indicio de mejoría después de haber pronunciado la fatal sentencia, sabrían cómo evitar el pasar por falsos profetas y cómo demostrar al mundo su sagacidad administrando adrede alguna medicina.

»Son especialmente útiles a los maridos y mujeres que están cansados del lazo matrimonial, a los herederos, a los ministros de Estado y, frecuentemente, a los monarcas.

En otras ocasiones, había hablado con mi amo acerca del gobierno en general, y principalmente sobre nuestra constitución, digna de excitar la envidia y admiración del mundo entero, pero cuando le hablé accidentalmente de un ministro de Estado, Su Honor me preguntó a qué especie de *yahu* se designaba con tal nombre.

Le repuse que un primer ministro de Estado era un individuo exento por completo de alegría y de pena, de amor y de odio, de piedad y de cólera, que no manifestaba ninguna pasión, salvo el ardiente deseo de adquirir riquezas, poder y títulos; que hablaba de todo, pero sin expresar nunca sus pensamientos; que aquellos de quienes no hacía buenas ausencias estaban en camino de prosperar en su carrera, en tanto que si alababa a alguno, estuviese o no presente, podía creerse que era hombre perdido. Una promesa de un ministro, sobre todo si estaba respaldada por un juramento, le dije, era el augurio más desfavorable y el que fuese prudente, abandonaría su proyecto.

Había tres sistemas para llegar a primer ministro: el primero, poder disponer con prudencia de una mujer, de una hija o de una hermana; el segundo, traicionar o derribar sordamente al predecesor; el tercero, mostrar un celo furioso en las asambleas públicas contra la corrupción de la corte. Pero un príncipe avisado debía emplear preferentemente a los que utilizaban este tercer sistema, porque los fanáticos de la oposición se convertían siempre en los ministros más servilmente adaptables a los caprichos y pasiones de su señor. Una vez en posesión de su cargo, los ministros se mantenían asegurándose la mayoría de un senado o gran consejo legislativo distribuyendo los empleos de que disponían y por un expediente llamado voto de indemnidad se ponían al abrigo de toda responsabilidad y se retiraban de los asuntos públicos enriquecidos con los despojos de la nación.

El palacio de un primer ministro era una escuela donde se formaban los aptos para esta profesión. Los pajes, los lacayos, el portero, al imitar a su señor, destacaban en su esfera tanto como los ministros y aprendían a sobresalir en las tres principales ramas de ese árbol, a saber: la insolencia, la mentira y la venalidad. En consecuencia, cada uno contaba con una corte subalterna compuesta de personas de calidad, y algunas veces, a fuerza de destreza e impudicia, llegaban, por distintos caminos, a suceder a su señor.

Un día, al oírme hablar mi amo de la nobleza de mi país, me dirigió un cumplimiento que no tenía la pretensión de merecer. Me dijo que estaba convencido de que yo debía pertenecer a alguna gran familia, porque estaba muy por encima, tanto en belleza, como en forma, color y limpieza a todos los *yahus* de su país, a pesar de que eran superiores a mí en fuerza y agilidad, lo que provendría, indudablemente, de vivir una vida distinta a la de los otros brutos, y además, del don de la palabra, del que yo estaba dotado, y de cierto grado de inteligencia que me hacía pasar por un prodigio entre sus conocimientos. Al mismo tiempo me hizo observar que, entre los *huyhnhnms,* los blancos y los alazanes no estaban tan bien formados como los bayos y pardos, los tordos rucios y los negros, ni nacían con la misma inteligencia y disposición, y por ese motivo se mantenían siempre en el estado de servidumbre para el que eran aptos, sin que ninguno de ellos intentase salirse de ese rango para elevarse al de amo, puesto que en aquel país parecería una cosa monstruosa.

Humildemente expresé a Su Honor mi agradecimiento por la buena opinión que se había formado de mí, pero le aseguré, al propio tiempo, que mi cuna era muy modesta, habiendo nacido de padres muy honrados, que me habían procurado una educación bastante aceptable. Luego le dije que entre nosotros la nobleza no tenían ningún punto de contacto con la idea que él había concebido, pues nuestros jóvenes nobles estaban criados desde su infancia en la ociosidad y el vicio y que el carácter común a esta clase era una mezcla de melancolía, estupidez, ignorancia, caprichos, sensualidad y orgullo.

No obstante, sin el asentimiento de este ilustre cuerpo no podía ser promulgada ninguna ley, ni derogada o modificada y disponían sin apelación de todas nuestras posesiones.

CAPÍTULO SÉPTIMO

El gran cariño del autor por su patria. – Observaciones de su amo con respecto a la constitución y administración de Inglaterra. – Advertencias del amo del autor acerca de la especie humana.

Acaso se asombre el lector de que me haya atrevido a presentar mi especie tan fielmente ante una raza de mortales ya prevenidos desfavorablemente contra el género humano por su completa semejanza con los *yahus* del país, pero confieso que las numerosas virtudes de aquellos excelentes cuadrúpedos puestas en inmediato contacto con las corrupciones humanas, habían esclarecido de tal modo mi vista y ampliado la esfera de mi inteligencia, que comencé a juzgar de diferente modo los actos y pasiones de los hombres y a pensar que el honor de mi especie no se merecía que emplease paliativos, lo que, por otra parte, era imposible con un ser tan sensato y penetrante como mi amo, que diariamente me reprochaba faltas cometidas por mí como defectos graves, a pesar de que entre nosotros se hubieran juzgado como leves debilidades. Por su ejemplo había aprendido, además, a detestar la mentira y el disimulo, y la verdad me pareció, al fin, tan digna de ser amada, que determiné sacrificarlo todo por ella.

Por último, para ser sincero, diré que había un motivo más poderoso que me obligaba a representar el estado de mi patria sin ningún miramiento. Apenas llevaría un año viviendo en aquel país, cuando resolví pasar el resto de mis días con aquellos admirables *huyhnhnms,* en la contemplación y la práctica de todas las virtudes, lejos de toda tentación y de perniciosos ejemplos. Pero la fortuna, mi perpetuo enemigo, decidió que no compartiría tal felicidad. No obstante, me es grato pensar que, en todo cuanto he dicho de mis compatriotas, he procurado atenuar sus defectos tanto como he podido ante un examinador tan severo, y que en todos los asuntos que traté los presenté del modo más favorable que me fue posible. ¿Podía obrar de otra forma distinta, si todo ser viviente está influido instintivamente para que sea parcial en cuanto afecta al lugar de su nacimiento?

Hasta aquí he hecho el resumen de las conversaciones que sostuve con mi amo durante la mayor parte del tiempo que tuve el honor de estar a su servicio, pero el temor de aparecer prolijo me ha inducido a omitir numerosas materias que ni siquiera he citado.

Cuando hube contestado a todas sus preguntas y su curiosidad quedó plenamente satisfecha, me envió a buscar una mañana muy temprano y me ordenó que me sentase a cierta distancia, honor que me concedía por primera vez.

Me dijo que había reflexionado seriamente sobre toda mi historia, llegando a la conclusión de que nosotros éramos animales que, por un accidente inconcebible para él, habíamos sido dotados de un ligero destello de razón, del cual no habíamos hecho uso sino para agravar nuestros defectos y adquirir otros nuevos, de los cuales no nos había provisto la naturaleza, perdiendo, en cambio, las pocas aptitudes que nos había otorgado. Que habíamos sido muy hábiles en multiplicar nuestras necesidades primitivas y que le parecía que nos pasábamos la vida haciendo vanos esfuerzos para satisfacer nuestras invenciones. En cuanto a mí, era evidente que no poseía ni la fuerza ni la agilidad de un *yahu* corriente; que andaba torpemente sobre mis patas posteriores; que había encontrado el medio de inutilizar mis garras, tanto para la defensa como para servirme de ellas en cualquier otra forma, y de quitar de mi mentón el pelo destinado a defenderme del sol y de las inclemencias atmosféricas; por último, que no podía correr con rapidez, ni trepar a los árboles como mis hermanos (él los llamaba siempre así), los *yahus* del país.

Añadió que nuestras instituciones de gobierno y nuestras leyes provenían, evidentemente, de nuestra falta de raciocinio, y por lo tanto, de virtud, ya que la razón basta para dirigir a una criatura racional, característica que no debíamos pretender poseer después de mi relato, a pesar de que había advertido el cuidado con que había atenuado muchas particularidades y disfrazado otras para darle mejor idea de mis compatriotas.

Lo que le confirmaba en esta opinión, es que había comprobado que, del mismo modo que yo me parecía a los demás *yahus* en las distintas partes de mi cuerpo, exceptuando algunas pequeñas diferencias desfavorables para mí, tales como la distinta fuerza, actividad y rapidez, la pequeñez de mis garras y algunas otras distinciones artificiales, también nuestras costumbres y nuestros actos, de acuerdo con lo que le había contado, hacían más patente una estrecha semejanza entre las cualidades espirituales.

—Los *yahus* —dijo— se distinguen por su odio mutuo, pues se detestan entre sí como ningún otro animal, y esto se explica por la fealdad de sus formas, que ven en los demás, pero no en sí mismos.

Había, pues, pensado que nosotros obrábamos muy cuerdamente cubriéndonos el cuerpo, ocultando así, mediante este invento, nuestras deformidades, cuya contemplación se soportaba difícilmente.

Reconoció también que se había equivocado, porque las causas de nuestras disensiones eran las mismas que entre los *yahus*.

—Dejad, por ejemplo, entre cinco *yahus* comida suficiente para cincuenta y en vez de comer todos pacíficamente, veréis que se tiran del pelo y de las orejas y cada uno se esforzará en quedárselo todo para sí. Por esto, cuando comen fuera, siempre ha de estar junto a ellos un criado y los que comen dentro de su alojamiento, permanecen atados a cierta distancia uno de otro. Si una vaca muere de vejez o por accidente, antes que un *huyhnhnm* haya tenido tiempo de llevársela para sus *yahus*, acudirán en tropel los del vecindario para caer sobre esta presa y se entablará entre ellos una batalla semejante a las que habéis descrito. Los *yahus* se hieren terriblemente con sus garras, pero rara vez llegan a matar a su adversario, porque no poseen los mortíferos instrumentos que habéis inventado. Otras veces, los *yahus* de diversas regiones libran batallas sin motivo aparente que las justifique y los de una región acechan todas las ocasiones para sorprender al cantón enemigo antes que haya tenido tiempo de prepararse; pero si fracasan en sus proyectos, regresan a sus casas y, faltos de enemigos, se divierten en hacer lo que habéis llamado guerra civil.

Me explicó que en algunas partes del país había ciertas piedras brillantes y de colores variados, que eran muy apreciadas por los *yahus,* y cuando tales piedras se hallaban a bastante profundidad, lo que sucedía agunas veces, cavabam con sus garras durante días enteros para desenterrarlas y en seguida se las llevaban y las escondían en sus pocilgas, mirando a uno y otro lado con precaución para que sus camaradas no descubriesen su tesoro.

—Nunca he podido adivinar —dijo mi amo— la razón de este apetito sobrenatural ni saber para qué les pueden servir tales piedras a estos animales, pero ahora lo concibo y creo debe ser por el espíritu de avaricia que atribuís al género humano. Una vez, para hacer un experimento, yo me llevé un montón de estas piedras, y al ver la sórdida bestia que su tesoro había desaparecido, atrajo con sus lamentos a todos sus compañeros y comenzó a morderlos y arañarlos. Después de este rapto de furor, se sumió en una especie de melancolía y no quiso ni beber ni comer, ni dormir ni trabajar, hasta que ordené a mi criado que llevase las piedras al lugar de donde las había sacado. Cuando las vio nuevamente el*yahu,* recobró su buen humor, pero las ocultó en un lugar más secreto, y a partir de entonces, fue una bestia muy dócil.

Mi amo me afirmó también, y más adelante pude comprobarlo personalmente, que los combates más frecuentes y encarnizados tenían lugar en los campos donde abundaban aquellas piedras, porque estaban sujetos a frecuentes incursiones de los *yahus* de los alrededores.

También me dijo que era muy frecuente que dos *yahus* se peleasen por la propiedad de una piedra y que llegase un tercero y se la llevase.

Mi amo afirmaba que estos hechos tenían alguna semejanza con nuestros asuntos judiciales, pero yo no quise desengañarlo en obsequio nuestro, porque la decisión de que él hablaba era bastante más equitativa que la mayor parte de nuestras sentencias legales, porque el demandante y el demandado no perdían, en el primer caso, más que la cosa porque pleiteaban, mientras que en nuestros tribunales no se terminaba el pleito mientras uno u otro tuviese algo que perder.

—Nada hace más odiosos a los *yahus* —continuó mi amo— que su voracidad, que los lleva a comer ávidamente todo lo que encuentran en su camino: hierbas, raíces, frutos, carnes corrompidas, o todas estas cosas mezcladas, y una particularidad de ellos es que se comen con más gusto lo que obtienen lejos por la rapiña y el robo, que los mejores alimentos que se les ofrezcan en sus casas. Y si su presa es bastante grande, comen hasta que están a punto de estallar, pero en seguida su instinto les induce a comer cierta raíz que les produce una evacuación.

También existían otras raíces suculentas, pero muy difíciles de encontrar; ellos chupaban con deleite esta raíz, que les producía los mismos efectos que a nosotros el vino. Esta substancia les inducía a acariciarse unas veces; otras, a pegarse; y aullaban, gesticulaban, proferían gritos inarticulados, andaban tambaleándose y al fin caían en el barro.

Había observado que, en efecto, los *yahus* eran los únicos animales del país que estaban sujetos a enfermedades, las cuales, sin embargo, eran menos numerosas que las de los caballos entre nosotros y no provenían de ningún mal trato, sino de la suciedad y glotonería de aquella voraz bestia. Un solo término general indicaba todas las enfermedades y este término, derivado del nombre de la bestia, era *hnea-yahu,* o sea, *el mal de los yahus.* El remedio que se prescribía para este mal consistía en mezclar su excremento y su orina, y se obligaba a tragarlo al *yahu* enfermo. Vi aplicar este remedio con gran éxito y yo lo recomiendo a mis compatriotas por el bien público, como un específico admirable contra las indisposiciones producidas por los excesos.

Acerca de las ciencias, el gobierno, las artes, las manufacturas y otras cosas semejantes, mi amo confesó que encontraba muy poco o casi ningún parecido entre los *yahus* del país y los del mío. Él buscaba la analogía sólo en las disposiciones naturales de las dos especies.

Ciertamente, algunos *huyhnhnms* curiosos habían observado que en la mayor parte de los rebaños de *yahus* había una especie de jefe (lo mismo que en nuestros parques hay un ciervo principal) el cual, generalmente, era el más disforme y malvado de la tribu. Este jefe tenía, casi siempre, un favorito tan semejante a él como podía encontrarlo, cuya misión consistía en lamer los pies y el dorso de su amo y llevarle hembras a su pocilga, servicios que el amo recompensaba de vez en cuando, con un pedazo de carne de asno. Toda la tribu odiaba a este favorito, el cual no podía alejarse mucho de su jefe. Generalmente, conservaba el cargo hasta que se encontraba otro peor que él, pero en el momento en que se le relevaba del cargo, su sucesor se ponía a la cabeza de todos los *yahus* de la región, jóvenes y viejos, machos y hembras, y acudían a descargar sus entrañas sobre el favorito en desgracia y lo regaban de los pies a la cabeza. Mi amo me dijo que no sabía hasta qué punto podía compararse aquello con nuestras cortes, ministros y favoritos.

No me atreví a replicar a esta maliciosa insinuación que rebajaba la inteligencia humana y la ponía por debajo de la sagacidad de un perro de caza vulgar, el cual siempre tiene el criterio suficiente para seguir el ladrido del jefe de la jauría, sin equivocarse nunca.

Mi amo me dijo que los *yahus* tenían algunas cualidades muy marcadas, de las cuales había yo hablado muy poco o nada en mis relatos acerca de la especie humana. Una de ellas era que los machos discutían y se pegaban con las hembras tan violentamente como con los otros machos, y esta práctica denotaba un grado de infame brutalidad al cual no habría llegado ninguna otra criatura sensible.

Otra cualidad de los *yahus* que le sorprendía era su extraña inclinación a la suciedad. Fácilmente hubiera podido rechazar esta acusación en lo tocante al género humano si hubiese habido cerdos en el país, pero por desgracia no los había. Ciertamente, si el cerdo es un cuadrúpedo más agradable que el *yahu,* no puede pretender ser más limpio que éste, y sin duda alguna, mi amo no lo habría podido negar si hubiese visto la desagradable manera como se alimentan estos animales y su costumbre de revolcarse y dormir en el fango.

También habló mi amo de otra particularidad que sus criados habían descubierto entre los *yahus,* que le parecía inexplicable.

—A veces —dijo— le entra a uno de estos *yahus* la manía de meterse en un rincón, acostarse, gruñir, aullar, y rehusar todo lo que se le acerca, y a pesar de ser joven y estar gordo, ni come, ni bebe, y los criados no pueden adivinar lo que le hace padecer. El único remedio que se ha encontrado para este mal, es obligar al enfermo a trabajar duramente, hasta que vuelve a recobrar su aspecto normal.

Al oír estas palabras, me callé por amor a mi especie. Sin embargo, reconocí en ese mal el verdadero principio del *spleen*, que generalmente ataca a los ricos y los perezosos, a los cuales me compremetería a curar sometiéndolos al mismo régimen.

Mi amo me habló aún de los *yahus* hembras y me hizo varias observaciones basadas en su experiencia y la de los demás; no pude menos que pensar con algo de asombro y mucha tristeza que los rudimentos de la coquetería, de la crítica amarga y de la maledicencia habían sido colocados entre las inclinaciones del género femenino.

CAPÍTULO OCTAVO

El autor refiere algunas particularidades de los «yahus». – Las grandes virtudes de los «huyhnhnms». – Educación y ejercicios de la juventud. – Asamblea general.

Como yo debía comprender la naturaleza humana mejor que mi amo (así lo suponía al menos) no me fue difícil aplicarme a mí mismo y a mis compatriotas las características que él daba a los *yahus*, y aun esperaba hacer otros descubrimientos por mis propias observaciones. Por lo tanto, rogué a mi amo que me dejase ver los rebaños de *yahus* de los alrededores para examinar sus maneras e inclinaciones.

Persuadido de que su vista y su contacto no podría corromperme, accedió a mis deseos, pero dispuso que me acompañase un fuerte caballo alazán tostado, criado muy honrado y complaciente. Confieso que si no hubiese tenido esta protección, no me hubiera atrevido a intentar tamaña aventura, pues ya he referido cuánto había sido molestado por aquellas odiosas criaturas a mi llegada al país, y más tarde estuve a punto de caer entre sus garras tres o cuatro veces, cuando me alejaba un poco de la casa.

Tenía motivos suficientes para pensar que aquellos *yahus* me consideraban como uno de sus semejantes, pues había dado lugar a esto dejándoles ver mi pecho y brazos desnudos cuando mi protector estaba cerca de mí, y en tales ocasiones intentaron acercarse a nosotros imitando mis ademanes como hacen los monos, pero siempre con manifiestos signos de aversión iguales a los que harían los monos salvajes persiguiendo a un sajú amaestrado al que hubiesen provisto de sombrero y medias.

Desde su infancia, los *yahus* tenían una rapidez asombrosa. Una vez cogí un joven macho de tres años y traté de que permaneciese tranquilo haciéndole toda clase de caricias, pero el diablillo comenzó a gritar, arañar y morder con tanta violencia, que me vi obligado a soltarlo; lo que hice muy oportunamente, pues ya se acercaba una tropa de *yahus* que corrían atraídos por el ruido.

Mientras tuve en mis manos al *yahu*, observé que su carne despedía un olor muy fétido, que tenía cierta semejanza con el de la garduña y el del zorro, pero más desagradable que uno y otro.

Olvidaba una circunstancias, que acaso el lector me perdonase fácilmente si la hubiera omitido a propio intento, y es que, mientras tenía en mis manos aquel odioso gusano, evacuó en mi traje sus excrementos horribles, amarillos y líquidos, ensuciándolo por completo. Afortunadamente, no muy lejos corría un arroyuelo y pude limpiarme, pero no me presenté ante mi amo hasta que no me aireé lo bastante.

Según pude advertir, los *yahus* eran los animales menos susceptibles para aprender y su inteligencia no iba más allá de arrastrar o cargar fardos. Sin embargo, opino que este defecto se debía a su condición reacia y maliciosa, porque eran astutos, traicioneros, malvados y vengativos. Eran fuertes y vigorosos, pero cobardes y, por lo tanto, insolentes, abyectos y crueles. Se había observado que aquellos cuyo pelo era rojo, tanto machos como hembras, eran más malvados que los demás y les sobrepasan de mucho en fuerza y actividad.

Los *huyhnhnm* albergaban en chozas algo alejadas de la casa a los *yahus* que tenían a su servicio, pero el resto lo enviaban a algunos campos, en los cuales desenterraban raíces, comían diferentes hierbas, buscaban carroñas y, algunas veces, atrapaban comadrejas y *luhimbns,* especie de ratas campestres, que devoraban glotonamente. Su instinto les había enseñado a cavar con las uñas agujeros muy profundos en las laderas o terrenos elevados, y se echaban en ellos.

Como viví tres años en aquel país, el lector esperará, sin duda, que, siguiendo el ejemplo de los demás viajeros, haga un amplio relato de las maneras y costumbres de sus habitantes, las cuales, en efecto, fueron el principal objeto de mis estudios.

Por estar dotados aquellos nobles *huyhnhnms* de una disposición general para todas las virtudes, no tenían la menor idea de lo que era el mal moral entre los seres racionales y su lema principal era el de cultivar la razón y tenerla siempre como guía de todos sus actos. Entre ellos, la razón no era problemática como entre nosotros, que nos da argumentos igualmente verosímiles para defender dos ideas opuestas, sino que daba a su espíritu una convicción plena e inmediata, como debe ocurrir siempre que no está ni confundida, ni oscurecida, ni desvirtuada por las pasiones y el interés. Recuerdo que tropecé con grandes dificultades para hacer entender a mi amo el significado de la palabra «opinión» o cómo un punto podía ser discutible, porque decía que la razón nos enseñaba a no afirmar ni negar nada sin tener una certeza absoluta, y por lo tanto no podíamos hacer ni lo uno ni lo otro acerca de cuestiones que estuviesen por encima de nuestros conocimientos. Así, controversia, polémica, disputa y aserción positiva sobre asuntos dudosos, eran palabras desconocidas entre los *huyhnhnms.* Del mismo modo, cuando intentaba explicarle nuestros diversos sistemas de filosofía natural, se burlaba de que criaturas que se llamaban racionales considerasen un mérito el conocer las conjeturas de otras gentes acerca de cosas que no tendrían ninguna utilidad para nosotros cuando llegasen a conocerse perfectamente.

En este aspecto, sus ideas estaban de acuerdo con las de Sócrates, tal como nos las ha transmitido Platón, y cito este hecho como el mayor honor que pueda recibir el príncipe de los filósofos.

Frecuentemente he pensado que esta doctrina amenazaría con la destrucción de las bibliotecas de Europa, y en cuántos caminos conducentes a la fama quedarían cortados en el mundo de los sabios.

La amistad y la benevolencia eran las principales virtudes de los *huyhnhnms,* y estas virtudes no estaban limitadas a asuntos particulares, sino que se extendían sobre todo. Trataban al desconocido del lugar más lejano del país del mismo modo que a su vecino más próximo, y estaban seguros de ser acogidos como hermanos en todas partes. Observaban la demencia y la fidelidad en su más alto grado, pero ignoraban totalmente lo que nosotros llamamos ceremonias. No sentían debilidades por sus pequeños y el cuidado que se tomaban por su educación era dictado por la razón solamente. Comprobé que mi amo tenía el mismo afecto a los hijos de su vecino que a los suyos, pues decía que la naturaleza les inducía a amar a todos los de su misma especie, y que sólo la razón distinguía a las personas cuando estaban dotadas de una virtud y mérito superior.

El amor, la galantería, los regalos, los dotes, las viudedades, no podían expresarse con ninguna palabra de su idioma ni pude lograr que comprendiesen el significado. Las jóvenes parejas se unían simplemente proque sus padres y amigos lo habían decidido así; además, diariamente veían que los demás procedían del mismo modo y consideraban tal unión como uno de los actos necesarios de la vida de un ser racional. Pero la violencia del matrimonio o cualquiera otra impureza eran cosas desconocidas por completo; así, los esposos pasaban toda su vida conservando la misma amistad mutua e idéntica benevolencia, por parte de uno y otra, que tenían para con todos los de su especie que se encontrasen por los caminos. Entre ellos jamás existían los celos, los malos humores, los disgustos ni el descontento.

Su método para educar los hijos era admirable y digno de servir de modelo. No se les permitía comer un solo grano de avena, exceptuando ciertos días, hasta que tenían dieciocho años, y leche, muy rara vez. Durante el verano, pacían dos horas por la mañana y dos por la tarde, lo mismo que sus padres; en cuanto a los criados, empleaban la mitad de ese tiempo y la hierba que debían consumir se llevaba a la casa en su mayor parte, con objeto de que comiesen en horas más convenientes, en los intervalos de su trabajo.

La templanza, el amor al trabajo, el ejercicio y la limpieza eran cosas que se enseñaban por igual a los dos sexos; y mi amo consideraba como una monstruosidad nuestra costumbre de dar diferente educación a las hembras y los machos, excepto en la parte referente a cuidados domésticos.

Los *huyhnhnms* cultivaban en su juventud la fuerza, la agilidad y la resistencia, ejercitándose en subir y bajar colinas y corriendo por terrenos pedregosos, y cuando estaban sudados se les ordenaba que se sumergieran de cabeza en un estanque o río. Cuatro veces al año se reunían los jóvenes de una región para demostrar su habilidad corriendo, saltando y haciendo otros ejercicios de fuerza y habilidad, y al vencedor, macho o hembra, se le recompensaba con un canto de alabanza. Con ocasión de estas fiestas, los criados llevaban al campo una manada de *yahus,* cargados de heno, avena y leche, para obsequiar a los *huyhnhnms,* pero en seguida se hacía marchar a aquellos animales, por miedo a que perturbaran la reunión.

Cada cuatro años, en el equinoccio de otoño, se reunía un gran consejo representativo de toda la nación, en una llanura que estaba a veinte millas de nuestra casa. Este consejo estaba reunido durante cinco o seis días, y en él se estudiaba el estado de los distintos distritos en cuanto a la producción de heno y avena, número de vacas y *yahus* que contenían, y si alguno estuviese necesitado, lo que era muy raro, se suplía la falta con una contribución unánime y voluntariamente acordada. Tal asamblea regulaba también la distribución de los hijos. Por ejemplo, si uno de los *huyhnhnms* tenía dos hijos machos, cambiaba uno con otro que tuviera dos hembras, y si un niño moría por accidente, y su madre ya no estaba en edad de tener otro, se decidía qué familia del distrito debía entregarle otro para sustituirlo.

CAPÍTULO NOVENO

Gran debate en la asamblea general de los «huyhnhnms» y cómo se termina. – Cultura de los «huyhnhnms». – Cómo educaban. – Sus sepulturas. – Defectos de su idioma.

Una de las grandes asambleas tuvo lugar durante mi estancia en aquel país, unos tres meses antes de mi partida, y mi amo asistió en calidad de diputado de su región. En ella se debatió un asunto que había sido puesto sobre la mesa cien veces más; única cuestión, en efecto, que preocupaba a los *huyhnhnms*. Se trataba de decidir si debía exterminarse por completo la raza de los *yahus*. A su regreso, mi amo me explicó cuanto se había dicho acerca de este asunto.

Uno de los miembros era partidario de que se hiciese así y apoyaba su tesis con diversas razones de gran peso y solidez. Aseguraba que el *yahu* era el animal más deforme, escandaloso y sucio que había producido la naturaleza, y que era indómito, remolón y dañino; que mamaban, a escondidas, de las vacas de los *huyhnhnms,* mataban y devoraban sus gatos, tiraban la avena y la hierba y había que vigilarlos incesantemente, porque cometían otras mil extravagancias. Se refirió a una antigua tradición, muy extendida por el país, según la cual, los *yahus* no habían existido siempre, sino que antiguamente habían aparecido dos en la cima de una montaña, ya porque el calor del sol hubiese hecho fermentar el cieno, ya porque hubiesen salido de alguna ciénaga, o de la espuma del mar, y estos *yahus* habían engendrado a otros, multiplicándose su especie de tal modo, que todo el país quedó infestado por ellos. Para evitar los inconvenientes de tal multiplicación, en épocas remotas los *huyhnhnns* ordenaron que se hiciese una caza general de *yahus,* en la cual los cercaron y después de matar a todos los viejos, cada *huyhnhnm* conservó una pareja joven para amaestrarlos cuanto permitiese la salvaje naturaleza de tales animales y les enseñaron a transportar pesadas cargas. Añadió que esa tradición tenía grandes visos de verdad; y que los *yahus* no eran *ylnhniamshy,* o sea, aborígenes, como lo demostraba el odio que, tanto los *huyhnhnms* como los demás animales del país, sentían por los primeros, odio que, aun cuando merecido por sus malvadas condiciones, no hubiera llegado a tal grado de violencia si los *yahus* hubiesen sido aborígenes, o viviesen desde tiempo inmemorial en el país. Declaró que por haber tenido los habitantes del país la imprudente ocurrencia de servirse de los *yahus,* se había descuidado el uso de los asnos, que eran muy buenos animales, cariñosos, pacíficos, dóciles, sumisos, de fácil alimentación, infatigables, exentos de malos olores y bastante fuertes para el trabajo, si bien eran menos ágiles que los *yahus,* y que su único defecto consistía en que poseían una voz desagradable, aunque no tanto como los horribles gritos de los *yahus.*

Otros senadores hablaron también muy elocuentemente de este asunto, y después pidió mi amo la palabra y propuso una solución muy sensata, cuya idea había hecho nacer yo. Primero confirmó con su voto la certeza de la tradición popular y ratificó cuanto había dicho tan sabiamente acerca de este punto el honorable miembro que le había precedido en el uso de la palabra. Pero hizo la salvedad de que él opinaba que los dos primeros *yahus,* de quienes se trataba, debían de haber llegado por mar de algún otro país, abandonándolos sus compañeros después de desembarcarlos, retirándose entonces a las montañas y los bosques, y que en el transcurso del tiempo, su naturaleza debía de haberse alterado, haciéndose más salvajes y feroces que los de su especie que habitaban en el país de donde procedían. Para probar su teoría dijo que, desde hacía algún tiempo, tenía en su casa un *yahu* extraordinario (se refería a mí), del que sin duda habría oído hablar la mayor parte de la asamblea, e incluso muchos lo habrían visto.

A continuación explicó cómo me había encontrado, y de qué manera estaba cubierto mi cuerpo con una composición artificial de pelo y piel de animales. Dijo que hablaba un idioma que me era propio y que había aprendido perfectamente el del país. Que le había relatado el accidente que me había llevado a aquella costa y que después de verme vestido y desnudo, había observado que yo era un verdadero *yahu,* si bien tenía la piel blanca, poco pelo y las garras muy cortas.

—Este *yahu* extranjero —añadió— ha tratado de persuadirme de que en su país, y en todos los que ha recorrido, los *yahus* son los únicos animales dominadores y racionales y tienen sumidos en la esclavitud a los *huyhnhnms.*

»Efectivamente, él posee todas las cualidades exteriores de nuestros *yahus,* pero es más civilizado, ya que tiene algún rudimento de razón, pero éste es tan inferior al de los *huyhnhnms* como superior al instinto de los *yahus* de aquí.

A continuación citó algunas de las cosas que yo le había explicado, entre otras, la operación que hacíamos a los *huyhnhnms* jóvenes para que fuesen más pacíficos y dóciles, y aseguró que esta operación era fácil y nada peligrosa. Siguió diciendo que no era vergonzoso imitar a los brutos en cuanto tenían de ingeniosos y pruedentes; que de la hormiga se aprendía su laboriosidad y previsión y de la golondrina (así traduzco la palabra *lyhannh,* a pesar de que se empleaba para designar otro pájaro mayor), el arte de edificar. Por lo tanto, podía introducirse en el país la costumbre de operar a los *yahus* jóvenes del mismo modo que en mi país se operaba a los jóvenes *huyhnhnms.* De esta manera, se volverían más pacíficos, tratables y sumisos, consiguiéndose por el mismo medio destruirlos poco a poco, sin necesidad de quitarles la vida. Simultáneamente, debía invitarse a los *huyhnhnms* a que intensificasen la cría de los asnos, los cuales, además de la ventaja de ser mucho más útiles que los *yahus,* podían trabajar desde la edad de cinco años, en tanto que los *yahus* no podían hasta los doce.

Esto es cuanto mi amo juzgó conveniente decirme entonces de las deliberaciones del parlamento, y no quiso hablarme de otra particularidad que me afectaba personalmente, cuyas funestas consecuencias no tardé en tocar mucho tiempo, como explicaré al lector más adelante.

Los *huyhnhnms* no tenían literatura y, por consiguiente, todos sus conocimientos eran tradicionales. Pero como ocurrían pocos acontecimientos por ser un pueblo inclinado a todas las virtudes y enteramente gobernado por la razón, la parte histórica podía conservarse fácilmente, sin recargar la memoria.

Ya he referido que no les afectaban las enfermedades, por lo tanto, no necesitaban medicinas. Sin embargo, empleaban excelentes remedios para curar las heridas y contusiones accidentales que sufrían, principalmente en los cascos y cuartillas.

Calculaban los años por el número de revoluciones solares y lunares, mas no los subdividían en semanas. Conocían los movimientos del Sol y de la Luna, y comprendían la naturaleza de los eclipses, pero a esto se limitaba su conocimiento de la astronomía.

Hay que reconocer que en poesía sobrepasaban a los demás mortales. Lo acertado de sus comparaciones y la minuciosidad y exactitud de sus descripciones, eran, en efecto, inimitables. Estas dos cualidades abundaban en sus versos, que exaltaban la amistad y benevolencia, o elogiaban a los vencedores en las carreras y otros ejercicios físicos.

Sus edificios, aunque toscos y sencillos, eran muy cómodos y estaban bien protegidos contra el calor y el frío. Estaban construidos con una clase de árbol propia de aquel país, que caían al primer viento fuerte cuando tenían cuarenta años, por haberse debilitado mucho sus raíces. El tronco de estos árboles era muy recto y los *huyhnhnms,* que desconocían el uso del hierro, los aguzaban por medio de una piedra afilada; luego clavaban en tierra estas estacas, dejando entre una y otra una separación de diez pulgadas, y el hueco lo rellenaban con paja de avena entretejida o con cañizo. Los techos y las puertas los hacían de la misma manera.

Los *huyhnhnms* se servían de la parte cóncava que separa la cuartilla del casco de las patas delanteras del mismo modo como nosotros nos servimos de las manos, con tanta destreza, que en los primeros tiempos de mi estancia en el país, me producía no poca sorpresa. Yo vi cómo una yegua blanca de la familia enhebraba con esta articulación una aguja que le había prestado para este experimento. Ordeñaban sus vacas, segaban la avena, en fin, realizaban todos los trabajos en los cuales empleamos las manos.

Tenían, también, una especie de pedernal muy duro y frotándolo contra otras piedras se fabricaban distintas herramientas, que les servían de hachas, cuñas y martillos, así como hoces para segar el heno y la avena, que crecían, naturalmente, en los campos. Los *yahus* cargaban las gavillas en los coches y los criados apretaban las espigas en ciertas chozas cubiertas para separar el grano, que se conservaba en almacenes. Fabricaban toscas vasijas de barro y madera, y cocían al sol las primeras.

Si no les ocurría ningún accidente, morían sólo de vejez, y eran enterrados en el lugar más oscuro y escondido que podían encontrar. Sus amigos y parientes no demostraban ni alegría ni tristeza por su fallecimiento, y el mismo moribundo no demostraba el menor pesar por abandonar el mundo; parecía como si, terminada su visita, se despidiese de una familia vecina para regresar a su casa.

Recuerdo que un día mi amo había invitado a un amigo suyo a que fuese a su casa con toda su familia para tratar de un asunto importante; pero ya muy avanzada la tarde, llegaron sólo la dama y sus dos hijos. Primeramente excusó la ausencia de su marido, diciendo que aquella misma mañana estuvo *lhnuwhn,* palabra muy expresiva en su idioma, que no puede traducirse al inglés y significa literalmente retirarse hacia su primera madre. Luego se excusó a sí misma diciendo que su marido había muerto muy a última hora de la mañana, y había tenido que consultar con sus criados durante largo rato acerca del lugar más conveniente para depositar el cuerpo. Advertí que estuvo tan alegre como los demás. Murió unos tres meses más tarde.

Los *huyhnhnms* vivían generalmente de setenta a setenta y cinco años, y rara vez llegaban a los ochenta. Algunas semanas antes de morir, experimentaban un desfallecimiento general, pero ningún dolor. Entonces recibían frecuentemente las visitas de sus amigos, porque no podían salir al campo con la libertad y satisfacción acostumbrada. Sin embargo, diez días antes del fallecimiento, cálculo sobre el cual no se equivocaban casi nunca, el moribundo devolvía todas las visitas que había recibido, haciéndose llevar por sus *yahus* en una litera, especie de carruaje del que sólo se servían en estas ocasiones, cuando eran muy viejos, o si quedaban cojos por algún accidente. Cuando el *huyhnhnm* que iba a morir devolvía las visitas, se despedía solemnemente de sus amigos como si partiese para un lugar alejado del país en el cual desease terminar sus días.

Un hecho que tal vez merezca ser resaltado, es que los *huyhnhnms* no tenían en su idioma ningún término que expresase la cualidad de malo, y cuando llegaba el caso, se valían de metáforas derivadas de la deformidad y las malvadas cualidades de los *yahus*. Así, cuando querían expresar la insensatez de un muchacho, la falta de uno de sus hijos, la piedra que hería su pata, el mal tiempo y otras cosas semejantes, citaban el nombre de la cosa de que se trataba y añadían simplemente el epíteto de *yahu*. Por ejemplo, para expresar las cosas susodichas, dirían: *hhhm yahu, whynahohu yahu* y *yulhmndwy hlm yahu*, y para nombrar una casa mal edificada, *ynholmhnmrohlnv yahu*.

Con gran placer podría extenderme mucho más acerca de las costumbres y virtudes de aquellos excelentes seres; pero como intento publicar muy pronto un volumen dedicado a esta materia, remito al lector a esta nueva publicación. Entre tanto, pasaré a la triste catástrofe que me afectó tan principalmente.

CAPÍTULO DÉCIMO

Asuntos domésticos. – Vida feliz que llevé entre los «huyhnhnms». – Grandes progresos que hice en cuanto a virtud conversando con ellos. – Sus conversaciones. – El autor es advertido por su amo de que debe salir del país. – Se desvanece de pena, pero se somete. – Se ingenia para construir una canoa ayudado por un compañero de servidumbre, la bota al mar y navega a la ventura.

Había ordenado mis pequeños asuntos domésticos a mi entera satisfacción. Mi amo dispuso que me hicieran una casa al uso del país, a unos seis pasos de la suya, y cubrí sus muros y el suelo con arcilla y unas esteras fabricadas por mí, con cáñamo, que crecía naturalmente en los campos; después de cardarlo, hice hilo, y con éste, una especie de tela que llené de plumas de pájaros, cazados por mí con lazos de pelo de *yahu*, y que eran un bocado muy aceptable. Me construí una mesa y una silla con mi cuchillo, ayudado por el alazán en la parte más difícil de mi trabajo, y cuando mis ropas quedaron inservibles, me hice otras con pieles de conejo, a las que añadí las de ciertos animales llamados *unuhnoh*, muy bellos y casi del mismo tamaño; estas pieles estaban cubiertas de un pelo muy fino y también me hice medias con ellas. Remendé mis zapatos con pequeñas planchas de madera unidas al empeine, y cuando éste quedó inservible, hice otro de piel de *yahu* secada al sol. A veces encontraba miel en los troncos de los árboles y me la comía con mi pan de avena, de modo que nadie pudo jamás comprobar mejor que yo la verdad de estos dos axiomas: la naturaleza se contenta con poco; la necesidad es la madre de la industria.

Disfrutaba de una perfecta salud corporal y de una tranquilidad de espíritu no menos completa. No temía la traición o la inconstancia de un amigo, ni los ultrajes de un enemigo descubierto o solapado. No tenía ocasión de sobornar, adular o rastrear para obtener el favor de un grande o de su favorito. No necesitaba defenderme contra el fraude o la tiranía. Allí no había médicos que destruyeran mi cuerpo, ni abogados que vaciaran mi bolsa, ni espías que acechasen mis palabras y mis actos, o forjasen contra mí acusaciones para ganar sus honorarios. No había críticos, mistificadores, charlatanes, timadores, ladrones, alborotadores, procuradores, viles agentes del libertinaje, bufones, jugadores, políticos, melancólicos, importunos indiscretos, sustentadores de tesis, soñadores, asesinos, virtuosos, adalides ni secuaces de partido, incitadores al vicio por el ejemplo o la seducción; ni prisiones, horcas, hachas y picotas; ni mercaderes o artesanos pícaros; ni vanidad, orgullo o afectación; ni fatuos, fanfarrones, borrachos, prostitutas o enfermedades vergonzosas; ni mujeres irascibles, deshonestas o dispendiosas; ni pedantes estúpidos o arrogantes; ni compañeros importunos, exigentes, discutidores turbulentos, alborotadores, ignorantes, presuntuosos o blasfemadores; ni truhanes salidos del polvo gracias a sus vicios, ni nobles arrojados al fango a causa de sus virtudes, ni grandes señores, jueces, violinistas o maestros de baile.

Frecuentemente, acompañaba a mi amo en sus visitas, pero permanecía siempre en silencio, a menos que me interrogase, y aun entonces tomaba la palabra con gran disgusto mío, porque perdía la ocasión de instruirme, ya que ganaba más siendo humilde oyente de tales conversaciones, en las que no se decía sino lo que era útil, expresándose en los términos más breves y significativos. Como ya he dicho, se observaba la mayor cortesía, pero sin grado alguno de ceremonia; nadie hablaba sin propio gusto ni sin dárselo a los demás; ni había interrupciones, pesadez, pasión, contradicciones o arrebatos.

Tenían por máxima que era conveniente reinase el silencio de cuando en cuando en las reuniones, y creo que no estaban muy desacertados, porque en estas pausas, acudían a la mente ideas nuevas, que hacían más animada e interesante la conversación.

Los temas ordinarios eran la amistad y la benevolencia, o el orden y la economía; algunas veces, las operaciones visibles de la naturaleza y las antiguas tradiciones, los límites de la virtud, las reglas invariables de la razón, o bien determinadas medidas que debían tomarse en la próxima asamblea general, y de las distintas excelencias de la poesía.

Puedo añadir, sin pecar de vanidoso, que algunas veces suministraba yo suficiente materia para sus conversaciones, porque mi presencia daba ocasión a mi amo para contar mi historia y la de mi país, acerca de la cual les agradaba razonar de una manera muy desagradable para la especie humana; por este motivo no referiré lo que decían. Sólo haré observar que mi amo, con gran admiración mía, parecía conocer mejor que yo mismo la naturaleza de los *yahus* que vivían en las demás partes del mundo. Describía todos nuestros vicios y todas nuestras locuras, y aun descubría otras nuevas, suponiendo, simplemente, lo que los *yahus* de su país hubieran sido capaces de hacer si poseyesen una ligera dosis de razón.

Confieso francamente que las escasas luces y filosofía que hoy poseo las adquirí en las sabias lecciones de mi querido amo y en las conversaciones de sus juiciosos amigos, que estaba más orgulloso de escucharlas que si las hubiese dicho yo mismo en las más grandes y doctas asambleas de Europa.

Cuando pensaba en mi familia, en mis amigos, en mis compatriotas, y en la raza humana en general, los consideraba como verdaderos *yahus*. Realmente, acaso estaban un poco más civilizados y dotados de la facultad de hablar, pero no usaban la razón sino para perfeccionar y multiplicar sus vicios, mientras que los *yahus* del país de los *huyhnhnms* tenían sólo los vicios que les asignara la naturaleza. Cuando veía mi figura reflejada en un lago o en una fuente, desviaba la mirada horrorizado de mí mismo, y la contemplación de un *yahu* común me parecía menos intolerable que la de mi persona. Conversando con los *huyhnhnms* y mirándolos con deleite, llegué a imitar insensiblemente su porte y ademanes, que se han convertido en mí en una costumbre. Así, frecuentemente me dicen mis amigos que troto como un caballo, lo que me parece un linsojero cumplimiento. Tampoco me ruboriza decir que al hablar doy con frecuencia las entonaciones de los *huyhnhnms* y que oigo sin la más ligera mortificación las burlas que me hacen por esta causa.

En medio de tanta felicidad, y cuando me creía instalado en aquel país para toda mi vida, mi amo me envió a buscar una mañana más pronto que de ordinario. Advertí en su rostro la inquietud, y parecía que buscase la manera de empezar a hablar. Después de un corto silencio, pronunció estas palabras:

—No sé cómo tomaréis lo que os voy a decir. Habréis de saber que cuando se debatió el asunto de los *yahus* en la última asamblea del parlamento, los representantes me reprocharon el tener en mi casa un *yahu* al que trataba más como *huyhnhnm* que como bruto. Sabían que hablaba con él, como si pudiera encontrar placer o provecho con semejante compañía, y tal conducta, dijeron, era contraria a la razón y a la naturaleza, pues nunca se había oído hablar de cosa semejante. Entonces la asamblea me exhortó a que tomase una de estas dos determinaciones: u os empleaba como a los demás *yahus* o disponía que ganaseis a nado el país de donde habíais venido. La primera de estas medidas fue rechazada inmediatamente por todos los *huyhnhnms* que os habían visto en mi casa o en la de ellos, alegando que la ligera dosis de razón que poseéis, unida a la maldad natural de los *yahus,* os haría capaz de inducirles a huir a las partes boscosas y montañosas del país, para bajar en tromba durante la noche y destruir el ganado de los *huyhnhnms,* ya que vuestra especie es voraz y enemiga del trabajo.

»Todos los días —añadió mi amo— me presionan los *huyhnhnms* del vecindario para que obedezca la exhortación de la asamblea y ya no puedo diferir por más tiempo su cumplimiento. Dudo mucho que podáis llegar nadando a vuestro país; por lo tanto, desearía que construyeseis un vehículo semejante a los que me habéis descrito, que podría transportaros por mar. Todos los criados de esta casa, e incluso los de mis vecinos, os ayudarán en esta obra. Si sólo hubiese dependido de mí —dijo, para terminar—, os hubiera conservado a mi servicio toda vuestra vida, porque tenéis bastantes buenas inclinaciones, habéis corregido muchos de vuestros defectos y de vuestras malas costumbres y para adaptaros a los *huyhnhnms,* habéis hecho cuanto os ha permitido vuestra desgraciada naturaleza.

Debo informar al lector que, en aquel país, un decreto de la asamblea general se designaba con la palabra *hnhloayn,* que significa exhortación, porque no se comprendía que una criatura racional hubiese de ser obligada a hacer una cosa por no ser suficiente el consejo de hacerla y la exhortación, ya que nadie puede desobedecer a la razón, sin perder el título de criatura racional.

Este discurso me hirió como un rayo; en un instante quedé sumido en el abatimiento y la desesperación, y, no pudiendo resistir la impresión de mi dolor, me desvanecí a los pies de mi amo. Cuando volví en mí, mi amo me dijo que suponía había muerto, porque en aquel país nadie está sujeto a tales debilidades. Con voz débil le dije que la muerte hubiese sido para mí una dicha demasiado grande, y que, sin censurar la exhortación de la asamblea general, ni las instancias de sus amigos, me parecía, sin embargo, según mi débil juicio, que habrían podido decretar contra mí una pena menos rigurosa. Que, a lo sumo, podría nadar durante dos millas y que la tierra más próxima estaría, tal vez, a doscientas. Que muchos de los materiales necesarios para la construcción de una barca faltaban en su país, pero que trataría de obedecerlo para demostrarle mi reconocimiento, aunque estaba persuadido de la inutilidad de mi tentativa.

—Me considero— le dije —como una criatura condenada a perecer; pero la perspectiva de una muerte violenta es la menor de mis desgracias; porque, aun suponiendo que pueda atravesar los mares y regresar a mi país por una suerte inesperada, ¿cómo podré pensar con calma en pasar el resto de mis días entre los *yahus,* y en recaer en todas sus malas costumbres, por estar falto de buenos ejemplos que me mantengan en el camino recto? Bien sé que las razones que han determinado a los sabios *huyhnhnms* son de gran peso, para que me atreva a oponer las de un miserable *yahu* como yo. Así, acepto la amable oferta que me hacéis de prestarme el concurso de vuestros criados para que me ayuden a construir una barca. Sólo os ruego que tengáis a bien concederme un plazo suficiente para acabar una obra tan difícil. Intentaré —continué— conservar mi miserable vida, y si logro regresar a Inglaterra, confío ser de alguna utilidad a mis compatriotas, proclamando las virtudes de los ilustres *huyhnhnms* y ofreciéndolas como ejemplo a todo el género humano.

Su Honor me dio en pocas palabras una muy amable réplica, y me dijo que me concedía dos meses para la construcción de mi barco; al mismo tiempo ordenó al alazán, mi compañero (a tan gran distancia de su país me permito darle este nombre), que siguiese mis instrucciones, porque había dicho a mi amo que él solo me bastaría y que estaba seguro de su afecto hacia mí.

Lo primero que hice fue ir con él hacia el lugar de la costa donde mis rebeldes marineros me habían desembarcado. Subí a una altura y, mirando hacia el mar en todas direcciones, creí ver una isla hacia el Nordeste. Claramente la divisé con mi anteojo y calculé que estaría a unas diez millas. El alazán la tomaba simplemente por una nube, porque, no teniendo idea de que existiese otro país que el suyo, su vista no podía distinguir los objetos alejados sobre el mar tan bien como nosotros, que estamos acostumbrados a explorar este elemento. Después de descubrir aquella isla, no llevé más lejos mis investigaciones y decidí que ella fuese la primera parada de mi destierro, entregándome después en manos de la suerte.

Regresé a la casa con mi compañero y, después de una breve consulta, fuimos a un bosque cercano donde yo, con mi cuchillo, y él, con su afilado pedernal diestramente manejado, cortamos muchas ramas de roble algo más gruesas que un bastón y otras varias más gruesas. Para no cansar al lector con los pormenores de nuestro trabajo, baste decir que, en seis semanas, ayudado por el alazán, que hizo el trabajo más duro, construí una especie de canoa semejante a las de los indios, pero mucho mayor, que cubrí con pieles de *yahu* cosidas unas a otras con hilo fabricado por mí. Luego hice una vela con las mismas pieles, empleando para esto las de tres jóvenes *yahus,* porque las de los viejos habrían sido demasiado duras y gruesas. Me proveí también de cuatro remos, así como de cierta cantidad de carne cocida, conejos y pájaros, y dos vasijas, una llena de agua y la otra, de leche.

Probé la canoa en un gran estanque, y corregí todos los defectos que pude advertir, engrasando las líneas de agua con sebo de *yahu* y procurando dejarla en estado de transportarme a mí y a mi pequeña carga. Entonces la puse en un carro e hice que la llevaran los *yahus* a la orilla del mar, bajo la dirección del alazán y otro criado.

Cuando todo estuvo dispuesto y llegó el día de mi partida, me despedí de mi amo, de su esposa y de toda su familia, con los ojos bañados en lágrimas y el corazón traspasado de dolor. Pero Su Honor, ya fuera por curiosidad, ya por amistad (si puedo hablar así sin que me traten de vanidoso), quiso verme en mi canoa e invitó a muchos de sus vecinos a que le acompañasen.

A causa de la marea, tuve que esperar más de una hora; luego, observando que el viento soplaba felizmente hacia la isla donde pensaba dirigir el rumbo, me despedí por segunda vez de mi amo; pero cuando traté de prosternarme ante él para besar sus pies, me concedió el honor de levantar su mano derecha hasta mi boca.

No ignoro cuánto se me ha censurado por haber citado este último detalle, pues a mis detractores les cumple creer improbable que tan gran personaje se dignase conceder semejante prueba de distinción a una criatura tan abyecta. Tampoco he olvidado que los viajeros tienen cierta tendencia a envanecerse de los extraordinarios favores que han recibido. Pero si tales censores conociesen mejor el carácter generoso y cortés de los *huyhnhnms,* cambiarían de opinión acerca de este asunto.

Ofrecí mis respetos a los *huyhnhnms* que habían acompañado a mi amo, y, saltando dentro de mi canoa, me alejé de la orilla.

CAPÍTULO UNDÉCIMO

Peligroso viaje del autor. – Llega a Nueva Holanda, donde piensa establecerse. – Un salvaje lo hiere con una flecha. – Lo apresa un barco portugués. – La gran cortesía del capitán. – El autor llega a Inglaterra.

Comencé aquel viaje desesperado el 15 de febrero de 1715, a las nueve de la mañana. Aunque el viento era favorable, al principio sólo me serví de los remos, pero pensando que pronto me cansaría y que el viento podría cambiar, me arriesgué a izar la vela, y de este modo, ayudado por la marea, singlé por espacio de hora y media, según mis cálculos. Mi amo y sus amigos permanecieron en la orilla hasta que me perdieron de vista, y varias veces oí que el alazán gritaba: *Huny illa nyha majah yahu,* o sea: «Ten cuidado, amable *yahu.*»

Deseaba descubrir, si podía, alguna pequeña isla desierta, donde encontrase mi alimentación y mis vestidos mediante mi trabajo. Tal cosa me hubiera parecido más beneficiosa que ser ministro de la corte más elegante de Europa; tal era el horror que me inspiraba volver a la sociedad y bajo el imperio de los *yahus.* En un aislamiento semejante al que deseaba, podría al menos solazarme en mis pensamientos y reflexionar con placer acerca de las virtudes de los incomparables *huyhnhnms,* sin temor a recaer en los vicios de mi especie.

Recordará el lector que he referido cómo la tripulación de mi barco se amotinó contra mí y me encerró en mi camarote, que permanecí durante muchas semanas sin saber qué rumbo llevábamos y que al fin me desembarcaron, pero que los marineros afirmaron bajo juramento falso o verdadero, que ignoraban en qué parte del mundo nos encontrábamos. Sin embargo, entonces supuse que estaríamos a 10° del cabo de Buena Esperanza, o sea, a unos 45° de latitud meridional, por algunas conversaciones generales que había oído en el barco, referentes a que intentaban dirigirse a Madagascar. Aunque sólo fuese una conjetura, no dejé por eso de singlar al Este, con la esperanza de arribar al Sudoeste de la costa de Nueva Holanda, para, desde allí, dirigirme, por el Oeste, a cualquiera de las pequeñas islas que hay en los alrededores. El viento soplaba directamente del Oeste, y, hacia las seis de la tarde, calculé que había andado unas treinta y seis millas hacia el Este. Entonces descubrí una pequeña isla a tres millas de distancia y llegué a ella poco después. Era un verdadero arrecife, con una pequeña bahía formada por las tempestades. Amarré mi canoa en aquel lugar, y trepando sobre uno de los lados del arrecife, descubrí hacia el Este una tierra que se extendía de Sur a Norte. Pasé la noche en mi canoa, y al día siguiente me puse a remar muy temprano y, a las siete, llegué al extremo Sudeste de Nueva Holanda. Esto me confirmó en la opinión que tenía desde hacía tiempo de que los mapamundi y las cartas marinas colocaban este país a 3°, por lo menos, más al Oeste de lo que en relidad está. Esta opinión mía se la había comunicado hacía años a mi ilustre amigo, M. Herman Moll, y le dije los motivos que tenía para suponerlo, pero creyó mejor apoyarse en otras autoridades.

Cuando desembarqué, no descubrí ningún habitante en aquel lugar, y como no tenía armas, temí adentrarme en el país. Busqué algunos moluscos en la costa y me los comí crudos, porque no me atreví a encender fuego para que no me descubriesen los indígenas. Durante tres días me oculté en aquel lugar, alimentándome sólo de ostras y moluscos, para ahorrar mis escasas provisiones, y afortunadamente descubrí un arroyuelo, cuya agua era excelente.

Al cuarto día, me arriesgué a internarme un poco en la isla y divisé veinte o treinta salvajes en una altura, a poco más de quinientos pasos de donde estaba. Todos iban desnudos, hombres, mujeres y niños, y se calentaban ante una gran hoguera. Uno me descubrió y avisó a los demás de mi presencia, y cinco de ellos se dirigieron hacia mí. Al verlos, hui hacia la costa, subí a mi canoa y remé con todas mis fuerzas.

Al observar los salvajes mi retirada, corrieron hacia mí y, antes de que pudiera alejarme, me lanzaron una flecha, que se clavó en la rodilla izquierda, produciéndome una gran herida, de la que conservaré la señal hasta mi muerte. Temiendo que estuviese envenenada, cuando me puse fuera de su alcance remando vigorosamente (el mar estaba tranquilo), chupé mi herida y en seguida la curé como pude.

Me encontraba profundamente turbado y no me atrevía a regresar al lugar donde me habían atacado, pero me dirigí hacia el Norte, remando siempre, porque el viento soplaba del Nordeste.

Mientras miraba a todas partes buscando un sitio donde poder desembarcar, divisé hacia el Nordeste una vela que a cada instante cruzaba ante mis ojos, pero dudaba acerca de la resolución que debería tomar; al fin venció el horror que tenía a la raza de los *yahus* y, virando, entré en la bahía, decidido a entregarme a un salvaje, antes que vivir con los *yahus* europeos.

Acerqué mi canoa a la orilla todo lo que pude y me oculté algo más lejos, detrás de una roca, cerca del arroyuelo de que ya he hablado.

El barco se acercó a una milla de la bahía y envió la chalupa con dos toneles para hacer aguada (al parecer, aquel lugar era muy conocido), pero yo no los vi sino cuando estaban tan cerca de tierra, que no tenía tiempo de buscar otro refugio.

Al desembarcar, los marineros vieron en seguida mi canoa, y acercándose a ella comprendieron que su dueño no podía estar lejos. Cuatro de ellos, bien armados, inspeccionaron los alrededores y al fin me encontraron detrás de una roca, echado en tierra y con la cara hacia el suelo. Al pronto, les sorprendió mi figura, mis vestidos de piel de conejo, mis zapatos de madera y mis medias de piel; por mi aspecto comprendieron que no era indígena, pues todos los habitantes iban desnudos. Uno de ellos, me ordenó, en portugués, que me levantase, y me preguntó quién era. Como entendía bien esta lengua, levantándome le dije que era un pobre *yahu* desterrado del país de los *huyhnhnms,* y que le rogaba no se ocupase de mí.

Los marinos se sorprendieron al oírme hablar su lengua, y por el color de mi piel comprendieron que era europeo, pero ignoraban qué quisiese decir con las palabras *yahu* y *huyhnhnm;* tampoco pudieron evitar el reírse de mi acento, muy semejante al relincho de un caballo.

Tembloroso por su aspecto, les rogué que me dejasen, y cuando me disponía a regresar a mi canoa, me sujetaron y me obligaron a decirles de qué país era, de dónde venía y me hicieron otras varias preguntas.

Les contesté que había nacido en Inglaterra, de donde había partido unos cinco años antes; que como reinaba la paz entre su país y el mío, esperaba no me tratasen como enemigo, ya que no les deseaba ningún mal, y que era un pobre *yahu,* que buscaba una isla desierta para pasar en ella el resto de mi infortunada vida.

Cuando me hablaron por vez primera, quedé tan asombrado como si hubiera visto un prodigio, porque me pareció tan extraordinario como si hoy oyese hablar en Inglaterra a un perro o una vaca, o bien a un *yahu* en el país de los *huyhnhnms.* Por su parte, el amable portugués estaba igualmente asombrado de mis extrañas vestiduras y de mi singular manera de hablar, aunque me entendía muy bien.

Me hablaron con toda la humanidad posible y para consolarme me aseguraron que su capitán me admitiría en su barco y me conduciría gratuitamente a Lisboa, desde donde podría pasar a Inglaterra. Que dos de ellos irían a informar al capitán de lo que habían visto y a recibir órdenes, y que al mismo tiempo, si no les daba mi palabra de no intentar huir, me atarían; por consiguiente, comprendí que lo mejor que podía hacer era aceptar su proposición.

Estaban deseosos de conocer mi historia y mis aventuras, pero yo no les di más pormenores y llegaron a la conclusión de que mis desgracias habían perturbado mis facultades mentales.

Dos horas después regresaron con orden de llevarme en seguida a bordo de la chalupa que había ido a llevar agua dulce al barco. Me arrodillé a sus pies rogándoles que me dejasen en libertad, pero todo fue en vano; me ataron, me metieron en la chalupa, y en tal estado me llevaron a bordo, y luego, al camarote del capitán. Este se llamaba Pedro de Méndez; era un hombre muy generoso y cortés y me rogó primero que le dijese quién era; luego me preguntó si quería comer o beber, asegurándome que me trataría como si fuese él mismo; en fin, me dijo tantas y tan amables cosas, que me asombré de encontrar tanta bondad en un *yahu.* Sin embargo, permanecía sombrío y silencioso, y casi estaba a punto de desvanecerme por el olor de él y sus hombres. Decidí pedir las provisiones que tenía en mi canoa, pero él ordenó que me sirvieran un pollo, me hizo beber un vino excelente y dispuso me preparasen el lecho en un camarote muy limpio. No quise desnudarme y me acosté tal como estaba, pero al cabo de media hora, cuando toda la tripulación comía, me escapé de mi camarote con el deseo de arrojarme al mar y salvarme a nado para no tener que vivir entre los *yahus.* Uno de los marineros me impidió lograr mis deseos y cuando el capitán se enteró de mi tentativa, ordenó que me encadenasen en mi cuarto.

Después de comer, vino a verme don Pedro y me preguntó que motivos me habían llevado a tomar determinación tan desesperada. Al propio tiempo, me aseguró que sólo deseaba servirme, y me habló de un modo tan persuasivo y conmovedor, que comencé a considerarlo como un animal un poco racional.

Brevemente le conté la historia de mi viaje, la rebelión de mi tripulación, el país donde me habían abandonado y mi estancia durante cinco años en ese país.

Consideró mi relato como un sueño o invento de mi fantasía, lo que me ofendió grandemente, pues había olvidado la facultad de mentir, tan común entre los *yahus* y en todos los países que éstos dominaban, y por consiguiente, su inclinación a dudar de la sinceridad de sus semejantes. Le pregunté si en su país acostumbraban decir lo que no era cierto, asegurándole que casi no sabía lo que él entendía por falsedad, porque si hubiese vivido mil años entre los *huyhnhnms* no habría oído una sola mentira, ni aun de labios del último de sus criados. Que por lo demás, él podría creer lo que quisiese, pero que, en agradecimiento a sus bondades y por ser indulgente respecto a su naturaleza pervertida, contestaría a todas las objeciones que quisiese hacerme, y que fácilmente podría él descubrir la verdad.

El capitán, hombre sensato, después de intentar cogerme en contradicción sobre ciertos pasajes de mi historia, comenzó a formar mejor opinión de mi sinceridad.

Me dijo que, puesto que profesaba tan gran apego a la verdad, le diese mi palabra de honor de acompañarlo durante todo el viaje, sin tratar de atentar contra mi vida, pues de lo contrario me encerraría hasta que llegásemos a Lisboa. Le prometí lo que exigía de mí, pero le confesé al mismo tiempo que prefería sufrir el trato más afrentoso antes que consentir en vivir entre los *yahus.*

Durante nuestro viaje no ocurrió nada digno de ser relatado, y para demostrar al capitán cuán agradecido estaba a sus bondades, hablaba con él algunas veces, cuando me lo rogaba insistentemente, y en tales ocasiones trataba de ocultar mi antipatía por la especie humana, pero este sentimiento se hacía ostensible a pesar mío, si bien no parecía molestarse el capitán. No obstante, pasaba la mayor parte del día en mi camarote para no verle a él ni a sus hombres.

Muchas veces me rogó el capitán que me quitase mis ropas de pieles de conejo, ofreciéndome sus propios trajes, pero yo rehusé sus ofertas horrorizado por la idea de meter mi cuerpo en lo que había sido llevado por por un *yahu.* Sólo le rogué que me prestase dos camisas blancas, pues como habían sido lavadas después de llevarlas él, suponía que no podían mancillarme tanto. Me las cambiaba cada dos días y yo mismo tenía el cuidado de lavármelas.

Llegamos a Lisboa el 15 de noviembre de 1715. Antes de desembarcar, el capitán me obligó a vestirme con su traje, para evitar que los chiquillos nos abucheasen por las calles. Me llevó a su casa y, ante mis insistentes ruegos, me alojó en el piso más alto, en la parte posterior de la casa. Le rogué que no dijese a nadie cuanto le había contado de mi estancia entre los *huyhnhnms,* porque si llegaba a saberse mi historia me abrumarían con sus visitas una infinidad de curiosos y me expondría a ser preso y quemado por la Inquisición.

Por fin logró el capitán que aceptase un traje nuevo, pero no toleré que el sastre me tomase las medidas. Como don Pedro venía a ser de mi estatura, me hicieron el traje a su medida y quedó bastante bien. También me proporcionó otras cosas necesarias, todas nuevas, pero antes de servirme de ellas, las expuse al aire durante veinticuatro horas.

El capitán estaba soltero y no tenía más de tres criados, a los cuales prohibió que nos sirviesen a la mesa; en fin, su conducta era tan correcta para conmigo, y tenía además tan buen espíritu humano, tan buen sentido, a pesar de ser un *yahu,* que acabé por tolerar su compañía. Logró convencerme de que mirase al patio por la ventana; poco a poco me convenció de que me alojase en otra habitación cuya ventana daba a la calle; más tarde, que mirase por esta ventana, pero me retiré asustado, y ocho días después, me llevó a sentarme a la puerta.

Si mi terror cesó gradualmente, mi odio y menosprecio fueron aumentando. Por último me atreví a acompañar a don Pedro a la ciudad, pero llevaba tapadas las narices, porque me ofendía el olor de la calle y del tabaco.

Diez días después de mi llegada, don Pedro, al que había explicado el estado de mi familia y negocios, me dijo que estaba obligado en conciencia a regresar a mi país, para vivir en mi casa con mi mujer e hijos. Al mismo tiempo me avisó de que en el puerto había un barco preparado para hacerse a la vela con rumbo a Inglaterra y me aseguró que me proporcionaría cuanto fuese necesario para mi viaje.

Sería enojoso repetir aquí las razones que opuse a mis objeciones. Me dijo que no podría encontrar una isla solitaria como yo deseaba, pero que me sería fácil vivir en mi casa tan recluido como quisiera.

Por último, no encontrando mejor solución, accedí a sus deseos y salí de Lisboa, en un barco mercante, el 24 de noviembre; pero no pregunté a quién perteneciese el barco. Al despedirnos, me abrazó el capitán y soporté esta caricia sin mostrar demasiada repugnancia. Don Pedro me acompañó hasta el puerto y me prestó veinte libras.

Durante este viaje, no tuve ningún trato con el capitán ni con la tripulación, porque, pretextando estar enfermo, permanecí siempre en el camarote. El 5 de diciembre de 1715 anclamos en las Dunas, hacia las nueve de la mañana, y a las tres de la tarde llegué a Redriff en perfecto estado de salud, dirigiéndome en seguida a mi casa.

Al verme mi mujer y toda mi familia me expresaron su sorpresa y alegría, pues ya me creían muerto; pero confieso que su contemplación me llenó de aversión, disgusto y menosprecio, tanto más, cuanto que pensaba en el estrecho lazo que nos unía, porque, si bien, después de mi desgraciado destierro del país de los *huyhnhnms,* había debido soportar la presencia de los *yahus* y la conversación de don Pedro, mi memoria y mi imaginación estaban sin cesar llenas de las ideas y virtudes de aquellos nobles *huyhnhnms,* y cuando pensaba que por mi unión con una hembra *yahu* me había convertido en el padre de muchos de aquellos animales, me sentía penetrado de horror y vergüenza.

Al entrar en la casa, mi mujer me abrazó y me dio un beso, y como había perdido la costumbre de que me tocasen individuos de tan odiosa especie, sufrí un desvanecimiento que me duró una hora.

Escribo esto, a los cinco años de mi regreso a Inglaterra. El primer año, no pude soportar la presencia de mi mujer ni de mis hijos y su olor me parecía insoportable, y menos aún hubiese sufrido que se sentasen a mi mesa. Y aun ahora, no se atreverían a tocar mi pan o a beber en mi vaso, así como tampoco permito que me tomen la mano.

El primer dinero de que pude disponer, lo empleé en comprar dos potros, a los que alojé en una buena cuadra, y después de éstos, el palafrenero es mi favorito, porque me alegra y reanima el olor que adquiere la cuadra. Mis caballos me entienden muy bien, y hablo con ellos por lo menos cuatro horas diarias. No conocen la brida ni la espuela y viven conmigo en gran intimidad.

CAPÍTULO DUODÉCIMO

Veracidad del autor. – Con qué intención ha publicado esta obra. – Censura a los viajeros que disfrazan la verdad y niega toda maliciosa intención en sus escritos. – Contesta a una objeción. – Medios de instalar colonias. – Elogio del país del autor. – Derechos de la corona sobre los países descritos por el autor. – Dificultades para conquistarlos. – El autor se despide definitivamente del lector y explica cómo quiere pasar el resto de su vida, da buenos consejos y concluye.

Amable lector, te he relatado la historia fiel de mis viajes durante el espacio de dieciséis años y poco más de siete meses.

En este relato me he atenido siempre más a la verdad que al adorno de la frase. Tal vez podría, como otros muchos, haberte asombrado con cuentos extraños e inverosímiles, pero he preferido atenerme a los hechos positivos y al estilo más sencillo, porque mi objeto principal era el de enseñarte, no el de divertirte.

A nosotros, viajeros por países lejanos raramente visitados por ingleses u otros europeos, nos es fácil describir maravillosos animales de mar y tierra. Sin embargo, la mira real de un escritor de viajes debe ser, en todo momento, la de hacer mejor al hombre y más sabio y perfeccionar su inteligencia con los buenos y malos ejemplos muy bien seleccionados de lo que él ha visto en las tierras extranjeras.

En el fondo de mi corazón deseo que se haga una ley para que los viajeros, antes de obtener permiso para publicar sus viajes, afirmasen bajo juramento, ante el Gran Canciller, que todo lo que deseaban imprimir era rigurososamente cierto, por lo que habían podido reconocer. Entonces, el mundo no correría el riesgo de ser engañado, como actualmente, por ciertos escritores que, para asegurar el éxito de sus obras, ofrecen las más insignes falsedades al inocente lector. Con extrema delicia, he leído en mi juventud muchos libros de viajes, pero después yo mismo he recorrido la mayor parte del globo y puedo desmentir, por consiguiente, muchas fábulas con mis propios observaciones, lo que me ha hecho repudiar este género de lectura y que me indigne contra los que abusan tan impúdicamente de la credulidad humana. Así pues, me he impuesto la obligación de atenerme estrictamente a la verdad, porque he pensado que mis conocimientos y mis débiles esfuerzos podían ser útiles a mi país.

Nunca, en efecto, me tentará el deseo de alejarme de esta máxima en tanto conserve en mi memoria el ejemplo de mi noble amo y de los ilustres *huyhnhnms,* de los cuales he tenido el honor de ser su oyente durante muchos años: *«Nec si miserum fortuna Sinonem Finxit, vanum etiam mendacemque improba finget.»*

No ignoro que las obras que no exigen ni saber ni genio, que no requieren, realmente, otra facultad que una buena memoria, otra base que un diario exacto, no pueden procurar gran renombre a su autor. Sé, además, que los escritores de viajes, como los que hacen diccionarios, caen en el olvido por el peso y el volumen de los que les siguen y, naturalmente, quedan atrás. Probablemente, los viajeros que vayan a los países que he descrito, al descubrir mis errores (si he cometido alguno) y añadir nuevos descubrimientos a los míos, harán que pase de moda y me desplazarán, y el mundo olvidará que fui alguna vez autor. Esto sería una gran mortificiación si escribiese para alcanzar la fama, pero siendo mi único objeto el bien público, no puedo ser defraudado totalmente en mis deseos. ¿Quién podría leer lo que he dicho de las virtudes de los admirables *huyhnhnms,* sin avergonzarse de sus propios vicios, sobre todo teniendo en cuenta que él es el animal racional y dominante en este país? No digo nada de las lejanas naciones donde los *yahus* dominan, de las cuales los broddingnagianos son los menos corrompidos, y nosotros obraríamos sabiamente imitándolos en su moral y su gobierno. Mas, para no extenderme sobre este punto, dejaré que el juicioso lector haga sus propios descubrimientos y los aplique.

Una cosa me place infinitamente, y es la certeza de que mi libro no puede ser criticado, porque ¿qué objeción puede hacerse a un autor que cuenta simples hechos ocurridos en países tan alejados, que no tenemos con ellos ningún interés comercial o político?

Afortunadamente, he evitado todas las faltas que frecuente y muy justamente se reprochan a los escritores de viajes. Además, no me he mezclado en nada con ningún partido y he escrito sin pasión, sin prejuicios, sin mala voluntad hacia ningún hombre, ni hacia ninguna agrupación de ellos. He escrito con el noble propósito de enseñar, de mejorar el género humano, sobre el cual puedo, sin menoscabar la modestia, pretender tener alguna superioridad por las ventajas que he obtenido con mis frecuentes y largas conversaciones con los sabios *huyhnhnms.* Escribo sin el menor deseo de provecho o de lisonja; no dejo pasar ni una sola palabra que tenga ni aun la apariciencia de epigrama, o que pueda ofender incluso a las personas más susceptibles. También me envanezco de ser, sin duda, un autor exento de toda especie de errores, contra los cuales no encontrarán materia para ejercitar su talento las hordas numerosas de hacedores de réplicas, consideraciones, observaciones, reflexiones, descubrimientos, críticas, refutaciones y comprobaciones.

Confieso que ha llegado a mis oídos que yo habría debido, como súbdito inglés, dirigir mi trabajo a uno de los ministros, cuando regresé por primera vez, porque las tierras descubiertas por un súbdito pertenecen a su rey. Pero dudo que nuestras conquistas en los países de que he hablado fuesen tan fáciles como las de Hernán Cortés frente a los habitantes desnudos y salvajes de América. Los liliputienses, a mi parecer, no valdrían los gastos de enviar un ejército para reducirlos y creo que no sería prudente ni seguro atacar a los brobdingnagianos, ni que una escuadra inglesa estuviese en situación agradable con la isla aérea sobre ella. Los *huyhnhnms,* en efecto, no parecen muy bien preparados para la guerra, pues son totalmente inexpertos en este arte, especialmente por lo que se refiere al empleo de proyectiles; sin embargo, suponiendo que tuviese voz en el consejo, mi opinión sería contraria a una invasión de aquel país, porque su prudencia, su intrepidez y su amor a la patria compensarían con creces lo que les faltase de conocimientos en la ciencia militar. Imaginaos a veinte mil *huyhnhnms* lanzándose en medio de un ejército de europeos, rompiendo las líneas y destrozando a coces las caras de los soldados; porque se podría aplicarles estas palabras de Augusto *Recalcitrat undique tutus.*

Pero en lugar de proponer la conquista de esta nación magnánima, desearía más bien que se enviase a buscar un número suficiente de sus miembros para civilizar Europa, y que nos enseñasen los verdaderos principios del honor, de la justicia, de la verdad, de la templanza, de la amistad, de la benevolencia y de la fidelidad. Los nombres de estas virtudes existen aún en la mayor parte de las lenguas y se encuentran tanto en los modernos como en los antiguos autores; lo que puedo afirmar, de acuerdo con mis muy limitadas lecturas.

Mas aún hay otra razón para que dude de enriquecer los dominios de Su Majestad con mis descubrimientos. A decir verdad, he concebido algunos escrúpulos con respecto a la justicia distributiva de los príncipes en tales ocasiones. Por ejemplo, unos piratas son arrojados por una tempestad a parajes desconocidos; al fin, uno de sus grumetes descubre tierra desde lo alto del palo mayor; desembarcan para saquear y robar, pero se encuentran con unas gentes inofensivas que los reciben con bondad, y dan un nuevo nombre a aquellas tierras, toman posesión de ellas en nombre del rey, colocan una tabla podrida o una piedra para señalar el acontecimiento, matan dos o tres docenas de indígenas, por la fuerza se llevan uno o dos como muestra, regresan a su país y obtienen el perdón. Y allá, en aquellas tierras, comienza una nueva dominación apoyada en el derecho divino, se envían barcos en la primera ocasión, se caza y extermina a los naturales del país, se tortura a sus príncipes para obligarles a que descubran lo que poseen, se permiten todos los actos posibles de crueldad y libertinaje, la tierra se enrojece con la sangre de sus primitivos habitantes, y la execrable tropa de verdugos empleada en tan piadosa expedición, constituye una colonia enviada para convertir un pueblo idólatra y bárbaro.

No obstante, debo decir que esta descripción no puede aplicarse a la nación inglesa, que merece ser citada como ejemplo de sabiduría, pruedencia y justicia en el establecimiento de sus colonias, por sus liberales dotaciones para el avance de la religión y del progreso, por la escogida selección de pastores capaces y devotos para propagar el cristianismo, por el cuidado que se toma de poblar las nuevas colonias con gentes honradas y de honesto lenguaje, por el respeto que se muestra a la justicia proveyendo a las colonias de administradores hábiles e incorruptibles, y, sobre todo, de gobernadores virtuosos y vigilantes que sólo tienen presente el bien del pueblo que rigen y el honor del rey, su señor.

Pero los países que he descrito no tenían el menor deseo de ser conquistados, reducidos a la esclavitud, asesinados o expulsados por las colonias, y como el oro, y la plata, el azúcar y el tabaco no abundan en ellos, los creo indignos de nuestro celo o nuestro valor, ni de despertar nuestro interés. No obstante, si quienes están encargados de decidir estas cosas son de otra opinión, estoy dispuesto a declarar, cuando se me llame legalmente para hacerlo, que ningún europeo ha visitado tales lugares antes que yo, si es digno de crédito lo que dicen sus habitantes, si bien abrigo algunas dudas con respecto a los dos *yahus* que fueron vistos hace gran número de años sobre una montaña del país de los *huyhnhnms.*

En cuanto a la formalidad de la toma de posesión en nombre de mi soberano, no se me ocurrió ni una sola vez, pero si hubiera pensado en ello, dado el estado en que estaban mis asuntos, probablemente hubiese considerado como más prudente el aplazar la cosa para un momento más oportuno.

Contestada así la única objeción que se me podría hacer en cuanto a mi cualidad de viajero, me despido definitivamente de mis corteses lectores y regreso a mi jardincito de Redriff, para gozar con mis pensamientos, aplicar las excelentes lecciones de virtud que he aprendido entre los *huyhnhnms* e instruir a los *yahus* de mi familia tanto como lo permita su docilidad de brutos; para contemplar frecuentemente mi imagen en un espejo, con objeto de acostumbrarme a tolerar la presencia de un ser humano; para deplorar la brutalidad de los *huyhnhnms* de mi país, por amor a mi noble amo, su familia, sus amigos y por toda la raza *huyhnhnm,* a la cual tienen el honor de parecerse los nuestros por sus rasgos, si bien sus facultades intelectuales están degeneradas.

Por primera vez, la semana pasada he permitido a mi esposa que comiese conmigo, sentada al extremo de una ancha mesa, y que contestase (pero lo más brevemente posible) a las preguntas que yo le dirigiese. No obstante, el olor de los *yahus* me parece siempre muy desagradable, y, cuando están presentes, me tapo la nariz para no oler a ruda, lavanda o tabaco. Ciertamente, es muy duro para un hombre de mi edad abandonar viejas costumbres; a pesar de ello, no desconfío de poder soportar con el tiempo la compañía de los *yahus* del vecindario, cuando pierda el temor a sus dientes y uñas.

Sería más fácil que me reconciliase con la especie en general si se limitase a poseer los vicios y las locuras de que le ha dotado la naturaleza. No me molesta encontrarme con un legista, un descuidero, un coronel, un bufón, un lord, un jugador, un político, un médico, un rufián, un sobornador, un testigo falso, un procurador, un traidor y tantos otros oficios que son naturales, pero cuando veo un mundo de deformidades y enfermedades del cuerpo y del espíritu engendradas todas por el orgullo, se me acaba la paciencia y me es imposible concebir cómo semejante vicio y semejante animal pueden caminar juntos. Los sabios y prudentes *huyhnhnms,* que abundaban en todas las excelencias para ornato de un ser racional, no tenían en su idioma ninguna palabra para este vicio, así como tampoco conocían ningún término que sirviese para expresar el mal, excepto los que designaban las detestables cualidades de los *yahus,* entre las cuales no se contaba el orgullo, sin duda por no saber bien cómo era la especie humana en los países donde domina. Sin embargo, gracias a mi experiencia, pude advertir plenamente los gérmenes del orgullo entre los *yahus* salvajes.

En cuanto a los *huyhnhnms,* que vivían bajo el imperio de la razón, se mostraban tan orgullosos de las buenas cualidades que poseían como pudiera estarlo yo de poseer mis dos piernas y mis dos brazos, ventaja de la que ningún hombre de buen sentido se engríe, aunque si se viese privado de ellos sería muy desgraciado.

Me detengo, especialmente, en este punto, porque deseo hacer un poco soportable a la sociedad inglesa.

Suplico, pues, a los que estén más o menos atacados por este vicio absurdo, que no tengan la osadía de presentarse ante mí.

ÍNDICE

CUARTA PARTE